www.b-books.co.kr

상무님,
방 잡을까요?

vol.1

상무님, 바 잡을까요?

vol. 1

장민하 장편 소설

DAHYANG ROMANCE STORY

목차

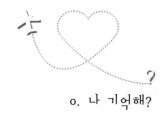

0. 나 기억해?

매일 똑같은 출근길이지만 오늘은 유난히 발걸음이 가볍다.

단순한 컨디션의 문제가 아닌 기분부터 들뜨는 느낌. 뭔가 좋은 일이 생길 것 같은 그런 날.

그러나 서른 해 동안 세상을 살아온 여자에겐 촉이라는 게 있다.

오늘은 뭔가 있구나.

그렇지 않고서야 금요일이 아닌데도 이렇게 기분이 좋을 리가 없었다. 그것은 지금까지의 삶이 전해 주는 경고였다.

"안녕하……!"

"어, 수진이! 마침 잘 왔다!"

사무실에 발을 들이자마자 기다렸다는 듯이 나명인 과장의 우렁찬 목소리가 덮쳐 왔다. 질질 끌려가다시피 도착한 곳은 복도 건너편의 탕비실. 왜 하필 이리로 데려오나, 싶은 것도 잠시.

"네? 누가 왔다고요?"

"이번에 새로 오신 상무님! 엄청 젊던데? 캬, 산 사람 얼굴에서 형광등 켜진다는 게 뭔지 내가 오늘 제대로 깨달았지 뭐냐."

양손으로 얼굴을 감싼 나 과장이 소녀처럼 방방 뛰어 댔다. 그녀의 주책을 물끄러미 감상하던 수진은 문득 덮쳐 오는 불길한 상상에 고개를 저었다.

에이, 설마.

"요샌 다들 관리 잘하고 사는 시대잖아요. 거기다 우리 호텔은 워낙에 연예인들도 많이 오는 곳이고. 별다를 거 있나요, 뭐."

"무슨 소리야. 연예인들이야 어차피 얼굴도 익숙하고 각오를 하고 보는 건데 그게 같아? 이렇게 생각지도 못한 곳에서 딱 맞닥뜨리는 그게 진정한 비주얼 쇼크지. 어우야 말도 마라. 30년 전에 식어 버린 내 연애 세포에 광명이 화악 찾아드는데……."

아니. 그건 네 살 딸내미를 두신 어머니가 하실 말씀은 아닌 거 같은데요.

그러나 그런 말을 면전에 대놓고 할 만큼 무모하지 않은 수진은 열심히 고개만 끄덕였다.

올해 초, 기획실 담당 상무님이 건강상의 이유로 갑작스럽게 퇴직을 하셨다. 꽤나 중요한 위치의 중역이었던 데다, 미처 끝내지 못한 프로젝트가 제법 남아 있어 당장 새로운 인물을 채워 넣어야 할 상황이었다.

그런데 이후 두 달이 지나도록 해당 인사에 대한 소식이 없었다. 체계가 꽉 잡힌 대기업 계열사에서 벌어지기엔 상당히 괴이한 일인지라, 항간엔 그 자리의 업무량이 지나치게 과도해 상무님이 탈주를 했다는 둥, 덕분에 온갖 인재들이 그 자리를 고사하고 있다는 둥, 실은 어떤 거대한 낙하산을 떨어뜨리기 위해 기존 인재를 치워 버린 거라는 둥의 흉흉한 소문이 돌기도 했다.

어쨌거나 소문의 끝은 당연히 어떤 낙하산이 떨어지느냐로 좁혀졌다. 실제로 HJ그룹의 계열사에는 오너 일가의 형제들과 그 자식들이 대거 포진해 있기도 했다. 당연히 이번에도 그 일가친척 중 누군가가 등장하겠거니, 한 게 대다수 사람의 예상이었다.

그렇다 해도 설마 그런 일이 생길까 싶었다.

그녀가 호텔 라비타에 입사를 한 지도 어언 6년째.

그동안 보고 들은 이야기들이면 충분히 회사의 일대기를 쓰고도 남았다. 슬슬 경영 일선에 등장하기 시작한 HJ그룹 회장님 댁의 3세들 소식 정도야 꿰차고 있단 소리다.

가령 일은 뒷전이고 학업에 미쳐 두문불출한다는 첫째 아들이라든가, 약간 음지의 사업에서 활약 중이라는 방탕한 둘째 아들이라든가, 본사의 기획실에서 근무하다 다시 미국으로 건너가 MBA를 수료하고 현지 지사에 근무 중이라는 성실한 막내아들에 대한 소문 정도는.

음, 딱히 걸릴 건 없는데?

"그나저나 귀국하자마자 여기로 보내는 거 보면 제대로 키워 볼 생각이신 거 같지 않아? 회장님이 우리 호텔에 유난히 애착이 강하신 건 사실이다만, 다른 자리 다 두고 굳이 여기다 집어넣는다는 건 제대로 된 후계자 수업이란 뜻이겠지?"

근데 점점 더 알고 싶지 않은 사실에 가까워지는 듯한 이 기분은 뭐지?

"우리 딸이 조금만 컸어도 그냥 사윗감으로 노려보는 건데 말이야. 인물은 아래로 내려갈수록 좋다더니 이 집안도 어쩜 딱 그래. 너도 가서 보면 바로 이해할……. 어—이, 수진이? 지금 어디 가니?"

슬그머니 나 과장의 앞을 벗어나려다 딱 걸린 수진이 태연히 대답했다.

"네? 일해야죠. 곧 업무 시간인데."

"그냥 가면 어떡해? 준비해야지."

나 과장의 손가락이 정확히 커피 머신을 가리켰다. 의도는 알고도 남았지만, 굳이 확인해 보고 싶은 게 또 사람의 마음이다.

"과장님이 가지고 들어가실 거죠?"

"뭔 소리야. 커피는 네가 만드는데 나만 그 은혜로운 얼굴을 또 영접하라고? 그런 짓 하면 벌받지, 이것아. 그리고 내가 누구냐? 의리 하면 나 과장. 알지?"

아니요. 그런 의리 따윈 없어도 되는데요.

"얼른 준비해서 들어가."

결국 핑곗거릴 찾지 못하고 떠밀리듯 머신 앞에 섰다. 뭔가 단단히 잘못된 기분이다. 거기다 하필이면 커피라니. 더욱 불길하다.

'아니겠지. 설마 그런 일이 생기겠어?'

생각해 보라고.

아무럼 회장 일가의 친척, 사돈의 팔촌 중에 미국 유학에 본사 근무를 거치고 MBA까지 수료하고 온 겁나게 잘생긴 남자가 설마 그 사람 한 명일까.

"실례합……."

쾅!

반쯤 열리던 문이 그대로 닫혔다. 머리로 인식하기 전에 손이 먼저 저질러 버렸다.

오 마이 갓.

나 방금 뭘 본 거야.

잠시 제 눈을 의심하며 멍하니 서 있던 수진은 뒤늦게 이곳이 회의실이란 사실을 떠올리곤 후다닥 문을 열었다.

"죄, 죄송합니다! 손이 미끄러져서 그만……."

"아, 깜짝 놀랐네. 김 주임, 아침부터 왜 이래? 잠이 덜 깼어?"

신 부장의 가벼운 타박이 뇌리 바깥으로 흩어진다. 입구에서 바로 보이는 남자의 얼굴을 마주했을 때 이미 머릿속은 정지했다.

"암튼 뭐, 자주 볼 일은 없겠지만 인사라도 하고. 이분은 이번에 전략기획실로 부임하신 송준성 상무님. 그리고 여긴 우리 영업부 객실 판촉팀의 예쁜이 김수진 주임입니다."

"송준성입니다."

세상에. 정말 송준성이었다.

두 번이나 그 이름을 듣고서도 실감이 나지 않았다.

무려 10년 만에 만난 그는 변하지 않은 듯, 미묘하게 변해 있었다. 곧게 뻗어 나간 짙은 눈썹 아래 감정을 읽기 힘든 깊은 눈동자와 뚜렷하게 존재감을 드러내는 콧대. 균형이 잘 잡혀 신뢰감을 주는 입술은 같은 이목구비임이 확실한데도, 그 시절에 비해 한결 성숙해진 느낌이 묻어났다.

무엇보다 달라진 건 겉으로 풍기는 분위기였다. 차분히 정돈된 머리카락과 넓은 어깨에 딱 맞아떨어지는 짙은 블랙의 슈트. 그 안의 새하얀 드레스 셔츠와 짙은 네이비 계열의 타이. 소매 끝에 살짝 드러난 더블 커프스까지.

너무도 완벽히 갖춘 차림에서 기억하던 모습과 다른 위압감이 느껴졌다. 표정 없이 사람을 직시하는 눈빛에는 서늘함마저 감돌아서 더더욱 그러했다.

반듯한 자세에서 흘러나오는 특유의 금욕적인 분위기나, 주변의 공기마저 가라앉히는 듯한 차분함은 여전했지만, 이십 대의 치기와 풋풋함이 사라진 남자에게선 더 완연한 수컷의 냄새가 났다.

모든 준비를 마치고 사냥을 나선 육식 동물 같은……

"뭐 하고 있어? 빨리 커피나 주지 않고."

으악, 뭘 그렇게 쳐다보고 있었던 거야!

너무 놀라서 잠시 선 채로 기절을 했나 보다. 기겁하며 잔을 내려 놓는 손끝이 달달 떨린다. 달그락 소리에 제 심장이 덩달아 바닥까지 추락했다.

"김 주임 어째 이상하네. 이거 이거, 혹시 우리 상무님이 너무 멋져 서 긴장하는 거야? 거 요샛말로 심쾅? 심쾅이라 하나?"

아니, 그건 심쿵이고요!

가뜩이나 긴장해 있는데 한다는 소리에 속에선 천불이 난다. 만만 한 사람 하나 붙잡고 난도질해 가며 분위기를 주도하려 드는 신 부장 의 못된 버릇이 발동하려는 순간이다.

"우리 김 주임이 야— 이—래서 유니폼 차림이 끝내주는데 말이 죠. 하필 사무직으로 들어앉아 버리는 바람에 그걸 못 보여 주네요."

역시나, 입버릇처럼 시작된 외모 평가와 동시에 양손으로 친히 에 스 라인까지 그려 주시는 꼴을 보고 있자니 절로 주먹이 쥐어졌다.

하지만 별수 있나. 힘없는 월급쟁이는 서서히 줄어드는 통장 잔고 를 떠올리며 한 귀로 흘리는 수밖에.

"그래도 보실 기회는 있을 겁니다. 그러고 보니 언젠가 우리 호텔 홍보 모델로도 활약한 적이 있었는데, 그때도……."

"커피, 누가 뽑은 겁니까?"

딱 뒷목을 잡고 뒤로 넘어가기 직전에 들려온 말이었다.

얼결에 목소리의 주인공을 바라보려다 눈이 마주쳤다. 기분 탓인가. 왠지 신 부장의 말을 끊어 내려 한 느낌이었는데.

"직접 내리신 건가요?"

"허허, 눈치도 빠르십니다. 우리 김 주임이 얼굴만 예쁜 게 아니라 이래저래 재주가 많죠. 뭘 해도 먹고살 팔자라고 해야 하나."

아니, 대체 언제부터 절 그렇게 눈여겨보신 겁니까? 주절주절 이어지는 말이 기막혀 입이 다물어지질 않는다.

"사실 여자가 일만 잘하는 것보다 저렇게 외모도 그럴싸해야 상사로서 좀 키워 줄까 하는 마음도 드는……."

그때였다. 묵묵히 앉아 있던 준성이 툭 쳐 내듯 손을 들어 올렸다. 동시에 신 부장이 움찔하며 입을 다물었다. 그 자리에 올라서기까지, 평생을 눈칫밥으로만 먹고살았던 신 부장이 그 손짓에 어린 불쾌감을 모를 리 없었다.

"그렇군요."

그러나 이어진 건 나직한 대꾸였다. 이내 잊고 있었다는 듯이 커피잔을 집어 드는 남자를 보는데 묘한 긴장감에 마른침이 절로 넘어갔다.

"맛있네요."

아, 제발. 그런 얼굴로 웃지 마. 심장에 무리가 가잖아.

완만한 곡선으로 휘어진 입술 선과 가만히 내리깐 속눈썹. 낮게 울리는 목소리가 무슨 커피 광고라도 찍는 양 한결 그윽하다. 무표정일 때는 다소 차가워 보이는 인상이 미소와 함께 누그러진 순간엔 눈앞이 아득할 지경이었다. 이쯤 되면 심쿵이고 심쿵이고, 당장 청심환부터 사다 먹어야 할 것 같다.

"왠지 옛날 생각도 나는 거 같고……. 안 그런가요, 김수진 씨?"

게다가 이건 무슨 의미일까.

'혹시 나 기억해?'

차마 물을 수 없는 질문을 삼키며 바라보는데 그는 자연스럽게 신 부장에게로 눈을 돌렸다.

"되도록 잡담은 삼가 주셨으면 합니다. 그런 이야기나 듣자고 바쁜 시간 쪼개 앉은 자리는 아니니까요. 더군다나 당사자가 옆에서 듣기엔 불쾌한 내용 아닙니까?"

"아, 죄송, 죄송합니다. 크흠, 제가 상무님을 뵙느라 들떠서 그만 실수를……."

"저한테 죄송할 일은 아니죠."

툭하니 신 부장의 말을 잘라 낸 준성이 다시 우아한 태도로 커피 잔을 입에 댔다. 그러자 그대로 튕겨 나온 신 부장의 시선이 쭈뼛쭈뼛 수진을 향했다. 시뻘게진 채로 입술만 벙긋대는 신 부장을 내려다보는 그녀의 속도 착잡해졌다.

"어어, 김 주임. 미안해. 내가 오늘 좀 실수를 했네. 원래 이런 사람이 아닌데, 알지? 허허……. 내가 김 주임을 워낙에 딸처럼 생각해서……."

그런 사람 확실하다고 쏘아붙이고 싶은 마음을 꾹 집어삼키며 애써 고개를 끄덕이려는데, 더욱 낮게 가라앉은 목소리가 끼어들었다.

"그럼 이만 나가 봐요."

"네? 아, 네. 그럼……."

"그보다 신 부장님. 방금 이야기하셨던 건에 대해서 좀 더 설명을 듣고 싶은데요."

"아, 그, 그렇죠. 그 이야길 하다 말았었군요. 흠흠, 지금은 이런 자리라 확실하게 말씀드리긴 어렵지만……."

가차 없이 주제를 돌려 버리는 준성의 서슬에 인사도 채 끝내지 못하고 떠밀리듯 그 자리를 빠져나왔다. 진땀을 흘리며 주절거리는 신 부장과 그런 신 부장을 차갑게 바라보는 준성의 모습이 문 너머로 사라졌다. 뒤늦게 거친 숨이 튀어나왔다.

"후아……."

세상에. 이게 무슨 일이야.

분명 제 눈으로 확인한 현실임에도 좀처럼 믿기지가 않았다. 한 손으로 제 뺨을 토도독, 때리던 자세 그대로 멈칫한 그녀가 다시 문을 바라봤다.

"진짜 와 버렸어."

1. 치명적인 재회

　살다 보면 언젠가 이렇게 그를 직접 만나게 될 날이 오리라 생각은 했었다. 다만, 이렇게 익숙한 배경의 사무실에, 그 많고 많은 HJ그룹의 계열사를 다 제치고 하필 호텔 라비타의 백 오피스에 떡하니 등장할 줄은 꿈에도 몰랐을 뿐이지.

　더군다나 준성의 태도는 상상했던 것과 아주 달랐다. 예전처럼 친근한 태도를 보일 거란 기대는 당연히 하지도 않았지만, 그래도 그렇지. 이건 차가워도 너무 차갑고 사무적인 태도라 살짝 마음에 상처를 입은 기분이었다.

　"기억 못 하는 건가?"

　그렇다면야 아주 이해 못 할 일은 아니긴 한데 속상한 건 마찬가지.

　좀처럼 돌아오지 않는 심장 박동을 기다리며 숨을 고르던 수진이 휴대폰을 꺼내 들었다. 이 상황을 설명해 줄 사람을 떠올린 참이다.

곧장 걸음을 떼며 익숙한 번호를 호출하는 손끝이 달달 떨렸다.

비상구의 문을 박차고 나서자마자 통화가 연결됐다.

"야, 차수혁!"

— 나 귀 안 먹었다.

대꾸하는 목소리가 느긋하기 그지없다. 순간 욱한 수진이 감정을 눌러 삼키며 물었다.

"나 방금 준성이 봤는데 설명이 필요할 거 같지 않아?"

— 오, 준성이가 꿈에 나왔다고? 축하한다. 그럼 오빠 더 자야 하니 끊자.

"장난치는 거 아니니까 똑바로 대답해! 너 준성이 돌아오는 거 알고 있었지? 왜 말 안 했어?"

— 그걸 내가 말해 줘야 하는 이유를 100자 이내로 설명해 봐.

"지금 농담해?"

— 풋, 네 이런 반응을 봐야 내가 즐겁지 않겠냐?

천연덕스럽게 본심을 드러낸 수혁이 키득거리며 웃어 댔다. 그녀의 대학 동창이자, 10년을 함께하며 원수 혹은 의지가 되는 베스트 프렌드의 어느 중간쯤에 걸쳐 있는 친구였다.

그리고 준성의 오랜 죽마고우인 수혁은 현재 유일하게 그녀의 마음을 알고 있는 사람이었다.

매우 안타깝게도.

"진지하게 못 들어? 나 지금 엄청 심각하거든?"

— 새삼스럽게 왜 그래? 너 그렇게 마주칠 상황 노리고 그 호텔로 입사한 거 아니었어?

"그거 아니라고 했지!"

— 농담이야. 정색하기는. 그걸 내가 알지, 누가 알아주겠냐. 우리 학교에서 준성이가 재벌 3세라는 거 몰랐던 사람도 너뿐이었는데.

그래. 그래서 차라리 잘된 거라 생각했었다.

고백 못 해서 다행이고, 이대로 멀어져서 다행이라고.

못 오를 나무 따윈 그냥 쳐다도 안 보는 게 현명한 법이다. 기를 쓰고 올라가 봤자 내려올 땐 그야말로 날개 없는 추락뿐이니까.

그렇게 긴 세월을 애써 눌러 삼켜 온 마음이었다. 이제 어디서든 그를 만나더라도 웃으며 인사할 수 있을 만큼 안정이 되…….

"읔……."

기는 개뿔!

방금 전 그와 맞닥뜨린 순간을 떠올리는 것만으로도 심장이 과도하게 피를 뿜어 댄다. 뒷골이 띵해지는 걸 간신히 추스르며 숨을 돌리는데 웃음기 가득한 물음이 이어졌다.

— 그래서 준성이 반응은? 인사는 했어?

"인사는 무슨 인사! 느닷없이 마주쳤는데 눈앞이 깜깜해서 뭘 하고 나왔는지도 모르겠구만!"

— 푸하하핫……!

"웃을 일이 아니라니까! 아무리 그래도 그렇지, 어떻게 이렇게 여기서 마주칠 수가 있는 건데? 하, 차라리 날 몰랐으면 좋겠……. 아니다, 진짜 날 몰라보는 거 같긴 했어."

— 그건 또 무슨 소리냐?

"하아, 그래. 그냥 평소처럼 하면 되겠지? 맞아. 그냥 회사 상사잖아. 후우, 침착하자. 그래. 침착하게, 아무렇지 않게. 혹시 알은척이라도 하면 '어머, 기억하시는구나!' 하고 막, 응? 그냥 옛날에 좀 알던 사이처럼 인사하고 그럼 되는 거고. 그치? 그럼 되겠지?"

— 얼씨구?

수화기 너머로 헛웃음 소리가 들려왔지만 수진은 못 들은 척 숨을 고르며 다짐했다.

그래. 이렇게 정신 승리라도 해야 마음이 안정되고, 마음이 안정돼야 일도 손에 잡히고, 일을 해서 돈이 들어와야 결과적으로 내 인생에도 평화가…….

— 하긴 뭐. 네 안부도 안 묻고 그동안 연락도 없었던 거 보면 그쪽에서도 독하게 마음먹고 연 끊자고 덤빈 건데, 지금은 기억 못 할지도 모르지.

……와야 하는데, 왜 정작 그걸 확인당하니 가슴이 쿡쿡 쑤시는 거지?

"어, 뭐. 그렇지. 그러니까."

— 문제는 굳이 친구 사이에 그럴 필요가 있었느냐는 거지. 너야 사적인 감정으로 불편했을지 모르겠다만, 준성이 쪽에서는 굳이 왜 그랬을까아?

묘하게 끝을 늘인 말투가 굉장히 얄밉게 들리는 건 기분 탓이니?

"그, 그거야 뭐 기껏 공부하러 유학 갔는데 멀리 있는 사람까지 신경 쓸 여유가 없잖아. 당연히……."

— 에이, 겨우 그런 이유로? 그리고 내가 아는 준성이는 겨우 그런 거로 친구를 멀리할 놈이 아닌데.

"……."

— 솔직히 같은 남자인 입장에서 보면 군이 잘 지내던 친구랑, 그것도 여자인 친구랑 연을 끊다시피 할 만한 일이라곤 한 가지뿐이거

든. 남녀로 불편하게 엮였을 때.

"……."

— 예를 들면 고백하고 차였다거나, 본인은 썸이라 생각했는데 어떤 둔팅이가 죽어도 눈치를 못 채서 헛발질만 했다거나.

"허! 썸 같은 소리 하네. 너 지금 뭔가 착각하나 본데, 걔 준성이야. 송준성이라고."

— 아니 뭐, 일반적인 남자의 의견으론 그렇단 소리지. 근데 만약에 말이야. 그 독하고 집요한 놈이 그 오랜 시간 동안 가슴속에 꽁하니 묵혀 놓은 게 있다고 생각하니까……. 와우, 야. 나 방금 좀 소름 돋은…….

뚝.

저도 모르게 종료 버튼을 눌러 버린 수진이 굳은 얼굴로 휴대폰을 바라봤다.

방금 뭔가 굉장히 섬뜩한 느낌이었는데…… 기분 탓이겠지?

"뭘 말도 안 되는 소리야, 진짜. 차라리 날 기억 못 해서 그런 태도였다는 게 더 현실적이지."

아무렴 그 송준성이 뭐가 아쉬워서.

손꼽히는 대기업인 HJ그룹 회장님의 셋째 아들로 집안과 능력, 외모까지 모두 갖춘 완벽남이자, 최고의 사윗감으로 현재 정재계에서 가장 핫하게 이름이 오르내리고 계신 분이 아닌가.

게다가 그 형제들 중 유일하게 철저한 엘리트 코스를 밟으며 성장해 HJ그룹의 차기 오너로 가장 유력하다고 평가받는 그 송준성이, 누굴요?

"단단히 미쳤구나, 네가."

대충 판단해 봐도 천상계와 지옥 밑바닥 끝의 차이가 느껴지는데 무슨 개소리냐고.

"아니다, 미친 건 나지. 에휴……. 내가 어쩌다 얘한테 그걸 말한 거야."

할 수만 있다면 저 원수 같은 친구의 머리통을 마구 후려쳐서라도 술에 떡이 된 채 준성이 보고 싶다며 징징댔던 날의 기억을 지워 주고 싶다.

하지만 후회해 봤자 어차피 이미 벌어진 일을 어쩌랴.

비록 평생의 놀림감이 되긴 했지만, 절대 누구에게도 말하지 말아 달라는 부탁을 벌써 7년이 넘도록 잘 지켜 준 친구였다. 그 약속이 지켜지지 않았다면 진즉에 두 사람의 우정은 박살 났을 것이다. 더불어 이 회사도 더는 다니지 못했을 거고.

그리고 오늘처럼 준성을 다시 보게 되는 날은 꿈도 꾸지 못했겠지.

"그래, 저런 놈이라도 평생 친구는 얻었잖아. 내 인생이 이만하면 됐지, 더 이상 뭘 바라겠니."

픽 웃어 버린 수진이 휴대폰을 집어넣었다.

단 한 번도 욕심내 본 적 없는 사람이었다. 그 마음은 지금도 변함이 없었다.

열병처럼 지독하게 앓았던 감정도 지금은 다 가라앉았고, 이젠 좋은 추억이 되었다고 믿는다. 지금껏 아무렇지 않게 잘 지내 오지 않았던가. 아쉽긴 해도 그가 없어서 죽을 만큼 괴로울 정도는 아니었단 소리다.

어차피 연애에는 크게 흥미가 없었다. 멀쩡한 사람이 연애 한번 못 하고 있냐는 주변의 등쌀에 밀려 시도는 해 봤지만, 그조차 흥미가 나지 않아 두어 번 소개를 받아 본 것으로 끝이었다.

대신에 그녀의 삶을 차지한 건 지금의 일이었다. 별다른 목표 없이 그저 공부만 열심히 하던 그녀의 삶에 호텔리어라는 직업은 처음으로 생긴 이정표였다.

왜 굳이 호텔리어인지. 왜 굳이 준성의 집안과 관련이 있는 호텔 라비타를 선택했는지.

그 선택에 송준성이라는 존재가 전혀 상관없었다고 하면 거짓말일 테지만, 결과적으로 그녀는 지금의 일이 잘 맞았고, 좋은 사람도 많이 만날 수 있었다.

그것만으로도 충분히 만족스러운 삶이라 생각했는데…….

문득 고개를 저어 버린 수진이 사무실을 향해 몸을 돌렸다.

"아쉽기는. 무슨 생각을 하는 거야. 정신 차리고 일이나 하자."

겨우 그 얼굴 한번 봤다고 벌써 설레서는.

잡념을 떨쳐 내듯 빠르게 걸음을 옮겼다. 일에 집중하기 힘든 날이 될 것 같지만, 현실에 묶인 직장인에겐 이런 감상도 사치일 뿐이었다.

"뭐야? 상무님이랑 같은 학교였다고? 게다가 친구?"

"쉬, 쉬잇! 과장님 조금만 목소리 좀……!"

기함한 수진이 허겁지겁 나 과장의 입에 손을 올려 봤지만 이미 늦었다. 하필 점심시간일 때 직원 식당에서 이 무슨 망언을 터뜨렸단 말이냐.

"헐, 진짜요? 수진 씨랑 상무님이 동창이라고?"

"잠깐만, 잠깐만요. 어느 시절 동창이라는 거예요? 고등학교? 대학교?"

"친구라는 건 진짜로 친한 친구라는 소리죠? 그냥 '지나가던 같은 반 친구1' 이런 게 아니고? 제가 지금 잘못 들은 거 아니죠?"

역시나, 어디에 숨어 있었던 건지 승냥이 떼처럼 몰려든 팀원들이 한마디씩 해 댔다. 그것도 모자라 반경 10m 내의 사람들에게서 귀를 쫑긋 세우며 집중하는 기색이 느껴진다. 별로 큰 목소리도 아니었던 것 같은데 '상무님' 이라는 호칭이 주는 위력은 막강했다.

소문만 무성했던 낙하산의 실체가 등장한 지도 어언 2주째였다.

HJ그룹 역사상 최연소 상무 이사 송준성.

그가 회장님의 아들이라는 것만도 놀라운데, 떡하니 등장한 실물은 모두를 경악시키기에 충분했다.

[대박! 대박! 대박! 이것은 그야말로 대박! 저 미친 미모 어쩔 거예요!]

[사진으로만 뵙다가 오늘 코앞에서 뵙고 진심 눈멀어 버리는 줄. 레알 실물 미쳤음. 아직 인류의 과학 기술로는 이분의 실물을 제대로 담을 수가 없음요.]

[아니 와, 저 방금 상무님 배경으로 셀카 찍었다가 제 얼굴 보고 폰 뿌실 뻔. 아니 어떻게 제 얼굴이 이렇게 보이죠? 근데 실물보다 못 나온 게 이거라고요? 너무하심. 진짜 세상 혼자 사시는 분. ㅠㅠ]

[전 오늘부터 상무님 사진 보면서 태교하기로 했어요. 안구 정화, 자연 라식. 심신 안정에 효과 만점입니다. 부작용이 있다면 남편이 오징어로 보이는 효과가…….]

[진정 얼굴이 복지다. 안구 복지까지 책임져 주시는 우리 상무님!]

등장한 당일부터 사내 메신저와 인트라넷 게시판은 그를 실물로 접한 사람들의 간증을 빙자한 주접과 인증 샷으로 시끌시끌했다. 지각 직전에 엘리베이터에서 마주쳤는데 먼저 가라며 양보해 주시더라. 늘 먼저 인사를 해 주시더라. 몰래 사진을 찍다 눈이 마주쳤는데 웃어 주시더라, 등등.

상황 자체야 그다지 대단한 건 아니었지만, 워낙에 주목받는 존재라서인지 사소한 행동 하나에도 의미 부여를 하며 추앙하는 기색이 역력했다.

하지만 그것도 정도가 있는 법이지.

그나마 순수함이 남아 있던 대학생들과는 달리, 날마다 똑같은 일상에 지치고 무료해진 현대 직장인들의 행태엔 말로 다 하지 못할 집요함이 묻어났다. 그의 하루 일과도 모자라 일거수일투족이 초 단위로 쪼개어 올라오는 지경이었으니, 이건 일을 하러 온 건지 사생팬질을 하러 온 건지 분간이 가지 않을 정도였다.

이런 상황에 '내가 저 사람이랑 잘 알던 사이예요.' 라고 한다면 무슨 좋은 꼴을 볼까.

자고로 지나치게 눈에 띄는 남자와는 엮이지 않는 게 상책이라는 걸, 그녀는 지나온 삶을 통해 뼈저리게 배워 왔다.

그리고 준성은 그녀가 아는 사람 중 가장 눈에 띄는 남자다.

외적으로 드러나는 모든 조건은 그야말로 완벽 그 자체였고, 올곧은 성품과 정의롭고 공정한 태도는 그를 시기하고 질투하는 사람들에게 자괴감마저 심어 줬다. 재벌 3세라는 배경은 그의 인간적인 매력에 비하면 그저 사족이었다.

당연히 그의 주변은 많은 사람으로 북적거렸다. 그렇게나 가진 게 많으면서도, 겸손하고 사려 깊은 그에게 사람들은 당연하다는 듯이 호감을 내비쳤다.

특히나 여학생들 사이에서 송준성이란 공공재와 같았다.

모두가 함께 좋아해도 용서가 되는 사람.

당장에 누군가 서울 시내 한복판에서 '송준성 좋아하는 사람 접어!'를 외치면 서울 땅 전체가 반으로 접힐 거란 말이 우스갯소리처럼 돌았으니까.

설령 그가 삼천 궁녀를 모집한대도 그녀들은 군말 없이 선착순으로 줄을 섰을 것이다.

그리고 저 역시 눈치를 보다 2981번쯤에 슬쩍 발을 들였겠지.

'……미친. 아니라고 반박을 못 하겠네.'

제가 떠올린 생각에 스스로 좌절한 수진이 길게 한숨을 내쉬었다.

그런 송준성에게 굳이, 흠이랄 것도 없는 흠을 잡아내 보자면 지나치게 좁은 인간관계 정도일까.

아마 그를 어설프게 아는 사람들에겐 되게 의아한 소리일 것이다. 그러나 실제로 친하다는 사람들 치고 아주 사적인 일로 그를 불러낼 수 있느냐, 물으면 가능하다고 답할 사람은 거의 없었다.

인기가 많은 것과는 별개로 대부분의 사람들은 그를 다소 어려워하는 편이었다. 남의 노력에 편승해 이득을 보려는 무리들조차 그를 이용하기는커녕, 간단한 부탁조차 섣불리 꺼내기 힘들어했으니까.

그는 태생이 지배자였다. 그가 가볍게 던지는 말 한마디, 손짓 하나에도 사람들은 저도 모르게 수긍하며 따르기 일쑤였다. 눈에 띄게 앞에 나서지도 않고, 딱히 그런 분위기를 주도한 적도 없었지만, 어느 순간 사람들의 머리 꼭대기에 앉아 있는 식이었다.

어린 시절부터 쭉 함께였다는 수혁을 제외하면 그의 곁에 '진짜' 친구로서 함께한 건 아마도 수진이 유일할 것이다.

그 덕분인지 그녀는 여러모로 귀찮은 일에 시달리곤 했다. 매일같이 준성과 함께—가끔은 수혁까지 함께—하는 그녀를 향한 질투심 어린 눈길 정도는 차라리 애교였다.

"진짜 친구였으면 상무님에 대해서 잘 알겠네요? 혹시 개인적으로 막 연락도 하고 그랬어요?"

"그럼 둘이 통화할 땐 서로 이름 부르는 거예요? 준성아, 수진아, 막 이렇게? 어머, 어머, 웬일이니, 미쳤다. 상상만 해도 내가 코피 터질 거 같아!"

"잠깐만, 그럼 수진 씨는 상무님이 여기 오신다는 거 먼저 알고 있었던 거야?"

"으음? 그랬어? 그런데 왜 커피 가져다준 날엔 그런 말 안 했어? 어째 그 잘생긴 얼굴을 보고도 반응이 없더라니, 익숙해서 그랬나?"

잔뜩 흥분해 짖어 대는 승냥이 떼 뒤로 웅성웅성, 반응을 시작한 사람들의 시선이 꽂혀 든다. 겁나게 기시감이 느껴지는 이 상황에 벌써 두통이 인다.

이래서 가급적이면 엮이고 싶지 않았던 건데.

그러나 과한 것은 아니하는 것만 못하는 법.

그녀는 지나치게 반응이 없었던 게 문제였다. 관련 이야기가 나오면 슬금슬금 피해 다니기 바빴다. 아니, 그의 이름이 거론될 때마다 당시의 피로감이 새록새록 솟아오르는 것 같아 절로 발길이 돌려졌다. 눈치 빠른 나 과장은 바로 그 점을 꿰뚫었다.

'*수진이 혹시 상무님이 구남친이었어? 왜 그렇게 피해 다녀?*'
'*네? 무슨 말도 안 되는! 걘 그냥……이 아니라.*'

양전히 밥을 먹는데 난데없이 날아온 돌직구에 저도 모르게 대답해 놓은 수진이 황급히 입을 가렸다.

아, 망했어요!

'*……어라? 수진이 방금 걔, 라고 한 거?*'

나 과장의 얼굴엔 한결 음흉한 웃음이 떠올랐다. 그 시점에서 수진은 나 과장의 레이더망을 빠져나가는 걸 포기했다.

그러고서 5분도 채 지나지 않아 결국 이렇게 제대로 덜미가 잡혀 버렸다. 여기저기서 빛나는 눈동자들을 대하려니 등골에 식은땀이 흐른다. 여기서 삐끗했다간 끝장이다.

"음? 근데 이상한데? 수진 씨 K대학교 나왔잖아. 우리 별님은 미국에서 학교 나오지 않았어요?"

미심쩍다는 투로 태클을 거는 민효은 주임의 태도야 평소와 다를 바가 없으니 그렇다 치자.

"별님이라뇨?"

"이름 한자가 별 성(星)이라며. 그러니까 별님이지. 벌써 다들 난리예요. 살아 있는 별님이라고."

"그야말로 얼굴부터 자체 발광이시잖아요. 진정 빛나는 남자네요. 어떡해."

사무실의 막내인 이유리 사원의 얼빠진 대구에 이어 영혼이 저만치 안드로메다쯤을 배회하고 있는 표정으로 고개를 끄덕이는 1년 차 오민영 사원까지.

정말 가지가지 한다. 저런 인간이 한둘이 아니니 그 며칠 사이에 이런 소름 돋는 별명까지 붙었겠지. 오그라드는 손가락을 열심히 펴고 있는데 나 과장이 묻는다.

"그래서 우리 별님은 학창 시절 때 어땠어?"

"그냥, 뭐. 멋지고……."

"그래, 멋진 건 나도 알고 있으니까 좀 더 디테일을 살려 보지 않으련?"

"그런 거 있잖아요. 햇살이 그 사람만 비추고 있고, 웃으면 막 반짝거리고 투명한 초록빛이 배경에 쫙 깔릴 거 같은 느낌? 100m 앞에 다른 친구들이랑 같이 놓고 봐도 혼자만 4D로 보이는 그런 효과라고 해야 하나……."

"캬, 묘사하는 것 좀 보게. 우리 수진이도 은근 숨은 팬이었네?"

너무도 정곡을 찌르는 나 과장의 말에 내심 움찔했다. 에라 모르겠다, 하며 주절주절 나오는 대로 주워섬기다 보니 그냥 팬밍아웃을 해 버렸다.

"그땐 저도 소녀였던 시절이다 보니, 하하……. 어릴 때라 좀 더 풋풋하기도 했고요. 워낙에 눈에 띄는 분이잖아요. 그러다 보니 인상이 강하게 남은 데다 추억 보정이란 것도 있고 그렇죠, 뭐."

"어우, 풋풋했대. 어우야, 어떡해. 진짜 말만 들어도 느낌이 팍 오네요. 인기 엄청 많았겠죠? 혹시 여친은 있었어요?"

"당연히 있었겠지 없었겠어? 저만치 서서 눈빛만 쏴도 그냥 다 홀라당 넘어갈 거 같구만. 하, 내가 진짜 딱 10년만 젊었어도, 아니 딱 5년

만이라도……."

"어머, 과장님. 무슨 소리세요, 임자도 있으신 분이! 이젠 저희 차례죠!"

변명처럼 주절거린 소리에 괜히 반응만 거세졌다. 어색하게 웃어 보인 수진이 젓가락으로 식판 위의 음식을 뒤적이며 어깨를 으쓱했다.

"워낙 인기가 많아서 그런지 소문만 무성했어요. 누가 좋아한다더라. 고백했다 차였다더라. 썸 타는 사람이 있다더라. 뭐 이렇게요. 근데 딱히 물어본 적은 없어서 진짜인 줄은 모르겠구요."

"친구였다며? 별로 안 친했어?"

"과장님도 참. 동성 친구도 아니고 이성 친구끼리 그런 이야기를 왜 해요?"

"그런가? 요즘 애들은 거침없던데. 그 시절이면 그런 이야긴 안 하는 때야? 그럼 지금은 따로 연락은 안 하는 거고?"

"1학년 마치고 바로 유학 가 버리는 바람에 뭐, 거기서 끝이죠. 그게 벌써 몇 년 전 일인데요. 절 기억하는 건지도 모르겠어요."

대답은 하는데 서글픈 이유는 뭘까.

"에이, 좋다 말았네."

"왜요, 난 좋은데. 학창 시절 상상만 해도 머릿속이 깨끗해지는 기분인데요."

"난 그런 게 궁금한 게 아니라고. 최근 상황이 궁금한 거지."

대놓고 김샜다는 표정을 지어 보이는 효은과 여전히 설레어 죽겠다는 유리의 대화가 더 이어지는 동안 수진은 쓴 입맛을 다셨다.

내심 한 번쯤은 연락이라도 오지 않을까 했는데.

하지만 지난 2주간 어떤 말을 해야 할지 고민하며 긴장했던 게 무색할 만큼, 아무 일도 없었다.

하긴. 생각해 보면 고작 대학 시절 1년을 함께 보낸 사이가 아닌가.

게다가 친구니 뭐니 말만 좋았지, 정작 그의 유학 소식마저 남의 입을 통해 전해 들었고.

그렇게 유학을 떠난 그와는 자연스럽게 멀어졌다. 유학을 마치고 본사로 돌아왔다는 소식을 들었을 때 먼저 연락을 해 볼까 생각은 했었지만, 실행은 없었다. 좀처럼 용기가 나질 않은 탓이었다. 좀 더 있다가. 조금만 더 나중에. 그렇게 미루고 미루다 보니 어느덧 정말로 연락을 하기도 애매한 시기가 되어 버렸다.

그 와중에 과제다 시험이다, 성적을 유지하는 것만도 벅찬데 토익을 비롯한 외국어부터 온갖 자격증까지. 학업과 아르바이트를 병행하느라 마냥 그 일만 생각하고 살 수도 없던 때이기도 했다.

아니, 더 솔직히 말하자면 이미 멀리 가 버린 사람에게 미련을 가지고 질척대는 것처럼 느껴질까 지레 단호히 끊어 낸 것도 없잖아 있었을 것이다. 아마 그 역시 비슷한 생각을 하지 않았을까.

"전 그럼 이만 일어날게요."

"음? 수진 씨 그게 다 먹은 거야?"

"오늘은 별로 입맛이 없네요. 일이 많아서 그런지."

아무렇지 않게 자리를 벗어나려 할 때였다. 왠지 식당 내의 웅성거림이 심해진 것 같다. 호기심 많은 나 과장이 빼꼼, 고개를 뺐다.

"무슨 일 있나?"

"그러게요?"

뭔가 반응하기도 전에 저만치서 한 떼의 남자들이 나타났다. 어머,

꺅, 세상에. 들뜬 속삭임이 이어져 뭔가 심상치 않은 일이 벌어진 걸 짐작한 그녀가 잽싸게 몸을 돌렸을 때였다.

"어머! 상무님이네!"

"헐 진짜요? 시찰 나오신 건가? 웬일이야, 웬일!"

"잠깐만 수진 씨, 어디 가? 친구였다면서. 가서 인사라도 해야지."

"그래요! 겸사겸사 우리도 인사 좀 나누게."

"네?"

다 먹은 식판까지 들고서 인사는 무슨 인사야!

그러나 미처 피할 새도 없이 효은에게 붙들렸다. 덩달아 기대 가득한 눈으로 합세하는 유리 덕분에 도망치지도 못하고 떠밀리다시피 그에게 다가섰다. 때마침 몇몇 사람과 인사를 나누던 그가 이쪽을 향했다. 아무 준비도 안 된 상태에서 이렇게 무방비로 마주치게 되다니.

"아……."

어정쩡한 태도로 고개를 숙이려는데 그가 휙 하니 고개를 돌렸다. 거리가 멀어 못 본 걸까? 라고 생각하기엔 너무 정확히 눈이 마주쳤었는데…….

"뭔가 기분 나쁜 일이라도 있으셨나?"

"그러게요. 그러고 보니 오늘은 묘하게 표정도 좀 굳으신 거 같네요."

"뭐 그럴 수도 있겠죠. 어떻게 사람이 날마다 기분 좋겠어요."

"아무리 그래도 친구한테까지 그럴까? 수진 씨, 진짜로 아는 사이 맞아요?"

"기억 못 할 거라고 했잖아요. 먼저 갑니다."

쿨하게 대꾸하고 사무실로 돌아온 수진은 커피 한 잔을 든 채 자리에 앉았다. 그사이 도착한 메일에 답신하고 오전 내내 복잡했던 책상을 대강 정리하니 시간이 남는다. 서랍 어딘가에 박혀 있던 파우치에서 립스틱과 거울을 빼 들었다.

"역시 남아 있질 않네."

신상이라 리뷰도 없는 걸 냉큼 구입한 게 패착이었나.

지속력이 영 꽝이라 곤란한 적이 한두 번이 아니었다. 그런데도 모처럼 너무 마음에 드는 색상을 발견해 차마 버리지도 못한다. 이렇게 미련을 가져 봐야 달라질 것도 없는데.

"그렇다고 그렇게까지 쌩하게 굴 건 또 뭐야."

어디에서나 주목을 받는 탓에 주변은 늘 사람으로 붐볐고, 그것이 귀찮을 법도 한데 한 번도 싫은 내색을 한 적이 없었다. 그는 자신의 태도가 타인에게 어떤 영향을 미치는지 잘 알았다. 기본적으로 타인에 대한 배려가 몸에 배어 있는 사람이었다. 말 몇 마디, 손짓 하나에도 좋은 집안에서 잘 배우고 바르게 자란 존재임이 묻어났다.

그런 사람이 그렇게 냉정한 표정을 지을 때도 있구나, 하고 생각했다.

하긴. 꽤나 긴 세월이 지났는데 성격이 달라질 수도 있겠지. 제아무리 신사적이고 친절한 사람이라도 그 많은 직원에게 일일이 눈을 맞추며 인사해 주길 바라는 것도 무리일 테고.

"나도 그 시절 친구들 다 기억하는 건 아니니까."

입 밖으로 꺼낸 현실이 매우 씁쓸하다.

그래. 그렇게 하찮은 존재였구나, 내가.

'왠지 옛날 생각도 나는 거 같고……. 안 그런가요, 김수진 씨?'

그런데 이 말은 또 뭐였지?

"그런 말 한 걸 보면 날 기억하는 거 같기도 한데……."

다른 건 몰라도 재회했던 날 전했던 그 커피의 맛은 기억하려나. 한때는 매일같이 그녀가 내린 커피를 마시기도 했었으니까. 지금 탕비실에 비치된 원두 역시 당시 그가 좋아했던 블렌드를 재현한 것이었다.

"그러니까 그게 이제 와서 무슨 상관이냐고."

혹시라도 다른 사람들 앞에서 알은척이라도 할까 조마조마했으면서, 정작 이런 상황이 되니 상처는 저가 더 많이 받고 있다. 바보같이.

"자, 일하자. 일."

불편한 마음을 더 키울 새도 없이 오후의 일과가 시작됐다.

화려한 호텔의 로비를 가로지르며 재빨리 휴대폰을 확인했다. 오후 2시 40분. 다행히 시간은 늦지 않았다. 저만치서 멀끔하게 슈트를 차려입은 남자가 저를 향해 손을 들어 올린다.

"죄송합니다. 제가 조금 늦었나 봐요."

"아니에요. 오히려 제가 빨리 온 겁니다."

"어머, 그러셨구나. 반갑습니다. 지난번에 따로 인사는 드렸죠? 김수진이라고 합니다. 바로 안내해 드릴게요."

수진의 입가에 가지런한 미소가 떠올랐다. 호텔 영업직 3년 차에 걸맞도록 단련된 영업용 스마일이다. 아무래도 첫인상이 판매와 직결되는 경우가 많다 보니 웃는 얼굴과 최고의 상태로 유지 중인 복장은 필수였다.

업무적 특성상, 미팅이나 접대로 외근이 잦은 편인 데다 수시로 걸려 오는 전화를 받고, 밀려 있는 사무 업무까지 처리하다 보면 하루가 순식간이다. 귀빈이라도 납시는 날에는 즉각 공항이며 호텔 입구에서 대기해야 하는 건 말할 것도 없고.

그런 와중에도 회의 때 꼬박꼬박 소집해 대는 신 부장 덕에 뻑하면 사무실과 약속 장소를 왕복하고, 시장 조사를 비롯해 영업해야 할 기업에 대한 공부와 경쟁사 염탐까지 해치운다. 몸이 세 개라도 모자랄 지경이었다.

오늘 오후에도 미팅이 세 건이나 잡혀 있었다. 지금 만난 남자는 언젠가 그녀가 홍보차 찾아간 적이 있었던 모 외국계 회사의 담당자였다. 갑작스럽게 홍콩 본사의 임원들이 한국에 들를 예정이라고 했다.

"원체 평판이 좋은 곳이니 시설이야 그렇다 치고, 전 이 맛집 정보가 제일 마음에 드네요. 따로 찾아봐야겠는데요?"

"그렇죠? 전부 다 최근 2주 안에 제가 직접 가서 먹어 보고 온 곳이니까 믿고 가 보셔도 돼요. 적어도 그사이에 망한 집은 없을 테니까요."

"하하하, 재미있네요."

로비의 커피숍에 남자와 마주 앉은 지도 어느덧 한 시간이 훌쩍 넘었다. 객실과 레스토랑, 피트니스 시설을 비롯해 주변 시설과 경관까지 꼼꼼히 돌며 소개하고 미리 준비해 둔 사은품과 비장의 맛집 리스트까지 건넨 다음이었다.

"와우, 그런데 이런 곳을 혼자 다니십니까? 혼자선 좀 어색하지 싶은데……."

"전혀요. 전 혼자 삼겹살도 잘 먹거든요. 그리고 요샌 혼자 먹는 사람들이 많아져서 그런지 어디든 편하게 대해 주시더라구요."

"혼자서 삼겹살이요? 하핫……. 이야, 대단하시네요."

온갖 감언이설을 동원해서라도 계약을 따내야 하는 게 그녀의 일이지만, 오늘따라 조금 힘들다. 이미 지금 할 수 있는 건 다 한 것 같은데 남자는 좀처럼 자리를 벗어날 생각이 없어 보였다.

저도 모르게 휴대폰을 힐끗거렸나 보다.

"바쁘신 모양이네요."

"네? 아, 죄송해요. 아무래도 일하던 중이다 보니."

"아, 참. 그러시겠군요. 제가 눈치도 없이 계속 잡아 두고 있었네요. 오늘 수고하셨습니다."

"아닙니다. 당연히 제가 해 드려야 할 일인데요. 오히려 이렇게 기억하고 찾아 주시니 제가 더 감사하죠."

"하도 미인이시라 그런지 기억을 못 할 수가 없던데요?"

남자의 시선이 문득 그녀의 목 아래 언저리를 훑었다. 내내 신사적이던 태도에도 살짝 금이 갔다. 그 눈빛의 의미 따위야 알고도 남는다.

약간 헐렁한 블라우스조차 가리지 못하는 굴곡. 그것을 주저 없이 훑어 내리는 시선.

안타깝지만, 그녀가 지금껏 만나 본 남자들은 대부분 비슷한 반응이었다.

하지만 사적인 대화가 이 정도면 진심으로 감사한 수준이다. 을의 입장으로 영업을 하다 보면 은근한 유혹은 물론, 대놓고 하는 성희롱까지 별별 일을 다 겪지만, 이젠 대부분 한 귀로 넘길 정도로 단련이

됐다.

"어머, 미인이라니요. 감사합니다. 기분 좋은데요? 그 김에 차도 제가 사야겠네요."

태연하게 받아넘긴 수진이 소지품을 들고 일어서자 남자는 멋쩍은 표정으로 뒤따랐다. 계산을 마치고 로비로 나서는 순간에도 남자는 할 말이 더 남은 눈치다.

"저기, 제가 방금……."

"오늘 수고 많으셨어요. 그럼 제가 내일 계약서 들고 귀사로 찾아뵙겠습니다."

"아, 네. 당연히 계약하러 오셔야죠. 그런데 저기……."

"엄맛!"

갑자기 무언가가 머리 위로 툭 떨어졌다. 기겁하며 몸을 움츠린 순간, 머리에 부딪쳤던 것이 주르륵 흘러내리더니 바닥에 떨어져 굴렀다. 잘못 본 게 아니라면, 저건 작은 아이스크림 컵인데…….

잠시 이 상황이 이해가 가지 않아 멍해 있다가, 아직도 머리 위에서 느껴지는 이물감을 향해 손을 뻗었다. 이미 대부분 녹아 있었던 건지, 머리는 찐득하게 흘러내리는 섬뜩한 액체로 엉망이었다. 손바닥은 물론, 그새 머리카락을 타고 흘러내린 초콜릿 아이스크림이 딱 두 번 입어 본 신상 아이보리색 블라우스까지 물들이고 있다는 사실을 깨닫자 눈앞이 깜깜했다.

대체 이게 무슨 날벼락이야!

"이런, 괜찮으세요?"

"아, 예, 괜찮습니다."

남자의 얼굴빛이 좋지 않은 걸 보니 전혀 괜찮은 것 같진 않지만 어쩌겠나. 애써 웃으며 주변을 둘러보니 두어 걸음 떨어진 곳에 네다섯 살 정도 되어 보이는 남자아이가 작은 숟가락을 든 채 그녀를 말똥말똥 쳐다보고 있다. 저놈, 아니 저 어린이 손님이 범인인 모양이다.

"저기, 아가. 그런 걸 사람한테 던지면 안 돼요. 위험해."

서둘러 몸을 낮춘 수진이 아이를 붙잡고서 주변을 둘러봤다. 아이가 이렇게 난동을 부리는데 아무리 봐도 보호자로 보이는 사람이 없다.

"왜 혼자 있어? 엄마는 어디 계시니?"

『그거 내 건데. 엄마가 준 건데.』

"응?"

난데없이 들려온 중국어에 잠시 멈칫했던 수진이 다시 미소를 머금었다.

『여기 혼자 왔어? 엄마는 어디 계시니?』

『몰라. 나 초코 그만 먹을래. 다 녹아 버렸어. 다른 거 먹을래.』

『그래, 알았어. 일단 엄마부터 찾고 아이스크림도 먹자.』

아이를 달래며 일어서자 남자가 왠지 눈을 휘둥그레 뜬 채 바라본다.

"북경어까지 이렇게 유창하게 하시는 줄은 몰랐네요. 대단하십니다."

"별말씀을요. 그보다 죄송한데 여기서 이만 인사드려야 할 거 같아요."

"저기, 옷에도 많이 묻은 거 같은데……."

"아, 괜찮습니다. 이 정도야 뭐. 그럼 다음에 뵙겠습니다."

지금은 먼저 처리할 일이 생긴 것에 그저 감사할 뿐이다. 생긋 웃으며 말을 마치자 더 잡을 구실이 없어진 남자는 아쉬운 표정으로 몸을 돌렸다.

여전히 아이스크림을 부르짖는 아이를 데리고 일단 컨시어지 데스크로 향했다. 마침 자리에 앉아 있던 윤지혜 매니저가 그녀를 보며 반갑게 웃는다. 같은 해에 입사한 동기로 함께 프런트 데스크에서 근무했던 인연이 있다.

"어머, 수진 씨. 웬 아이예요?"

"아, 요 앞에서 마주쳤는데 엄마를 놓친 모양이에요. 중국어를 쓰네요."

"중국이요? 가만있자, 어제 체크인하신 팀 중에……. 어? 머리카락은 왜 그렇게 됐어요? 세상에, 블라우스도 다 물들었는데요? 설마 아이스크림이에요?"

"네, 뭐. 어쩌다 보니 액땜 좀 했어요."

"네?"

영문을 모르겠다는 표정에 수진은 피식 웃음으로 답했다.

다행히 아이는 새로 산 호두 아이스크림이 다 없어지기 전에 엄마를 찾았다. 고작 네 살인 주제에 혼자 호텔 방문을 열고 엘리베이터까지 타고 나온 똑똑한 아이였다. 연락을 받고 황급히 컨시어지 데스크로 달려온 여자는 눈이 빨개진 채 몇 번이나 고개를 숙이며 고마워했다.

"그나저나 이건 어쩐다?"

이 순간이 뿌듯한 건 둘째 치고, 제 꼴을 생각하니 절로 한숨이 난다. 남은 미팅도 있는데 이러고 나가야 하나. 머리며 옷이며 온통 끈적거리는 데다 폴폴 풍기는 초콜릿 냄새가 달다 못해 역겨울 지경이다. 도무지 수습할 길이 없어 보였다.

그래도 어쩌겠니. 대강 씻어 내기라도 해 보자 싶어 화장실로 걸음을 옮기는데 저만치서 윤 매니저가 저를 향해 손짓했다.

"수진 씨, 잠시만요."

"네?"

"올라가서 샤워라도 해요. 이대로는 힘들 거 같은데."

후다닥 다가선 매니저가 그녀의 손에 쥐여 준 건 오늘의 휴게실인 객실 키였다. 고맙게도 그새 프런트 데스크까지 다녀온 모양이었다.

"아, 고맙습니다. 그렇지 않아도 너무 끈적거려서 고민하던 참이었는데."

"갈아입을 옷 없으면 제가 알아봐 드릴까요?"

"아니에요. 바쁘신데 그러실 것까지야. 도와주신 것만도 고마운데요. 나머진 제가 해결할게요. 정말 고맙습니다."

황급히 손을 내저은 수진이 재빨리 키를 받고서 로비로 나섰다.

"갈아입을 게 필요한데……."

엘리베이터에 오르자마자 휴대폰을 꺼낸 수진은 수혁의 번호를 호출해 메시지를 작성했다.

[미안한데 나 정장 한 벌만 구해 줘. 한 시간 안으로. 꼭 좀 부탁할게.]

룸에는 먼저 온 사람이 있었다. 당연히 같이 휴게실을 쓰는 직원들이 있을 걸 알기에 저만치 보이는 침대 위의 인영에도 별로 놀라진 않았다.

'자는 건가?'

소리가 나지 않도록 조심스럽게 이동해 들고 온 재킷과 소지품을 테이블에 놓아두곤 조용히 욕실로 들어섰다.

샤워를 마치고 나왔을 때는 어디선가 진동음이 들리고 있었다. 서둘러 테이블로 다가간 수진은 재킷 위에서 맹렬히 몸을 떨고 있는 휴대폰을 집어 들었다.

"어, 수혁아."

— 나 늦잠 자면 어쩌려고 문자만 보내 놨어? 전화를 하지.

"미안, 자는데 깨워서."

— 어허, 우리 쌍수 남매 사이에 섭섭하게. 그보다 뭔 일이야? 혹시 진상 손님한테 물벼락이라도 맞았어?

"그거면 다행이게? 오늘은 웬 귀여운 남자분께서 내 머리카락에 팩을 다 해 주시더라. 이름은 들어 봤니? 아이스크림 팩이라고. 냄새도 어찌나 진한지 말도 못 해. 그러니 당분간 초콜릿은 사양할게."

피식거리며 대꾸하자 나직하게 따라 웃던 수혁이 말을 이었다.

— 안 늦었어? 시간은 어때?

"급해서 일단 샤워는 끝냈어. 미안한데 좀만 서둘러 줘. 누구 마주치면 좀 보기 그러니까 되도록 빨리. 참, 여기 위치는……."

통화를 마친 수진이 휴대폰을 내려놓았을 때였다.

부스럭.

등 뒤에서 잠이 들어 있던 누군가가 몸을 뒤척이더니 부스스 몸을 일으켰다.

"아, 죄송합니다. 너무 시끄러웠……."

무심히 사과하며 돌아보던 수진이 눈을 휘둥그렇게 떴다.

어느덧 블라인드 사이로 누렇게 물든 햇살이 비쳐 드는 곳에서.

왜.

왜, 남자가!

"엄마아아아!"

그것도 송준성이!

기겁한 수진이 그대로 방을 뛰쳐나갔다.

아니, 뛰쳐나가려 했다. 갑자기 등 뒤에서 뻗어 온 손이 그대로 문 손잡이를 잡아당기기 전까진!

쾅―!

묵직하게 문이 닫힘과 동시에 수진은 다시 비명을 내질렀다.

"까아악!"

"너 제정신이야?"

나지막한 목소리에 온몸이 굳는다.

이건 꿈이다.

꿈이 아니고서야 이럴 수는 없다고!

2. 어설픈 용기의 결과

극도의 집중력을 발휘하면 시간이 느려진다고 했던가.

닫혀 버린 문의 손잡이를 커다란 남자의 손이 붙잡고 있다. 손등 위로 불거진 핏줄이 선명하게 눈에 들어온다.

걷어 올린 셔츠와 쭉 뻗어 있는 팔. 등으로 밀착된 남자의 단단한 몸과 제 팔을 휘어잡은 억센 힘.

여기가 천국인가 싶다. 숨을 못 쉬겠는 걸 보면 이미 죽어 있는 게 분명했다.

"그 꼴로 어딜 나가려고 그래!"

"헉!"

우주 너머를 유영하던 혼백이 후루룩 돌아왔다. 그제야 제 몰골을 확인하고 또 튀어나오려는 비명을 황급히 집어삼켰다. 맨몸에 가운만 걸친 상태라는 걸 깜빡했다. 재빨리 앞자락을 여미며 그 자리에 웅크려 앉은 수진이 절망의 탄식을 내뱉었다.

아아, 죽고 싶다. 일백 번이라도 고쳐 죽고 싶다.

멘탈이 진토 되는 느낌이 너무나 신선해.

가능하다면 이대로 우주를 방황하는 쓰레기가 되어 버리고 싶어.

"하아……."

기나긴 침묵 끝에 등 뒤로 그의 한숨 소리가 들려왔다.

지레 움찔하며 더 몸을 웅크리려는 그녀의 머리 위로 스윽, 뭔가가 덮쳐 왔다. 눈을 조금 들어 올리자 주변이 온통 새하얀 색이었다.

"덮고 있어."

새하얀 시트를 확인한 수진이 주섬주섬 끝자락을 당겨 붙잡았다. 심장이 벌렁거려 딱 죽을 지경이다. 이런 방엔 누가 있을지 알 수 없으니 배정을 잘못 받으면 남자랑 마주칠 수도 있다는 나 과장의 말에 그저 깔깔거리며 웃었는데, 그것이 실제로 일어날 줄이야!

"감사합, 아니, 죄송합니다. 아, 안에 계실 줄은……."

"지금 네가 그런 말 할 때야?"

화가 난 듯 약간 날카로워진 말투에 수진은 흠칫하며 몸을 웅크렸다. 뭐가 그의 기분을 거스르게 한 건지 알 수가 없……진 않구나. 그의 잠을 깨우고 그의 휴식 시간을 작살냈다. 그냥 이 장소에 이 몸이 있는 것 자체가 충분히 불쾌할 상황이다.

"죄송합……."

"아니, 미안합니다. 방금 그 말은…… 실수했어요."

"아, 아닙니다. 놀라셨을 텐데 당연히 그럴 수 있죠. 저야말로 확인도 안 하고 멋대로 행동해서 죄송해요. 제대로 누가 있는지 먼저 확인했어야 했는데……."

계속해서 이어지는 사과 때문인지 대화는 도무지 진전될 기미가 없다. 수진은 초조하게 시트를 붙잡고서 마른침을 삼켰다.

어떡하나. 여기서 뭘 더 해야 하지?

그냥 밖으로 나갈 수도 없고…….

'맞다! 수혁이!'

갑자기 눈앞이 깜깜해졌다. 이 꼴을 보였다간 앞으로 또 30년은 우려먹고도 남는데!

제발 오지 마라. 지금 오면 안 돼.

속으로 수없이 반복하는 와중에 문득, 등 뒤로 움직이는 기척이 났다. 호기심이 동한 수진이 천 사이로 빼꼼 고개를 내밀자 슈트 재킷을 팔에 걸친 그가 현관 쪽으로 다가오고 있었다. 기다란 다리가 성큼성큼 움직이는 것이 그야말로 런웨이에 선 모델이라 해도 부족함이 없었다.

"먼저 나갈 테니 천천히 일 봐요."

"네? 아, 아니에요. 좀 더 쉬셔야죠. 제가 나갈게요. 저 때문에 잠에서 깨셨는데."

쭈그려 앉은 채로 넋이 나가 있던 수진이 화들짝 놀라며 일어났다. 다시 문손잡이를 잡으려 했지만, 그보다 빠르게 앞을 가로지른 손길에 제지당했다.

"충분합니다. 아직 적응이 안 된 건지 좀 피곤해서. 잠깐 눈만 붙인 거니까."

아, 그랬구나.

왠지 모르게 치켜 올라가려는 입가에 힘을 줬다. 저 멀끔한 외모의 상태로는 도저히 상상도 가지 않는 상황이다. 이 사실을 오직 저만 알고 있다는 게 나쁘지 않다.

혹시 그래서 연락을 하지 않은 거였나? 벌써부터 그렇게 바쁘게 살아야 하니 주변을 챙길 여력이 없었던 거고.

지금도 피곤한 듯 조금 찌푸린 눈매는 왜 이리 멋진 건지.

저 상태라면 옛 친구고 뭐고, 조금 냉정하게 쳐다볼 수도 있지, 뭐.

그렇게 스스로 납득하며 흘깃 그를 바라보는데 묘한 게 시야에 들어왔다.

'어?'

조금 헝클어진 그의 머리 한쪽으로 삐죽이 뻗어 나온 머리카락이라니.

'귀여워, 귀여워. 섹시해. 어떡해. 너무 귀여워.'

단 한 번도 본 적 없는 모습이었다. 대학 시절 MT 때조차 술로 떡이 된 사람들 사이에서 한 마리의 학처럼 고고한 자태를 유지하고 있던 모습만 기억하던 그녀에게 이 상황은 다른 의미로 충격적이었다. 자다 일어났는데도 기묘하게 말끔한 얼굴과 저렇게 살짝 흐트러진 모습만으로 이런 금단의 섹시함이 완성될 줄이야!

그러니 이대로 보낼 수 없었다.

그래. 이건 저 남자의 품위를 지켜 주기 위해서지, 저 모습을 나만 보고 싶어서 이러는 건 절대 아니다.

"저기, 잠시만……요."

의아한 듯 돌아보는 남자의 얼굴을 향해 저도 모르게 손을 뻗어 버렸다. 순간 그가 놀란 눈으로 몸을 뒤로 뺐다. 동시에 흠칫한 수진이 얼른 거둬들인 손으로 제 옆머리를 가리켜 보였다.

"아니, 여기 머리카락이 조금."

"아."

무심하던 얼굴 위로 약간 당황한 표정이 슬쩍 떠올랐다가 사라졌다. 이 남자가 이런 표정도 지을 줄 아는구나. 그런데 그런 모습까지 너무 귀엽고 완벽해서 혼자 보는 게 세상 사람들에게 다 미안할 지경이다.

그사이 적당히 옷매무새를 다듬고 다시 차분한 모습으로 돌아온 준성이 문득 뭔가 생각난 얼굴로 그녀를 바라봤다.

아, 너무 빤히 쳐다봤나.

"그것 좀 빌립시다."

"네?"

정확히 그의 손가락이 그녀가 들고 있던 휴대폰을 가리켰다. 얼결에 내밀었더니 잠시 후, 그의 재킷 주머니에서 벨소리가 났다. 뭐가 뭔지 알 수가 없어 휘둥그레 눈을 뜨자 다시 그녀를 바라보던 그가 싱긋 웃어 보였다.

"상황은 좀 이상하지만, 오랜만에 보는 건데 따로 할 말은 없습니까?"

"네?"

"대답은 '네?' 뿐이고?"

무슨 상황인지 알 수가 없다. 아니, 알 것 같은데 그게 맞는지 모르겠다.

"그게……."

어떻게 입은 열었는데 머리가 텅 비어 버렸다. 그런 그녀의 속사정을 아는지 모르는지, 고개를 끄덕인 준성은 짧게 웃음을 흘리곤 휴대폰을 건넸다. 아주 약간, 주저하듯 낮게 헛기침을 하는 모습이 조금 낯익었다.

"시간 괜찮으면 저녁이라도 같이할래요?"

깍듯한 높임말은 낯설지만 알 거 같다. 그는 분명히 자신을 기억하고 있다는 것을.

"아, 그게, 제가 저녁엔 미팅이 잡혀 있어서."

남은 스케줄을 떠올리며 무심코 대답하는데 그의 한쪽 눈썹이 치켜 올라갔다.

"무, 물론 그런 뜻의 미팅이 아니라 업무 연장선입니다. 업체분들 만나기로 되어 있어서요."

이 와중에 왜 변명을 하고 있는지는 모르겠다.

"아."

심지어 준성은 납득한 듯 고개를 끄덕였다.

"그럼 어쩔 수 없네요."

근데 이렇게 쿨하게 돌아서는 거니?

"저기, 잠깐……."

저도 모르게 휑하니 돌아서려는 남자를 붙들었다. 그대로 멈칫한 남자가 다시 그녀를 바라봤다. 여전히 매서움이 남은 눈초리에 잠시 움찔했지만, 이미 제 번호까지 바친 상황이었다. 새삼 모르는 척, 격식을 차리기도 애매해진 수진은 어색하게 웃으며 말을 이었다.

"아, 그게 난 네가……. 아, 아니, 상무님이 절 잊은 줄 알았거든요. 계속 모르는 사람처럼 쳐다보시길래, 그래서 혹시 뭔가 제가 기분이라도 상하게 했나……."

"맞는데. 기분 상한 거."

"……하고."

말허리를 뚝 자르며 치고 들어온 단어에 잠시 어안이 벙벙했다. 잘

못 들은 건가.

"네?"

"기분 많이 상했다고요. 그쪽 때문에."

뭐라는 거야, 얘가.

도무지 무슨 반응을 해야 할지 몰랐다. 그리 다정하게 웃을 땐 언제고 왜 갑자기 정색인데?

갑자기 분위기가 싸해지는 게 뭘 잘못하긴 한 것 같은데, 뭐가 문제인지는 전혀 알 수가 없어 그저 눈만 끔뻑였다. 묵묵히 굳은 얼굴을 유지한 채 그녀를 주시하던 그가 이내 몸을 휙 돌렸다.

"다시 연락하죠."

그렇게 그가 방을 나간 후에도 수진은 한참을 움직일 수가 없었다.

몰아치는 파도에 쓸려 나간 것처럼 눈에 비치는 주변이 온통 하얗다. 멍한 눈을 끔뻑이던 수진은 문득 휴대폰을 쥐고 있단 사실을 깨닫고서 조심스럽게 통화 목록을 열었다. 낯설기 짝이 없는 번호를 바라보는데 가슴이 뛰다 못해 저려 온다.

[송준성]

떨리는 손으로 이름을 적자마자 왠지 다리에 힘이 빠져 털썩 주저앉았다.

"어쨌거나…… 날 기억하는 건 맞네."

그렇게 멍하니 넋을 놓고서 얼마나 시간이 흘렀을까.

문을 두드리는 소리가 났다. 수혁이 왔음을 짐작한 수진이 간신히 자리에서 일어났다. 문을 열어 주자마자 제 몰골을 발견한 수혁이 눈에 띄게 흠칫했다.

"아 놀래라. 뭐냐, 이 꼴은? 무슨 코스프레야? 뭐, 가오나시 그런
거?"

"몰라. 묻지 마."

"어이구, 얼굴은 새빨개 가지고 대체 무슨 일이야?"

어르듯 묻던 수혁이 시선을 회피하는 그녀를 향해 슬쩍 몸을 기울
여 보였다. 잘생긴 얼굴에 웃음기가 만연하다.

연한 갈색 머리에 남들보다 확연히 밝은 빛깔의 회갈색 눈동자. 이
런 그가 결 좋은 검은 머리카락에 검푸른 눈동자를 가진 준성과 함께
있으면 엄청나게 눈에 띄긴 했었다. 보는 눈이 호강이라 제법 인기도
많았고.

그렇다 해도 지금 그 패션은 너무 눈에 띄지 않니?

회색 슈트 안에 입은 광택이 도는 검은 셔츠와 페이즐리 무늬가 새
겨진 짙푸른 색 넥타이를 슥 훑어보고 난 수진이 한숨을 푹 내쉬었다.

"하아, 나 지금 머리 복잡하니까 건드리지 말아 줄래?"

"머리까지 복잡할 일이 뭐가 있을까? 꼭 나 몰래 누구 만나기라도
한 것 같네."

그 와중에 수혁은 강아지 다루듯 수진의 머리까지 쓰다듬으며 피
식 웃는다. 마치 뭔가 다 알고 있다는 듯한 눈빛이 영 거슬린다. 가만
보면 이놈이고 저놈이고 속을 알기 힘든 인간들인 건 똑같았지. 힐끗
노려보던 수진이 그 손을 툭 쳐 냈다.

"자꾸 동생 다루듯이 할래?"

"어허, 이 오라버니가 자다 깨서 옷까지 사 왔는데 그럼 안 되지.
나 그냥 간다?"

"어차피 돈 받아 갈 거잖아. 내놔."

발끈한 수진이 그의 손에 들린 쇼핑백을 뺏어 들었다. 하필 비싼 것도 사 왔다. 이번 달 지출이 너무 크구나. 쓰려 오는 위장을 문지르며 투덜대다 욕실로 걸음을 옮기는데 등 뒤로 웃음소리가 들려왔다.

"너 평소엔 이런 일 있어도 아무렇지 않았잖아."

"어, 평소엔 아무렇지 않지. 오늘은 평소가 아니라서 문제지."

"흐음……. 그래?"

때마침 수혁에게서 벨소리가 들렸다. 그 역시 업무를 앞둔 시간이니 이상할 일은 아니다. 그런데 욕실 문을 붙든 순간,

"가만있자, 송씨 성을 가진 준성이라는 이름이 엄청 낯이 익은데 여기다 물어보면 뭐 좀 나오려나?"

보란 듯 액정을 내보인 수혁이 싱긋 웃었다.

동시에 튀듯이 돌진한 수진이 그대로 수혁의 팔을 붙들었다.

"뭐! 뭐! 뭘 원해? 어? 심플하게 말로 하자, 어?"

"아이고, 우리 수진이는 참 눈치도 빠르고 하는 짓도 참 예쁘고."

"에이 씨! 뭔데, 빨리 말해! 이상한 소리 하면 죽어, 진짜!"

고개를 끄덕인 수혁이 키득거리며 통화 버튼을 눌렀다. 그러곤 슬쩍 휴대폰을 떼어 내며 속삭였다.

"나 밑반찬 떨어졌어. 알지?"

아, 내가 악마를 소환했구나!

"어, 그래. 준성아. 무슨 일이야? 나? 나야 일하러 왔지."

능청스럽게 통화를 시작한 수혁의 뒤통수를 노려보는 그녀의 눈매가 점점 가늘어졌다.

대체 어쩌다 저 제멋대로인 녀석이 친구랍시고 찰거머리처럼 곁에

자리 잡은 건지. 어쩌다 송준성 같은 비현실적인 남자와 연이 닿고 엮이게 된 건지. 제 지나온 인생을 곰곰이 돌아보기 시작한 순간이었다.

◇ ◆ ◇

10년 전, 초가을.

그날의 화제는 다소 뜬금없었다.

"관심 있는 사람?"

아니, 수진은 그렇게 되묻는 순간 분명 누군가의 얼굴을 떠올렸다.

"어, 뭐……."

"있구나! 있어. 누구야? 누구?"

그 짧은 머뭇거림에서 뭘 읽은 거야. 득달같이 달려드는 친구 연희의 반응에 수진은 당황하며 손을 내저었다.

때마침 열린 창문으로 불어온 바람이 그새 살짝 열이 오른 뺨을 스쳐 갔다.

대학에 진학한 지도 어느덧 반년이 훌쩍 넘은 때였다. 쌀쌀한 바람에 옷깃을 여미고 언덕길을 오르던 게 엊그제 같은데, 후텁지근했던 여름도 지나 다시 선선한 바람이 불어오는 계절이 되어 있었다.

"있기는 뭐가. 아냐, 없어."

"아닌데. 뭔가 있는데. 너 얼굴 빨개졌거든?"

"헐, 진짜? 아니, 그게 아니고, 없어. 없다니까?"

"이거 봐, 이거. 웃는 거 보니 더 수상해. 어? 진짜 빨개지네."

"아니라니까. 너야말로 뭐야. 그런 이야긴 갑자기 왜?"

"그냥. 궁금해서."

정말 얼굴이 빨개지도록 내내 놀리는 투로 몰아가던 연희가 새삼 새침을 떨며 양손으로 턱을 괴었다. 찬찬히 훑어 내리는 시선에 호기심이 가득했다. 수업을 앞둔 강의실은 조금 소란스러웠고, 두 사람의 목소리는 크게 튀지 않아 다행이었다.

"딱 봐도 그렇잖아. 너 정도면 얼굴도 괜찮고, 몸매도 괜찮고. 어디 하나 빠지는 데도 없는데 이 좋은 자원을 왜 썩히냐."

"썩히긴 뭘."

"혹시 너 눈이 너무 높은 거 아니야?"

"그런 거 아니라니까. 그보다 곧 수업인데 이제……."

"실은 나 관심 있는 애 생겼거든."

"……어? 진짜?"

"궁금하지? 궁금하지? 나 분명 솔직하게 말했다? 들었지? 그니까 너도 솔직하게 말해 봐. 이렇게 서로 상담해 주다 보면 혹시 알아? 이러다 서로 도와줄 수도 있고."

그러니까 왜 결론은 그쪽이냐고.

"응? 아아. 너 진짜 없는 거야? 진짜로?"

뭔가 낌새를 챈 건지, 아니면 단순히 제 반응이 재밌어서인지.

그날따라 연희는 정말로 집요하기 짝이 없었다. 평소 같았으면 그냥 웃어넘겨 버렸을 타이밍인데, 저렇게까지 눈을 빛내며 덤비는 친구를 차마 무시하기가 힘든 게 문제였다. 애초에 수진은 살살 애교를 부려 가며 저를 녹여내는 연희에게 너무도 약했다.

어색한 웃음과 함께 책을 만지작거리던 수진은 잠시 후 조심스럽게 운을 뗐다.

"뭐, 그냥 좀…… 나도 내 취향인 애는 있어."

아직도 그날의 기억이 생생했다.

정확히는 입학식장에 들어섰을 때부터 눈에 확 들어왔던 그 남자
의 모습이.

'*야야, 저기 좀 봐. 저기 키 큰 애. 보여?*'

'*어, 헐. 와…… 뭐야. 대박이다. 누구야. 아는 사람?*'

'*쟤를 몰라? 송준성이잖아.*'

'*아! 쟤가 그 송준성이야?*'

수군거리는 목소리들이 아니더라도 첫눈에 보자마자 알았다. 저
훤칠한 키를 가진 남자가 신입생 OT 때부터 줄곧 사람들의 입에 오르
내리던 그 송준성이라는 것을.

직접 눈으로 본 건 처음이었지만, 왜 그리 호들갑들이었는지는 바
로 이해가 됐다.

가장 먼저 눈에 들어온 건 선이 고운 얼굴 안에 자리한 뚜렷한 이
목구비였다. 잘 자리 잡은 콧대와 흐트러짐 없이 단아한 눈썹. 기다란
눈매와 적당히 도톰한 입술까지. 무엇 하나 거슬리는 것 없이 완벽해
서 한 폭의 정교한 그림 같은 느낌이었다.

조금 각이 진 턱과 이마를 반쯤 가린 세련된 헤어스타일, 맞춘 듯
잘 갖춰 입은 슈트에선 묘하게 금욕적이면서도 나이답지 않은 성숙함
이 느껴졌다. 아직 소년티가 묻어나는 남학생들 사이에서 유독 어른
스럽게 그 모든 걸 소화하던 모습이 굉장히 인상적이었다.

유난히 맑고 검은 눈동자는 선해 보였지만, 그 밖의 외적인 조건이 모
두 합쳐지니 약간 고집스럽고, 호락호락하지 않은 느낌이라 해야 할까.

당시 낯선 환경에 떨어져 잔뜩 긴장한 저 자신과는 달리 자신감과 여유로 가득했던 그의 모습이 그녀의 눈에는 조금 거만해 보이기도 했던 것 같다.

그러나 그 강렬했던 첫인상에 대한 감상은 그것으로 끝이었다.

지금껏 자신의 노력만으로 삶을 일궈 왔다. 학창 시절엔 줄곧 1등을 놓쳐 본 적이 없었고, 명문으로 이름난 대학에 수석으로 입학해 4년 전액 장학금까지 타 낸 건 그녀 나름의 자부심이었다.

지금까지야 생각한 모든 걸 이뤄 왔지만, 앞날은 어떨지 장담할 수 없었다. 가능하다면 대학을 졸업하는 순간까지 지금의 성적을 유지하고, 원하는 직장을 얻어 화려하게 독립하는 게 당시 그녀의 목표였다. 입시보다 더한 취업 경쟁 속에서 살아남으려면 사랑이니, 연애니 하는 감정 따윈 방해만 될 뿐이라 생각했다.

그래서 지레 관심을 주지 않았다. 어차피 세상 모두가 좋아하는 남자, 제 잘난 맛에 살 인간일지도 모른다는 약간의 선입견 때문인지 사실 첫인상도 그리 좋진 않았다.

하지만 사람의 감정이란 건 언제 어디서 툭, 하고 튀어나올지 알 수 없는 것이었다.

'*어? 저기 자, 잠깐만요! 그거 지금 내가 보려던 건데!*'

그건 어느 날 불쑥, 제 눈앞에 나타난 이 커다란 손처럼 당황스럽기 짝이 없었다.

개강하고 얼마 되지 않아 자료를 찾으러 도서관에 들렀을 때의 일이었다. 하필 제일 위에 **빡빡**하게 꽂혀 움직이지도 않는 책을 꺼내느라 낑낑거리던 참이었는데 난데없이 새치기를 당했다.

순간 몇 분 동안 그 망할 책과 씨름하느라 쌓여 있던 짜증이 훅 터져 버렸다.

'아니, 어떻게 사람이 뻔히 용을 쓰는 걸 보고도 그걸……!'

홱 하니 고개를 돌려 그 손의 주인공을 노려봤다가, 그대로 멈칫했다. 제 날카로운 눈초리에 조금 당황한 듯 싱긋 웃으며 책을 내미는 남자의 얼굴을 본 순간 심장이 쿵 내려앉았다.

'아, 난 이거 싫어.'

왜 여기에 송준성이 있는 거지?

동공이 정처 없이 흔들렸다. 소리 질러서 미안하다고 해야 할지, 도와줘서 고맙다고 해야 할지, 도무지 할 말이 없어 입술만 달싹이는 사이, 책을 건넨 준성은 지그시 그녀를 내려다보더니 다시 멋쩍게 웃고는 몸을 돌렸다.

뒤늦게 고맙다는 말을 해야 한다는 게 생각났지만, 이미 저만치 멀어진 그는 친구로 보이는 한 남학생과 투닥거리며 멀어지고 있었다.

'아…… 실수했네.'

그와 친해지고 싶지 않은 것과는 별개로, 이렇게 날카로운 모습까지 보일 건 없었는데.

괜히 찝찝해진 채로 그날의 일과를 마무리할 무렵, 학교 근처의 서점에서 다시 우연찮게 그를 발견했다. 그가 구입한 몇 권의 책 중에는 도서관에서 제게 내밀었던 것도 포함되어 있었다. 그게 무슨 의미인지는 금세 알았지만, 왠지 마주치면 안 될 것 같아 얼른 그 자리를 피해 버렸다.

정말 아무것도 아닌, 그저 스쳐 넘어갈 일화에 불과할지도 모른다.

하지만 그 별것 아닌 일은 그녀가 제대로 그를 바라보기 시작한 계기가 되었다.

어쩌면 그는 생각했던 것보다 훨씬 더 괜찮은 사람일지 모르겠다고.

그 빛나는 외모가 도리어 진짜 그를 알아보기 힘들게 가리고 있었던 것 같다고.

그렇게 시간이 흘러 그와 친구가 되고, 이젠 송준성이라는 존재가 남자로서만이 아니라, 인간적으로도 충분히 매력적인 사람이란 걸 깨달았을 때는 이미 시작된 후였다.

평생 말하지 못할 길고 긴 짝사랑이.

"송준성이야."

"……어, 뭐?"

"내가 관심 있는 사람 말이야. 준성이라고."

수진은 얼떨떨한 채로 연희를 바라봤다.

저렇게 생기 넘치는 얼굴로 하필, 그 이름을 입에 올리고 있는 친구의 모습을.

"넌 누군데? 혹시 너도 준성이?"

"아니!"

저도 모르게 부정해 버렸다. 이건 최악의 상황이다. 머릿속은 이미 혼돈의 카오스.

"난 그, 그렇게 너무 눈에 띄는 타입은 좀 별로라서. 내 취향은 좀 무난하거든."

"그래? 구체적으로 어떤? 아니다, 그냥 딱 까놓고 말해 봐. 누군데?"

"어, 그러니까, 그게……."

어찌나 당황했는지 벌써 반년을 넘게 알고 지내 온 그 많고 많은 동기의 이름이 하나도 떠오르지 않았다. 하지만 지금은 송준성만 아니면 되는 거였다.

그러니까, 송준성 말고 언제나 그 옆에 있던…….

"아, 수혁이야! 차수혁!"

"수혁이? 걔가 어딜 봐서 눈에 안 띄어? 너 눈 진짜 높다. 수혁이 정도면 강남 한복판에 던져 놔도 눈에 띌 앤데?"

"어? 그, 그런가?"

"게다가 너 준성이랑 친하지 않았어? 수혁이도 나쁘진 않지만 내가 보기엔 아무리 봐도 네 취향은 준성이 쪽인데."

이쯤 되니 피가 말라붙는 게 어떤 느낌인지 너무 잘 알 것 같다.

"수혁이가 어때서? 잘생겼지, 성격……은 좀 못됐지만 그래도 은근 다정한 구석도 있어. 그리고 사실 준성이가 친구긴 하지만 편하게 대할 만한 상대는 아니라서. 뭐랄까, 왠지 속으로는 무슨 생각을 하는지 알 수가 없는…….

멋대로 주절거리는데 갑자기 뒷목이 싸해지며 목소리가 기어들어 갔다.

있어. 등 뒤에 뭔가 있다고. 있어선 안 될 무언가가.

수진은 뻣뻣하게 굳은 몸으로 뒤를 돌아봤다.

"어, 그래, 수진아. 날 그렇게 생각해 주고 있다니 영광이다?"

먼저 저를 반긴 건 간신히 웃음을 참는 표정으로 지껄여 대는 수혁의 얼굴이었다. 그리고 그 옆에서 딱딱하게 굳은 표정으로 내려다보는 준성을 발견한 순간 눈앞이 아득해졌다.

"아, 아니 그게 굳이 말하자면 난 너희 둘 다 그냥 친구로만!"

"응, 그래. 무슨 생각 하는지 모르는 준성이보단 내가 취향이라는 뜻이지?"

"그게 아니라! ……가 아니라, 그러니까 내 말은…….'

"그래. 나도 널 무지 좋은 친구로 생각하고 있다. 네 취향의 친구라서 다행이지?"

"그만해. 곤란해하잖아."

딱 뒤로 넘어가기 직전에 말을 잘라 내 준 준성이 아무렇지 않게 그녀의 옆자리에 들고 있던 책을 내려놓았다. 더욱 초조해진 수진이 안타깝게 그의 안색을 살폈다.

아니라고 말하고 싶었다. 적어도 이 사람에게는!

하지만 눈이 마주치자 준성은 대수롭지 않다는 듯 웃으며 말했다.

"괜찮아. 취향인데 뭐."

글쎄, 아니라니까!

그 엉뚱한 고백 이후에도 준성의 태도는 달리 변함이 없었다.

수혁이 취향이라는 말은 그 자리의 누구도 믿지 않았겠지만, 준성에겐 그 자신을 평가하는 말이 꽤 불쾌했을 텐데.

하지만 그것을 정정해 줄 만한 기회는 없었다.

그리고 다른 내용은 차치하더라도 준성이 어떤 생각을 하고 있는지 잘 모르겠다는 말만큼은 사실이기도 했고.

준성은 늘 다정했고, 변함없이 인간적인 매력을 뿜는 존재였다. 그러나 그를 처음 알았던 3월부터 그해 12월까지. 길다면 긴 시간을 함께하며 느낀 건, 그가 마냥 자상하고 서글서글하기만 한 사람은 아니라는 점이었다.

그는 상당히 고집이 셌고, 지나치게 정의로운 탓에 고지식한 면도 있었다. 불의를 참지 않는 면모는 몇몇 거친 녀석들과의 트러블로 이어지기도 했으며, 책임감이 강하고 변명을 싫어하는 그 특유의 성격은 뜻밖의 오해를 불러일으키기도 했다.

도서관에서의 만남 이후, 호감이 생긴 것과는 별개로 당시엔 딱히 관계의 진전이 없었다. 애초에 뭔가 시도를 해 보기에 앞서 그는 진입 장벽이 너무 컸다. 같은 학과라 해도 동기들만 백여 명. 그 많은 사람 틈에서 특별히 제가 눈에 띌 것 같진 않았다. 수업이 자주 겹치는 건지 강의실 저 멀리 친구들에게 둘러싸인 그를 종종 볼 수 있었지만, 그녀는 그 틈에 끼어들어 말을 건네 볼 만큼 담이 큰 사람도 아니었다.

"저, 김수진. 맞지?"

그래서 그녀는 보는 눈으로 가득한 강의실에서, 떡하니 제게 말을 걸어오는 남자를 마주하고 놀랄 수밖에 없었다.

"어, 응. 넌…… 송준성이지?"

"어, 나 아는구나? 다행이다. 혹시 모르면 자기소개부터 해야 하나 했어."

널 모르는 사람이 어디 있겠어.

기막힌 소리에 저도 모르게 피식 웃어 버렸다. 이미 MT도 함께 다녀온 사이건만, 제대로 통성명을 한 건 그날이 처음이었다. 얼떨떨해 더 말을 잇지 못하는 그녀 대신 옆에 있던 연희가 의미심장하게 웃으며 말을 받았다.

"오, 송준성. 네가 웬일이야? 먼저 와서 말을 다 걸고."

"별일 아니야. 그냥 좀, 수진이한테 부탁하고 싶은 게 있어서."

"부탁이라니?"

다른 무엇보다 송준성이 제게 바라는 게 있다는 사실이 놀라웠다. 의아함 가득한 시선 앞에서 잠시 머뭇거리던 그는 이내 조심스럽게 말을 이었다.

"어, 실은 네 노트 좀 빌리고 싶은데……. 괜찮을까?"

"아아."

약간 김이 빠지는 느낌이었다. 하지만 충분히 있을 법한 일이기도 했다.

최근 며칠 동안 그를 볼 수가 없었는데, 집안 사정으로 열흘 정도 외국에 나가 있었다는 소식을 언뜻 들은 기억이 있다. 꽤나 긴 시간 동안 수업을 빠졌으니 곤란하겠구나, 생각도 했다.

그런데 그 많은 친구를 두고 왜 하필 나야?

"하긴, 이쪽으로 도움받기엔 우리 수진만 한 사람이 없긴 하지. 이게 수석 입학자의 위력 아니겠어? 근데 어째 손이 비어 있네?"

"아아. 하지 마."

"아니, 암만 우리 학교 최고의 인기남 송준성이라도 그냥은……
읍!"

너스레를 떠는 연희의 입을 막으며 어색하게 웃자 준성의 얼굴에
도 설핏 웃음기가 떠올랐다. 그사이 버둥대던 연희가 틀어막힌 입을
열더니 더욱 목소리를 높였다.

"어우, 어우, 막지 마. 받을 건 제대로 받으란 말이야. 송준성. 그래
서 그냥 맨입으로 받아 가는 건 아니지?"

"당연히 아니지. 저기, 괜찮으면 오늘 저녁이라도 같이할래? 근사
한 데서 보답할게."

말투는 조심스러웠지만, 태도에선 여유로움이 묻어났다. 남에게
거절을 당해 본 적 없는 사람의 당당함이 느껴지는 눈빛이었다.

사실 그게 나쁘지만은 않았다. 딱 그다운 태도였고, 그녀 역시 마
음속으로는 이미 그 제안을 받아들이고 함께 마주 앉은 상황을 그리
고 있었으니까.

하지만 뭔가 턱 하니 제동을 거는 느낌이었다. 기다리기라도 한 것
처럼 냅다 따라나서는 게 썩 내키지 않았다. 정확히는 그와 친해지고
싶어 안달하는 사람들과 똑같이 보이고 싶지 않았던 것 같기도 했다.

"아니야. 그냥 노트 한번 빌려주는 건데 뭐. 그런 걸로 저녁까지 얻
어먹긴 거창하고."

얼른 손사래를 친 수진은 필요한 노트가 뭔지 묻고는 가방을 열었
다.

"이거 다음 수업은 월요일이거든. 그날 아침까지만 돌려주면 돼."

노트를 받아 든 준성의 얼굴이 조금 미묘했다. 뭔가 예상 못 한 듯
약간 당황한 표정이었지만 금세 미소를 지어 보였다.

"어, 그래. 고마워. 그리고 저기……."

"그럼 난 바빠서 먼저 가 볼게. 알바가 있어서."

먼저 걸음을 뗀 수진의 뒤로 연희가 따라붙으며 수선스럽게 말을 붙여 왔다.

"오늘도 알바였어? 금요일인데?"

"아, 사장님이 집에 일이 생기셨대. 당분간만 주말까지 다 하기로 했어. 딱히 별일도 없고 주말엔 손님도 별로 없어서 남은 시간엔 공부해도 되니, 뭐. 겸사겸사."

"하여간 너 대단하다. 그럼 가는 길에 같이 가자. 그렇지 않아도 수진이표 커피 땡겼는데 잘됐다."

"너 밤에 마셔도 괜찮아?"

"어차피 오늘은 밤새울 거야. 아주 금요일 밤을 몽땅 불태워 버릴 예정이니까. 그동안 근로 장학생은 일이나 하셔."

키득거리며 대꾸한 연희가 그녀의 팔짱을 꼈다. 그런 연희를 보며 픽 웃어 버린 수진이 흘깃 뒤를 돌아봤다. 아직도 그 자리에 선 채 저를 바라보는 준성이 시야에 스쳤지만 더는 의식하지 않으려 했다.

그리고 월요일이 되었다.

평소보다 조금 늦은 시각이 되어서야 강의실에 들어섰다. 오늘따라 옷을 고르는 일에 꽤 시간이 걸렸다. 항상 로션으로만 마무리했던 얼굴에 공들여 뭔가를 바르기도 하고, 늘 단정히 묶어 놓았던 머리카락도 곱게 드라이를 해 풀어 보았다.

별로 인정하고 싶지 않지만, 묘한 설렘과 기대감으로 조금 들떠 있었다. 다소 긴장한 손으로 강의실 문을 연 그녀는 항상 그가 앉아 있던 창가의 자리를 흘깃 바라봤다. 하지만 가볍게 웃고 떠드는 사람들

속에 준성은 없었다. 서너 명의 여학생 사이에서 늘 그와 함께였던 수혁의 얼굴만 확인했을 뿐이었다.

몽실몽실 피어올랐던 거품이 훅 꺼지는 기분을 애써 누르며 자리에 앉았을 때였다.

"와, 이거 장난 아니다. 어떻게 이렇게 한눈에 들어오게 해 놨지?"

"그러게. 이 정도면 돈 주고 팔아도 되겠는데?"

"글씨도 엄청 잘 썼더라. 폰트인 줄 알았어. 근데 이거 누구 거야?"

뭐가 그렇게 대단한 건지. 한 톤 올라간 여학생들의 호들갑스러운 목소리가 들려왔다.

무심코 고개를 돌렸다가 마지막으로 노트를 건네받은 여학생의 손에 시선이 닿은 순간, 수진은 저도 모르게 자리에서 일어났다.

"잠깐만. 나 그것 좀 보여 줄래?"

너무 낯이 익은 표지였다. 그렇다 해도 설마 제 것은 아니겠거니, 했다. 그것도 익숙한 글씨체를 발견하기 전까지였지만.

확인을 마친 그녀의 얼굴이 딱딱하게 굳었다.

"이거 어디서 난 거야?"

"송준성한테. 왜? 혹시 이거 네 거였어?"

"아, 김수진 거였어? 어쩐지 엄청 정리가 잘되어 있더라니."

"역시 수석 합격자는 필기하는 것부터가 다르네. 근데 이런 걸 수혁이랑 송준성한테만 빌려주는 거야? 우리도 좀 보여 주지."

멋쩍음 반, 빈정거림 반으로 이어지는 말들을 묵묵히 흘려들으며 자리로 돌아왔다. 어딘지 당황한 듯한 수혁의 얼굴을 봤지만, 굳이 그 자리에서 뭔가를 따지고 싶지도 않았다.

조건 없이 뭔가를 빌려주려 한 건 분명 제 호의였다. 그 호의가 이렇게 가볍게 취급당한 게 너무도 불쾌했다.

수업이 끝나자마자 수진은 가방을 챙겨 강의실을 나섰다. 오후에 수업이 있는 연희와 함께 점심을 먹기로 약속이 되어 있었다. 그런데 몇 걸음 떼기도 전에 누군가 제 앞을 가로막았다. 흠칫하며 멈춰 서자 언제 온 건지 준성이 당황한 얼굴로 저를 바라보고 있었다.

"왜? 무슨 할 말이라도 있어?"

이미 마음을 다 가라앉혔다고 생각했는데, 말투가 경직되는 것까진 막을 수가 없었다. 제 목소리에 제가 더 정이 떨어지는 것만 같아 표정은 더욱 굳어 버렸다. 준성의 입가에 어색하게 머물러 있던 미소가 가라앉았다. 최악이다.

"아, 네가 노트 받아 갔다는 말을 들어서."

"할 말은 그거뿐이야?"

"어? 어. 미안. 내가 제대로 관리했어야 했는데……. 입이 열 개라도 할 말이 없다. 기분 나쁜 일이라는 거 알아. 이런 일 겪게 해서 정말 미안해."

난처한 얼굴로 정중히 사과하는 준성을 가만히 바라봤다. 애초에 사과할 짓을 하지 않았다면 참 좋았을 텐데. 아니, 뭔가 변명이라도 했다면 좀 더 나은 기분이었을까.

"그래, 알겠어. 수업 전에 무사히 돌려받았으니까 된 거지 뭐. 그럼 난 가 볼게."

아무렇지 않은 척 대꾸하곤 그 자리를 벗어났다.

그래 봤자 달라질 게 뭐가 있다고.

고작 이런 일 하나로 그에게 실망했다느니 어떻다느니 할 만큼 가까운 사이도 아니었는데, 이상하게 마음이 울적했다.

그리고 사건의 진상을 정확히 알게 된 건 그날 오후였다. 느닷없이 도서관으로 저를 찾아온 수혁은 세상 불쌍한 얼굴로 고개를 숙여 가며 거듭 용서를 빌었다.

"다 내 잘못이야. 진짜 내가 죽일 놈이다. 미안하다, 진짜. 네가 무슨 욕을 하든 때리든 다 맞아 줄게."

준성의 집에 놀러 간 날 책상 위에 고이 놓여 있던 노트를 들춰 봤다가 이게 웬 떡이냐 했단다. 몰래 복사까지 완료한 후 월요일 날 돌려줄 생각이었는데, 마침 자리로 찾아온 여자애들이 노트에 관심을 보이자 내심 자랑이 하고 싶었단다. 당연히 준성의 것으로만 생각했기에 트러블이 나도 끽해야 한두 대 쥐어박히는 정도로 끝날 줄 알았고.

"설마 그게 너한테 빌린 거라곤 생각도 못 했지. 내 평생 그놈이 남한테 뭘 도와 달라고 한 걸 본 적이 있어야 말이지. 나 애 이렇게 화내는 거 초등학교 때 이후로 처음 본다니까. 종일 날 쌩까고 있는데. 와, 이런 적은 처음이라 무서워 죽겠어."

제 가슴팍을 부여잡으며 한탄하는 수혁을 물끄러미 바라봤다. 이건 사과를 하러 온 건지, 하소연을 하러 온 건지 알 수가 있나.

"근데 수진이 넌 준성이랑 언제 그렇게 친해진 거냐?"

"친한 거 아니야. 그냥 상황이 딱해 보여서 도와준 거뿐이고."

"그래? 에이, 아닌 거 같은데. 아무튼 이번 일은 내 단독 범행이니까 준성이 너무 미워하지 말고. 정 맘이 안 풀리면 날 미워해도 되니까, 준성이랑은 꼭 화해 좀 해 줘. 응?"

"알았어. 그런데 애초에 화해고 뭐고 그럴 일도 아니라니까."

"그래그래. 그럼 부탁할게, 응? 고마워!"

남의 말을 듣기는 하는 건지. 기어이 제게서 알겠다는 말을 듣고서야 수혁은 자리를 떴고 그녀는 홀로 생각에 잠겼다.

왠지 조금은 이해가 가는 이야기였다. 유난히 올곧은 사람이었으니까. 그러니 제가 책임졌어야 할 일에 남의 실수를 입에 담는 일은 절대 하지 않았을 거다. 그런 변명을 늘어놓으니 제 실수에 대한 것만 딱 잘라 사과하는 게 훨씬 그다운 일일지도.

하지만 어떻게 된 사정인지 알았다곤 해도 이제 와 제가 할 일은 없어 보였다. 오해를 받고 있는 당사자가 말을 꺼내지 않는데, 굳이 제가 나서서 해명해 달라 요구할 수도 없는 노릇이지 않나.

그렇게 맘속으로 선을 그어 버리고 나니 다 끝난 일이 되어 버렸다. 이후로도 종종 그와 마주쳤지만, 데면데면한 태도로 서로 눈인사만 하고 지나치는 게 끝이었다. 평소엔 크게 의식하지 않았던 그의 존재감이 왜 이런 때에만 더 생생해지는 건지.

결국 사이만 더 어색해지고 끝난 해프닝이었다.

그러고도 2주나 더 지난 어느 일요일 오전. 카페의 문을 열 때만 해도 평소와 크게 다르지 않은 날이 될 거라 생각했다.

"할머님. 혹시 아드님 전화번호나, 어디 가시려고 했던 건지 기억나세요?"

"으응? 글쎄. 모르겠어. 나 여기 어디야. 에구구, 또 내가 정신을 놨나 봐. 아무것도 생각이 안 나. 어떡하지?"

"괜찮아요, 할머님. 제가 꼭 찾아 드릴 테니까, 일단 이거 다 마시면서 천천히 생각해 보세요."

내내 하늘이 흐리다 싶더니 기어이 오후부터 추적추적, 비가 내렸다. 자그마한 몸집의 할머니 한 분이 우산도 없이 카페 앞을 서성이는 게 눈에 띄었다.

한눈에도 이런 곳에 머물 만한 분이 아니라 예의 주시하며 바라보는데, 터덜터덜 걸어온 할머니는 카페 쇼윈도 앞의 턱에 주저앉더니 한참을 움직이지 않았다.

이미 봄도 한창 무르익은 때였지만, 내리는 비를 다 맞고 있기엔 걱정스러운 날씨였다. 결국 문을 열고 나가 할머니를 모시고 들어와 30여 분째 같은 이야길 반복 중이었다. 같은 학교에 다니는 아들을 찾으러 왔다는데, 도저히 그 나이대의 아들이 있는 분으로는 보이지 않았다.

누가 봐도 치매가 의심되는 상황이었다. 몰래 한숨을 내쉰 수진은 따뜻하게 데운 우유를 할머니 손에 쥐여 드리곤 카운터에 놓인 휴대폰을 힐끗거렸다.

경찰서로 모시는 게 가장 나은 선택인 것 같은데, 카페를 비울 수는 없는 노릇이었다. 그렇다고 신고를 하자니 난데없이 경찰이 들이닥치면 괜히 놀라실까 걱정이 되어 망설이게 된다.

어떻게 해야 하나. 연희라도 불러 도움을 청해 볼까, 생각했을 때였다.

"저기."

"아, 어서 오세……."

얼마나 고민을 했던 건지, 손님이 와 있었던 것조차 몰랐던 모양이다. 난데없는 남자의 목소리에 당황하며 반사적으로 고개를 돌리던 수진이 멈칫했다.

전혀 생각지도 못한 존재가 눈앞에 있었다. 어떻게 알고 온 걸까.

누가 알려 줬을까. 아니 날 찾으러 온 건 맞나. 그냥 우연인가?

수없이 많은 의문이 떠올랐다가 흩어졌다. 똑같이 저를 발견한 준성의 얼굴에도 놀라움이 가득해서 그 역시 예상 못 한 상황임을 짐작했다. 서로가 말문이 막힌 채 머뭇거리는 사이 준성의 시선이 흘깃 할머니를 향했다가 그녀에게로 돌아왔다.

"아, 저기. 요 앞에서 길을 잃으신 분인데……."

설명을 요구하는 듯한 시선에 저도 모르게 입을 연 순간 고개를 끄덕인 준성이 대뜸 할머니 곁으로 다가가더니 몸을 숙였다.

"할머님. 그거 다 드셨어요?"

"응? 응. 다 먹었어. 맛있네. 고운 처자가 맛있는 걸 줬는데 내가 돈이 없어서."

"괜찮아요. 제가 사 드릴 테니까, 저랑 같이 가실래요? 그만 댁에 돌아가셔야죠. 다들 걱정하세요."

"그래, 가야지. 가야지. 우리 집 가야지."

역시 미남이란 세대를 가리지 않고 먹히는 법이지.

준성을 바라보는 할머니의 얼굴에 행복한 미소가 만연했다. 선선히 일어나는 할머니를 부축한 준성이 다시 그녀를 봤다. 눈이 마주치자 수진은 걱정스럽게 물었다.

"괜찮겠어?"

"요 앞 지구대로 모시려고. 걱정 마. 놀라시지 않도록 조심할게."

그걸 걱정한 건 아니었는데.

그러나 차마 내색할 수 없었던 수진은 그냥 웃어 버렸다. 너무나도 송준성다운 일이라서.

준성은 꽤나 시간이 흐른 후에야 다시 돌아왔다. 고맙다며 라테 한

잔을 건네자 조금 멋쩍은 얼굴을 하더니 할머님이 저를 놓아주지 않아서 가족이 올 때까지 함께 있어 드렸다고, 가족을 금방 찾아 다행이라고 말하며 웃었다.

"그런데 여긴 어떻게 알고 온 거야? 구석진 데라 다들 잘 모르던데."

"아 참, 수혁이랑 여기서 만나기로……."

무심히 대꾸하던 준성이 미묘한 표정으로 말을 끊더니 이내 한숨을 푹 내쉬었다. 왠지 더 말하지 않아도 어떤 상황인지 이해가 갔다.

"뭐, 알다시피 그런 놈이긴 한데, 나쁜 애는 아니야."

"그런 거 같아. 앞뒤 생각 안 하고 일단 저지르는 타입인 거 같긴 한데, 악의는 없었을 거라 생각하고 있어."

동시에 키득거리는 웃음이 새어 나왔다. 자연스럽게 시작된 이야기는 의외로 아주 편안하게 이어지고 있었다.

"그때 도서관에서 말이야. 도와준 것도 모르고 화내서 미안."

"아냐. 놀라서 그런 거잖아. 이해해."

"그래도 왠지 계속 그때 일이 마음에 남아서. 적어도 고맙다는 인사는 했어야 했는데. 아, 물론 노트 빌려준 건 딱히 그 일 때문만은 아니야. 그냥 인사는 인사고, 도와주는 건 도와주는 거니까."

"알아. 넌 해야 할 말은 앞에서 하는 성격이잖아."

"안다고? 날 알고 있었어?"

진심으로 궁금해서 물었는데, 어째선지 준성은 쉽게 대답을 하지 못하고 쑥스러움 가득한 웃음만 지어 보였다. 늘 어른스럽고 여유 만만한 사람인 줄 알았는데, 이렇게 보니 제 또래의 풋풋함이 가득해서 제 가슴속이 다 간질거리는 느낌이다.

저도 모르게 피어 나오려는 미소를 감추려 입술을 깨문 사이, 준성은 처음 노트를 빌렸을 때처럼 낮게 헛기침을 하더니 말을 이었다.

"노트 빌려준 건 정말 고마웠어. 덕분에 부족했던 부분까지 다 보충했거든. 나도 공부엔 제법 자신 있는 편인데, 네 거 보고는 반성 좀 했어."

"무슨, 반성까지야. 그냥 열심히 하는 거지. 그보다 수혁이한테 다 들었어. 사정이 있었다며. 왜 그런 일이 있었다고 말을 안 해?"

"그런 걸 말한다고 내 실수인 게 사라지는 건 아니잖아. 물건 간수 못 한 건 엄연히 내 책임이지, 뭐."

"······너 그런 성격 손해야."

진심으로 안타까워 슬쩍 덧붙이자 그가 웃었다. 정말로 그게 마음의 짐이라도 됐던 건지, 용서의 의미가 담긴 그녀의 말에 한결 마음이 편해진 얼굴이었다.

이후 두 사람은 꽤 오랜 시간 동안 대화를 나누었다. 마치 이 순간만을 기다렸다는 듯이 빠르게 서로에 대한 질문을 해 가며 친분을 쌓아 갔다.

어느새 슬그머니 나타난 수혁이 그 자리에 끼어들어 한결 풀어진 두 사람을 향해 제 덕분에 더 친해진 거라 우겨 댔다. 도무지 미워할 수만은 없는 능청에 그저 웃을 수밖에 없었다.

그렇게 처음 그를 오해했던 일은 결국 두 사람이 진짜 친구가 되는 계기를 만들었다.

하지만 지금의 오해는 어떤가.

누군가의 잘못이 확실한 상황이라면 차라리 다투기라도 하며 풀어 볼 텐데, 취향이 아니라는 오해라니. 이 얼토당토않게 애매한 이야기는 도무지 어떻게 풀어야 할지 알 수가 없었다.

그래서인지, 어느 순간부터는 함께 있으면서도 조금 멀어진 느낌이었다. 여전히 가장 가까운 친구이자 든든한 공부 메이트로 함께하긴 했지만, 미묘한 어색함은 점차 커져만 갔다. 그 전처럼 단둘이라는 상황이 편하지가 않았다.

어차피 친구일 뿐이라며 마음을 다잡았다. 서로의 감정까지 간섭할 만한 사이는 아니니까. 아무 말 없이 멀어진다면, 그것도 어쩔 수 없는 일이라 생각했다.

하지만 그때 만약, 그가 제 곁을 완전히 떠나 버릴 수도 있다는 사실을 미리 알았더라면 어땠을까.

그랬더라면 좀 더 일찍부터 마음을 다잡고 용기를 낼 수 있었을까.

창밖에서 비쳐 들어오는 알록달록한 빛이 아련하기 그지없다. 연말 분위기로 가득한 풍경 속에 그림처럼 앉아 있는 남자는 오늘도 지나치게 아름다웠다. 묵묵히 책을 읽고 있는 수려하게 잘빠진 남자의 실루엣이 눈에 담기자마자 그녀의 동공이 흔들린다.

'이번에야말로 꼭.'

굳게 마음을 먹은 수진이 커다란 머그컵 두 잔을 들고 창가로 다가갔다. 마감 시간이 지난 카페엔 단 두 사람뿐.

준성이 카페에 나타난 건 꽤 오랜만의 일이었다. 더 정확히는 꼭 전할 말이 있어 모든 용기를 긁어모아 연락을 했다.

인기척을 느낀 남자가 고개를 든다. 수진은 자연스럽게 한 잔을 내밀었다.

"라테 아주 연하게. 괜찮지?"

"어, 고마워. 마무리는 다 된 거지? 너도 앉아."

그의 입가로 엷은 미소가 번졌다. 다시 심장이 두근거린다. 마주 앉은 수진은 몰래 마른침을 삼켰다.

진정해. 진정해라, 내 심장아.

"무슨 일이야? 이런 시간에 그냥 커피 마시자고 부른 건 아닐 테고."

"어? 어, 아니 뭐, 그냥. 할 말도 있고."

"할 말?"

어딘지 무심한 되물음에 수진은 얌전히 고개를 끄덕였다.

"뭔데?"

"어…… 그게. 시간 빠르다. 그치? 벌써 겨울이고."

"그러게. 여기서 할머님 한 분 모시고 나갔던 게 엊그제 같은데."

얼결에 창밖을 내다보며 한 말이었는데 마치 마음속을 꿴 듯 되돌아온다.

"유학, 간다며?"

"응."

조금은 조심스러운 질문이었는데 대답은 쉽게 나왔다. 이 질문이 먼저 나올 거란 것쯤은 이미 예상한 것처럼.

"언제 출국하는 거야?"

"다음 주 수요일."

"되게 갑자기네."

"그런가?"

미묘한 투로 대꾸한 그가 다시 커피 잔을 입에 댔다. 다른 건 몰라도 대하기가 어려운 사람이라는 건 사실이었다. 여전히 속을 알 수 없는 표정과 태도에 입술이 바짝 말라붙었다.

잠시 주변은 어색한 침묵으로 뒤덮였다.

"네가 내려 주는 커피도 이게 마지막이겠고."

그 침묵을 깨듯 준성이 나지막하게 중얼거렸다. 언제나 심장이 뛰게 만들었던 그 목소리조차 지금은 전혀 도움이 되질 못했다. 그러고도 한참 동안 입을 떼지 못하는 그녀 앞에서 그는 천천히 남은 커피를 마셨다.

"잘 마셨어. 그럼."

"저기, 나 실은 할 말이."

동시에 말을 뱉고서 동시에 멈칫했다. 눈이 마주치자 먼저 말하라는 듯 그가 고개를 끄덕인다.

그래. 오늘은 꼭 말해야 했다. 오늘만큼은 기필코.

사실은 오래전부터 널 좋아했어. 그런 말을 할 기회가 없어서 그냥 친구로 지내는 것에 만족했었어. 그런데 이렇게 갑자기 너랑 헤어지게 될 줄은 몰랐어.

난 이렇게 널 보내고 싶지 않아.

그러나 진지하게 그녀의 입이 열리길 기다리는 남자의 얼굴을 본 순간, 거짓말처럼 아무 말도 떠오르지 않았다. 머릿속이 텅 비어 버려 한참 만에야 간신히 입을 열었다.

"아니, 잘…… 다녀오라고. 건강 조심하고."

나직한 웃음과 함께 그의 손에 들려 있던 빈 컵이 툭, 놓였다. 드물게 차가워진 그의 시선이 그녀를 향했다.

"겨우 그 말 하려고 불러내고, 붙잡은 거야?"

"어? 어, 이제 오래 못 만날 테니까."

"그래. 그렇겠지. 이게 너답긴 해."

"……."

"그래도 조금은 기대했는데 역시, 내 착각이었나 보다."

"……."

"또 보자는 말은 별로 의미 없을 거 같네. 너도 잘 지내."

뭔가를 해야 하는데. 무슨 말이라도 해야 하는데 아무것도 할 수가 없었다.

땡그랑.

작은 종소리와 함께 고요가 찾아왔다. 수진은 멍하니 그가 사라진 자리를 바라보다 미지근하게 식어 버린 잔을 집어 들었다.

어차피 잘되리란 기대는 하지 않았다. 새삼스럽게 이 감정을 말로 전한다고 해서 다른 결과가 오진 않을 거라 각오도 했는데.

어설픈 용기는 아니 내는 것만 못했나 보다. 그 차가운 태도에 제 가슴만 와르르 무너져 내렸다.

"으, 쓰다. 맛없네."

괜히 커피를 탓해 본 수진이 어색하게 웃었다.

그날. 굳어 있던 눈빛이 그녀가 기억하는 그의 마지막 얼굴이었다.

3. 알 수 없는 여자의 마음

유난히 긴 하루였다. 고작 반나절 남짓한 시간 동안 겪은 일이 그 지경이니 당연한 소리인가.

어쨌거나 남은 일정을 버릴 수 없기에 정신력을 긁어모아 마지막 미팅까지 해치웠다. 다행히 더 이상 멘탈이 무너지는 일은 없었지만, 사무실로 돌아왔을 때는 이미 오후 9시가 다 되어 갈 무렵이었다.

"아직 퇴근 안 하셨어요?"

텅 빈 사무실을 홀로 지키고 있던 나 과장이 시큰둥하게 대꾸했다.

"어, 그렇지, 뭐."

"저녁은 드셨어요?"

"별로 입맛이 없어서."

"그래도 드시면서 해야죠."

"그럴 시간이 어디 있나. 세상은 넓고, 고객은 많은데⋯⋯. 근데 그건 뭐냐?"

열심히 키보드를 두드리고 난 나 과장이 기지개를 켜며 뒤를 돌아보다 멈칫했다. 케이크 상자를 들어 보인 수진이 씩 웃었다.

"이번에 '멜로우' 에서 나온 신상이요. 오늘따라 단게 무지 먹고 싶어서요. 겸사겸사 쿠폰 북에도 넣으면 괜찮을 거 같아서 가져와 봤는데, 오늘은 다들 일찍 퇴근하셨나 봐요?"

"그러게. 나도 와 보니 아무도 없더라."

"어떡하지? 혹시 많이들 남아 계실까 봐 큰 거로 샀는데……. 아, 예린이 좀 가져다주실래요? 아니다, 남은 건 좀 그렇죠?"

"아니야. 나야 주면 고맙지. 우리 예린이 케이크 귀신이야. 이야, 이거 엄청 맛있게 생겼네."

"그죠? 그죠? 진짜 예뻐서 저절로 손이 막 가더라구요. 안 살 수가 없었어요."

"쯧쯧. 그렇게 단걸 왜 사 들고 와? 김 주임 혹시 그날이야?"

난데없는 남자의 목소리가 끼어들었다. 두 사람의 시선이 동시에 복도로 향했다. 때마침 지나는 길이었는지 신 부장이 싱글거리며 말을 붙여 왔다.

"암만 당 땡기는 때라도 너무 그런 거만 먹으면 살쪄. 나 과장도 이젠 그럴 나이 아니잖아? 특히 우리 김 주임은 우유 들어간 건 더 조심해야 하고."

능글맞게 웃던 신 부장이 버젓이 가슴께에다 C 자를 그려 보인다.

저 인간이 또…….

수진의 입술이 어색하게 비틀렸다.

평소에도 웃기지도 않는 농담과 시도 때도 없는 성희롱으로 혈압을 올리는 데 일조해 온 인간이었다. 짜증 나는 건 본인은 저게 칭찬인 줄 안다는 점이고, 더 짜증 나는 건 그래서 고칠 마음도 없다는 점이다.

처음 한두 번은 대놓고 지적도 해 봤지만, 불의를 참지 않고 나서서 딱히 좋은 결과를 얻지 못했다는 게 문제였다. 말이 전혀 통하질 않으니 저만 사내 분위기를 망치는 사람이 되었고, 이러다 제 인사 고과만 박살 날 거란 충고까지 들었다.

그러니 어쩌겠나. 더러워도 한 귀로 듣고 흘리는 수밖에 없지.

두고 보자 인간아. 내가 준성이랑 옛날처럼 친해지면 모은 자료들 가져다 확 찔러 버릴 테니까. 오늘 전화번호도 교환했거든?

물론, 이렇게 평탄한 사회생활을 위해 속으로만 구시렁대는 저와는 달리 지금도 속 시원하게 할 말 다 하는 사람도 있긴 하다.

"그러게요. 우리야 뭐, 이런 거만 끊으면 바로 관리가 되긴 하는데 우리 부장님은……."

능숙하게 받아친 나 과장이 신 부장의 두툼한 몸매를 슥 훑어보곤 고개를 절레절레 저었다.

"에휴, 그래도 그 연세에 그만하면 평균보다 쪼오끔 떨어지는 거니까 뭐, 기죽으실 거까진 없구요. 어차피 이젠 남한테 잘 보이려고 애쓰실 연세도 아니잖아요. 그렇죠?"

"음? 뭐. 흠, 허흠."

시뻘게진 신 부장이 헛기침을 하자 수진은 애써 웃음을 참았다. 회장 일가와 한 다리 건너 친척뻘이라는 배경을 내세우며 제 밑의 직원들에게는 대단히 위세를 부리는 신 부장이었지만, 호텔 설립 이후 최고의 실적을 올리고 있는 나 과장만큼은 못 당했다.

그러다 보니 어떻게든 눌러 보려 안간힘을 쓰는 신 부장과 미꾸라

지처럼 빠져나가 되돌려 주는 나 과장의 기 싸움을 종종 보곤 했다. 구경하는 입장이니 나름 재미도 쏠쏠했고.

"그보다 김 주임. 마침 잘됐네. 상무님 지금 자리에 계시니까 커피랑 다과 좀 준비해서 가져다줘요."

근데 불똥은 왜 일루 튀는 거야!

"네? 제, 제가요?"

"이럴 때 점수 좀 따 놓으면 좋잖아. 늦게까지 계실 것 같던데 어차피 같이 고생하는 김에 좀 챙겨 드려. 듣자 하니 예전에 알던 사이라며? 그럼 취향도 잘 알겠네."

"아니, 잠시만요. 굳이 제가 그런 거까지 챙기지 않아도……. 부, 부장님?"

대뜸 폭탄을 던져 놓은 신 부장이 총총 사라졌다. 멍하니 신 부장이 사라진 자리를 바라보며 굳어 버린 그녀의 옆에서 슬금슬금 몸을 일으킨 나 과장이 씨익, 웃어 보였다.

"어머, 잘됐다— 자기."

잘되긴 뭐가요!

잠시 후. 가장 깨끗한 쟁반 위로 플라스틱 컵이 아닌 도자기 컵에 다소곳이 담긴 커피와 예쁘게 커팅된 케이크가 놓였다. 구경하는 나 과장의 얼굴에 놀리고 싶은 기색이 역력했지만, 그녀는 꿋꿋했다.

그래도 하늘 같은 상무님 앞에 가져다 바치는 건데 평소처럼 대강 늘어놓는 건 좀 그렇잖아요.

사무실을 나선 수진은 바로 보이는 계단을 조심조심 오르기 시작했다. 호텔에서 조금 떨어진 9층짜리 사무용 빌딩의 3층이 현재 그녀가 일을 하는 사무실이고, 임원실은 바로 위층이었다. 가뜩이나 익숙하지 않은 길인데, 이 길의 끝에 준성이 앉아 있다 생각하니 절로 등골이 빳빳해진다.

조심스럽게 노크를 하고 잠시 기다렸다. 그런데 아무리 기다려도 대답은 없었다. 문득 비서들도 다 퇴근한 텅 빈 사무실 앞에서 난 뭘 하고 있는 건가 싶다.

'그새 퇴근했나?'

잔뜩 부풀어 있던 거품이 푹 꺼진 듯 어깨가 처졌다. 그러게, 이상하게 들뜨더라니.

돌아서려던 수진은 문틈으로 새 나오는 빛을 발견했다. 혹시나 하는 마음으로 다시 노크를 하고 슬그머니 문을 열어 봤다. 환하게 불이 켜진 집무실 안, 바로 보이는 커다란 책상 앞에 누군가 앉아 있었다.

"헉, 죄송합니다. 대답이 없으시기에 그냥……!"

들어온 건데.

뒷말을 집어삼키며 눈앞의 남자를 바라봤다. 정확히는 의자에 기대앉아 잠들어 있는 준성을.

"……."

천천히 다가선 수진은 들고 있던 쟁반을 책상 한쪽에 내려 뒀다.

역시 낮의 일이 문제였던 건가.

"그냥 내가 나갔어도 됐는데……."

최근 알게 된 회사 내부 사정이 썩 밝지만은 않았다. 영업 실적이 몇 년째 제자리걸음이라든가, 설상가상 면세점 비리 건에 연루된 게 있다든가, 좀 더 두드러지기 시작한 파벌의 존재라든가 하는 뭐, 그런 것들.

준성이 돌아온 것도 아마 그 일들을 수습하기 위함이라 들었다. 그녀에겐 한 다리 건너 뉴스로나 접할 그런 일들이 그에겐 현실적으로 떨어진 숙제일 것이다. 책상 위, 한가득 쌓인 서류가 어수선하게 널려 있는 걸 보는 것만으로도 그의 치열한 하루가 눈에 그려지는 것만 같다.

오죽 피곤했으면 그 시간에 잠깐이라도 쉬러 들어왔을까.

피곤에 절어 죽은 듯이 잠들어 있는 모습을 보고 있자니 괜히 제 가슴이 아프다. 그런데도 저를 내보내지 않고 자신이 그 방을 나섰다. 그런 꼴의 여자를 바깥에 내보내느니 본인이 피곤한 게 낫겠다고 생각했겠지.

"어쩌면 하나도 안 변했어."

나직하게 중얼거린 수진이 물끄러미 잠이 든 남자의 얼굴을 바라봤다.

누구도 갖지 못한 것을 가지고 있고, 누구보다 많은 걸 누리고 있는 사람.

하지만 그런 것보다 더 먼저 눈에 박히고, 마음에 와닿았던 건 바로 이런 그의 모습이었다.

어떤 순간에도 몸에 밴 것처럼 자연스럽게 흘러나오는 배려와 여유. 설령 그것이 가진 자의 여유로 보일지언정 굳이 감추고 꾸미려고 들지 않는 모습이 좋았다. 언제나 있는 그대로, 당당히 자신을 드러내온 그를 좋아했다. 그런 그와 친구라는 사실이 자랑스러웠다. 지금은 안타깝게도 그 친구라는 이름마저 지키지 못했지만.

그러니, 이 기회를 놓칠 수는 없었다.

"죄송합니다, 상무님."

휴대폰을 꺼내며 작게 중얼거린 수진이 살금살금 그의 곁으로 다가갔다.

오오, 저 기다란 속눈썹.

오오, 저 날렵한 콧날과 섹시한 입술.

잠시간 그 얼굴을 핥듯이 훑어본 수진이 정성스럽게 휴대폰 각도를 맞췄다. 찰칵, 소리가 의외로 커서 심장이 떨어지는 줄 알았지만, 다행히 그는 눈을 뜨지 않았다.

'나이스 샷!'

어떻게 이렇게 대충 찍는데도 화보가 나오니!

자는 얼굴까지 예술이다. 곱게 저장된 사진을 확인하던 수진이 제 입을 틀어막았다. 흥분이 가시질 않았다. 절로 어깨춤이 나올 지경이다. 이 짜릿한 수확의 기쁨을 영원히 홀로 간직하리라 다짐하며 막 휴대폰을 집어넣었을 때였다.

덥석.

거센 힘이 그녀의 손목을 붙들었다.

"히익!"

기함하며 고개를 돌린 곳엔 어느새 눈을 뜬 남자가 그녀를 바라보고 있었다.

"……뭐 하는 거냐, 김수진."

그가, 정확히 제 이름을 불렀다.

정신이 아득했던 건 근사한 목소리 탓인지, 손목에서 느껴지는 비현실적인 감촉 탓인지 모르겠다.

고요하기 그지없는 남자의 눈. 또렷한 눈매와 정확히 그녀를 바라보는 검은 눈동자에선 방금 전까지 잠들어 있던 사람 특유의 흐릿한 기미라곤 찾을 수가 없었다.

설마, 그 추태를 다 본 건 아니겠⋯⋯지?

"뭐 하시는 거냐고 물었습니다, 김수진 주임님."

한결 느른해진 음성이 심장을 긁어내린다. 다시금 아득해진 수진이 허겁지겁 남은 정신력을 끌어모아 침착하게 대꾸했다.

"주, 주무시는 거 아니었어요?"

"내가 그것에 대답해 줘야 할 의무 있습니까? 내 구역을 침범한 건 김수진 씨인데."

"그렇⋯⋯죠."

"다시 묻죠. 김수진 씨는 왜 들어왔습니까?"

"어, 그, 그게 피곤하실 거 같아서 커피를⋯⋯."

"가져다 놓고 겸사겸사 사진도 찍으시고?"

"⋯⋯네."

"자는 사람 얼굴을 한참 관찰하시던데. 거기다 사진까지 찍고. 묘한 페티시라도 생기셨나, 아니면⋯⋯ 스토킹?"

아, 역시 다 봤구나. 대체 언제부터 깨어 있었던 거야!

흠칫하며 얼굴을 본 순간 여유롭게 웃는 그와 눈이 마주쳤다.

슬며시 올라간 입가. 길게 휘어진 눈매.

제대로 걸렸구나, 하는 표정에 수진의 눈이 휘둥그레졌다.

"아니에요! 무슨 그런, 그런 게 아니고 이건 그냥 쓸데가 있어서⋯⋯!"

"⋯⋯."

"이게 그러니까, 호, 홍보실이요. 홍보부에서 송준성 상무님의 사진을 소식지에 싣고 싶어 해서!"

"그런데 자는 얼굴을 찍습니까?"

"그게, 싫어하실 거 같아서 몰래⋯⋯."

"⋯⋯."

"죄송합니다."

말을 할수록 본전도 못 건지는 것 같은 이 느낌적인 느낌!

점점 서늘하게 굳어 가는 남자의 시선 앞에 있으려니 절로 군기가 바짝 든다. 가뜩이나 저 때문에 기분이 상하셨다는 분인데 거기다 불을 지폈나 보다. 붙들려 있던 손을 후다닥 빼낸 수진이 휴대폰을 치켜 올렸다.

"지우겠습니다!"

"아니, 그럴 건 없는데."

사진첩을 누르려던 손길이 멈칫했다.

"자는 얼굴이 실리는 건 나도 좀 그러니까, 제대로 찍으시죠."

"네, 제대로 찍어⋯⋯. 네?"

순간 이 남자가 미쳤나 싶어 빤히 바라봤다. 놀랍게도 그는 더없이 진지했다. 심지어 보란 듯 매무새를 다듬고 점잖게 의자에 기대앉더니 양손을 깍지 끼곤 근엄한 표정까지 지어 보인다.

"뭐 합니까? 빨리 안 찍고."

"네?"

"사진 필요한 거 아니었습니까?"

"마, 맞습니다."

허둥지둥 대답하며 얼결에 사진을 찍긴 했는데 제대로 찍은 건지는 모르겠다. 액정으로 보는 눈빛마저 왜 이리 생생한지, 도무지 시선을 맞출 수가 없다.

곁눈으로 찍힌 것만 확인하고 얼른 저장 버튼을 누르자마자 그가 손을 내밀었다. 성실하게도 제가 찍힌 모습까지 굳이 확인한 그가 픽 웃음 짓더니 다시 그녀에게 휴대폰을 건넸다.

"그럼 일단 이쪽도 한 장 받죠."

"뭐를……. 설마 제 사진을요?"

"그럼 이 자리에 김수진 씨 말고 다른 사람이 있습니까?"

"그, 그건 좀!"

"남의 사진만 가져가고 본인 거는 안 내주는 거, 무지 양심 없어 보이는데."

"네?"

그녀의 눈이 휘둥그레졌다. 혼잣말처럼 중얼거리긴 했지만, 이건 명백히 들으라는 말이다. 심지어 말허리가 뚝 끊어진 게 반말처럼 들린 건 기분 탓?

그러고 보면 낮에 만났을 때도, 방금 제 손목을 덥석 붙잡았을 때도 뭔가 반말 비스무리한 말을 한 거 같은…….

'지금 그런 걸 따질 때야?'

떡하니 저를 향해 있는 휴대폰과 자못 진지하게 저를 바라보는 남자의 눈빛을 의식하니 미치겠다. 아무렇지 않은 척 버티는 것도 죽을 맛이다.

"저기, 셀카로 하면 안 될까요?"

그가 선선히 휴대폰을 내밀었다. 벌겋게 열이 오른 얼굴에 부채질을 하며 돌아선 수진이 셀카 모드로 전향된 화면을 바라봤다. 버튼을 누르는데 느닷없이 수전증이 생긴 건지 촤라락, 연속으로 찍히는 소리가 난다.

"어, 엄맛! 왜, 왜 이래 이거!"

게다가 이상한 얼굴이 떡하니 찍혀 있다!

"그냥 줘요."

가능하다면 이 손에 든 걸 통째로 날려 버리고 싶은 표정으로 휴대폰을 내밀자 사진을 확인한 그가 시크하게 안주머니에 집어넣었다. 웃음을 참는 듯 슬쩍 치솟은 입가에 수진은 그저 눈물만 삼켰다.

"초상권료는 따로 청구하죠."

"……네."

"참고로 제 몸값은 좀 비쌀 겁니다."

암요. 상무님의 몸값이야 천정부지겠죠.

살벌하기 짝이 없는 말에 목구멍이 바짝 타들었다. 수진은 마른침을 삼키며 그의 입술만 바라봤다.

그래서 대체 얼마를 부르실 건가요, 상무님.

"일단 제대로 된 곳에서 밥 한번 먹죠."

그리고요?

차마 입 밖으로 꺼내진 못하고 기다리는데 그의 입술이 다시 열렸다.

"시간 나는 대로 연락하겠습니다. 그럼, 들어가 봐요."

잠시간 멍하니 서 있다가 눈만 깜빡였다. ……설마 그게 끝?

얼떨떨한 속을 다 읽은 건지 그가 웃는다.

"다음 사보, 기대하겠습니다."

귀신에 홀린 것 같은 기분이었다.

◇ ◆ ◇

끊어졌다고 생각한 인연과 긴 세월을 돌아 우연히 마주칠 확률은 얼마나 될까.

'⋯⋯*김수진?*'

출근 전날. 김 비서가 전달한 자료들을 확인하고 마지막으로 직원 명부를 무심히 훑어보다 저도 모르게 내뱉은 이름이었다.

아니, 그럴 리가 없잖아.

실소하며 덮었다. 그래. 벌써 10년이 다 되어 가는 일이니 이젠 잊을 때도 됐다. 평소 같았으면 눈에 띄지도 않았을 무수한 글자 속의 이름 하나. 어디선가 한 번은 보게 되는 흔하디흔한 그 이름을 굳이 발견하고 심장이 덜컥거리는 일 따위 이제 없어야지. 애초에 그녀가 다시 제 눈앞에 나타나는 기적 따윈 바라지도 않았다.

'*그리고 여긴 우리 영업부 예쁜이 김수진 주임입니다.*'

그런데 문을 열고 들어온 사람은 정말 그녀였다. 사람이 너무 놀라면 어느 순간 무감해진다더니 정말 그랬다.

생각한 것 이상으로 차분했던 저 자신도. 무덤덤한 태도로 저를 바라보다 고개를 숙이던 그녀의 딱딱함도 뭔가⋯⋯ 너무 예상 밖이었다. 한순간 일었던 실망감에 헛웃음이 날 것 같았다.

진짜 너냐고. 반갑다고.

환하게 웃어 주기라도 할 줄 알았던가.

"왜 그러십니까, 상무님? 식사가 입에 안 맞으십니까?"

문득 들려오는 질문에 준성은 힐끗, 눈앞의 사람들을 바라봤다. 기다란 식탁을 두고 주루룩 둘러앉은 임원진들의 표정이 굳어 있다. 그들의 등 뒤로 보이는 풍경만 봐도 이들이 단순히 식사나 하기 위해 모인 게 아니라는 것쯤은 쉽게 알 수 있다.

이곳은 호텔 라비타 내부에 위치한 한정식 레스토랑 '솔'이었다.

미슐랭 가이드 3스타를 따낸 식당의 음식에 문제가 있어서는 안되겠지.

무겁게 움직이던 젓가락을 차분히 내려놓은 준성이 싱긋 웃었다.

"죄송합니다. 오랜만에 바쁘게 움직이려니 몸이 마음처럼 따라 주질 않는 건지 입맛이 없네요."

"저런. 그렇지 않아도 너무 강행군을 하시는 게 아닌가 싶어서 여기저기서 우려의 목소리가 많습니다."

"그러게나 말입니다. 좀 더 본사에 계시면서 세상 돌아가는 모습이라든가, 내부 사정이 어떤지 좀 파악하고 오셨으면 힘들지도 않고 서로서로 편했을 텐데, 참."

"미주 지역 사업 건이 다 마무리된 거나 마찬가지라곤 해도 이미 맡고 계신 일이 있으신데, 굳이 이번 입찰 건의 책임을 맡으시는 것도 모자라 한옥 호텔 추진 사업까지 참여하실 예정이란 건 아무래도 좀 무리한 행보가 아닌지."

"뭐, 한 회장님께서야 어련히 잘 계산해서 맡기셨겠지만, 면세점 건은 특히나 이미 한 사장님께서 힘을 쓰시고 있지 않습니까? 굳이 그렇게 끼워 넣어서 젊은 힘까지 빼시는 건 괜한 낭비 같기도 합니다만…….”

슬쩍 틈을 내보이자마자 그걸 약점이라 생각한 건지 거침없이 물어뜯는다. 그나마 젊은 축에 속한다는 영업부 신 부장의 나이도 오십대 초반이었다. 그래서인지 눈앞의 남자들은 기껏해야 조카뻘인 젊은 상사 놈의 등장을 그다지 반기지 않는 눈치였다.

‘무슨 말도 제대로 못 하겠더라니까요. 말꼬투리 잡아 가며 어찌나 신랄하게 쏴 대는지, 아주 진땀을 뺐어요.’
‘미국에서 뭘 하고 온 건지 꽤 까다로운 놈이 된 모양이구만. 앞으로 골치 좀 아프겠어.’
‘괜히 그 집안 핏줄이 아니겠지. 이래저래 걱정입니다.’

출근 당일, 고작 하루 만에 퍼져 나간 그의 평판이었다. 그 진원지는 따로 알아보지 않아도 오전 내내 그를 상대하며 진땀을 흘렸을 신 부장일 테고.

본사 근무를 했던 2년을 제외하면, 꼬박 6년을 해외에서 맴돌았다. 생각지도 못한 호텔 라비타의 상무 이사라는 직함을 달게 된 건, 해외 사업부의 일을 마무리하고 돌아온 지 겨우 이틀 만의 일이었다.

그들의 우려는 이해하고도 남는다. 아직 경험도, 연륜도 부족한 상사.

얌전히 공부만 해 온 백면서생 따위가 앞서서 일을 벌이는 것도 싫겠지만, 그가 등장함으로서 일어날 변화 그 자체가 그들에겐 불안이고 불만일 것이다. 그러니 굳이 말로 전하지 않아도 그들이 원하는 게 무엇인지 정도는 알고 있다.

하지만 순순히 물러나 줄 생각은 없었다.

'아마 다들 난리가 날 테지, 널 그 자리에 앉힌 것만으로 이미 선전 포고
나 다름없다고 받아들일 테니.'

어젯밤, 자정이 다 되어 갈 무렵 그의 오피스텔에 나타난 한 회장
은 피곤함으로 가득한 눈을 잔뜩 찌푸리고 있었다.

'그걸 아시면서 절 굳이 그 자리로 불러들이신 겁니까?'
'더 불만을 가져야 하니까, 그래야 쥐새끼처럼 숨어 있던 놈들까지 못 참
고 다 튀어나오지.'

차분하게 내뱉는 말끝에 희미한 조소가 떠올랐다. 제 아들마저 비
정한 전쟁터로 끌어들이려는 어머니의 고뇌가 묻어난 웃음이었다.

한정원 회장.

이젠 그 이름 뒤에 붙는 회장이라는 직함이 전혀 어색하지 않은 나
이였다. 그렇게 긴 세월 동안 누군가의 어머니라기보다, 거대한 그룹
을 이끄는 회장님으로 사는 게 익숙해진 그녀에게도 긴 시간 동안 쌓
인 골칫덩이들이 전하는 무게감을 무시하기 힘들었던 걸까.

'한동안 네 약점 하나 잡아 보겠다고 다들 눈에 불을 켜고 있을 거야, 끼
어들 틈 따위 보이지 마, 허점 잡히지 않게 잘 처신하도록 하고.'
'유념하겠습니다.'

'그래. 그럼 이만 쉬어라.'

흔한 안부조차 오가지 않았다. 2년 만에 겨우 얼굴을 마주 대하는 모자의 대화치곤 지나치게 건조했던 말들 뿐.

그러나 준성은 돌아서는 한 회장을 굳이 붙들지 않았다. 서로가 건강한 것만을 확인했으면 된 거다. 지금 그녀에게 필요한 건 사려 깊은 막내아들로서의 역할보다, 1분이라도 더 눈을 붙일 시간일 테니.

"너무 염려 마십시오. 어느 자리에 떨어지건, 맡겨진 일에만 충실할 생각이니까요."

떨어진다, 라는 직선적인 표현에 배배 꼬여 들던 말들이 쑥 들어갔다.

"이 자리로 내려보내신 분의 체면을 더럽히지 않는 것. 그것이 낙하산의 본분 아니겠습니까?"

"그 무슨⋯⋯. 낙하산이라니. 헛흠. 흠."

"그럼요. 당치 않죠. 그냥 조금 이르다 뿐이지 언제가 되었든 당연히 오셔야 할 자리고⋯⋯."

내처 못을 박아 버리자 그제야 아차 한 건지 서로 눈짓을 주고받으며 당황스러움을 얼버무린다. 이젠 본사에서 일하던 시절의 얌전한 막내 도련님이 아니란 걸 그새 잊고 있었던 모양이다.

"압니다. 지금 어떤 미래를 생각하고, 어떤 결과를 걱정하고 계신지는."

그의 외삼촌이자, 한 회장의 동생인 한정균 사장이 슬슬 야심을 내보이며 세력을 넓히고 있다는 건 세상 모두가 아는 공공연한 비밀이었다.

처음엔 한 회장을 도우며 그 자리를 지키는 것으로 만족하는 듯했으나, 세월이 지날수록 점차로 불어 가는 욕심은 그를 내버려 두지 않았다. 그로 인해 알게 모르게 파벌이 나뉘어 복잡해진 그룹 내부의 사정은 분명 이 자리에 있는 모두에게 영향을 주고 있었다.

"투자의 기본은 분산이죠. 결과를 예측할 수 없는 일에 모든 걸 털어 넣는 것만큼 위험한 일은 없으니까요. 그건 당연한 겁니다."

그러나 그들로서는 아직 결정되지 않은 미래를 버리면서까지 굳이 적대감을 드러내고 소속을 밝힐 필요까진 없을 것이다. 어떤 의리보다 실리를 따라 왔기에 이 자리에 앉아 있는 존재들이었다.

그들은 현재의 자리를 지킬 수만 있다면 언제든 눈치 빠르게 줄을 갈아탈 준비가 되어 있었다. 정확히 그 점을 짚어 내는 말에 그들은 침묵으로 수긍했다.

"비록 경험은 적지만, 옆에서 보고 배운 것은 그 이상이라 자부합니다. 다소 부족해 보이더라도 너그럽게 지켜봐 주십시오. 금방 만족스러운 결과로 보답해 드리겠습니다."

아무렴 호랑이 밑에서 개의 자식이 나왔을까.

그 누구도 아닌 한 회장의 아들이다. 돌아가신 선대 회장과 병약한 남편을 대신해 여자의 몸으로 HJ그룹을 현재의 자리로 올려놓은 입지전적의 인물. 그런 사람의 핏줄을 이어받고서 약한 소리는 할 수 없지 않은가.

"그럼, 편하게 식사하십시오. 전 아직 해결할 일이 남아서 이만 먼저 일어나겠습니다."

말이 끝나자마자 준성은 뒤도 돌아보지 않고 룸을 나섰다. 이 순간 그를 잡을지 말지, 또 한 번 머뭇거렸을 그들에게 건네는 작은 호의였다.

함께 저녁이나 들자는 모임이었지만, 예의상 이뤄진 초대라는 것쯤은 알고 있다. 그 역시 음흉하기 짝이 없는 늙은 여우들과 불편하게 식사를 하는 일에 굳이 더 시간을 들일 마음은 없었다.

엘리베이터에서 내려 로비로 들어선 준성은 얌전히 뒤를 따라온 남자에게 툭하니 말을 건넸다.

"먼저 퇴근하세요."

"상무님은요?"

"남은 일이 있다고 말씀드렸을 텐데요."

"그 자리 빠져나오시려고 그냥 하신 말인 줄……."

무심코 대꾸하던 김 비서가 황급히 입을 다물었다.

올해 서른네 살의 김문홍 비서는 한 회장의 직속 비서실 출신으로, 3년 전부터 한국과 미국을 오가며 준성의 타지 생활을 보좌해 왔다. 오랜 시간 함께하며 누구보다 믿을 만한 존재라는 건 파악했지만, 너무 가까이 지내다 보니 단둘일 땐 간혹 지나치게 솔직해진다는 게 흠이랄까.

"불편한 자리기는 했죠. 너무 대놓고 찔러 놨으니 앞으로도 볼만할 테고. 그래도 이젠 바쁘신 회장님 대신 저를 도마에 올려놓게 될 테니 이만하면 효도는 다했지 싶은데요."

"죄송합니다."

"아닙니다. 그럼 내일 뵙죠."

"네. 먼저 가 보겠습니다."

꾸벅 고개를 숙여 보인 김 비서가 부리나케 사라졌다. 그제야 휴대폰을 꺼내 든 준성이 조금 망설이다 통화 목록을 열었다.

"하여간 김수진, 넌……."

처음 그녀와 마주쳤을 때는 그저 어안이 벙벙했다. 너무도 뜻밖이라 그 순간엔 실감을 못 했던 것 같기도 하다. 당장 그녀를 불러내 이야기를 하고 싶었다.

그동안 어떻게 지낸 건지. 왜 이곳에 있는 건지.

설마…… 이렇게 여기서 저를 기다린 건 아닌지.

실컷 행복 회로를 돌리던 머릿속은 금세 현실을 되뇌며 이성을 찾았다.

지금껏 연락조차 없다가 느닷없이 나타나 뭘 어쩌겠다고. 과거의 인연이야 어떻든 지금은 오래전에 연이 끊겼던 옛 친구일 뿐이었다. 그렇게나 냉정히 돌아섰던 순간이 제게도 이렇게 생생하니 그녀 역시 잊지 못했을 테고.

모든 조건이 때가 아님을 말하고 있는데, 머릿속은 자꾸만 다른 가능성들을 떠올렸다. 어떻게든 그녀에게 접근하고 싶어 안달하는 저 자신이 기막혔다.

그래서 한동안은 일에만 몰두하려 애썼다. 급하지 않았던 일정까지 앞당겨 가며 머리를 혹사시켰다. 이러다 보면 자연스럽게 그녀에 대한 생각도 지워질 거라 생각했다. 하지만 같은 회사라는 건, 언제든 마주칠 가능성이 있다는 의미라는 걸 간과하고 있었다.

어리석게도 그것을 우연히 들렀던 직원 식당에서 그 많은 사람 틈에 있던 그녀를 단번에 발견해 버린 뒤에 깨달았다.

그때 저는 어떤 표정을 지었던 걸까.

너무 당황한 나머지 뻔히 눈이 마주쳤는데도 먼저 고개를 돌려 버렸다. 그런 자신의 행동에 저조차 놀랐는데 그녀는 얼마나 놀랐을지. 마음 같아선 실수였다고 변명이라도 하고 싶었지만, 제대로 인사조차 한 적이 없는 사이라는 걸 깨닫고는 허탈하게 웃고 말았다.

　오후의 일정이 이어졌지만, 이상하게 집중이 되질 않았다. 피곤이 밀려들어 잠시 눈이라도 붙일까 하고 휴게실을 찾았다. 그렇지 않아도 최근 너무 무리하고 있다는 걸 스스로 깨닫고는 있었다. 그러니 조금만 쉬면 나아질 일이라 생각했다.

　그런데 익숙한 여자의 목소리가 들려왔다. 꿈을 꾸는 줄 알았다. 너무 그녀만 생각하다 보니 결국 꿈에도 그녀가 나오나 보다 했다. 저도 모르게 몸을 일으키고, 눈앞을 얼쩡거리는 여자를 멍하니 바라보고 있었을 때만 해도 말이다.

　　'아, 죄송합니다. 너무 시끄러웠······.'

　정신없이 손을 뻗었다. 기겁하며 뛰쳐나가려는 그녀를 붙잡았다.

　가녀린 몸이 품 안에 들어오자마자 훅 풍기던 향기. 10년 전에도 늘 일정 이상 간격을 둔 채 바라봐야 했던 여자가 처음으로 품 안에 들어온 순간, 심장이 미친 속도로 뛰어 댔다.

　　'너 제정신이야? 그 꼴로 어딜 나가려고 그래!'

　저도 모르게 목소리가 높아졌다. 무엇보다 당황스러운 건 그 와중에도 제 중심을 향해 몰려드는 열기였다. 순식간에 빳빳해진 것이 바지를 뚫고 나올 기세로 뛰어 올랐다. 그녀의 팔을 움켜쥔 손아귀에도 점점 힘이 들어갔다.

　이어 붉게 익은 입술을 헤집고, 가녀린 목덜미에 뜨거운 숨을 내뱉으며 그녀의 다리 사이로 제 허벅지를 밀어 넣는 순간을 떠올리기까지는 순식간이었다.

드디어 내가 미쳤구나.

웅크려 앉은 그녀의 머리 위에 시트를 씌우며 탄식했다. 대번에 머릿속을 가득 채운 욕정 어린 생각들을 이를 악물며 지워 냈다. 정말 당혹스러울 만큼 솔직하게 반응하는 자신의 몸에 자괴감이 들 정도였다. 빨리 이 자리를 벗어나야 이 나사 빠진 정신머리를 수습할 수 있을 것 같았다.

'저기, 잠시만……요.'

그런데 그녀가 먼저 저를 붙잡았다. 저도 모르게 긴장하며 그녀를 바라봤다.

'아니, 여기 머리카락이 조금.'
'아.'

그 순간에도 조금 기대했던 자신이 우스울 정도로 아무렇지 않아 보이는 그녀의 태도에 괜히 오기가 생겼다. 저는 이 모양 이 꼴이 되었는데, 그녀는 언제까지 저를 모른 척하려는 건지. 괘씸하기도 했다.

'상황은 좀 이상하지만, 오랜만에 보는 건데 따로 할 말은 없습니까?'

그 와중에도 그 시절과 조금도 달라진 게 없는 예쁜 눈으로, 빤히 바라보는 시선에 왜 이리 설레는 건지. 저도 모르게 피식 웃음을 머금고 말았다.

'기분 많이 상했다고요. 그쪽 때문에.'

이젠 그런 자신이 서글퍼져서 덧붙인 약간의 심술이었다. 그녀가 제 의도를 궁금해하며 저를 생각하길 바랐다. 이런 식으로라도 조금씩 인연의 끈을 이어 가고 싶었다.

그런데 그날 밤, 또다시 그녀가 제 앞에 나타났다.

몰래 집무실에 숨어 들어와 있던 것도 모자라, 대놓고 제 사진까지 찍고 있는 그녀를 발견했을 때는…… 뭔가 기분이 아주 복잡했다. 이거야말로 꿈인가, 싶었을 정도로 현실감이 없었다.

'주, 주무시는 거 아니었어요?'

아니, 그런 거치곤 손안에 잡히는 감촉이 너무도 현실이었다. 손안의 감촉처럼 훤히 느껴지는 사심이 신경 쓰여 견딜 수가 없었다. 이쯤 되니 그녀의 진짜 마음이 뭔지 꼭 물어봐야 할 것 같았다.

지금껏 나 없이도 잘 지내고 있었냐고. 어떻게 이곳에 머물 생각을 한 거냐고.

그 결정에 내 존재가 조금이나마 영향을 주진 않았었냐고.

생각하는 것만으로도 가슴이 아려 왔다. 다시 만난 그녀는 여전히 열심히, 흔들림 없이 그녀 자신의 삶을 살아가고 있었다. 그 모습이 보기 좋으면서도 섭섭했다.

어느 순간엔 정말 잊었구나, 좋은 추억의 일부가 되었구나, 생각한 적도 있었다. 다시 만나고 싶었지만, 구체적으로 무엇을 어떻게 할지는 생각해 본 적이 없었다.

그래. 그 긴 세월 내내 오매불망 그녀를 그려 온 것도 아니니까.

그런데 정작 그녀를 보고 나니 내내 눌러둔 욕심이 솟구쳤다. 묘한 그녀의 태도에 기대를 하고 있다. 혹시나, 설마 하는 생각들이 자꾸 머릿속을 맴돌았다.

그녀가 존재하지 않는 세상 속에 살며 더 크게 마음을 키워 버린 저 자신처럼, 혹시 그녀도 그러지 않았을까 하는 그런 막연한 기대감이.

'일단 제대로 된 곳에서 밥 한번 먹죠.'

이미 그녀는 제 앞에 나타났다. 그러니 급할 건 없었다.

조금씩 천천히. 눈앞에 보이는 실마리를 당기다 보면 무언가 더 확실한 게 따라오지 않을까.

"그런 거치곤 너무 조용한 것도 같고."

휴대폰 화면을 지그시 살피던 그의 입가로 쓸쓸한 웃음이 떠올랐다. 혹시나 그녀에게 연락이라도 오지 않았을까 싶었지만, 결과는 역시나다. 그럴 여자가 아니란 걸 알면서도 뭘 기대하고 실망하는 건지.

허탈하게 웃으며 휴대폰을 집어넣은 준성이 호텔 입구를 빠져나가려다 문득 걸음을 멈췄다. 저 빌어먹게 눈에 띄는 샛노란 람보르기니 아벤타도르는 모른 척 지나가려야 지나갈 수가 없다. 곧장 다가가 차체를 두드리자 스르륵 열리는 차창 안쪽으로 익숙한 얼굴이 씩 웃어 보인다.

"오, 준성. 오랜만이다?"

차수혁이었다. 그 순간 준성의 머릿속으로 내내 덮어 둔 미묘한 기억 하나가 떠올랐다.

'급해서 일단 샤워는 끝냈어. 미안한데 좀만 서둘러 줘. 누구 마주치면 좀 보기 그러니까 되도록 빨리. 참, 여기 위치는…….'

마치 밀회라도 나누는 뉘앙스였던 그녀의 통화 내용.

— *어, 그래. 준성아. 무슨 일이야? 나? 나야 일하러 왔지.*

그리고 그 방을 나와 수혁에게 전화를 걸었을 때, 능청스럽게 들려왔던 말이었다. 분명 커다란 쇼핑백을 든 채 호텔 로비를 지나치는 걸 본 다음이었는데도.

정황상, 두 사람이 만났을 거란 것쯤은 충분히 예측 가능했다. 여전히 그들은 친구였고, 사정이 있어 옷을 구해 달라는 부탁 정도는 충분히 들어줄 수도 있는 관계임엔 틀림없으니까.

문제는 수혁이 왜 굳이 그런 거짓말을 했을까, 였다.

다시금 밀려드는 찝찝함을 애써 털어 낸 준성이 조금 삐딱하게 섰다.

"쓸데없이 길 막고 있지 말고 차 빼지."

"매정하게 왜 그래? 우리 사이에."

"일할 시간 아니야?"

"해야지. 데이트 끝나고."

묘하게 싱글거리는 태도와 데이트라는 말이 이상하게 거슬린다. 하지만 그럴 수도 있다 생각하려 했다. 어느덧 그들의 나이도 서른 살이었다. 슬슬 연애와 결혼이라는 말이 인생의 숙제처럼 압박을 가해 올 나이.

"그나저나 준성이 너는 바빠 보인다?"

"그렇지 뭐."

"그래. 들어가 봐. 나중에 시간 나면 연락해라."

기억도 나지 않는 어린 시절부터 쭉 친구로 지내 온 사이이기에 알고 있다. 차수혁은 그 어떤 누구에게도 쉽사리 머무르지 않았다. 또한, 친구보다 여자를 가까이한 적이 없었다.

사람은 뼛속까지 쉽게 변하지 않는다. 그러면 죽을 때가 된 거지.

그런 사람이 아주 오랜만에 귀국한 친구와 마주쳤는데도 붙들지 않았다. 약간 거슬렸던 예감이 순식간에 '석연치 않음'으로 격상되었지만 준성은 내색하지 않았다. 자연스럽게 돌아서고 얼마간 거리가 멀어졌을 무렵이었다.

"야, 차수혁! 이게 뭐야?"

등골을 짜릿하게 울리는 여자의 목소리가 그의 발목을 잡아챘다. 저도 모르게 뒤를 돌아봤다.

"너 내가 이 차 타고 나오지 말랬지?"

"아니, 왜? 이게 어때서? 다른 애들은 이거 못 타서 난리인데 왜 너만 그래?"

"너무 눈에 띄잖아! 타기도 힘들고! 누가 쳐다볼 때마다 창피해 죽겠단 말이야."

"어허, 수진아. 너 지금 오빠가 창피하다고 했니?"

"아우! 오빠는 무슨 얼어 죽을. 능글능글 징그럽게……. 꺅! 하지 마, 수혁이 너 진짜!"

어느새 차량 밖으로 나온 수혁이 장난스럽게 여자의 머리를 쓰다듬는다. 얼굴에 웃음기가 만연하다. 징그럽다며 학을 떼는 소릴 하는 여자의 얼굴도 마냥 싫은 기색만은 아니다.

누가 봐도 사이좋은 친구. 혹은…… 연인으로 보일 만한 모습이었다.

"오래 기다렸어? 담부턴 번거롭게 왔다 갔다 하지 마. 그냥 약속 장소로 바로 가면 될 걸."

"어차피 가는 길이니까 그런 건 신경 쓰지 말고. 뭐 먹을까?"

"아, 어제 거기 어때? 스테이크 진짜 괜찮던데. 다른 메뉴도 좀 궁금하더라."

"그래? 그럼 오늘은 시간 별로 없으니까 일단 거기로 가자. 그보다 주말 약속은 안 잊었지?"

"응. 당연하지. 너 일찍 일어나야 하는데 괜찮겠어? 일할 때 술 너무 많이 마시지 마."

"그래야지. 멀리 운전할 거 생각만 해도 술맛 딱 사라진다."

짐작조차 못 할 둘만의 이야기를 나누고 아무렇지 않게 차에 오른다.

준성은 그런 두 사람을 멀거니 지켜봤다. 시선을 느낀 건지 운전석에 앉으려던 수혁이 흘깃 그를 바라봤다. 그 입가에 장난스럽게 스며든 웃음기가 선명하다.

"……그런 의미였나?"

돌아서는 준성의 눈매가 서늘하게 굳었다.

"누구 아는 사람이라도 있었어?"

수혁이 느긋하게 운전석에 올라타는 동안 수진은 등 뒤를 흘끔거렸다. 미묘하게 느린 타이밍도 그렇거니와 왠지 그의 시선이 뒤쪽을 향해 있었던 것 같았는데.

"어? 아니, 그냥. 좀 섬뜩했는데 짜릿하고 재밌네. 잠자는 사자 코털 하나 정도 뽑아 버린 느낌이라고 해야 하나."

"무슨 엉뚱한 소리야?"

묘하게 싱글거리는 수혁의 태도에 다시금 뒤를 바라보던 수진이 멈칫했다. 오가는 사람들 사이에서 유독 매끈한 뒤태를 자랑하며 걷는 남자가 눈에 띈다.

"와아, 저 사람 뒤태 끝내준다. 근데 어디서 본 거 같기도 하고. 누구지? 혹시 누군지 봤어?"

"이거 봐, 이거 봐. 지금 이렇게 멋진 남자를 옆에 두고 눈이 돌아가?"

"그래, 너 잘생기고 얼굴도 작고 키 커서 비율도 겁나 좋아. 완전 모델이야. 그거는?"

건성으로 대꾸한 수진이 손을 내밀었다. 피식 웃음 짓던 수혁이 재킷 안주머니에서 뭔가를 꺼내 내밀었다.

"후, 그래도 다행이다. 너한테 있어서."

옷을 갈아입으며 사원증을 잠시 빼놓은 걸 쇼핑백에 그대로 넣고서는 수혁에게 통째로 맡겨 버린 게 화근이었다. 미팅을 나간 자리에서 한참 만에야 목이 허전한 걸 깨달았다.

다행히 예상했던 것보다 일이 빨리 끝나 돌아온 사무실에서 한참을 찾아 헤매는데, 때마침 연락을 해 온 수혁에게 '그거 쇼핑백 안에 있던데?'라는 말을 들었다.

정신이 없어도 이렇게 없을 수가.

아니, 이래저래 일이 터져 대니 정신이 없는 게 당연한가.

한숨을 내쉬는 동안 벨트를 채운 수혁이 툭하니 말문을 열었다.

"연희가 올해 안에 돌아온다고?"

"어, 이번엔 아예 들어올 생각인 거 같던데."

"난 연희만 보면 진짜 정신이 쏙 빠져나가는 거 같다니까. 잠깐 들렀다 가도 그 지경인데 아예 한국 땅에 박힐 예정이라고? 어우, 날 얼마나 벗겨 먹으려 들지 벌써부터 숨이 콱 막히네, 그냥."

"친구 좋다는 게 뭐야. 잘해. 혹시 알아? 연희 통해서 겁나 예쁜 외국인 여자 친구라도 소개받게 될지."

"외국어 울렁증 환자한테 무슨 망발이냐."

"으이그, 엄살은. 그렇게 자신 없으면 평소에 공부 좀 하든가."

"어허, 그게 아니지. 난 애국심이 강한 거뿐이야. 결혼도 꼭 우리나라 사람이랑 할 거고."

"그래그래. 마음대로 해. 것보다 말이 나와서 말인데, 순정이 얘는 또 왜 이렇게 느닷없이 결혼을 한대?"

"뭐긴 뭐겠어. 혼수 하나 거—하게 생긴 거지."

"아……."

어쩐지 핼쑥해 가지고 물만 마시고 있더라니. 입덧을 시작한 거였나.

지방에 있는 공기업에 취직을 하는 통에 한동안 연락이 뜸했던 동기였는데, 며칠 전 수혁을 통해 연락을 해 왔다. 그리고 어제 수혁과 함께 식사를 대접받고 청첩장까지 받은 참이었다.

"우리도 벌써 그런 나이가 됐구나."

"그렇지. 우리가 대학 졸업하고도 벌써 몇 년이 지났는데. 특히 넌 딱 결혼하기 좋을 나이긴 하지."

"웃겨! 꼭 본인은 아닌 것처럼 나만 물고 늘어지는 건 뭔 심보인데? 그리고 난 지금 내 몸 건사하기도 바빠 죽겠다고. 결혼은 무슨."

"어머님은 그렇게 생각 안 하시는 거 같던데."

"어우, 말도 마. 어제도 전화 와서는 엄마 친구 딸내미 시집간 이야기 하면서 은근슬쩍 닦달하시는데, 정말. 후, 너도 알잖아. 아빠 정년 퇴직하시기 전까진 꼭 결혼해야 한다고. 그래야 지금까지 여기저기에 투자한 돈 다 받아 낼 수 있다나 뭐라나."

"아이고, 우리 교장 선생님. 안타까워서 어쩌나. 정년도 얼마 안 남으셨는데 하나뿐인 따님은 종일 일만 하느라 남자 친구 소개 한번을 안 해 주고. 얼마나 애가 타시겠어."

"진짜 너까지 그럴래?"

키득거리는 수혁을 힐끗 노려봐 준 수진이 한숨을 푹 내쉬었다. 이십 대 중반을 넘어가면서부터 지금까지, 귀에 못이 박히도록 들어 온 말이었다. 이 나이 되도록 결혼은커녕 연애하는 것에도 관심이 없는 그녀를 재촉하기 위한 방편으로 반쯤 농담 삼아 하는 말이겠지만, 듣는 사람은 그렇게 들리지 않는다는 게 문제다.

물론, 그런 말이라도 해서 경각심을 불러일으켜 보려는 부모님의 심정을 모르는 건 아니다. 난임 선고라는 청천벽력 같은 소식에도 끝까지 포기하지 않고 갖은 방법을 다 동원해 간신히 얻어 낸 귀한 외동

딸이었다. 그런 소중한 딸이 사랑하는 사람을 만나 행복하게 사는 모습을 보고 싶지 않은 부모가 어디 있겠는가.

이윽고 매끄럽게 차를 출발시킨 수혁이 툭하니 물었다.

"아버님 요즘은 어떠셔? 건강은 괜찮으시지?"

"늘 그렇지, 뭐. 술을 완전히 끊으셔야 한다고 그렇게 말을 해도 몰래몰래 드시는 거 똑같고, 그래 놓고 나더러 죽기 전에 손주 안 보여 줄 거냐고 닦달하는 것도 여전하시고. 앞으로 백 년은 더 사실 거 같구만, 무슨."

"푸하핫······!"

"웃을 일이 아니라니까."

질렸다는 듯 고개를 젓지만, 그녀의 목소리에는 은근한 걱정이 묻어났다. 아버지의 예전만 못한 건강 상태도 기승전 '결혼' 으로 가는 단골 소재 중 하나다. 그러나 재작년 겨울, 출근길에 한번 쓰러진 전적이 있기에 아주 무시할 수만은 없는 말이기도 했다.

정말 그땐 얼마나 놀랐는지.

전화를 받자마자 잠옷 바람에 코트만 걸치고서 눈물범벅이 되어 튀어 나갔었다. 지갑을 놓고 나와 택시도 잡지 못하고 길바닥에 주저 앉아 엉엉 울며 수혁에게 전화를 했다.

정신이 나간 채로 내뱉는 말을 어떻게 해석한 건지, 수혁은 귀신같이 저를 찾아왔고 곧장 본가를 향해 차를 몰았다. 분명 밤을 새우고 왔을 텐데도 바로 돌아가지 않고 곁에서 저를 다독이며 일 처리까지 맡아 준 그가 얼마나 고마웠는지 모른다. 평생 갚아야 할 은혜였다.

그 일을 겪고 난 후 부모님은 더더욱 그녀의 결혼에 집착하기 시작했다. 어떤 생각을 하시는 건지, 그 마음은 충분히 알았지만, 그런 것만으로 결혼을 서두르고 싶지 않은 게 문제였다.

"어쨌거나 난 그렇다 치고. 수혁이 너야말로 급하지 않아?"

"물론 급하지. 요즘 본가에 들어가기도 무섭다. 그런데 관심 있는 여자가 바로 옆에 있는 남자를 두고도 바쁘다고 전혀 생각이 없다는데, 어떡하면 좋냐?"

"헛소리하지 말고. 네가 진짜로 좋아하는 사람을 만나란 말이야. 너 진짜 그렇게 살다간 밤길 조심해야 할 거 같다니까."

"내가 뭘!"

"모르겠으면 지금부터라도 네 연애관에 대해서 심각하게 고민 좀 해 봐."

정말 진지하게 걱정돼서 하는 말이었는데, 수혁은 불만이 가득한 얼굴이다.

"나 엄청 진지한데?"

"됐고, 운전에 집중하세요. 내가 너 연애질하는 거 옆에서 몇 년을 지켜봤고, 몇 명을 얼마 동안 만난 거까지 다 아는데 느닷없이 무슨 헛소리야."

"느닷없다니. 원래 남자들은 옷깃만 스쳐도 아들딸 계획이 아른거리고 막 그러는데 10년을 같이 있었으면 손자며느리 생각해 볼 때다?"

"무슨 주마등이라도 봐? 진짜로 주마등 보기 전에 앞이나 좀 보라고!"

어이가 없어 눈살을 찌푸리며 핀잔하자 피식 웃음을 터뜨린 수혁이 다시 정면을 바라봤다. 그러다 짐짓 시무룩하게 중얼거렸다.

"내가 취향이랄 땐 언제고."

"그때 이미 해명 끝난 이야기 가지고 또!"

"그래서 진짜 이상형인 준성이가 왔으니 이제 잘해 보려고?"

정말 난데없이 튀어나온 이름이었다. 순간 심장이 철렁했다.

"무, 무슨…… 이상한 소리야. 말이 되는 소릴 해. 다른 사람도 아니고 송준성하고 뭐?"

"왜 말이 안 되는데?"

"생각해 봐. 당장 우리 회사 상무님이야. 그것도 회장님 아들. 상식적으로 그런 사람이 평사원이랑 왜 엮이는데? 말이 된다고 생각해?"

"당사자들이 서로 좋아 못 살면 그럴 수도 있지."

기함할 소리에 절로 목소리가 높아졌다.

"누가? 누가 좋다는데?"

"너부터 좋아 죽잖아. 벌써 10년 넘도록 옆에서 보살펴 준 남자는 뒷전이고 다른 남자 생각이나 하는 게."

"허. 아니거든?"

"아니라는 분이 얼굴 한번 마주쳤다고 기절초풍해선 자는 사람을 깨우질 않나, 얼굴 보고 대화 몇 마디 좀 했다고 완전 넋이 나가 있질 않나……."

정곡이 찔린 수진이 짐짓 엄하게 눈을 흘겼다. 눈알이 빠지도록 힘을 준 보람은 있는지 수혁이 제 뺨을 긁적였다.

언감생심 꿈조차 꿔 본 적 없는 일이었다. 엄밀히 말하자면 옆에 앉은 이 남자도 같은 부류지만 준성은 좀 더 의미가 달랐다.

"나한테 송준성은 그냥 연예인 같은 존재야. 보면 멋지고, 배울 점도 많고, 존경할 만한 사람이라고 생각하는 거뿐이라고. 그러니까 그냥 바라보는 걸로 충분해."

"혹시 모르지. 팬이랑 연애하는 아이돌도 있더만."

아니, 아무래도 비유가 잘못된 거 같다.

"있잖아. 너 어릴 때 위인전 읽어 봤지?"

"이젠 위인까지 들먹일 기세냐?"

"나한테는 그래. 생각해 봐. 이순신 장군님이 아무리 멋진 꽃미남이라 해도 감히 그분이랑 어떻게 연애를 해?"

"……."

"적어도 같은 세상에 존재하는 사람이어야 뭐라도 하지."

수혁이 기막히다는 듯 고개를 저었지만 그녀는 당당했다.

"난 그냥 현실적으로 생각하는 것뿐이야. 내 노력으로 어쩔 수 없는 일에 매달려 가면서 힘 낭비하고 싶지 않아."

가슴에 꿈을 품고 살기엔 이미 너무도 어른이 되어 버렸으니까.

"그냥 좋은 기억으로 남기고 싶어. 가능하다면 전처럼 친구로 지내고 싶고."

"글쎄. 과연 그게 쉬울까?"

"나도 힘든 거 알거든? 감히 상무님한테 야자 틀 마음은 없으니까, 걱정 마."

아니, 쉽지 않을 거라는 건 그런 의미가 아닌데.

제대로 삽질 중인 여자를 측은하다는 듯 흘깃 바라본 수혁이 다시 눈앞의 풍경을 바라봤다. 어느 쪽의 착각부터 깨 줘야 하나. 조금은 고민이 되는 순간이었다.

준성이 마지막으로 호텔을 나선 시각은 오후 4시 무렵이었다. 나

흘간의 베이징 출장 일정을 마치고 돌아온 지 딱 이틀째 되는 날이었다.

오전 중에는 평소처럼 **빡빡한** 일정을 해치우고, 오후엔 HJ건설 사옥의 회의실에서 사장단과 차담회를 진행했다. 그리고 다시 호텔로 돌아와 면세사업부와 면세점 시찰을 마친 시각이 딱 그쯤이었다. 모든 일정이 끝나고서 김 비서에게 남은 일 마무리를 지시한 준성은 손수 차를 몰고 호텔을 **빠져나왔다.**

한강을 건너고, 서울 도심지를 가로지른 차량은 어느덧 고급 주택들이 즐비한 언덕길을 달리고 있었다. 벌써부터 붉게 물들기 시작한 하늘과 웅장한 주택들의 조화가 묘한 향수를 불러일으키는 곳. 그에겐 너무도 익숙한 풍경 중의 하나다.

성북동에 위치한 본가로 향하는 길이었다. 모처럼 저녁이라도 함께하자는 아버지의 연락을 받았다. 되도록 시간을 내 보겠다며 짧게 대꾸하고 전화를 끊은 게 일주일 전의 일이다. 아마 위의 두 형들에게도 똑같은 연락이 닿았을 터.

그러니까, 오늘 모두 모인다면 무려 3년 만에 온 가족의 얼굴을 보게 되는 셈이다.

물론, 그것마저도 힘들 거란 것쯤은 이미 짐작하고 있었지만.

저만치 보이는 익숙한 저택에서 고급스러운 세단 한 대가 빠져나왔다. 그러고는 제가 오는 방향과 반대 방향으로 차를 돌려 사라졌다. 안타깝게도 운전석에 앉은 남자의 옆모습이 익숙했다.

차고에 주차를 마친 그가 넓게 이어진 정원을 가로질러 집 안으로 들어서자, 가장 먼저 광주댁의 웃는 얼굴이 그를 맞이했다.

"어서 와요, 오느라 고생 많았어."

"고생은요. 아버지랑 어머니는요?"

"교수님은 서재에 계셔요. 회장님은 언제쯤 오실지 대중없고. 따로 연락 없으면 먼저 식사하라 하시던데, 아무래도 늦으실 거 같죠? 곧 저녁 준비 다 되니까, 일단 교수님께 인사 먼저 드리고 같이 와요."

딱히 새삼스러운 일은 아니었다. 서른 해 인생을 살며 한 회장을 집 안에서, 제때에 본 기억이 도리어 손에 꼽을 정도였다. 무심히 고개를 끄덕이며 걸음을 떼던 준성이 지나는 말로 물었다.

"큰형은 방금 나가는 거 같던데요."

"갑자기 학교에서 급한 연락이 왔거든요. 모처럼 집에 들러서 쉬고 가는 건가 했더니만. 그렇지 않아도 둘째 도련님까지 오늘은 못 올 거 같다고 연락 왔었고요."

새삼스럽지도 않았다. 그렇군요. 짧게 대꾸한 준성이 2층의 서재로 향했다. 굳게 닫혀 있는 문을 가볍게 두드리자 낮은 기침 소리가 들려왔다. 그대로 문을 열고 들어서자 사방이 짙은 고동색 책장으로 둘러싸인 공간이 눈에 들어온다.

"저 왔어요."

"살아 있긴 했구나."

가장 안쪽의 커다란 책상 앞에 앉은 남자가 불쑥 대꾸했다. 아버지, 송경무 교수였다. 고급스러운 가죽 의자에 앉은 남자는 이내 두꺼운 책을 슥 덮더니 가느다란 은테 안경을 슬쩍 내리며 시선을 보냈다. 준성이 책상 앞에 자리한 커다란 소파에 앉으며 물었다.

"바쁘게 사느라 별 소식 없으면 더 안심하시는 거 아니었어요?"

"말은 청산유수지."

핀잔하는 투에 준성이 멋쩍게 웃었다.

"웃을 때가 아니야. 우리 한 회장님 속이 보통 많이 상하신 게 아닐 텐데. 어떻게 보상할 셈이냐?"

"그렇지 않아도 오늘 뵙게 되면 사과드리려던 참이었습니다."

얼마 전, 갑작스럽게 한 회장의 호출을 받았다. 시간 나면 잠시 만나 점심이라도 들자는 말에 생각해 보겠다고 대답한 게 그대로 약속이 되었다.

물론 그 약속은 지키지 못했다. 일정이 바뀌며 예정되어 있던 중국 출장이 당겨져 급히 출국을 하게 된 것이 원인이었다. 바쁘고 귀한 아드님 얼굴이나 보자며 불러낸 자리가 실은 한 회장과 그 친지들의 모임 자리였다는 건 나중에야 김 비서를 통해 전해 들었다.

"내색은 안 하지만 많이 곤란했을 게다."

"일 때문에 약속을 못 지킨 거니 우리 회장님이라면 이해해 주실 줄 알았죠. 설마하니 그런 자리일 줄은 몰랐습니다."

"알았으면 더 안 나갔을 거 아니냐?"

정곡을 찌르는 질문에 준성은 대답 대신 멋쩍은 웃음을 흘렸다. 자연스럽게 저를 불러내 난다 긴다 하는 집안들에 선보이려는 생각이셨을 거다. 3세 경영으로 넘어가는 타이밍에 후계자로 언급되는 형제들 중, 가장 그 중심에 가까운 존재. 말하자면, 저는 현재 한 회장이 가진 가장 큰 카드였다. 그런 자리가 결코 가볍진 않았을 터.

"웬만하면 약속은 꼭 지키도록 해라. 가뜩이나 준하도 준영이도 속 썩이는 짓만 골라서 하는데 너까지 그러면 네 어미 제명에 못 산다."

"왜요. 형님들한테 무슨 일이라도 있었습니까?"

"어떻게 된 게 하나같이 한다는 소리하곤. 누가 한배 속에서 나온 녀석들 아니랄까 봐 어쩌면 이런 거까지 똑같은 거냐."

기가 막힌다는 듯 내뱉은 말에 웃음기가 묻어 있다. 형제들은 크게 우애 깊다곤 할 수 없지만, 그렇다고 딱히 서로에게 악감정 같은 것도 없는 사이였다. 모두가 자신의 삶에만 충실하다 보니 서로에게 그다지 관심이 없는 것뿐.

어린 시절엔 보통의 형제들이 그렇듯 크게 다투기도 하고 함께 놀기도 하며 나름의 우애를 쌓기도 했던 것 같은데, 지금은 그런 기억마저도 희미했다.

"어쩔 수 있나요. 유전자가 워낙 강해야죠."

툭하니 내뱉는 말에 송 교수의 입가로 씁쓸한 미소가 떠올랐다. 재벌가의 독자로 태어났음에도 그는 가업에 전혀 관심이 없었다. 타고난 성정이 리더십과는 거리가 먼 데다 잔병치레가 잦아 열정을 보일 만한 체력이 없기도 했지만, 기본적으로 그는 이기적이고 나약한 성격이었다. 문제가 생기면 회피하기에만 급급했다. 흥미를 느끼는 일 외엔 전혀 관심을 보이지 않았고, 타인을 향한 경쟁심은 물론, 물욕조차 없었다.

세 아들은 그런 송 교수의 성격을 각각 다르게 물려받았다. 같은 대학의 교수로 재직 중인 큰아들 준하는 그야말로 송 교수의 재현이나 다름없는 존재였다. 둘째 아들 준영은 잇속이 밝은 조부를 닮아 사업에 소질을 보이긴 했지만, 그 역시도 자유분방한 송 교수의 성격을 물려받은 탓에 엄격한 기업가로서의 삶은 살지 못했다.

정작 그렇게 말을 하는 준성이 그나마 가장 송 교수를 닮지 않았다는 점이 아이러니했다. 준성은 누가 봐도 한 회장의 핏줄이었다. 송 교수를 대신해 가업을 짊어져야 했던 한 회장처럼, 그 역시 두 형이 외면한 길을 묵묵히 걷고 있었다.

그게 욕심에서 비롯한 것이 아님을 안다. 이기적인 집안 남자들의 외면 속에서 고독하게 싸우는 어머니의 곁을 지켜 줄 사람이 저뿐이라는 걸 알아서. 그 책임감만으로 모든 짐을 짊어진 것뿐이었다.

하필 그렇게 욕심이 없다는 점만이 자신을 닮아서는.

그게 안타까웠으면서도, 한편으론 누군가는 해야 하기에 묵묵히 책임감을 발휘해 온 막내아들을 그는 그저 바라보기만 했었다. 어쩌면 그런 준성이 한 회장의 곁에 있어 제가 뭔가를 하지 않아도 된다는 사실에 안도했던 건지도 모르겠다.

"그렇겠지. 그 핏줄이 어디 갈까. 어쨌든 준하, 준영이가 저 지경이니, 회장님은 너라도 제때 짝을 지어 주고 싶은 모양이야. 아마 당분간 계속 비슷한 시도가 이어질 것 같구나. 네가 직접 신붓감이라도 데리고 오면 또 모를까."

나직하게 덧붙인 말에 준성이 고개를 숙이며 피식 웃음을 머금었다. 이 순간 어김없이 떠오른 이름 하나에 또 가슴속이 술렁인다. 사랑과 재채기는 숨기지 못한다더니. 그새 더 깊어져 버린 감정이 내내 무심하던 표정에 설렘을 그려 내 버린 모양이다.

그래도 아비라고, 그런 준성의 표정에서 무언가 다른 낌새를 느낀 송 교수의 목소리가 은근해졌다.

"왜, 마음에 둔 여자라도 있는 거냐?"

"좋은 여자예요."

"좋은 여자의 기준이 네가 생각하는 거랑 우리 한 회장님이 생각하는 거랑 다를 수도 있단다."

"분명 어머니도 좋아하실 여자예요. 그 전에 제 여자로 만드는 게 먼저지만요."

"하하하핫, 저런. 널 마다하는 여자가 다 있단 말이냐? 이것 참, 하하핫!"

"그런 것보다는 좀…… 다른 문제가 있어서요."

"왜, 설마 유부녀는 아닐 테고. 혹시 애인이라도 있는 여자인 거냐?"

저도 모르게 멈칫했다. 동시에 근 2주간 머릿속을 어지럽히던 의문을 다시 떠올리게 된 준성이 슬며시 미간을 접었다.

"……잘 모르겠습니다."

"몰라? 네가 그렇게 확신하지 못하는 일이 있다니. 참 괴이한 경우가 다 있구나. 하하하."

그러게요. 넘어야 할 산이 꽤 높은 것 같습니다.

차마 덧붙이지 못한 말을 속으로만 되뇌었다. 모처럼 박장대소하는 아버지의 반응이 낯설다. 그러고 보니 오늘은 평소답지 않게 말도 많으시다.

언제나 메마른 고목 같았던 집안 분위기. 그러한 환경을 조성하는 데 가장 크게 일조한 건 아버지였다. 전형적인 학자로, 1년의 대부분을 연구실에만 박혀 있던 아버지와 밀려드는 일에 치여 초주검이 된 채 돌아오는 어머니. 말 한마디 제대로 오가지 못한 환경에서 가족 간의 정이 쌓인다면 얼마나 쌓일 것인가.

엄밀히 말하자면, 그런 환경이 그에겐 딱히 좋지도 나쁘지도 않았다. 그런 것을 판단할 만한 나이가 되었을 때엔 이미 이런 삶 자체가 너무도 당연했으므로. 냉소적이고 무심한 성격은 이런 환경에서 길러진 것이었다.

"어쨌든 안타깝구나. 생각보다 빨리 며느리를 볼 수 있으려나 했더니만."

"저 아니라도 먼저 소식이 와야 할 곳이 있잖아요."

"글쎄다. 원래 이런 일에는 순서가 없지 않겠니. 그렇지 않아도 누가 제일 먼저 사내 노릇 좀 할지 두고 보던 참이다."

싱거운 말 몇 마디가 더 이어진다. 나직하게 덧붙은 웃음소리에 이제 아버지도 나이가 들었음을 실감한다. 이제야 그도 진짜 가족의 정이 그리워지는 건가, 생각하다 쓰게 웃어 버렸다.

"별로 그런 걸로 경쟁하고 싶진 않습니다."

"하하, 알겠다. 아무튼 무슨 사정인지는 모르겠다만, 설마 포기하는 건 아니겠지?"

그 순간 준성의 입가에 미소가 떠올랐다.

단 한 가지. 송 교수가 제대로 물려준 유산이 슬그머니 고개를 든다.

의미심장한 웃음을 발견한 송 교수가 너털웃음을 지었다.

"하긴. 네 고집에 그럴 리는 없겠지."

"그럼요. 누구 아들인데."

조금의 흔들림도 없는 대꾸였다.

4. 도저히 수습 불가!

나름대로 복잡한 여자의 속사정이야 어떻든 또다시 일상은 시작됐다.

"시간이 또 이렇게 가 버렸구나."

휴대폰 캘린더를 확인한 수진의 목소리가 우울하게 가라앉았다. 더위에 지긋지긋하게 시달린 게 엊그제 같은데, 정신 차려 보니 어느새 서늘한 바람결에 잘 마른 낙엽 냄새가 묻어나는 계절이 되어 있다. 시간이 빠르다 못해 계절이 일주일 만에 바뀌는 느낌이라던 나 과장의 말이 새삼 와닿는 순간이다.

오늘따라 미세 먼지 하나 없이 화창하게 맑은 날씨였다. 출근길, 짙푸른 색으로 물든 하늘은 그렇게나 맑았는데……. 멍하니 허공을 응시하는 그녀의 눈앞엔 맑은 하늘은커녕, 화장실의 단단한 콘크리트 벽뿐이다.

마치 지금의 제 현실처럼.

"……역시 먼저 연락을 하는 수밖에 없나."

중얼거린 순간 휴대폰을 쥐고 있는 손에 땀이 차기 시작했다.

오 마이 갓. 그게 가능하긴 한 건가. 생각하는 것만으로도 속이 울렁거린다.

'수진 씨, 잘되고 있어? 오늘 벌써 수요일인데.'

방금 전, 직원 식당에서 마주친 홍보부 정지윤 대리의 질문이었다. 먹던 밥을 다 뿜을 뻔했다가 간신히 얼버무리곤 부리나케 그 자리를 빠져나왔다.

그러고서 화장실에 틀어박힌 채 휴대폰만 바라보고 있기를 30여 분. 도무지 손가락이 떨어지질 않는다.

준성은 여전히 바빴고 열흘이 넘도록 연락조차 없었다. 연락이 없다는 것 자체에 실망하거나 아쉬움을 느낀 건 절대 아니었다. 어차피 인연이 될 상대도 아니니 가능하다면 이대로 조용히 멀어지다. 가끔 생각날 때 인사나 주고받는 옛 친구로 남았으면 하는 바람이었다.

당연히 그의 사진을 홍보실에 넘길 생각도 없었다. 애초에 대강 아무 말이나 주워섬긴 거였다. 그러니 조용히 저만 입 다물고 살면 끝나는 일이었다.

그런데 문제는 엉뚱한 곳에서 터져 나왔다.

준성의 사진을 찍은 다음 날, 이른 아침부터 부리나케 찾아온 홍보부의 여자들에게 일진 만난 여고생처럼 휴게실로 끌려간 것도 잠시.

'상무님이랑 같은 학교 나왔다는 거 사실이에요?'

116

'두 분이 친구였다면서요?'

'아니, 왜 그런 소식을 나한테 말도 안 해 주고, 나빴어, 수진 씨!'

튀어나온 말들에 대략 정신이 멍해졌다.

기막히게도 촉새같이 그 소문을 옮긴 존재는 신 부장이었다. 원래도 그런 인간이라는 건 알았지만, 정말 없던 정도 떨어뜨리는 데엔 당할 재간이 없다.

'그럼 그냥 차만 가져다주고 온 거라고요?'

'네, 아시다시피 부장님이 원래 좀 그런 오지랖이.'

'그런데 왜 하필 수진 씨를 거기다 보내?'

'그 시간에 남아 있던 직원이 마침 딱 저랑 나 과장님뿐이라.'

'무슨 차를 어떻게 드실 줄 알고요. 혹시, 수진 씨 상무님이랑 지금도 친해요?'

'아, 아니요! 그다지 친하지는.'

'어머! 그럼 확실히 아는 사이는 맞나 보네, 그렇죠?'

아니, 무슨 질문을 저렇게 하나.

제대로 낚여 버린 수진이 입만 벙긋거리는 동안, 무슨 작당들을 꾸미는 것인지 그녀들은 잔뜩 흥이 올라 있었다. 도무지 말을 제대로 끝마칠 수조차 없는 상황에서 어떻게 이 난관을 벗어날지 고민하는데, 갑자기 그녀들이 동시에 저를 바라본다.

왠지 그런 기운이 몰려든다. 섬뜩한 망뻘이.

'수진 씨! 우리 좀 도와 줘요.'

'네?'

'인터뷰 좀 따 줘요. 응?'

'알지? 내가 전부터 우리 상무님 특집으로 싣고 싶어 했던 거! 우리의 희망
은 수진 씨뿐이야! 부탁해!'

'그래, 그래. 이 기회에 상무님 얼굴도 보고 데이트도 하고. 응? 파이팅!'

"데이트는 무슨 개뿔이 데이트!"

생각만 해도 다시 속이 울렁거린다. 분명 못 하겠다고 잘라 낸 것
같은데 귓등으로도 듣지 않은 그녀들을 원망해 봤자 무얼 하나. 평소
엔 냉철하기 그지없는 저 자신인데, 왜 송준성만 관련되면 이토록 무
력해지는 건지.

"그래. 해 보자. 해 보는 거야. 뭐 쪽팔릴 일 좀 생긴다고 죽기야 하
겠어?"

숨을 들이켠 그녀는 부들부들 떨리는 손으로 툭툭, 액정을 눌러 대
기 시작했다.

[안녕하세요, 상무님. 어쩌다 보니까 제가 먼저 연락을 드리게 되네요.]

뭐지. 이 더럽게 흑심 품은 듯한 메시지는.

화다닥 지워 버리고 다시 심호흡을 했다.

[오랜만에 만났는데 인사도 제대로 못 했네요. 잘 지내셨나요?]

새삼스럽게 잘 지내긴 무슨! 다시. 다시.

[지난번에 뵌 이후로 연락이 없으셔서요. 그때 식사 한번 하자고 하셨는데, 날짜는 언제로 할까요? 제가 또 약속을 못 지키면 마음에 걸려서.]

아니, 이건 너무 매달리는 뉘앙스 아니니? 거기다 굳이 변명처럼 덧붙이는 말은 또 뭔데?

그렇게 뭔가를 쓰려다 다시 지우고 반복하길 서너 번.

"아우! 이게 아니라고, 이게 아니야!"

뭔가 자연스럽고, 별 흑심은 없어 보이지만 상큼하게 반가워 보이는 뭐, 그런 말이란 없는 거야? 어떻게 이리 쥐어짜 내도 떠오르는 단어가 없냐, 이 비루한 어휘력아!

잠시간 제 머리를 쥐어뜯던 그녀가 멈칫했다.

"어차피 생각 안 날 거 생각 안 하고 막 쓰면……."

[다시 만나서 정말 반가웠어요. 시간 괜찮으실 때 연락 한번 주세요.]

뭐냐. 이 개뿔 입에 발린 작별 인사 같은 말은.

"아니야, 아니야. 정말 이건 아니야."

쿨하게 철벽을 쌓는 뉘앙스에 이젠 제 머릿속이 원망스러워 눈물이 다 날 지경이다. 광속으로 지워 버린 수진은 빈 화면에 깜빡이는 커서를 바라보며 한숨을 푹 내쉬었다.

"나 진짜 뭐 하고 있는 거야?"

머리를 너무 많이 써서인지 급격하게 현자타임이 닥쳐왔다.

잠시 삶과 고독, 인생에 있어서 좌절이란 무엇인가에 대한 성찰로 넘어가려던 생각을 애써 털어 낸 수진이 눈살을 찌푸렸다.

"아니, 누가 뭐 하자는 것도 아니잖아. 그냥 번호도 교환했고, 조만간 밥도 한번 같이 먹어야 하는데 서로 연락이라도 하고 지내면 좋잖아. 먼저 번호를 가르쳐 준 건 연락을 하라는 뜻 아닌가?"

그린 라이트까진 아니어도 대강 애플 그린이나 민트 그린 라이트쯤은 되지 않겠냐고.

그러니 바쁜 상무님 대신 이쪽이 먼저 인사 정돈 해도…….

드르륵—

"엄맛!"

갑자기 날아든 메시지에 소스라친 수진이 가까스로 휴대폰을 붙잡았다. 이 타이밍은 대체 무엇이니. 하마터면 자음 몇 개 치던 그대로 전송을 누를 뻔했다.

[약속 시간 잡으시죠.]

송준성. 발신자의 이름만 봐도 심장이 울컥거렸다. 아무래도 청심환을 몇 박스 정도 쟁여 둬야 할 것 같다. 마치 제가 이렇게 고민을 하고 있다는 걸 다 안다는 듯 보내온 메시지에 아릿한 가슴팍을 한참 문지르던 수진은 몇 번 심호흡을 하고서 다시 손가락을 움직였다.

[뭐 드시고 싶은 거 있으세요?]

또박또박 정성스럽게 메시지를 작성한 수진이 전송 버튼을 눌렀다.

마지막으로 그와 연락을 했던 게 언제더라. 그가 유학을 떠난 직후 아주 형식적으로 안부만을 묻는 메시지가 두어 번 오갔던 게 마지막이었으니, 아마도 8년 만에야 다시 보내 보는 메시지였다. 그녀 나름대로는 감격의 순간이었다.

[딱히 가리는 건 없습니다.]

돌아온 답변에 그녀 입가로 미묘한 웃음이 떠올랐다. 그가 제 앞에서 딱히 음식을 가리지 않았던 건 사실이었다. 학식은 물론, 길거리 분식부터 컵라면, 편의점 삼각김밥 따위도 곧잘 먹던 사람이었으니까.

다만, 뭐든 입에 넣으면 행복했던 저와는 달리 표정이 썩 밝지 않았던 기억이 있다. 그때도 속으로는 은근 식성이 까다로운 건지도 모르겠다, 생각했었지.

"그땐 이렇게 엄청난 사람인 줄도 몰랐으니, 뭐."

어쨌거나 이젠 알고 있으니 제대로 대접을 해야 한다. 굳게 다짐한 순간 머릿속에 비장의 맛집 리스트들이 둥실 떠올랐다. 그래. 내가 이럴 때를 대비해서 너희를 모은 거구나! 그중 특별히 맛있었던 집을 떠올린 수진이 빠르게 손가락을 움직였다.

[그럼 다음 주 금요일 저녁 어떠세요?]
[6시.]

지나치게 짧은 메시지에 왠지 웃음이 났다.

"꼭 그때로 돌아간 거 같네."

두근두근.

여전히 뛰는 심장을 다스리며 한참 동안 화면을 바라봤다. 준성은 꼭 필요한 게 아니라면 대체로 말을 아끼는 편이었다. 그런 무뚝뚝함이 있기에 의외의 다정함이 더 와닿기도 했지만, 잘 모르는 상대라면 '나랑 친해지기 싫은 건가?' 하고 생각하기에 딱 좋았다.

"이런 건 좀 고치라니까. 여기, 여기 이렇게 이모티콘 하나라도 그려 넣으면 좀 좋냐고."

변한 듯 변하지 않은 그가 반가워 괜히 핀잔하듯 내뱉어 보는 입가로 히죽거리며 웃음기가 떠올랐다. 그냥 밀린 숙제 하나를 해결할 기미가 보이기 시작한 것뿐인데, 이상하게도 기분이 들떴다.

[그럼 다음 주 금요일 저녁 어떠세요?]

한 고급 아파트 주차장에 차를 세운 채 마지막 메시지를 바라보던 준성이 툭툭, 휴대폰을 두드렸다. 이어 사진첩을 열자 게슴츠레한 표정의 수진이 화면에 가득 떠올랐다.

"이런 것도 귀여워 보이는 걸 보면 확실히 중증인 거 같고."

계절은 점점 겨울을 향하는데, 마음만은 핑크빛 싹이 움트는 봄이었다. 싱겁게 떠올랐던 웃음은 이내 진지한 눈빛과 함께 가라앉았다.

"하여간 넌 왜 이렇게 어려운 건지 모르겠다."

참 알기 쉬운 것처럼 행동하지만, 진짜 속마음은 전혀 알 수가 없는 사람이었다. 항상 밝고 친절한데도 주변엔 어떤 벽 같은 게 둘러쳐 있는 느낌이라 해야 하나. 특히나 그건 남자들을 상대로 할 때 더 뚜렷이 드러나곤 했다.

'*김수진? 쟤 그쪽 지역에서 엄청 유명하잖아. 철벽으로.*'
'*아, 어쩐지. 잠깐 시간 좀 내 달라고 했는데도 씨알도 안 먹히더라니.*'

대학 시절, 처음으로 듣게 된 그녀의 평가였다. 당시 그 이야기를 주고받던 남자 동기 녀석들의 얼굴이며 목소리는 다 잊었지만, 그 내용만큼은 기억이 선명했다. 좋지 않은 뉘앙스를 읽어 내는 것 또한 어렵지 않았다.

분명 이 녀석들도 뭔가 수작을 걸다 튕겨 나간 거겠지.

그녀는 몰랐겠지만, 사실 입학식 날 당당히 신입생 선서를 하던 그녀에게 대부분의 남학생들이 관심을 보이고 있었다. 물론, 저 역시 마찬가지였고.

강아지처럼 처진 눈에 마시멜로처럼 말랑말랑한 웃음. 적당히 아담한 체구와 다정다감하면서도 은근 개구진 말투 때문인지 처음 보는 사람들은 으레 그녀를 쉽게 생각하는 경향이 있었다.

그나마 지나치게 예쁜 얼굴과 남달리 뛰어난 성적이 정작 마주하는 남학생들을 좀 위축되게 해서 망정이지, 그렇지 않았더라면 만만히 보고 덤벼드는 녀석들이—당시에도 상당히 많긴 했지만— 수도 없었을 거다.

어쨌거나 당시의 그는 그 감정을 단순한 호감이라 여겼다. 평생을 타인의 관심 속에서 살았고, 아쉬운 게 없기에 그의 머릿속엔 자신이 먼저 누군가에게 접근을 한다는 선택지가 없었다.

인연이 되면 자연스레 만나지겠지. 그러니 굳이 나서서 먼저 자극한다거나, 기분 나쁘게 질척거리며 상대를 불편하게 할 필요는 없다고 생각했다.

그러나 안타깝게도 철이 덜 든 녀석들은 가볍게 그녀의 주변을 맴돌며 수작을 걸어 대곤 했다. 그러면서 그녀가 좀처럼 반응을 하지 않자 신 포도를 탐내던 여우처럼 후려치기에 바빴다.

덕분에 좋지 않은 말들이 돌고 있었지만, 정작 그녀는 크게 개의치 않는 태도였다. 그런 말이 돌고 있다는 것 자체를 의식하지 못하는 것 같았다.

 '그러게 얼굴만 예쁘면 뭐 하냐고. 성격이 사근사근해야 그 얼굴도 볼만 해지는 거지.'

 '뭐, 솔직히 몸매도 쓸 만하긴 하지. 인정할 건 인정. 근데 너무 대놓고 뻣 뻣하니까 진짜 매력 없지 않냐? 그런 타입은 줘도 싫더라.'

 '나도. 성격이 그런데 대체 뭔 재미로. 그 얼굴 그 몸매면 진짜 어우……'

과 MT가 있던 날 밤. 술자리가 깊어지고, 얼큰하게 술에 취한 녀석들은 숙소 구석에 삼삼오오 둘러앉아 그녀를 안주 삼아 시시덕거리고 있었다. 우연히 그 장소에 들어섰다가 듣게 된 말에 제가 더 불쾌해서 한 소리 하려던 때였다.

덜컹.

갑자기 문이 활짝 열리더니 그녀가 불쑥 모습을 드러냈다. 당사자가 들을 거라곤 생각지도 못했는지 녀석들이 동시에 움찔하는 게 보였다. 그때만 해도 그녀의 성격을 제대로 파악하지 못했기에 당연히 화를 낼 거라고만 생각했다.

그런데 그녀는 녀석들을 휙 훑어보더니 싱긋 웃음을 머금었다.

'고맙네, 예쁘다고는 해 줘서.'
'……'
'그런데 매력 없다는 건 이해가 안 가는데? 예쁜 것부터가 아주 큰 매력 아닌가? 당장 너희들도 내 얼굴이 예쁘니까 내 이름까지 기억하고 이렇게 관심이 넘치는 거잖아. 안 그래?'

그녀의 목소리엔 분노의 기색이 전혀 느껴지지 않았다. 마치 이 모든 게 일상인 양 평온하기만 한 말투였다.

'앞으론 하고 싶은 말이 있으면 내 앞에서 내 얼굴 보고 해 줬으면 좋겠다. 공부에 관한 이야기나, 내 성격에 대한 바람직한 충고 정도는 나도 듣고 참고해 볼 의향이 있으니까.'

차분히 말하고 돌아서던 그녀가 문득 멈칫하더니 다시 그들을 바라봤다.

'아, 그리고 미안한데, 난 너희들이 누군지 전혀 기억을 못 할 거 같거든. 너희들의 매력도 전—혀 기대가 안 되고. 그러니 나한테 말 걸 때 자기소개 정도는 꼭 해 주고.'

제대로 한 방 먹이는 소리였다. 그렇게 그녀가 문을 닫아 버린 순간 저도 모르게 풉, 하고 웃어 버렸다. 괜스레 저를 원망스럽게 쳐다보는 녀석들의 얼굴은 이미 새빨갛게 타들어 가고 있었다.

'*사내새끼들이 변명 한마디 제대로 못 하고 입 다물고 있는 꼴이 참 가관이네. 본인 앞에서 못 할 소리는 뒤에서도 하지 말았어야지.*'

핀잔하듯 내뱉은 말에 녀석들은 들을 줄 몰랐다느니, 쪽팔려 죽겠다느니 푸념만 늘어놓았다. 지들이 한 말은 생각지도 않고 그녀의 마지막 말에 상처받았다며 징징거렸다.

하지만 아무도 몰랐을 것이다.

당당히 제 할 말을 하던 그녀가 떨리는 손을 꼭 말아 쥐고 있었다는 것을. 동그랗게 예쁜 귓바퀴가 새빨갛게 물들어 있었다는 것을.

아무렇지 않은 척해도 속으로는 상처받았음이 명백한 모습이었다. 그걸 아무도 깨닫지 못했다는 게 믿기지 않았다. 이게 제 눈에만 보였다는 게 무슨 뜻인지, 처음엔 몰랐다.

단순한 호감은 순식간에 그녀를 향한 관심과 호기심으로 발전했다. 점점 더 그녀가 궁금했다. 진짜 그녀를 알고 싶었다. 단단히 둘러친 벽 안에서 홀로 상처를 다스리고 있었을 그녀가 몹시 신경 쓰였다. 그렇게 어느 순간부터는 그녀의 주변을 맴돌며 관찰하기 시작했다.

누구에게나 잘 웃어 주고, 부당한 일에도 웬만해선 언성을 높이지 않는 '착한' 사람.

성실하게 맡은 일을 잘하는 것만도 모자라 강제로 떠맡겨진 일조차 내팽개치지 않고 기어이 해결해 버리는 독종.

호감은 가지만, 어딘지 가까이하기엔 힘들고, 별다른 용건 없이 편하게 불러내긴 좀 어려운 존재.

남들이 말하는 그녀는 그러했으나, 그의 눈에 보이는 그녀는 그런 평가와 비슷한 듯하면서도 달랐다.

그녀는 소수의 친구들과 교류하는 것 외엔 대부분의 시간을 혼자 보내는 편이었다. 낯가림이 있는 건가, 생각했지만 아니었다. 도리어 타인을 대하는 것에 서슴없다는 걸 쉽게 알 수 있었다.

뭔가를 참고 물러나는 이유는 누군가를 배려한다기보다, 그런 귀찮은 짓을 해서 딱히 얻을 게 없기 때문이었다. 그녀는 생각 외로 강단이 있고, 짐작한 것보다 훨씬 무심했다.

그 무심함을 뚫기 위해 나름대로 많은 시도를 했었다. 몰래 그녀를 도우며 관심을 끌어 봤지만, 크게 도움이 되진 않았다. 꽤나 냉정한 그녀는 제 존재마저 크게 의식하지 않는 눈치였다. 그러니 그런 시도가 있었다는 것조차 모를 가능성이 농후했다.

저를 향한 지나친 관심과 호의에 익숙하다 못해 무감했던 시절이었다. 그런 사람들 틈에서 저를 밀어내는 것으로 남다른 특별함을 내세워 보려는 이들도 수없이 많았기에 처음엔 그녀도 그런 생각인가, 했었는데 큰 오산이었다.

제대로 그녀의 반응을 끌어낸 건 딱 하나였다.

'이거 다음 수업은 월요일이거든. 그날 아침까지만 돌려주면 돼.'

제 진짜 목적이 노트가 아닌 저녁 식사였다는 사실을 아마 그녀는 평생 모를 테지.

흔히 호감을 사기 위해 했던 행동들에는 전혀 반응이 없던 그녀가 도움을 요청하는 손길에는 흔쾌히 응했다. 그건 꽤나 충격이었다. 그녀가 타인의 도움을 불편해하는 성격이란 걸 그때 알았다. 그 이전에도 그녀를 도우려다 한 소리 들은 기억이 있었음에도 그렇게 파악이 늦었다니. 내가 이렇게나 타인에게 관심이 없었구나, 싶은 약간의 회의감도 함께였다.

하지만 어울리지도 않게 잔머리를 굴린 결과는 처참했다.

일을 저지른 수혁이 나서서 모든 걸 수습하고서야 간신히 그녀와의 관계를 회복했고, 어렵게 친구가 되었지만, 그마저도 잘못된 선택이었음을 나중에야 깨달았다.

그렇게 끝까지 두 사람 사이를 가로막고 있던 우정이라는 이름의 벽에 지친 자신이 그녀의 곁을 떠나는 것으로 다 끝나 버린 일이라 생각했는데…….

"왜 또 이러고 있는 건지 모르겠다, 나도."

단 한 번도 제 생각대로 움직여 준 적이 없는 여자였다. 처음엔 어디로 튈지 모르는 신선함에 끌렸고, 나중엔 저 자신도 알 수 없는 이상한 집착이 생겨 버렸다.

그건 손에 넣지 못한 것에 대한 열망이었을까.

아니면 이루지 못한 감정에 대한 아쉬움이었을까.

모르겠다. 다만 확실한 건, 그녀를 다시 본 순간 제 심장이 다시 크게 뛰기 시작했다는 것뿐이었다.

이렇게 가슴이 아릴 정도로.

"그러니 일단은 제대로 상황 파악부터 해야겠지."

가장 큰 장애가 될 수 있는 것부터 해결하는 게 먼저였다.

휴대폰을 집어넣은 준성이 곧장 엘리베이터에 올라 가장 마지막 층에서 내렸다. 해가 환한 대낮이지만, 그가 들어선 집 안은 어두컴컴했다. 3년 전에 이 집에 들렀던 게 마지막인 것 같은데, 아직도 비밀번호가 바뀌지 않았다는 게 놀라울 뿐이다.

"그만 일어나지?"

손을 뻗은 준성이 침대 위의 인영을 툭툭, 건드렸다. 기다란 형체가 끄응, 하고 신음하더니 몸을 뒤척였다. 쑥 내민 손이 머리맡을 뒤적이며 뭔가를 찾는다. 이윽고 반짝, 불빛이 들어온다. 시간을 확인한 모양인지 남자의 입에서 긴 한숨이 새어 나왔다.

"하아, 씨……. 한창 잘 시간에 찾아오는 법이 어디 있냐? 예의도 없는 새끼……."

"수진이 언제부터 우리 호텔에 있었어?"

"……."

"그렇게 가까이 지내면서 말 한번 안 했더라?"

단도직입적인 물음에 잠시간 말이 없던 남자가 부스스 몸을 일으키더니 머리를 긁적였다.

"흐음, 내가 아는 수진이만 해도 한 열 명은 될 텐데……. 네가 말하는 수진이면 설마, 송준성을 차고 전설의 철벽녀가 되었다는 그 김수진인가?"

"응. 내 친구였고, 지금은 네 '친구' 인 김수진."

친구라는 말에 강세를 두자 수혁이 픽 웃음을 터뜨렸다.

"하아……. 하여간 독한 놈이라니까. 헷갈리게 좀 해 놓으려 했더니 어떻게 사람이 속지를 않냐."

"흔들린 건 맞아. 금방 빠져나온 거지. 네 성격이야 뻔히 꿰고 있으니까."

시큰둥하게 대꾸한 준성이 팔짱을 꼈다.

"넌 그렇게 뒤로 숨기고 몰래 연애하는 타입이 아니잖아."

두 사람이 정말 연인이 되었다면 차수혁 쪽에서 먼저 알려 왔을 거다. 평생을 타인의 시선 속에 살았고 과시하길 좋아하는 수혁의 성격상 그렇게 얻어 낸 전리품을 숨겨 둘 이유가 없으니까.

아니, 조금이라도 흔들렸다는 것부터가 이미 그녀의 일이 되면 정상적으로 머리가 돌지 않는단 증거였다. 그나마도 오늘처럼 행동으로 나서지 않았다면 좀 더 늦게 깨달았겠지. 수혁은 그런 장난질로 몇 년은 끌고도 남을 놈이다.

"으휴. 재미없는 놈."

느른하게 중얼거리던 수혁이 작은 케이스를 집어 담배를 꺼내 물었다. 자연스럽게 케이스를 건네는 손길에 고개를 젓자 아차, 하더니 도로 거두고는 말을 잇는다.

"하여간 수진이 일이라면 귀신같이 반응하지. 그동안 어떻게 참고 살았냐?"

무심히 핵심을 찔러 오는 말에 준성은 대꾸도 하지 않고 그대로 몸을 돌렸다. 어차피 제 용건은 이게 끝이었다.

"어디 가?"

"그만 일어나라. 가 봐야 해."

"뭐야, 내 잠만 깨워 놓고 그냥 가시겠다? 점심이라도 좀 사 주고 가든가."

"일하던 중이었어. 시간 나면 다시 연락할게. 형한테 안부도 좀 전해 주고."

"웬만하면 형제끼린 알아서 연락들 좀 하시지? 저 봐, 저 봐. 그새 또 일하고 있네."

퉁명스러운 말에 때마침 휴대폰을 꺼내 메일을 확인하던 준성이 너털웃음을 지었다.

"미안. 급한 보고서 들어올 게 있어서."

"얼마나 급하길래 이 와중에도 휴대폰이나 들여다보고 있냐? 이제 본격적으로 후계자 수업 들어가는 놈이다, 이거야?"

"후계자는 무슨. 그냥 어머니 일 돕는 거지."

"그렇다 해도 사실상 너희 집안 사업이 라비타 호텔을 중심으로 돌아가는데, 네가 떡하니 거기로 떨어졌으니 게임은 끝난 거지 뭐. 권력이랑 동떨어진 외곽에서 영향력 끼치는 우리 사장님이 특이한 케이스고."

냉정한 분석에 준성은 희미하게 미소만 지을 뿐, 이렇다 저렇다 대답은 하지 않았다. 어떻게 대답하든 세상이 보는 눈은 그 말대로일 테니까.

"어쨌거나 우리 사장님도 요즘 공사가 다망하시다. 조만간에 병원 한번 모시고 가야 할 거 같아. 소음 땜에 가는귀가 먹는 건지 내 말은 통 안 들으신다니까."

"글쎄. 형이 진짜 소리가 안 들려서 네 말을 안 듣는 거라고 생각해?"

"나의 실낱같은 믿음마저 박살 낼 셈이냐?"

퉁명스레 내뱉은 수혁이 준성의 어깨에 주먹을 툭, 들이댔다. 둘째 형인 준영은 본사의 임원이자, 현재 국내 최대 클럽인 '클럽 라비타'의 사장직을 겸하고 있었다. 그런 준영을 친형처럼 따르는 수혁은 부

사장으로서 실질적인 클럽 운영의 전반을 맡고 있다.

"왜, 형한테 무슨 일 있어?"

"뭐긴. 이거지."

수혁이 새끼손가락을 까닥거렸다.

"이번엔 몇 주야? 몇 개월이야?"

"글쎄다. 몇 개월로 끝나야 하는데……."

"남자라도 만나?"

"그런 거면 말도 안 하지. 내 평생 사장님이 여자로 골머리 썩는 모습은 처음 본다니까. 하긴 뭐, 너나 나나 사돈 남 말 할 처지는 아니다만."

"……."

"우정놀음이나 하다 기어이 철벽에 나가떨어진 놈이나, 옆에 들러붙어 10년을 공들였는데 끝내 친구밖에 못 된 놈이나. 허우대 멀쩡한 남자 놈들이 하고 다니는 꼬락서니가 너무 웃기지 않냐?"

능청스럽게 이어지는 말에 준성의 미소가 삐딱해졌다.

"관심 없었잖아."

"그랬지. 그런데 막상 같이 지내보니까 마음이 그게 아니더라고. 예쁘지, 능력 있지, 거기다 착하기까지 하고. 그 학벌에 그 직장에 그 외모면 헛바람 좀 들이켜고 살 만도 한데 묘하게 결벽증인 게 더 끌려서 말이야."

"……."

"하긴 뭐, 그런 일까지 겪었는데 트라우마도 생길 만하지."

"그런 일?"

"아, 넌 몰랐어? 어쩌나, 이걸 말해 줘도 되나 모르겠네. 수진이한테는 큰 상처인데…….”

“장난하지 말고 말해.”

능청스럽게 돌리는 말을 표정조차 바꾸지 않고 잘라 낸다. 더 놀려 볼까 싶던 수혁은 짐짓 손을 내저으며 웃음을 터뜨렸다.

“정색하긴. 별건 아니야. 초등학생 땐가 같은 반 친구가 좋아했던 남자애가 있었는데 그놈이 하필 자기한테 관심 보이는 바람에 아주 여자애들 사이에서 공공의 적이 됐었나 봐.”

“설마…….”

“응. 제대로 왕따 당한 거지. 엄청나게 시달린 모양이야. 거기다 믿었던 친구한테 배신까지 당했으니 오죽했겠어. 쯧……. 꼼짝없이 당했을 거 생각할 때마다 내 피가 거꾸로 솟는 거 같다니까. 그 후로는 뭐, 사람도 못 믿겠고, 이런 일로 관심받는 것도 싫고. 이래저래 훌륭한 연애 고자가 되셨다, 이런 이야기.”

'넌 그걸 어떻게 알았어?

떠오르는 질문을 애써 눌러 참았다. 그동안 두 사람은 그가 생각했던 것보다 더 깊이 서로를 이해하는 사이가 된 것 같다. 시작도 하기 전부터 지고 들어가는 듯한 이 상황이 썩 유쾌하지만은 않았다.

굳은 얼굴로 묵묵히 돌아서자 수혁이 피식 웃었다. 아직 불도 붙이지 못한 담배를 도로 내려 둔 채 어슬렁거리며 뒤따르는 걸음이 즐겁다.

여전히 냉정한 놈 같으니.

그래서 더 이 상황이 재미있는 건 알기나 할까. 거실을 가로질러 주방으로 향하던 수혁이 짐짓 키득거리며 물었다.

“으, 속 쓰려. 너도 라면 먹을래?”

"아니. 됐어."

"하긴 도련님이 컵라면의 맛을 알기나 하겠냐."

이런 고급 아파트의 펜트하우스에 사는 놈이 누구더러 도련님이래.

어이가 없어 돌아보니 커다란 냉장고를 열어젖힌 수혁이 중얼거렸다.

"오, 아직 수진이표 반찬이 남았네."

"뭐?"

키득거리며 웃음을 터뜨린 수혁이 보란 듯 조그만 반찬 통을 꺼내놓고선 능숙하게 컵라면에 물을 부으며 말했다.

"우리 수진이가 또 요리를 기똥차게 잘하거든. 덕분에 신세 지고 있다."

물론 그중 반이 협박해서 뺏어 오는 거란 건 비밀이지만.

성큼성큼 다가온 준성이 살벌하게 굳은 얼굴로 노려봤다. 심상치 않은 태도에 내가 조금 심했나 싶어 찔끔했을 때였다.

"내놔."

"뭘?"

"그거."

준성이 진지한 얼굴로 반찬 통을 가리켰다. 헛웃음이 나오려는 걸 간신히 참았다.

"뭐, 이거? 안 되지. 우리 수진이가 날 위해서 온갖 '정성'을 들여 만들어 준 거잖아. 그걸 다른 사람한테 줘 봐. 얼마나 섭섭해하겠어?"

"……."

"아니면 너도 달라고 해 보든가. 해 줄진 모르겠다만."

준성의 표정이 굳어 갈수록 수혁의 미소는 더욱 진해졌다.

정말 이 맛에 놀려 먹는다니까.

언제나 냉정하고 차분한 준성을 한 방에 무너뜨릴 수 있는 화제는 예나 지금이나 단 하나뿐이다. 피식거리며 더 놀릴 건수를 찾던 수혁이 문득 휴대폰으로 눈을 돌렸다. 전화가 걸려 온 참이다.

"준영이 형이네. 잠깐……. 어, 형. 네. 지금 막 일어났어요."

키득거리며 휴대폰을 집어 든 수혁이 잠시 주방 바깥으로 걸음을 옮겼다.

그리고 잠시 후.

통화를 마치고 돌아온 수혁은 텅 빈 주방에 서 있었다. 꽤 짧은 시간 자리를 비운 것 같은데 돌아오니 준성은 이미 사라지고 없었다.

귀엽고 앙증맞은 반찬 통과 함께.

"허, 뭐야? 자취남의 비상식량을 훔쳐 가? 에라이."

어처구니가 없다. 그 송준성이?

"그래, 잘 먹어라. 무지 맛있더라. 라면이랑 먹으면 끝내주거든. 미국에서 스테이크나 썰던 놈 입맛에도 자알— 맞을 거다."

이 와중에도 웃음이 나는 건 무슨 이유인지 모르겠다. 한참을 킥킥거리며 웃던 수혁이 퉁퉁 불어 터진 컵라면을 개수대에 부어 넣었다. 대놓고 긁으려 작정은 했지만 이렇게 나와 주니 더 재미있다.

"어쩔 작정이냐."

모두가 소중한 친구들이었다. 그들이 행복하길 바라는 마음만큼은 누구보다 강하다고 자부할 수 있다. 사실 제가 나선다면 좀 더 쉬운 길로 두 사람을 인도할 수 있을지도 모른다.

"그래도 이런 거까지 내가 떠먹여 주는 건 아니잖아."

어렵게 얻은 보물일수록 값진 법이다. 물론, 뒤늦게 나타나 아까운 여자 사람 친구를 채 가려 하는 친구 놈에게 약간 심술을 부리고 싶은 마음도 조금은 끼어 있음을 부정하긴 힘들 것 같다.

"그러니 난 구경만 할게. 힘내라, 준성아."

정신없이 몰아치던 일과도 어느덧 마무리가 되어 가는 금요일 오후였다. 꿀 같은 주말의 휴식이 기다리고 있기에 기분이 좋아야 하는 때이건만, 정작 퇴근을 앞둔 수진의 기분은 급격히 가라앉는 중이었다.

"아, 다른 것도 아니고 하필 결혼식이라잖아. 알지? 이제 김 주임도 그럴 나이라서 이해할 거야. 특히 남자는 말이야 이런 자리에 잘 다녀 줘야 나중에, 응? 평생 독신으로 살 것도 아닌데……."

주절주절. 켕기는 게 많으면 말이 길어지는 법. 수진은 차분히 눈앞의 상습범, 최 대리를 바라봤다.

단언컨대, 제 인생에서 이 인간만큼 거슬리는 존재는 없을 거라 장담할 수 있다.

"네. 알았어요. 나머지 정리해서 올려 드리면 되죠?"

신 부장의 시도 때도 없는 헛소리나, 묘하게 제게 라이벌 의식을 불태우는 효은의 비꼬는 말투쯤이야 별 타격도 없으니 무시하면 그만 인데, 이 인간의 민폐력은 실제로 피해를 끼친다는 게 문제였다.

맘먹고 캐내면 100%에 가까운 적중률로 저 인간의 구라를 밝혀 낼 수 있을 테지만, 그 과정조차 귀찮았다. 더군다나 거짓임이 밝혀진대도 전혀 반성할 사람도 아니었다. 그럴 바에야 차라리 뭔가 이쪽이 얻을 게 있을 만한 딜을 거는 쪽이 이득이다.

"대신에 월요일 아침 회의 자료 정리하는 것 좀 부탁할게요. 일찍 나오셔야 해요. 최소 8시까지요. 준비할 거 많아요."

"그래, 그래. 이렇게 돕고 사는 거지. 고마워! 나 그럼 가 볼게."

신이 난 최 대리가 서둘러 사무실을 나섰다. 저 뒤통수를 후려쳐 주면 속이 시원할 것 같다. 저런 막무가내 부탁이야 어제오늘 일은 아니지만 퇴근 시간이 다 되어 저러는 건 인간적으로 좀 너무하지 않나?

"과연 저 인간이 할까?"

나 과장이 혀를 끌끌 차며 말을 걸어왔다.

"일요일 날 술이 떡이 되도록 마시지만 않으면 가능성은 좀 있어요."

"하여간에 자꾸 봐주지 말라 그랬잖아. 누울 자리 보고 다리 뻗는다고. 한두 번도 아니고 매번 저러는 거 만만하게 보는 거라니까."

"어쩔 수 없죠. 거절했다가 진짜 결혼식이면 나중에 그 원망 어떻게 감당하라고요."

"어차피 욕은 최 대리가 먹을 거니까 적당히 해서 보내 버리고 퇴근해. 아니면 내가 좀 도와줘?"

"아니에요. 별거 없어서 금방 끝날 거 같은데요? 걱정 말고 먼저 들어가세요."

아무려면 한창 손이 많이 갈 네 살 딸아이의 엄마를 빌릴 수야 있나.

그러나 나 과장이 사무실을 나서고 난 후, 자료들을 살피는 그녀의 표정엔 어느덧 시름이 가득했다. 대략의 시간을 감안하자면…….

"후우. 어쩌겠어."

얄짤없이 야근이다.

엉망으로 꼬인 일을 처리하고, 늦게까지 연락을 기다린 거래처에 사과까지 하고 나니 시간은 11시를 훌쩍 넘어서 있었다. 이대로 가다간 환승역에서 막차가 끊어질 판이다. 어쩔 수 없이 들어갈 택시비를 떠올리니 새삼 또 화가 난다.

"아, 이번 달은 지출도 만만치 않은데."

자발적 지출이 아닌 일에는 정말 10원조차 들이기 싫다. 심지어 최 대리 때문이라니 열 배는 싫다. 부글부글 끓는 속을 가라앉히며 사무실을 나섰다. 어떻게든 최악의 상황만은 면해 보려는 마음이 급해졌다.

화려한 조명으로 가득한 호텔 부지를 빠져나오며 이어진 길을 따라 열심히 걷고 있을 때였다. 어느새 스르륵 나타난 낯선 차량 한 대가 천천히 속도를 늦추더니 그녀의 곁에 섰다. 무심결에 바라보자 조수석의 차창이 내려가더니 너무도 낯익은 목소리가 들려왔다.

"타시죠."

그녀의 눈이 휘둥그레졌다. 맙소사. 송준성이 왜 또 여기에!

"저, 전 괜찮습……."

"막차 놓칠 때 된 거 아니까 빨리 타기나 해요."

이상하게 날이 선 목소리에 움찔한 수진은 주저하다 손을 뻗었다.

"그럼 신세 좀 지겠습니다."

조심스럽게 조수석에 오르자마자 준성은 천천히 차를 출발시켰다.

무슨 차인지 승차감이 기막히다. 소리도 없고.

그래서 열 배는 어색하고.

안절부절못하던 수진이 애써 입을 열었다.

"이제 퇴근하시나 봐요."

"네."

"이렇게 늦은 시간까지 일하시느라 힘드시겠어요."

"네."

"회사가 이, 일이 참 많은……. 아니, 많이 바쁘신가 봐요."

"네."

시종일관 네, 로만 일관하니 대화가 연결이 되질 않는다. 이럴 때의 그와 제대로 대화를 이어 나가는 건 능청이 100단이라는 수혁조차 불가능했다. 그 표현대로라면 분명 뭔가가 속에서 틀어져 있는 건데, 그의 성격상 절대 입 밖으로 꺼내 놓질 않으니 주변 사람만 피가 식는 기분이라고 했던가.

'으, 소문보다 더하잖아.'

냉정할 땐 한없이 냉정해진다는 말은 종종 들어 봤지만, 그걸 제가 겪게 될 줄은 꿈에도 몰랐다. 아이러니하게도 그 시절의 준성이 얼마나 저를 배려하고 다정하게 대해 줬는지 알 수 있는 부분이었다.

어쨌거나 이 어색함을 견딜 수가 없으니 대화는 이어 가야 한다. 바삐 머리를 굴려 할 말을 찾아낸 수진이 다시 입을 열었다.

"아, 맞다. 저기, 저희 집은……."

"압니다."

"아, 네."

대체 어떻게 아는 건데?

차마 물을 수 없는 질문을 묵묵히 씹어 삼켰다. 이런 분위기에서 꺼낼 질문은 절대 아니었다.

그렇게 또다시 대화가 끊어져 버리니 이젠 더 꺼낼 말도 없어졌다. 고요하기 짝이 없는 차 안에서 입까지 다물고 있으려니 숨이 턱턱 막힌다. 저렇게 단답형으로 끊어 버리는 건 대화를 이어 나갈 의지가 없다는 뜻인데.

혹시…… 내가 뭘 잘못했니?

묻고 싶은 질문이 잇새에 머물렀다. 사실 잘못한 게 너무 산적해 있어서 어디서 뭐가 틀어진 건지 감도 안 잡힐 정도다. 새삼 제가 저질렀던 짓들이 눈앞을 아른거리는 게 너무도 불길했다.

대체 그중의 무엇이 이 남자의 심기를 이렇게까지 비틀어 버린 거냐고.

본의 아니게 묵언 수행을 하다 못해 숨이 꼴깍 넘어가기 직전이었다. 그러고도 한참을 달려서야 간신히 익숙한 건물들이 눈에 띄었다.

"여기서 내려 주시면 돼요!"

아, 이 얼마나 하고 싶었던 말이냐!

너무나 반가워서 눈물이 다 날 지경이었다. 황급히 문을 열고 내린 수진은 이어 뒤따라 내린 남자를 향해 고개를 꾸벅 숙였다.

"고맙습니다. 그럼, 전 이만……."

"……."

후다닥 인사를 마치고 돌아서려는 순간 내내 무뚝뚝한 얼굴로 그녀를 바라보고만 있던 그가 불쑥 손을 뻗었다. 언제 들고 내렸는지 커다란 손이 쇼핑백을 쥐고 있다. 이건 또 무슨 해괴한 상황인지 몰라 바라보고만 있자, 그의 한쪽 눈썹이 슬쩍 치켜 올라갔다. 당장 받지 않으면 큰 후환이 닥쳐올 것 같아 후다닥 그 물건을 받아 들었을 때였다.

"내일 뭐 합니까?"

"네?"

잠시간 그가 뭘 물어보는 건지, 질문을 이해하지 못했다. 저도 모르게 되물으며 바라보자, 그는 묘하게 미간을 찌푸리며 재촉하듯 눈짓을 했다.

설마 제 일정을 묻는 건 아닐 테지……라곤 생각하지만, 도무지 그것 외에 다른 경우의 수는 떠올릴 수가 없다. 갑자기 심장이 벌떡거리며 튀어 오르는 걸 간신히 억누른 수진이 애써 아무렇지 않게 대꾸했다.

"아, 뭐. 딱히 별일은 없으니까 아마 종일 집에서 쉴 거 같은……."

"잘됐네요. 그럼 다음 주 식사 약속은 취소하죠. 대신에 도시락 좀 싸 오세요."

"네?"

이건 또 무슨 발상의 전환이세요?

보통 주말에 시간이 있는지 물어보는 거면 열에 아홉은 데이트 약속 아닌가?

"월요일 점심시간에 내 집무실로 오면 됩니다. 그럼 다시 연락하죠."

"아니, 지금 저기 자, 잠깐만……."

그러니까 이게 무슨 청천벽력 같은 소리냐고!

요상한 미션을 선사한 준성은 황망하게 군은 그녀를 두고 휙 돌아서더니 그대로 차에 올라 더 지체도 않고 가 버렸다.

이게 바로 김칫국이나 마신다는 거구나. 심지어 김칫국을 목에 넘길 새도 없이 제대로 뒤통수를 맞고 뱉어 낸 꼴이다.

"허……."

벙찐 얼굴로 멀뚱히 그가 떠난 자리를 바라보고 서 있던 수진이 뒤늦게 손에 들고 있는 쇼핑백으로 눈을 돌렸다. 심플한 쇼핑백에 담긴 물건이 영 심상치 않다.

〈모두은행 ○○지점 오픈 기념〉

이 낯이 익은 텍스트가 떡하니 적힌 반찬 통은 뭐다?

"이건 수혁이한테 줬던 건데?"

대략 열흘쯤 전, 본가의 어머니가 보내 주신 김치와 제가 만든 밑반찬을 바리바리 챙겨 준 기억이 난다. 돌려받을 때가 된 것도 맞는데……. 이게 왜 준성을 통해 온 거야?

"아직 다 먹지도 않았네. 대체 이걸 왜……."

거기다 다른 밑반찬 통은 또 어쨌고.

아, 왠지 더 생각하기조차 귀찮을 만큼 피곤이 밀려든다. 그냥 빨리 집에 들어가 눕고만 싶다.

도어록을 해제하고 문을 열자 작은 원룸 공간이 눈에 들어온다. 비척거리며 안에 들어선 수진은 들고 온 짐을 내려놓자마자 침대로 엎어졌다.

"하아……."

긴 한숨과 함께 폭신한 침구에 얼굴을 파묻으니 이제야 좀 살 것 같다. 이런 게 바로 기가 빨린다는 건가.

"너무 당황해서 얼굴도 제대로 못 봤잖아."

모처럼 퇴근길을 함께했는데 이러기 있냐. 제 새가슴이 유독 원망스러운 날이다.

왠지 아쉬운 마음에 몸을 뒤집으며 휴대폰을 꺼내 들었다. 사진첩을 열자 언젠가 찍어 둔 그의 모습이 화면에 가득 찼다. 며칠 전, 그의 집무실에서 찍었던 사진이었다.

"하, 진짜 무슨 사람이 이렇게 생겼니? 대체 전생에 뭘 어떻게 하면 이런 얼굴로 태어나는 건데. 이러니 보는 사람이 긴장하는 것도 당연하지."

무심결에 중얼거리곤 피식 웃어 버렸다. 황망했던 감정도, 온몸이 찌들도록 밀려들던 피곤함도 이 얼굴을 보는 순간 사라지는 기분이니 이것도 병인 듯하다.

"대체 어쩌려고 이래."

절대 욕심을 부릴 마음은 없었다. 그런데도 이미 들떠 버린 감정은 어쩔 도리가 없으니 큰일이다. 멀뚱히 화면만을 바라보던 수진이 그의 이름을 호출해 메시지 창을 열었다.

"그나저나 얘가 뭘 좋아하는지를 알아야……."

예전이라면 모를까 지금 취향은 알 수가 없으니 물어봐야지. 핑계 대듯 중얼거렸지만, 그에게 메시지를 보내는 건 여전히 어려운 일이었다.

하긴, 뭐. 지금은 운전 중일 테니까. 내일쯤 마음이 진정된 후에 물어봐도 되겠지.

그렇게 스스로 변명하면서도 뭔가 아쉽다. 창을 덮진 못하고 잠시 머뭇거리던 손가락이 슬금슬금 움직였다.

[나 생각보다 널 많이 좋아했었나 봐. 많이 보고 싶고 궁금했어.]

아마도 평생 전하기 힘든 말이겠지.

"알아 나도."

그때도 닿지 못했던 마음인데 미련을 가져 봤자 부질없다는 것도.

그래도 한 번쯤은 상상해 볼 수도 있는 거잖아. 만약, 신이 진짜로 있어서 간절한 소망을 꼭 하나 들어준다면 어떨까. 이런 상상 정도는.

"더도 말고 덜도 말고 딱 일주일만 옆에 있고 싶다."

친구가 아닌 연인으로서.

좀 더 가까운 곳에서 그를 바라보는 건 어떤 느낌일까. 손끝에 닿는 감촉은 또 어떨까.

그 잘생긴 얼굴을 마주 보다 너른 품 안에 폭 안긴다면.

단단한 팔뚝이 몸을 휘감고 커다란 손이 뒷머리를 쓰다듬는다면.

보기 좋게 쭉 뻗은 손가락이 제 뺨에 닿고, 코앞까지 다가온 얼굴을 바라보다 조금 열기가 깃든 음성으로 제 이름을 불러 준다면…….

'수진아.'

"흐읍."

저도 모르게 가슴팍을 부여잡았다.

위험하다, 위험해. 상상만으로도 협심증이 밀려오는 것 같다.

"하아, 네가 내 심장에 좋지 않은 존재란 건 확실해."

그 반듯하다 못해 신성하기까지 한 남자를 상대로 뭔 상상이야.

고개를 저으며 뒷골까지 아찔했던 못된 상상들을 날려 보낸 수진이 다시 손가락을 움직였다.

가능하다면, 예전처럼 함께하고 싶었다. 평일이고, 주말이고 당연하다는 듯이 만나 얼굴을 마주하고 웃고 떠들던 그 시절로 돌아가고 싶었다. 고작 1년도 채 되지 않은 짧은 기간이었지만, 그만큼 자주 얼굴을 보던 사이였다.

"생각해 보니 크리스마스도 함께 못 했었구나."

그해 겨울은 내내 지독히 가슴앓이를 했었다. 실연의 아픔이라 하기엔 너무도 하찮게 헤어진 터라 어디다 말도 하지 못하고 홀로 앓아야 했다. 그 아픔은 다음 해 봄. 이른 벚꽃이 피는 시기까지 이어졌었다.

그렇게 가슴속 깊이 꾹꾹 눌러 삼킨 아쉬움은 저도 모르는 사이에 깊게 곪아 흔적을 남겼다. 해마다 이 무렵이면 가슴속 깊은 곳에서부터 외로움이 솟구쳤다. 어째선지 그 이유를 잊고 살다, 어느 해의 연말. 수혁의 앞에서 무심코 이 감정을 토해 놓고서야 깨달았다.

그를 아주 많이 좋아했다고.

생각했던 것보다 이별의 상처가 너무 컸던 것 같다고.

그래서 가능하다면 그 위로 새로운 기억을 덮고 싶었다. 크리스마스와 연말의 풍경 속에 그가 함께했으면 싶었다. 쌀쌀함이 남은 봄날엔 흐드러지게 핀 벚꽃을 함께 보고 싶었다.

따뜻한 캔 커피 하나씩을 주머니에 담아 둔 채 나란히 벚꽃 비가 내리는 길을 걷다 어느 순간, 그가 다정히 제 어깨를 감싸 안은 채 싱긋 미소를 보인다면…….

"와, 김수진 너 꿈도 야무지다!"

상대는 무려 회장님 아들인데 그런 서민 데이트가 가당키나 해?

턱도 없는 망상에 헛웃음을 지었을 때였다.

쾅!

"엄맛!"

느닷없이 현관 쪽에서 들려온 소리에 소스라쳤다. 동시에 그녀의 손에서 떨어진 휴대폰이 침대 아래로 곤두박질쳤다.

"뭐, 뭐야?"

누군가 지나가다 부딪치기라도 한 건가. 잠시간 멍하니 현관을 바라보던 수진이 문득 뭔가를 깨닫고 황급히 휴대폰으로 손을 뻗었다. 어느 순간 밀려든 섬뜩한 생각에 등골이 오싹하다.

설마.

"……헉!"

머리카락이 쭈뼛 섰다. 있어서는 안 되는 문자 발송 내용이 둥실 떠 있다.

[나 생각보다 널 많이 좋아했었나 봐. 많이 보고 싶고 궁금했어. 사실은 다시 네 곁에 있고 싶은데 힘들겠지? 같이 밥도 먹고 커피도 마시고. 주말엔 데이트도 하고. 이번 크리스마스도 너랑 같이 지내면 좋겠어. 지금의 넌 뭘 좋아할까? 돌아오는 봄엔 맛있게 도시락 싸서 같이 젖꽃놀이라도 가고 싶ㅍㅍ]

게다가.

[돌아오는 봄엔 맛있게 도시락 싸서 같이 젖꽃놀이라도 가고 싶ㅍㅍ]

뭔…… 꽃?

"꺄아악!"

오, 지저스!

도저히 수습 불가.

5. 아찔한 힌트

짝사랑하는 상대에게 제 마음이 알려지는 것만큼 곤란한 일이 또 있을까.

그것도 새드 엔딩이 될 게 뻔한 상황이라면?

상상만으로도 끔찍하기 짝이 없다. 이건 말할 것도 없이 절대로 겪고 싶지 않은 일 1순위가 아닌가!

도전하는 자가 아름답고 아프니까 청춘인 것도 다 남의 일일 때나해 줄 수 있는 말일 뿐. 현실은 기약 없는 답을 기다리게 되거나, 혹은 처절하게 차이거나. 그 끔찍한 결과를 받아들이며 고통당하는 것도 결국 당사자의 몫이다.

한마디로 제 일이 아니니 그렇게 말하고 웃을 수 있는 거지.

"그래서. 굳이 이 시간에, 느닷없이 날 불러내서 VIP룸까지 차지하고 앉아 있는 이유는?"

얼음이 가득 든 물컵을 툭 내려놓은 수혁이 팔짱을 꼈다. 멀쩡하게 정장을 차려입은 여자가 테이블에 머리를 처박은 채 굳어 있으니 하는 말이었다. 1분 전까진 죄 없는 테이블을 이마로 찧고 있었던 건 덤이고.

"머릿속 조용해지면 A4 용지 50장 꽉꽉 채워서 써 줄 테니까, 지금은 나 좀 그만 내버려 두면 안 되겠니?"

"흠, 그냥 둬도 될 상황은 아닌 거 같다만?"

"……그렇게 걱정 안 해 줘도 돼. 이건 시간이 약이야."

"내가 걱정하는 건 네 이마에 상처 입을 비싼 테이블이랑, 영업시간 다 됐는데 아직 청소도 못 하고 밖에서 발 동동 구르는 불쌍한 우리 직원이거든? 클럽 물 버리지 말고 다 쉬었으면 빨리 가 봐."

"뭐래, 진짜!"

발끈하며 몸을 일으키자 시선을 맞추던 수혁이 키득거리며 웃어 댔다. 재미있어 죽겠다는 얼굴이다.

앓느니 죽지. 끓는 속을 삭이듯 숨을 내쉰 수진은 송골송골 물방울이 맺힌 잔을 덥석 집어 들었다.

"그래서 준성이 연락은 왔어?"

"연락은 무슨 개뿔!"

주말 내내 꺼진 휴대폰을 서랍에 처박아 놓고 누구의 연락도 받지 않았다. 이불을 둘러쓴 채 틈나는 대로 걷어차는 것도 지칠 땐 내리잠을 잤다. 눈을 뜨면 이 모든 게 꿈이길 바라며.

그러고서 간신히 출근한 월요일이었다. 외근을 핑계로 30분째 클럽 라비타의 VIP룸을 굳건히 차지하고는 있지만, 어쨌거나 출근은 했다. 그녀의 사전에 결근이란 없으니까. 비록, 직접 준성을 마주칠 일이 생기더라도 말이다.

"무려 10년 전에 알던 사이야. 이대로라면 내가 10년이나 좋아한 줄 알 거라고! 이거 완전 스토커 같지 않아?"

차마 아니라곤 못 해 주는 수혁이 절레절레 고개를 저었다. 스토커는 아니더라도 저렇게 미련한 여자가 세상에 또 없으리란 건 잘 알겠다.

"어떡하지? 아! 성형하고 개명해 버릴까? 어떻게 생각해?"

"그냥 거길 때려치우는 게 빠르지 싶은데."

"무슨 소리야! 이게 어떻게 들어온 자린데!"

공채로 입사한 직원은 적게는 6개월에서 많게는 2년까지, 객실부와 식음료부 등지를 돌며 경험을 쌓게 된다. 그녀 역시 객실부에서만 2년을 일했고 연회부와 식음료부에서 1년을 더 머물러 있었다. 좀 더 많은 분야의 일을 배우고 싶었기에 스스로 자처한 일이었다.

하지만 기본적으로 서비스업인 호텔리어들이 겪는 일이란 멀쩡한 사람도 화병으로 나가떨어지게 만들 정도였다. 그 갑질의 현장을 글로 쓰자면 두꺼운 일기장 수십 권은 족히 들어갈지 모른다. 최 대리의 뻔뻔한 부탁 따윈 그 앞에 대면 귀여울 뿐이었다.

꾹꾹 참다못해 뇌리에 참을 인 자가 새겨지도록 버티고 버텨 백 오피스에 진입했고, 1년 반 만에 주임을 달며 제 원대한 목표에 간신히 한 걸음 다가서지 않았나. 그걸 어떻게 그만두냐고!

"난 이 호텔에 뼈를 묻어야 해. 절대 포기 못 한다고."

씩씩거리는 수진을 바라보며 웃던 수혁이 문득 짧게 입맛을 다셨다. 그렇게까지 이 호텔에 목을 매는 이유가 제 눈에는 훤히 보이는데도 본인은 전혀 아니라고만 생각하니 그것도 참 안타까운 일이다.

"그럼 뭐 답은 하나네. 그냥 그거 진심이라고 고백해."

"지금 나 죽으라고 고사 지내니?"

"왜 꼭 차일 거라고 생각하나? 혹시 모르잖아. 거기다 이제 와서 하는 말인데…… 은근 너한테 마음 있는 것처럼 느낀 적 없냐?"

"무슨 말도 안 되는 소린데?"

정색하는 반응에 수혁이 미묘한 표정을 지었다.

"정말 한 번도 생각 안 해 봤어?"

"너야말로 생각해 봐. 네가 준성이면 나같이 평범한 사람이 눈에 차겠어?"

환장하겠네.

수혁은 진심으로 준성이 불쌍해졌다. 어처구니없다는 표정을 짓고서 눈만 끔뻑이는 이 여자한테 힌트라도 줘야 제 속이 덜 답답할 것 같다.

"솔직히 준성이 같은 조건이면 그래, 여자 한둘쯤은 우습긴 하겠지. 너한테 말한 적은 없다만 그때 네가 생각한 거 이상으로 귀찮게 구는 여자들도 많아서 진짜 골치 아팠거든. 근데 그런 놈이, 그 많은 여자는 상종도 않고 굳이 한 여자랑만 친구로 지낸 이유는 뭐라 생각해?"

"그야 공부에 도움 되니까. 나만큼 도움 되는 친구는 없잖아."

"……."

그래. 수석 입학자에 4년 내내 장학금을 받으며 결국 수석 졸업까지 한 인물이었으니 당연히 도움은 됐겠지. 그 송준성이 인정한 천재인데 어려할까.

그래도 그렇게 가슴을 펴고 자랑스럽게 할 이야긴 아니지 않냐.

뿌듯하게 미소까지 짓는 얼굴을 보자니 가슴이 턱 막혀 온다. 수혁은 만리장성에 버금가는 수진의 철벽을 실감하며 작게 신음했다.

"그리고 딱히 나한테만 잘해 준 것도 아니었다고. 왜 알잖아. 준성이는 원래 사람 좋은 거."

"그건 아닐걸? 준성이 성질이 얼마나 드러…… 아니, 부드러워 보이긴 하지. 어쨌거나 겉보기엔 젠틀한 거 맞는데, 후우…… 내가 왜 이런 말을 하고 있냐?"

정신이 이상해질 것 같으니 그만해야겠다.

"어쨌거나 그 긴 세월이 지났어도 기억하고 있는 사람은 그만큼 특별하다는 것만 알아 둬. 남자는 그러기가 쉽지 않아. 더군다나 송준성 같은 사람한테 친구로 인정받는 건 남녀를 떠나 정말 특별한 일이라고."

"……."

"혹시 알아? 너의 길고 길었던 짝사랑이 이제야 꽃을 피울지."

아주 그럴듯하게 들려온 말이었지만, 현실적인 그녀는 이내 고개를 저었다.

"아니. 아무리 생각해도 그건 아니야. 설령 준성이가 정말로 날 특별하게 생각했대도 우리가 이뤄지는 건 있을 수 없는 일이야. 애초에 전혀 다른 세상 사람인데 뭐. 그리고 너 우리 회장님 어떤 분인지 알잖아."

우아한 외모와 강직한 성품은 물론, 뼈대 있는 양반가 출신으로 독립운동을 지원해 왔다는 친정 집안의 이력까지. 무엇 하나 빠지는 게 없다는 한 회장이었다. 언론 매체에서 비치는 행보와 간혹 멀리서 보게 되는 모습만으로도 그 압도적인 아우라는 충분히 느끼고도 남았다.

게다가 많은 여성 기업인의 최종 목표이자 우상으로 존경을 한 몸에 받는 한정원 회장에게는 몰래 붙여진 별명이 하나 있다.

이름하여 '시어머니 종결자(終結者).'

한 여초 사이트에서 우스개로 실시한 '가장 무서운 시어머니' 어워드에서 당당히 1위를 차지한 후 생겨난 별칭이었다.

물론 그녀의 세 아들이 모두 미혼인 관계로 실제는 어떤지 소문으로도 들어 본 적이 없었지만, 어떤 시어머니가 될지는 충분히 유추하고도 남았다. 아마 저처럼 기가 약한 사람은 같은 공간에 있는 것만으로도 숨이 막혀 죽겠지.

"어…… 그래. 그건 좀 신경 쓰일 만하다."

다행히 수혁은 여자들만의 고민까지 찰떡같이 알아들었다.

"그래서 결혼까지 할 생각이었어?"

그런데 왜 결론은 이쪽이세요?

"무슨 말도 안 되는 소리야! 내 말은 그게 아니라……."

"그래. 네가 뭘 걱정하는지도 알겠고, 그 심정 이해도 가. 그런데 좋아하잖아. 그렇게 미련이 남아서 지금까지 연애도 못 한 주제에 뭘 그리 망설여?"

"그런 거 아니……."

"아니긴 뭐가? 어차피 인생 한 번뿐인데 뭐 어떠냐고. 어차피 이래도 후회 저래도 후회면 그냥 확 저질러 보고 후회해."

"……."

"그리고 끝나면 이쪽도 좀 봐 주고."

"……."

"결과는 이 오빠한테 꼭 보고해라."

◇ ◆ ◇

돌이켜 생각해 보면 썩 평온한 인생은 아니었다. 평생을 교육자로 살아온 아버지와 전업주부였던 어머니 사이의 외동딸. 밝고 솔직한 성격과 예쁘장한 외모로 누구보다 눈에 띄던 아이. 주변은 언제나 친구들로 가득해서 학창 시절엔 쭉 반장 부반장을 맡아 온 아이.

그렇게 누가 봐도 무난해야 할 그녀의 삶이 꼬이기 시작한 건 초등학교 6학년이 되던 해부터였다.

— 나 현성인데, 너랑 친하게 지내고 싶어서. 우리 짝꿍 할래?

난데없이 걸려 왔던 한 통의 전화가 그 시작이었다. 어린 마음에 학교에서 가장 인기 많은 친구와 짝이 된다는 게 그때는 그저 기뻤다.

'야! 수진이 니가 왜 여기 앉아 있어? 여기 내 자린데?'
'현성아! 얘 뭐냐? 너 여자랑 짝꿍 하게?'
'야! 너 뭐야? 누구 맘대로 거기 앉으래?'

그런데 다음 날, 수진은 얼굴이 빨개진 채 고함을 질러 대는 현성과 배를 잡고 웃어 대는 아이들의 모습을 넋 놓고 바라봐야 했다.

'수진이가— 현성이— 좋아한대요—'
'사귄대—요, 사귄대—요.'

'시끄러! 니들 조용히 안 해? 아이 씨! 야! 김수진, 너 빨리 안 꺼져?'

당황한 수진이 자리에서 일어났다. 심장이 쿵쾅거리고 다리가 후들거렸지만, 진실은 확인해야 했다.

'현성이 너 뭐야? 네가 어제 전화했잖아. 나더러 친하게 지내자고 해놓고 왜 갑자기 그러는 건데?'

차분히 따지자 주변의 시선이 대번에 현성에게로 쏠렸다. 오오, 우와, 진짜? 놀람 반 장난 반이 뒤섞인 웅성거림이 들려오자 현성의 얼굴이 한껏 구겨졌다.

'뭔 소리야. 내가 언제 너한테 전화를 해?'
'어제저녁 8시쯤에 전화해서 우리 엄마한테 나 바꿔 달라고 했잖……'
'아 시끄러! 나 너희 집 전화번호도 모르는데 왜 거짓말이야! 너 씨, 앞으로 내 옆에 오기만 해 봐, 죽었어!'

그 순간 말문이 막힌 수진이 입을 다물자 구경하던 아이들의 눈에도 경멸의 빛이 떠올랐다. 전교에서 가장 공부를 잘하는 학생이자 반장까지 맡고 있는 수진이 거짓말쟁이라니. 아이들에겐 이것보다 기막히고 흥미로운 사건은 없었다.

'와, 김수진 이제 거짓말까지.'
'몰랐어? 쟤 원래 남자들 앞에서만 얌전한 척하잖아. 완전 백여시라

니까.'

　*'그러게. 진짜 그렇게 안 봤는데. 지금까지 그럼 착한 척했던 거야? 완
전 대박.'*

　원래 자리로 돌아가 묵묵히 입술을 깨무는 그녀의 등 뒤로 키득거
리는 말들과 미묘한 눈길들이 오갔다. 멋대로 부풀려 내뱉는 말들이
라는 건 자명했지만, 누구 하나 나서서 정정하거나 두둔해 주는 사람
이 없었다.

　아니, 그녀를 편들어 줄 사람은 아직 이 자리에 없었다.

　'야, 김미연. 왜 이제 와?'

　기다리던 이름이 들려온 건 그때였다. 수진은 창백하게 굳은 얼굴
로 뒤를 돌아봤다.

　'왜, 무슨 일 있어?'
　'수진이가 현성이 좋아한대! 너 알고 있었어?'

　그 순간 미연과 눈이 마주쳤다. 미연은 저와 같은 아파트의 같은
동에 사는 친구로 유치원 시절부터 함께한 둘도 없는 단짝이었다. 그
러니 그녀라면 당연히 억울한 제 편을 들어 줄 거라 생각했다.

　그런데 조금 당황한 듯 눈을 크게 뜨던 미연은 이내 시선을 피하더
니 고개를 푹 수그리곤 나지막하게 대꾸했다.

'어, 알아.'

'야야, 내가 언제…….'

'왜, 수진이 네가 그랬잖아. 우리 반에서 현성이가 제일 좋고 멋있다고. 친해지고 싶다고.'

분명 일주일 전쯤, 그런 이야기를 한 적은 있었다.

자신은 축구부의 윤호가 좋다며 그녀에게도 좋아하는 아이가 있는지를 묻기에 유독 제게 친근하게 굴던 현성을 떠올리며 했던 말이었다.

'그건 그런 뜻이 아니라.'

'뭐야 또, 또 거짓말하려고! 방금도 거짓말한 거 들켰으면서.'

'파하핫! 김수진 완전 구라쟁이였네!'

멋대로 지껄여 대는 아이들은 이미 그녀의 말을 들을 생각이 없어 보였다. 입술을 깨문 채 미연을 바라보던 수진은 그대로 가방을 챙겨 들었다. 교실을 나서는 그녀의 등 뒤로 깔깔거리며 놀려 대는 아이들의 목소리가 환청처럼 따라붙었다.

한동안은 학교에 나가지 못했다. 생각조차 못 한 상황에 며칠간 열병까지 앓았다.

나중에야 알았지만, 당시 부반장이었던 인경이라는 아이가 현성을 짝사랑하고 있었다고 했다. 그래서 수진은 자기도 모르는 사이에 다른 사람이 좋아하는 남학생에게 꼬리를 친 불여우가 된 것이었다.

간신히 마음을 추스르고 학교로 돌아온 후에도 상황은 달라지지 않았다. 어떻게든 오해를 풀려 애를 썼지만 누구도 그녀의 말을 들어 주지 않았다. 도리어 그런 그녀를 비웃고 경멸하는 목소리만 더 커져 갔다.

그녀의 아침은 책상의 낙서를 지우는 것으로 시작됐다. 실내화가 없어지고, 교과서는 종종 쓰레기통에 들어 있었다. 제 물건이 없어져 찾다 보면 교실 어딘가에 짓밟혀 있는 걸 발견하기 일쑤였다. 짝을 바꿀 때가 되면 아무도 그녀의 옆에 앉지 않으려 하는 통에 선생님은 곤란한 표정으로 한숨을 짓곤 했다.

반장으로서의 역할도 제대로 하지 못한 건 당연한 수순이었다. 어쩌다 전달 사항이 있어 나서게 되면 여자아이들은 합창하듯 '재수 없어. 토 나와. 꺼져.' 따위를 외쳐 입을 다물게 했다. 그것도 모자라 짓궂은 남자아이들은 지나가는 그녀의 발을 걸거나 몰래 밀쳐 넘어뜨리고 웃어 댔다.

더욱이 괴로운 건 그렇게 피해를 당하는 저를 벌레라도 보듯 구경하는 다른 반 아이들의 시선이었다. 아이들은 어린만큼 잔혹했다. 잠자리 날개 뜯는 걸 구경하듯, 즐거움 가득한 시선이 닿을 때마다 그녀는 죽고 싶을 정도로 비참했다.

그들에겐 이 모든 게 말 그대로 놀이일 뿐이었다. 마치 경쟁하듯 누가 더 그녀를 괴롭히느냐로 웃고 떠들어 댔다.

열심히 피해자 코스프레를 하며 그 모두를 절묘하게 조종하는 인경의 표독스러움이 아니었더라도 그녀의 사정은 나아지지 않았을 것이다. 이미 한번 가장 약한 존재로 낙인찍힌 이상, 그녀는 모두의 장난감이나 다름없는 존재였다.

하지만 그녀는 꿋꿋하게 이 모든 걸 견뎌 냈다. 무엇보다 이런 상황을 알려 부모님의 마음을 아프게 하고 싶지 않았다. 다행히 몇 개월 후면 졸업이었다. 이 아이들이 없는 학교에 진학하는 것으로 이 끔찍하고 고통스러운 시간이 끝날 거라 믿으며 그날이 오기만을 기다렸다.

그러다 겨울 방학이 시작되고 일주일 정도 지났을 무렵, 갑작스럽게 미연이 그녀의 집을 찾아왔다.

'무슨 일이야?'

딱딱한 목소리로 묻는 그녀의 앞에서 미연은 눈물을 글썽였다.

'미안해. 그때 전화했던 거…… 실은 나랑 인경이가 인경이네 오빠 시켜서 한 거였어.'

'뭐?'

'현성이가 널 좋아한대. 근데 너도 현성이 마음에 든다며. 나도 현성이 좋아했는데 너랑 현성이랑 사귀어 버리면 내가 끼어들 틈이 없잖아. 그래서 그냥 너랑 현성이랑 사이만 좀 어색해졌으면 싶어서 도와줬던 건데…… 인경이가 너 꼴 보기 싫다고, 너랑 놀면 다음엔 날 따 시킨다고 그래서 할 수 없이…….'

너무도 기가 막혀 입을 다물 수가 없었다.
그 배신의 이유가 고작 그것이라니.

'그런 일이 있으면 나한테 먼저 말을 했어야지.'

'나도 일이 이렇게까지 될 줄은 몰랐지. 무서웠다고. 나도. 아무튼 미안해. 내가 잘못했어. 나 미워하지 마.'

차라리 말이라도 말지.

너무도 허탈해 눈물만 났다. 그런 그녀보다 더 서럽게 울던 미연은 그렇게 마지막까지 그녀 가슴에 대못만을 박아 놓고서 홀가분하게 떠나 버렸다. 정작 그녀가 받아야 했던 상처는 어디에서도 보상받을 길이 없었다.

얻은 것이라곤 뼈아픈 교훈뿐이었다.

사람이 그런 식으로 타인을 음해할 수 있는 거구나. 그렇게 쉽게 타인의 믿음을 배신할 수도 있구나. 질투라는 감정 앞에 우정이란 정말 아무것도 아니구나.

한때는 사람을 믿지 못했다. 함께 있을 땐 멀쩡히 웃고 떠들다가도 그 순간이 지나면 미련 없이 혼자만의 세계로 돌아오곤 했다. 천성이 모질지 못한 그녀에게 호감을 느끼는 사람은 많았지만, 그렇게 다가온 그들조차 좀처럼 틈을 내주지 않는 그녀의 태도에 금세 흥미를 잃고 돌아서기 일쑤였다.

그렇게 해서 생긴 별명이 철벽이었다. 그녀도 많은 사람 사이에서 오르내리는 제 평가를 모를 리 없었다. 절대 좋은 의미가 아니라는 것도 알고 있었다.

하지만 그게 어떻단 말인가.

그냥 적당히 거리를 둔 채 예의를 갖추고, 해야 할 말만 하며 살면 되는 거다. 다시 우정이니 사랑이니 하는 감정을 나누다 배신당하는 것보단 나으니까. 굳이 그런 위험을 감수하며 누군가를 제 영역에 들이고 싶지 않았다. 아니, 그녀는 그 과정과 끝이 너무도 두려웠다.

그 벽을 처음으로 깨고 들어온 사람이 바로 그녀의 가장 소중한 친구 연희였다.

'아, 잠깐. 너 이름이 뭐더라. 암튼 수석 입학! 맞지?'

대학에 진학하고 일주일도 채 지나지 않았을 때였다.

'마침 잘 만났다. 내가 혼자선 밥을 못 먹는 병이 있어서 그러는데, 우리 점심 같이 먹으면 안 될까? 내가 아무리 혼자 잘 노는 사람이라도 밥 먹을 때 혼자인 것만큼은 좀 힘들더라. 너도 그렇지? 그러니까 우리 서로 좀 돕자. 응?'

거침없이 속엣말을 내놓고 태양처럼 환하게 웃어 보이던 얼굴이 아직도 제 기억에 생생했다.

'아, 생각났다, 이름. 김수진이었지? 난 연희라고 해. 이연희.'

이름을 말해 주기 전부터 이미 그녀를 알고 있었다. 170cm가 훌쩍 넘는 키에 늘씬한 체격. 조막만 한 얼굴에 꽉 들어찬 이목구비. 빅토리아 시크릿 무대에 세워도 부족함 없는 핫 바디의 소유자인 연희는 준성과 더불어 진즉에 교내의 유명 인사로 통했다.

'우리 학교 학식이 그렇게 끝내준대. 오늘은 그것 좀 먹어 보자. 뭐 해? 빨

리 가자, 늦겠어.'

연희는 머뭇거리는 저를 서슴없이 잡아끌며 당당히 교내 식당으로 향했다. 낯선 사람을 향한 거부감이 생겨날 새도 없이 순식간에 휩쓸려 가 버리는 느낌이었다. 이런 사람과 함께하면 피곤한 일만 생기지 않을까, 하는 생각도 들었다.

하지만 놀랍게도 그 이후 두 사람은 급속도로 친해졌다. 지금껏 친구가 없었던 건, 그저 잘 맞는 사람이 없었을 뿐이라는 연희의 주장은 거짓이 아니었다.

아무 조건 없이 서로의 진심만을 믿고 의지할 수 있는 우정도 세상엔 존재했다. 그리고 시간과 우정의 크기가 꼭 비례하지 않는다는 사실 또한 알게 되었다.

그렇게 졸업을 하고 각자의 삶을 사느라 멀리 떨어져 있는 지금까지도 쭉 지속되고 있을 만큼 깊은 우정의 시작이었다.

'내가 관심 있는 사람 말이야, 준성이라고.'

그런데 또 비슷한 상황이 반복될 줄이야.

그때는 진심으로 공포를 느꼈다.

아니, 절대로 연희를 실망시키고 싶지 않다는 생각뿐이었다. 엉뚱한 사람을 좋아한다는 오해를 받을지언정 연희와 연적이 되는 일만큼은 겪고 싶지 않았다.

다행히 말 그대로 관심뿐이었는지 연희는 더 이상 그 일을 언급하지 않았지만, 다시금 위축되어 버린 그녀는 이후로도 제 마음을 숨기는 데에만 급급했다. 그리고 간신히 긁어모았던 마지막 용기마저 준성의 눈앞에서 흩날리는 먼지가 되는 경험을 했다.

하지만 그게 어떻단 말인가.

누구에게나 솔직할 필요는 없는 거다. 마음을 열고 다가서 봐야 결과는 제 약점만 보여 주는 것밖에 없지 않나.

더더군다나 사회에선 제 본모습을 드러내 봐야 좋을 게 없다. 할 말은 하되, 능구렁이처럼 제 약점은 드러내지 않는 것. 이것이 제 트라우마를 극복하는 방법이고, 지금껏 살아남아 온 방식이었다.

그런데…….

'혹시 알아? 너의 길고 길었던 짝사랑이 이제야 꽃을 피울지.'

한참 동안 꺼진 휴대폰을 노려보던 수진의 입가에 헛웃음이 떠올랐다.

"누굴 놀리나. 이 날씨에 꽃은 무슨 꽃."

얼어 죽기 딱 좋지. 휭하니 부는 바람 속에서 부실하게 핀 채 다 죽어 가는 꽃을 떠올리던 수진이 부르르 몸을 떨었다. 아마 준성의 앞에 선 제 꼴이 딱 그렇겠지.

그것보다 문제는 그 말도 안 되는 문자와 끔찍한 오타였다. 생각을 떠올리자마자 얼굴이 화르륵 타오른다.

세상에. 그런 문자를 보내 놓고, 연애는 무슨 개뿔이 연애야.

"아…… 창피해서 죽어 버릴 거 같아."

대체 'ㅂ' 옆에 'ㅈ'은 왜 붙어 있었던 거니? 누가 너희들을 그렇게 붙여 준 건데?

누군진 모르겠지만 3대가 저주받았으면 좋겠다. 그 와중에 이 망할 머리통은 벚꽃이 왜 보고 싶었던 거냐고!

괴로움에 못 이겨 발버둥을 치다 맞붙은 책상이 흔들리자 파티션 너머로 최 대리의 얼굴이 둥실 떠올랐다.

"왜 그래? 수진 씨 무슨 일 있어?"

"네? 무슨 일은요. 아니에요."

"그런데 뭐야. 왜 이렇게 거칠게 숨 쉬고 그래? 야한 생각이라도 했어?"

"그런 소린 농담으로라도 하지 마세요."

"까칠하기는. 무슨 일 있긴 있네."

"아니라고 했어요."

그거 성희롱이다, 이 망할 놈아!

당당하게 외쳐 주고 싶은데 목에선 왜 염소 소리가 나와? 괜히 더 울컥해서 자리에서 일어나려는데 때마침 옆을 지나던 나 과장이 아주 반가운 목소리로 외쳤다.

"어머, 상무님이 여긴 어쩐 일이시지?"

순간, 나비처럼 날아간 몸이 벌처럼 최 대리의 책상 앞에 처박혔다. 보는 이는 물론, 저 자신조차 놀랄 만큼 빠른 반응이었다.

"뭐야? 왜 그래?"

"쉬, 쉬잇─"

몸을 낮추기가 무섭게 들려오는 말에 수진은 얼른 검지로 입술을 가렸다. 왠지 뜨악한 얼굴로 바라보던 최 대리가 곧 징글맞은 미소를 지으며 몸을 숙였다.

"김 주임. 갑자기 이렇게 다가오면 내가…… 허헛, 참. 이런 장난도 칠 줄 알고. 은근 귀여운 데가 있네?"

아니, 됐으니까 제발 그 입 좀 닥쳐!

버럭 외쳐 주고 싶은 충동을 꾹 참아 낸 수진이 애써 웃으며 다시 입가에 손가락을 세웠다.

"잠시만요. 일단 나중에 설명할게요. 저 지금은 스텔스 모드니까……."

"스텔스 모드가 뭅니까?"

그런데 등 뒤에서 낯이 익은 듯 낯선 목소리가 들려왔다.

절대, 들려서는 안 될 것 같은…… 그런 목소리가.

끼기긱—

뻣뻣하게 굳은 목을 돌려 뒤를 바라보자 언제 온 건지 준성이 서늘한 기운을 옴팡지게 뿜어 대며 그녀를 내려다보고 있었다.

"잠깐 저랑 이야기 좀 했으면 하는데요, 김수진 씨."

단단히 굳은 눈매와 묘하게 다정한 목소리에서 느껴지는 위화감.

절대, 이대로 나가선 안 될 것 같다는 촉이 온다.

"죄송하지만 지금 무지 바빠서요. 여기서 이야기하시면 안 될까요?"

"그래요? 곤란하실 텐데."

"제가 곤란할 일이 뭐가……."

그 순간, 준성의 입가에 삐딱한 웃음이 떠올랐다.

"묘한 이름의 꽃에 대해 설명 좀 듣고 싶은데, 여기서 괜찮겠습니까?"

"있지요! 암요! 여기선 무지 곤란해요, 네! 갑니다. 나가서 이야기하시죠. 하하!"

기함하며 일어선 순간, 모두의 시선이 몰려들었다. 동시에 머릿속에 암전이 내렸다. 아, 맞다. 여긴 회사였지.

'…… 나 어떡해, 엄마.'

분명 입은 웃고 있는데 눈물은 왜 나는 거죠?

왜죠?

◇ ◆ ◇

'어떡하지?'

덧없는 질문이 텅 빈 머릿속에 메아리쳤다. 요즘 들어 저 질문을 너무 자주 하다 보니 뇌가 식상해 받아들이지 않는 모양이다.

고개를 숙인 채 비척거리다 문득 눈앞을 흘깃거렸다. 적당히 빠른 속도로 걸음을 옮기는 남자를 발견한 순간 가슴이 찌르르하다. 그 와중에도 눈은 본능적으로 아름다운 것을 좇고 있으니 통탄할 노릇이다.

우아하고 날렵한 걸음걸이. 군더더기 없이 깔끔하게 떨어지는 감색의 슈트 차림과 먼지 하나 없이 번쩍이는 구두. 단정하게 빗어 넘긴 헤어스타일의 조화는 그야말로 아찔한 뒤태 그 자체였다. 최 대리로 인해 더러워진 시신경이 깔끔하게 정화된다. 이 아름다운 자태를 감상하게 된 것만으로도 이름 모를 신들에게 감사를 드리고 싶을 정도였다.

저 온몸에서 폴폴 풍겨 대는 냉기만 아니었다면.

마주치는 사람마다 움찔하며 피해 대는 게 그야말로 빙하를 가르는 쇄빙선이 따로 없다. 우연히 가는 길이 겹치는 양 거리를 두고 따

166

르는 것만도 벅찬 황새를 뒤쫓는 뱁새의 심정을 너무 잘 알 것 같다.

'이번엔 진짜 화났구나. 진짜로.'

지난 세월이 눈앞을 아른거리기 시작했다.

이것이 말로만 듣던 주마등인가.

서른 평생을 노력으로만 일궈 온 삶이었다. 꿈이 있다면, 지금처럼 최선을 다해 일하다 좀 더 많은 세월이 지났을 때, 제 인생의 목표인 총지배인이라는 이름을 달고서 당당히 그와 마주하고 싶었다. 그렇게 모든 게 희미해져 갈 때쯤에나 '그런 인연도 있었지.' 하고 편히 웃을 수 있길 바랐는데…….

'난 대체 무슨 짓을 해 버린 거야.'

다시금 제 손가락이 저질러 놓은 일을 떠올리니 절로 온몸이 꼬여 든다. 그 해괴한 문자를 받고 황당했을 그를 생각하니 제 얼굴에 불이 날 지경이다.

쪽팔려서 사람이 죽는다면 아마 이렇게 죽겠지.

심지어 9층에 위치한 직원용 휴게실 겸 카페테리아엔 사람이라곤 없었다. 단둘뿐인 엘리베이터를 타고 올라오는 동안 숨이 막혀 죽을 뻔했던 그녀는 텅 빈 카페를 보며 또 한 번 좌절했다.

정녕 도망칠 기회 따윈 없는 거냐!

"점심은 먹었지? 뭐 좀 마실래?"

"어? 어, 난 아까 마셨어……요."

또 무심결에 반말로 대꾸할 뻔하고서 간신히 요, 자를 붙였다.

뭐지? 이 아무렇지 않게 친근한 말투는? 지금껏 깍듯했던 그 남자가 맞는지 의심스러울 만큼 멀쩡한 반말이다.

"더 마시기 버거우면 다른 차로 하든가. 따뜻한 거 괜찮지?"

"아, 아니, 전 괜찮습······."

"아메리카노 한 잔이랑 아삼 밀크티 주세요."

점점 불안감은 쌓여만 갔다. 분명히 괜찮다고 한 것 같은데 준성은 멋대로 주문을 넣고는 좀 더 안쪽으로 걸음을 옮겼다. 통유리 너머로 비쳐 드는 진한 햇살에 흠뻑 물든 카페의 내부는 냉풍이 몰아치는 그녀의 속내와는 달리 더없이 아늑한 분위기였다.

평소엔 카운터를 포함해 두세 명의 직원이 상주하고 있고, 커피 심부름을 나온 사원들이 종종 보이는 곳인데 오늘따라 두 사람 외엔 사람 그림자도 없다.

아무리 업무 시간이라도 그렇지. 너무 조용한 거 아닌가?

"창가 자리 괜찮지?"

저 멀리 한강이 보이는 자리는 지난 3년 동안 단 한 번도 앉아 본 적이 없는 명당 중의 명당! 이지만 기뻐할 때는 아니었다. 수진은 먼저 자리에 앉는 남자를 바라보며 마른침을 삼켰다.

이상해. 너 이상하다고요.

"그러고 보니 정식으로 이런 자리에서 보는 건 처음이네. 진작 이렇게 시간 좀 낼 걸 그랬나 보다. 사실 너무 바빠서 영 틈이 없기도 했지만."

화난 것처럼 보였던 게 착각이었나 싶을 만큼 준성이 다정한 목소리로 설명하는 동안 수진은 어안이 벙벙한 얼굴로 서 있었다. 도무지 일이 어떻게 굴러가는 건지 알 수가 없다.

"그렇게 서 있지 말고 앉아."

"아, 아 네."

"둘일 때는 말 놓지?"

"네? 그, 그건 곤란합니다. 여긴 회사인데요."

"그런가? 뭐 어때. 듣는 사람도 없는데."

"주문하신 음료 나왔습니다."

말이 떨어지기가 무섭게 직원이 등장했다. 음료를 내려놓던 여직원이 날카로운 시선으로 제 얼굴을 훑는다. 순간 뭔가가 바늘처럼 후두둑, 박혀 온 듯한 느낌도 기분 탓인가? 이 소식이 10분 안에 온 회사를 휩쓸어 버릴 거란 건 내가 잘 알겠다.

"보셨죠? 어딜 가나 보는 눈이 많아서……."

"그게 어때서? 옛 친구 사이인데 문제가 되나?"

"네."

그건 지금 그쪽이 얼마나 눈에 띄는지 몰라서 하는 말이지!

정색하며 말을 자르는 대답에 준성이 엷게 미소를 지었다. 그 황홀한 광경을 넋을 잃고 바라보는 동안 그의 기다란 손가락이 커피 잔을 감아 올렸다. 아, 커피 잔이 그렇게 부러울 수가 없다.

"좋아. 그럼 편한 쪽으로 해. 난 그냥 말 놓을 테니까. 그보다 회사 일은 할 만해? 힘들진 않고?"

"괜찮습니다! 일도 재미있고 좋은 분들도 많고 배울 점도 많구요."

면접장에라도 나온 기분으로 틀에 박힌 대답을 늘어놓자 그의 입가에 아까보다 뚜렷한 미소가 번졌다.

"하여간 이리저리 둘러대긴 잘하지."

"하하……."

정곡을 찔려 조금 부끄럽지만 대수로울 일은 아니었다. 찝찝한 인간들이 좀 있다 하더라도 어차피 어딜 가나 그런 인간 한둘쯤은 있으니 못 견딜 정도는 아니고, 미래의 대표님이 될지도 모르는 사람 앞에서 쓸데없는 소린 안 하느니만 못했다.

비굴하지만 어쩔 수 없다. 사회생활이 다 그렇지 뭐.

"난 네가 여기서 일하고 있을 줄은 정말 상상도 못 했거든. 진즉 알았으면⋯⋯."

"그야 뭐, 미리 진로 정해 놓고 사는 사람들이 얼마나 있겠어요. 어쩌다 보니 다 자리 잡고 사는 거죠. 세상일이 다 그렇지 않을까요?"

수진은 어색하게 대꾸하며 어색하게 웃음 지었다. 찔릴 것도 없는데 묘하게 속이 뜨끔한 탓에 자꾸 말이 헛나올 것 같다. 정신 차리자.

"⋯⋯그런가? 그럼 원래부터 우리 호텔에 지망하려던 건 아니란 뜻이고?"

"네. 그냥 제가 잘할 수 있는 일이 뭘까, 뭐가 재미있을까, 생각하다 오게 됐어요. 아, 물론 지금은 이 일이 좋기도 하고, 우리 호텔도 너무 좋아요. 들어오길 정말 잘했다고 생각하고 있습니다."

"흠⋯⋯."

커피 잔을 내려놓은 그가 몸을 젖혀 등받이에 기대앉았다. 자연스럽게 들린 얼굴엔 어느덧 살랑거리는 미소가 사라진 후였다. 굳은 눈매를 보자니 간이 졸아붙는 기분이다.

왜 또 갑자기 분위기가 바뀌는 건데. 이젠 제대로 면접관 모드인가?

"넌 어떤데?"

"네?"

"나한테 궁금한 거 뭐 없어?"

"아니요! 전혀!"

대답을 해 놓고 아차, 했다.

'완전 관심 없음'이라고 대놓고 말하는 거랑 무슨 차이야. 아무리 그래도 옛 친구인데 미쳤지!

그렇게 그의 한쪽 눈썹이 꿈틀거린 순간, 그녀의 눈앞엔 사직서 양식이 잠깐 아른거렸다.

"음…… 그래? 그럼 넘어가고. 그보다 지난번 금요일 저녁에……."

"아! 그 도시락이요! 갑자기 제가 막…… 그, 컨디션이 너무 안 좋아서 주말 내내 잠만 잤지 뭐예요. 그래서 그걸 세상에 그냥 깜빡해 버렸거든요. 그러니 그건 다음에……."

"계속 전화했었는데 안 받더라."

"네, 네! 맞아요. 그래서 제가 전화도 못 받……. 네?"

"어쩔 수 없지. 뭐, 목적이 도시락은 아니었으니까 그건 그렇다 치고. 이번 주말은 어때? 딱히 다른 약속은 없는 거지?"

이런 질문에는 대체 뭐라고 대답해야 하는 거야.

도무지 예측할 수 없는 말들에 그저 얼떨떨할 뿐이었다. 멀뚱히 눈만 깜빡이는 동안 특유의 차분한 목소리가 들려왔다.

"따로 약속 잡지 마. 스케줄 봐서 연락할 테니까. 앞으로도 평일은 이렇게 잠깐 만나기밖에 못 하겠지만, 주말은 되도록 비우도록 노력할게. 그리고 좀 이르지만, 크리스마스가 두 달 정도 남았으니까. 미리 나랑 같이……."

"저기! 자, 잠깐만요."

당황한 수진이 얼른 손을 들어 올렸다.

주말의 데이트. 함께하는 크리스마스!

'오 마이 갓!'

망상이 현실로 닥쳐온 순간은 그저 당혹스러웠다. 빤히 저를 바라보는 남자의 얼굴을 보고 있자니 뭔가 말을 해야 한다는 강한 압박감이 느껴진다.

"지금 이건 무슨 상황이죠?"

아니, 이딴 소리 말고!

그의 매끈했던 미간에 뚜렷하게 스며든 주름을 보며 수진은 제 입을 꿰매 버리고 싶은 충동을 느꼈다.

"내가 그 질문을 어떻게 받아들여야 하나?"

"죄송해요! 갑작스럽지만 사과드릴게요. 정말 죄송합니다."

"뭐가 죄송한데?"

"그 무, 문자요! 사실은 제가 그, 도시락 싸는 걸로 뭐 좀 물어보려다가 괜히 좀 오버해서 적어 놓는다는 걸……. 그러니까 말하자면 그냥 장난삼아 써 본 걸 실수로 보내 버린……!"

"……실수?"

"네! 실수였어요. 기분 나쁘셨죠? 네, 알아요. 아무리 실수라도 이해 못 하실 거 다 알아요. 정말 죄송합니다. 그러니까 옛정을 생각해서라도 제발, 그건 그냥 그렇게 잊어 주시면…… 안 될까……요?"

왠지 피부에 닿는 공기가 서늘해 절로 말꼬리가 흐려졌다. 남자는 미동조차 없는 표정으로 그녀를 바라봤다. 그 모호한 눈빛에 서린 의미를 당최 알 수가 없다.

확실한 건 뭔가 제. 대. 로 잘못 건드린 것 같단 촉이……!

"하, 하하……. 저기 아무튼 지금은 업무 시간이고 하니까 전 이만 일어나 보겠습니다."

슬그머니 몸을 뒤로 빼며 엉덩이를 떼려 했을 때였다.

"넌 진짜 변한 게 없구나."

음산하리만치 가라앉은 목소리가 들려왔다. 저도 모르게 움찔한 수진이 쭈뼛거리며 눈앞의 남자를 바라봤다.

"아니, 이번엔 더 질이 나쁘지."

분명 미소를 짓고서 하는 말인데 눈빛과 말투는 날이 서 있다. 바짝 굳은 채 마른침을 꼴깍 삼키는 그녀의 앞에서 준성은 느긋하게 커피 잔을 집어 들었다. 그의 입술 틈새로 스며드는 커피를 부러워할 새도 없이 잔을 내려놓은 그가 차갑게 말을 이었다.

"그렇게 잊어 달라? 어쩌지. 그럴 마음 전혀 없는데."

"네? 무……슨 말씀이신……."

"태어나서 그런 황당하고 열렬한 고백은 처음이라. 그래서 앞으로 네가 원하는 대로 놀아 줄 생각이거든."

이게 대체 뭔 소리여!

기겁한 수진은 침착하려 애쓰며 입을 열었다.

"저기 정말 죄송하지만, 바쁘신 분이 굳이 그러실 필요까진 없는 것 같……."

"네가 뭘 착각하는 모양인데, 너한테는 선택권이 없어."

딱 잘라 내놓는 말에 말문이 턱 막혀 버렸다.

"알다시피 내가 좀 바쁜 데다, 한국에 온 지 얼마 되지도 않아서 혼자거든. 휴일에 혼자 지내긴 싫고, 이제 와서 얼굴도 모르는 사람 만나 공들이는 것도 시간 아까워. 난 시간 낭비하는 게 세상에서 제일 질색인 사람이니까 당분간은 착실하게, 내가 부를 때 잘 나타나 주길 바라. 그것이 언제가 되었든, 무조건."

"……."

"절대로 내 연락 무시하는 일은 없도록 해. 참고로, 난 곧바로 대답하지 않는 걸 세상에서 제일 싫어해. 특히, 어제처럼 휴대폰 꺼 놓는 일은 더 못 참고."

절로 입이 떡 벌어졌다.

눈앞에 앉은 남자의 얼굴은 분명 제가 알던 그 송준성이 맞는데……. 설핏 떠오르는 웃음도, 한껏 날이 선 눈빛도, 머릿속을 울리는 단어들의 조합도 흉흉하기 짝이 없다.

너 이렇게 박력 넘치는 남자였니?

"내 얼굴을 직접 보고 싶다거나, 후환이 두렵지 않다면 상관없지만."

거기다 말끝에 어린 협박이라니.

시키는 대로 하지 않으면 목이라도 쳐 버리겠다는 투다. 이거야말로 슈퍼 갑의 횡포 아닌가!

"그럴 순 없습니다. 아무리 상무님 명령이어도 그런 사적인 일에는……!"

"참, 그 젖꽃이라는 거 어디서 피는 거야?"

"아니, 지금 그 젖꽃이 문제……. 네?"

그 민망한 단어를 직접 입에 올리니 참 새롭다. 내내 아슬아슬하게 부여잡고 있던 멘탈이 그 순간 와르르 무너져 내렸다. 순식간에 시뻘게진 그녀의 앞에서 그는 참으로 해사하게도 웃어 보였다.

"궁금해서 열심히 검색해 봤는데 없더라."

뭐 이런 미친!

경악한 수진이 휴대폰을 집어 들어 메시지 창을 열고 다시 그를 향해 화면을 내보였다.

"그게 아니라, 보세요! 이건 그냥 이렇게 붙어 있는 글자라서 단순히 오타를……!"

"그럼 바쁘니 이만 일어서자."

아니, 설명은 좀 들어 달라고. 나 이상한 사람은 아니라고 설명 좀 하고 싶다고.

뭔가 할 새도 없이 일어서는 모습을 그저 망연히 바라보는데 그는 모든 게 해결된 듯 후련한 표정으로 말했다.

"휴대폰 배터리는 항시 체크해. 수시로 연락할 테니까."

"저기, 아니 그게! 잠깐만요. 아무리 그렇다고 해도 왜 하필 저한테……."

도무지 이해할 수도, 받아들일 수도 없는 상황에 무작정 따라 일어선 그녀가 저도 모르게 손을 뻗었다. 그의 옷자락을 잡아채는 손길이 급했다. 순간 멈칫하나 싶던 남자가 휙 돌아서더니 갑자기 가까워졌다.

"어……?"

반사적으로 움츠린 몸이 훌쩍 끌려갔다. 허리를 감아 오는 힘과 신속하게 얼굴을 붙든 손길. 그리고 정확히 입술에 닿은 보드라운 감촉에 숨이 턱 하니 막혀 버렸다.

그 찰나와 같은 순간, 감지도 못한 시야에 새하얀 남자의 피부와 기다란 속눈썹이…….

한순간 저 멀리 날아갔던 영혼이 돌아옴과 동시에 심장이 벌컥거리며 피를 쏟아 냈다. 핏줄을 타고 흐르는 감각이 지나치게 생생해 소름이 끼칠 지경이다.

'뭐야. 이게 뭐야?'

가까스로 단어들을 집어내려는데 좀 더 깊게 맞물린 그의 입술이 그녀의 아랫입술을 감싸 왔다. 그제야 눈을 감아 버렸다. 촉촉하게 습기를 머금은 감촉이 입술에 비벼지고 물컹하고 따뜻한 뭔가가 느른하게 그녀의 아랫입술을 훑으며 움직였다.

왠지 시간이 아득하게 길어졌다.

지나치게 가까운 남자의 얼굴에서 뜨거운 숨이 쏟아지고 있다. 감히 상상으로도 느껴 본 적이 없는 성역(聖域)의 것이 집요하게 그녀의 벌어진 잇새로 침범했다.

입안을 감도는 씁쓸한 커피의 맛. 이어 생전 듣도 보도 못한 감촉이 그녀의 혀에 감겨듦과 동시에 머리털 끝까지 짜릿하게 일었던 전율.

'이게 지금 설마……?'

그의 입술이 쪽, 소리를 내며 떨어져 나간 후에야 수진은 뒤늦게 소스라치며 남자의 몸을 밀쳐 냈다.

"으, 으악! 송준성 너 지, 지금…… 무슨……!"

"말도 잘 놓고."

허겁지겁 입을 가리며 눈을 휘둥그렇게 뜨는 사이 준성은 씩 웃으며 그녀의 허리에서 손을 뗐다. 그 와중에도 바로 코앞에서 넘실거리는 얄궂게도 매력적인 눈웃음이라니!

심장이 터질 것 같아 말을 이을 수가 없다.

"왜 너냐고?"

절대 있을 수 없는 일이었다.

그런데 그것이 실제로 일어났습니다!

"글쎄. 왜일까?"

놀란 토끼 눈을 하고서 굳은 그녀의 앞에서 남자는 나른하게 웃어 보였다.

"힌트 줬으니까, 잘 생각해 봐."

6. 오늘은 여기까지

지난 주말은 그에게도 인고의 시간이었다. 문제의 메시지가 도착한 건 집 근처의 횡단보도에서 마지막 신호를 받았을 때였다.

당연히 일 관련이겠거니 생각하며 무심결에 휴대폰을 집어 떠오른 글자들을 읽다 그대로 떨어뜨릴 뻔했다. 당황하며 다시 휴대폰을 꽉 붙들자마자 신호가 바뀌는 바람에 간신히 차를 몰아 길가에 세웠다.

"······허."

절로 헛웃음이 났다. 도무지 현실감이 없었다.

제가 뭘 본 건지, 그 해석이 맞는 건지. 제 눈과 머리를 의심하며 한참 동안 멍해 있다가 간신히 혼란을 누르고 다시 휴대폰으로 눈을 돌려 그 내용을 확인했다. 덜컥 내려앉았던 심장이 미친 것처럼 날뛰기 시작했다.

좋아했었다, 라니.

지금껏 저 한마디를 듣지 못해 돌아온 세월이었다. 어떻게든 잊어

보고 지우려 애쓰며, 한편으론 무심하기만 한 그녀를 원망하기까지
했던 그 시간들을 그 한마디에 모두 보상받는 기분이었다.

그대로 차를 돌렸다. 돌아가는 길 내내 애타게 전화를 걸어 봤지
만, 이미 휴대폰은 꺼진 상태였다. 그녀의 집 앞까지 도착해서도 한참
을 고민하며 망설였다. 혼자 사는 여자의 집을 예고도 없이 멋대로 들
이닥치기엔 그는 지나치게 신사적인 사람이었다. 그렇게 두 시간이나
주변을 서성이다 아쉬운 마음을 꾹 접어놓은 채 돌아올 수밖에 없었
다.

이토록 시간이 빨리 가길 기다려 본 적이 있었을까.

미치도록 움직이지 않는 시곗바늘을 바라보며 월요일이 되기만을
기다렸다. 실수로 제 감정을 오픈해 놓고 부끄러움에 몸부림치고 있
을 그녀를 생각하니 절로 웃음이 나왔다. 지금껏 저를 애태워 왔으니
맘고생 좀 해 봐라, 싶다가도 힘들어할 그녀가 안쓰러워 더 빨리 제
마음을 전해 주고 싶었다.

나도 너와 같은 마음이라고. 우린 쭉 같은 감정을 품고 있었다고.

그런데⋯⋯.

간신히 시간을 내어 사무실에 들른 그의 앞에서 그녀로 보이는 그
림자가 후다닥 숨어드는 것을 봤다.

설마, 아니겠지, 하면서도 뻔히 보이는 움직임을 따라 다가선 순간,

'잠시만요. 일단 나중에 설명할게요. 저 지금은 스텔스 모드니까⋯⋯.'

들리는 목소리라니.

그러니까.

……날 보고 숨었겠다?

"상무님?"

울컥한 순간, 갑작스럽게 들려온 말에 준성은 흠칫하며 고개를 들었다. 문흥이 걱정스러운 눈길로 자신을 내려다보고 있었다.

"뭡니까?"

"강 본부장님께서 5시에 공항으로 출발하실 예정이랍니다."

"아……."

초조한 듯 시계를 힐끗거리는 김 비서의 모습에 준성은 그제야 제 앞에 놓인 서류로 시선을 옮겼다. 어느덧 석양의 햇살이 길게 번져 든 책상 위로 반듯하게 자리 잡은 결재판과 언제부터 쥐고 있었던 건지도 모를 만년필이 눈에 들어왔다.

그 아래 꾹 눌러 번진 잉크 자국을 발견한 순간 절로 헛웃음이 새어 나왔다. 그대로 사인을 마친 준성은 김 비서에게 서류를 내밀었다.

"서류 전달하면서 바로 총지배인님께도 보고드리세요."

"네, 알겠습니다."

"면세점 입찰 건 서류 도착하는 대로 즉시 출국할 예정이니 미리 준비해 두시고요. 기획실 회의는 돌아온 직후에 바로 진행하도록 하겠습니다."

"괜찮으시겠습니까?"

여러 의미가 담긴 되물음이었다. 문흥의 얼굴에는 걱정스러움이 가득했다.

호텔 라비타의 면세유통사업부에서는 현재 호텔 본점 내의 면세점 신설을 위한 서울 시내 면세점 입찰을 준비 중이었다.

그런데 난데없이 2년 전 공항 면세점 입찰 과정에서의 비리 건이 터져 나왔다. 원래대로라면 특허를 받지 못했을 몇몇 사업체가 심사자를 매수해 추가 특허를 받아 냈다는 의혹이었다.

공교롭게도 당시 호텔 라비타 역시 1차로 탈락의 쓴맛을 봤고, 이후 낙찰이 취소된 구역에 재입찰을 시도해 기사회생한 전력이 있었다. 그 때문에 정당한 방법으로 얻어 냈음에도 가장 먼저 의혹의 눈길을 받아야 했다.

그때의 책임자가 바로 한정원 회장이 해외 체인 사업에 눈을 돌린 사이, 야심차게 면세 사업에 손을 뻗은 한정균 사장이었다. 누구보다 유리한 입장이었기에 그저 콩고물만 주워 먹으려 했던 게 화근이었다.

기업의 힘만 믿고 준비에 미흡했던 한 사장은 예상치 못하게 치고 올라온 경쟁 업체에게 밀려나는 수모를 겪어야 했다. 다행히 그 업체가 지나치게 높았던 낙찰가를 다 치르지 못해 사업권을 반납했고, 그 틈을 노린 한 회장이 전면에 나서 재입찰에 성공할 수 있었다.

사업자 선정 비리 건이 터져 나온 게 그 무렵이었다. 전혀 관련이 없는 사안임에도 시기가 비슷한 탓에 관세청과의 유착 혐의로 더불어 조사를 받아야 했다. 혐의는 금세 풀렸지만, 그런 구설수에 오른 것만으로도 몰려드는 의혹의 시선들을 피하긴 힘들었다.

덕분에 한창 상승세였던 한정균 사장의 기세가 꺾인 참이었다. 한 회장으로서는 이 기회를 놓칠 수가 없었다.

'이번 시내 면세점 입찰 건부터 네가 맡아 주면 좋겠구나. 한번 실패하면 그다음은 없다는 걸 보여 줘야지. 그래야 정신 차리고 일하지 않겠니?'

이 역시 한 사장을 향한 경고였지만, 깐깐한 한 회장의 기준이 제게만 달라질 이유도 없었다. 저 역시 다음 기회가 없기는 마찬가지.

모두의 관심과 기대, 혹은 적대감.

그 속에서 그의 어깨를 짓누르는 막중한 책임감과 그로 인한 스트레스가 상당할 것이다. 무엇 하나 편할 리가 없는 상황인데도 준성은 그저 평온한 얼굴로 되물을 뿐이었다.

"뭐가 문제입니까?"

"일이 너무 많으십니다. 요즘 통 잠도 못 주무시잖습니까. 시내 면세점 건은 아직 여유가 있으니 유럽엔 다음 달쯤 다녀오셔도……."

"제가 무리하는 것 외에 다른 문제가 있습니까?"

"네? 그건 아니지만……."

문홍이 말끝을 흐리자 준성은 흠, 하고 짧게 숨을 내쉬었다. 달리 말로 설명하지 않아도 못마땅해하는 기색을 금세 눈치챈 문홍이 다시 대답했다.

"알겠습니다. 바로 준비해 놓겠습니다. 그럼."

문홍이 자리를 비운 후에야 길게 한숨을 내쉰 준성은 몸을 젖혀 의자에 기대앉았다. 어깨가 무겁다. 하지만 이 피곤함의 원인이 무엇인지는 충분히 파악하고 있다.

준성은 잠시간 눈을 감고서 곤두선 신경을 가라앉혔다.

"하여간 사람 미치게 만드는 데 뭐 있지."

고민이나 걱정 따위완 담을 쌓고 살아온 인생이었다. 세상 무엇도 그를 흔들 만한 파괴력은 발휘하지 못했다. 매사에 시큰둥하고 다소 냉소적이나, 차분히 자신의 방식을 유지하는 그의 태도에 사람들은 매력을 느끼며 열광했다. 저 역시 그것이 자신의 최대 무기라고 생각해 왔다.

그런데 그런 자신이, 앞뒤 가리지 않고 덤벼들게 만들었다.

'저기, 아니 그게! 잠깐만요. 아무리 그렇다고 해도 왜 하필 저한테……'

끝내 아무것도 모르겠단 얼굴로 제 옷을 잡아채는 손길을 본 순간, 저도 모르게 손이 움직이고 있었다.

아직도 그 감촉이 잊히질 않는다. 하얗고 작은 여자가 품에 쏙 들어오던 순간 또한.

훌쩍 가까워진 입술에 저도 모르게 제 입술을 겹쳐 버렸다. 마시멜로처럼 말랑말랑하고 폭신했던 입술의 감촉과 달콤했던 숨결. 잠시 주변을 잊어버릴 만큼 짜릿하게 젖어 들었던 황홀함은 지금껏 상상해 온 그 어떤 감각과도 비교할 수 없는 것이었다.

"젠장."

눈을 뜬 준성은 가볍게 숨을 내쉬며 거칠게 넥타이를 당겼다. 느슨하게 풀어 놓았음에도 왠지 모를 조급함이 목을 바짝 조이는 것만 같다.

아니, 그 조급함의 원인도 이미 알고 있었다.

오늘은 금요일.

그날로부터 벌써 나흘이나 지났는데 아직도 그녀에게선 연락이 오지 않았다. 신사답게 마음의 준비를 할 시간까지 선사해 준 이 관대함에 보답은 못 할망정 사람을 초조하게나 만들 줄이야.

대체 뭐가 문제란 말이냐.

실수긴 하지만, 그녀는 제 손으로 좋아한다는 메시지를 보냈고, 다소 빡침이 섞이긴 했지만, 저 역시 같은 마음이라고 확실하게 못 박아 줬잖아.

　물론…… 직접적으로 '널 좋아해.' 라고 말하지 않았다는 게 조금 마음에 걸리기도 하고, 다소의 협박성 발언들을 늘어놓았다는 것도 조금 찔리긴 하지만……. 그건 끝내 도망만 치려고 한 김수진이 잘못한 거니까 어쩔 수 없었다고 치자.

　어쨌거나 키스까지 했잖아.

　그쯤했으면 바보 천치라도 알아듣겠다.

　띵.

　그때 갑작스러운 알림 음이 들려왔다. 인트라넷을 통해 메일 하나가 도착했다.

　「송준성 상무님께」

　발신자는 김수진.

　그리고.

　「죄송합니다.」

　로 시작하는 메일의 전문이 눈에 들어온 순간, 그의 반듯한 미간이 슬쩍 구겨졌다.

　메일을 보낸 지 1분도 채 되지 않아 드르륵— 하고 휴대폰이 진동했다.

　별생각 없이 휴대폰을 집어 든 수진은 화면에 떠오른 메시지를 확인하며 숨을 들이켰다.

　[죽는다.]

　무슨 안티팬의 저주 같은 문자냐!

　그러나 그 이름을 확인한 그녀의 얼굴은 어느새 발그레하게 달아올랐다.

　어머, 박력남.

　'이럴 때가 아니잖아!'

　재빨리 정신을 수습한 수진이 후다닥 휴대폰에서 눈을 떼었다. 메일 보내기를 누르고 1분도 채 지나지 않았는데 광속으로 날아온 답장이 이거다.

　설마 화난 건가? 정중하고 간절한 나의 사과가 설마 씨알도 안 먹힌 거야?

　[미안. 방금 문자는 잊어.]

　뒤이어 도착한 문자에 더 불안해졌다. 방금 전엔 정말로 화를 냈단 소리니까!

　송준성이란 남자가 뭘 해도 멋진 건 사실이지만 화를 돋우는 건 절대 안 될 일이다. 그가 의외로 충동적인 사람이라는 걸 이미 충분히 겪지 않았던가.

갑자기 며칠 전의 기억이 머릿속을 뒤덮는 통에 수진은 진저리를
쳤다.

'어떻게 됐어?'
'무슨 일이에요? 대체 둘이 무슨 사이예요?'

반쯤 정신을 놓은 채 사무실에 도착하자마자 나 과장을 비롯한 여
직원들이 우르르 몰려와 그녀를 둘러싸고 질문을 퍼부어 댔다. 남은
정신력을 끌어모은 수진은 애써 침착하게 둘러대기 시작했다.

*'그, 그게…… 이제 좀 한가해지셔서 생각난 김에 들르신 거라. 실은
제가 주말 내내 휴대폰을 꺼 놓는 바람에 연락이 안 돼서 좀 걱정도 하셨
고…….'*
'뭐야, 벌써 번호까지 교환한 사이?'
*'아니요! 당연히 직원 명부 보고 전화하신 거죠! 한국에 오신 지도 얼마
안 되셨잖아요. 달리 연락할 친구들도 없으니 그냥 이런저런 소식이 궁금하신
거 같았어요. 설마 상무님이 저한테 관심 있어서 불러냈을 리도 없잖아요.'*
'하긴, 그것도 그렇긴 하다.'
*'뭐, 솔직히 수진 씨가 예쁘장하게 생기긴 했지만, 상무님 같은 남자에
비하면 어림없는 스펙이긴 하지.'*

아니, 그렇게 쉽게 납득하지 말라고!
나가떨어지라고 내뱉은 말이긴 한데 이 기분은 뭐야.
키스까지 한 줄 알면 다들 거품 물겠다?

물론 그 입맞춤의 순간을 본 사람은 없었다. 그러니 일이 이 정도로 마무리된 거였지.

때마침 자리를 비웠던 카페의 직원은 그녀가 상기된 얼굴로 복도를 달릴 때 마주쳤었다. 귀신같이 주변을 파악하고 행동해 준 준성이 진심으로 고마울 지경이었다.

하지만 그건 그거고 이건 이거다.

'힌트 줬으니까, 잘 생각해 봐.'

"흐아아……."

다시금 떠오른 말에 수진은 제 머리를 부여잡으며 신음했다.

암만 모태 솔로라도 그런 눈치는 있다. 그 뻔한 신호를 보내 놓고, 고민할 거리는 상대에게 넘겨 피를 말리는 작전인 줄 누가 모를 줄 알고?

하지만 어떡해. 던져 준 미끼를 냅다 물기엔 뒷감당이 될 상대가 아닌데!

염치없이 그런 남자를 물고 늘어지느니 그냥 여기서 비겁한 여자로 떨어져 나가는 게 백배는 나을 거다. 그래. 감정이 더 깊어지기 전에, 조금이라도 짧은 고통을 위해선 여기서 끊어 내는 수밖에 없다.

그런데 그 말을 어떻게 전한단 말이냐.

그 얼굴을 직접 보며 말하는 건 생각만으로도 현기증이 났다. 장담하건대, 단 한 번도 면전에서 까여 본 적이 없을 사람이다. 저처럼 인생이 달린 문제가 아닌 다음에야 절대 거절하지 못할 거다.

그런 사람에게 그런 신박한 첫 경험을 하게 만드는 존재가 나라니.

서늘하게 굳어 갈 그 얼굴을 생각하는 것만으로도 소름이 쫙 끼쳤다. 그대로 역풍이나 안 맞으면 다행이었다. 최대한 그의 심기를 건드리지 않고 의사를 전해 줄 방법을 생각해야 했다.

고민하던 수진은 나흘이 지난 후에야 간신히 행동을 개시했다. 블라블라 미사여구와 함께 심사숙고의 흔적으로 가득한 단어들이 메일 창에 나열되어 갔지만 요지는 하나뿐이었다.

'미안, 여기서 더는 안 돼. 그러니 제발 잊어 줘.'

망상은 망상 속에 있을 때나 아름다운 법. 짝사랑이란 애초에 이루어질 수 없기에 달콤한 거다. 지극히 현실적인 그녀는 별처럼 멀었던 존재가 같은 마음으로 자신을 바라보고 있었다는 사실에 기쁨을 느끼기보다 이후로 이어질 일들에 대한 두려움이 더 크다는 걸 알려 주고 싶었다.

그런데 처음 도착한 답변이 '죽는다.' 였다.

곧바로 도착한 사과 메시지가 다소 그녀를 안심시키긴 했지만, 바짝 졸아붙은 심장까지 원래대로 되돌리긴 역부족이었다.

띠링.

이번엔 메신저로 준성의 메시지가 도착했다.

[우리 얼굴 보고 이야기합시다. 어디서 만날까요?]

할 말은 메일에 다 있습니다. 상무님.

[죄송해요. 그건 별로 좋은 생각 같지 않아서요. 그냥 여기서 마무리 지으면 안 될까요?]

[싫은데.]

생각하는 척이라도 좀 해!

0.5초도 안 걸린 것 같은 대답에 경악할 새도 없이 꽤 긴 메시지가 신속하게 이어졌다.

[이런 텍스트로는 어감과 감정이 제대로 느껴지지 않는 모양인데 다시 한번 말합니다. 당장 만날 장소를 정하시든지, 당장 내 사무실로 와 주시기 바랍니다. 김수진 씨.]

아니, 잘 느껴져. 당신의 딥빡침이 무지 잘 느껴지고 있다니까!

'당장'이 무려 두 번이나 들어갔잖아!

[지금 당장 네가 오시겠습니까? 내가 갈까요?]

히익!

저도 모르게 뒤로 물러앉았다. 모니터에서 불이 뿜어져 나왔대도 이거보다 놀라진 않았겠다. 한참 동안 심호흡을 하고 불안한 마음으로 화면을 바라보던 수진이 문득 시계를 바라봤다.

곧 퇴근 시간. 조금만 버티면 얼추 도망은 갈 수 있을 거다.

그리고 주말이 지나면 잊어 줄지도.

"좋아."

다시 키보드 앞으로 바짝 다가앉은 수진이 손가락을 떼었다.

[제가 지금은 마음의 준비가 필요한 거 같아서요. 일단 퇴근 시간이니 이야기는 차후에 하도록 하죠.]

그러니까 제발 좀 봐 달라고!

그러고는 조마조마한 심정으로 화면을 바라봤다. 그런데 1분이 지나도, 3분이 지나도. 다시 5분이 지나도 답변은 오지 않았다.

반응이 없으니 도리어 불안한 심정은 뭐란 말이냐.

납득하고 넘어가 주겠다는 건지, 정말로 시간을 주겠다는 건지…….

"어? '상무' 님이 여긴 웬일이세요?"

아, 저 망할 상무 이사님 덕에 하도 기를 빨려서 헛소리가 들리는 거 같다.

"아, 신 부장님. 마침 자리에 계셨네요."

……가 아닌 거 같다?

지독히도 익숙한 목소리에 기겁하며 뒤를 돌아봤다. 때마침 눈이 마주친 남자가 서늘하게 입가를 늘여 웃는다.

상무님. 지금 저 맘에 안 들죠?

"생각해 보니 요즘 너무 일에만 집중하느라 우리 직원분들이랑 친해질 기회가 없었던 거 같아서요. 각 부서별로 이런 자리를 마련해 볼 생각인데, 오늘은 마침 금요일이기도 하고, 여유 시간도 있는 김에 회식 어떻습니까?"

"회식이요?"

"와! 상무님도 같이 가시는 건가요?"

"설마 이거 상무님이 쏘시나요?"

"물론입니다. 원하시는 대로 제가 확실하게 쏘. 겠. 습. 니. 다."

저 유난히 씹어 발음하는 단어는 뭐다?

이쪽은 가슴 한복판으로 화살이 푹푹 꽂히는 기분인데 사무실은 이미 환호성으로 가득 찼다.

"이야! 상무님 최고!"

"오예—"

"대신에 한 분도 빠져선 안 됩니다."

"어우, 이런 자리는 당연히 가야죠!"

"당연하죠!"

"자, 자— 빨리 마무리들 하자고!"

그야말로 잔치 분위기였다. 싱글벙글 입이 찢어지는 부장님은 차치하더라도 회식이라면 없는 약속까지 만들어 가며 뒤로 빼기 바빴던 인간들이 왜 이렇게 즐거워하는 건데? 이러면 혼자 빠진다고 할 수도 없잖아!

"뭐 하십니까, 준비 안 하시고."

대리석처럼 굳어 버린 그녀의 등 뒤에서 톤을 낮춘 남자의 목소리가 들려온다. 굳이 확인하지 않아도 누군지 알 것 같은 이 느낌적인 느낌이 기분 탓이면 좋으련만.

"미리 말해 두지만, 중간에 샌다거나 하는 일은 없길 바랍니다."

아, 들린다.

마음의 소리가.

"제가 은근 집요한 구석이 있거든요."

아니, 도망칠 기회 따윈 없음을 암시하는 대놓고 집요하신 포식자의 속삭임이.

◇ ◆ ◇

"오민영 씨 요즘 '레스토랑 수(秀)'에다가 뭔가 심어 놨단 소문이 돌던데 누구예요?"

"헉!"

"푸핫! 표정 변하는 거 봐!"

"자, 자, 대답 못 하겠으면 마시고—"

"마신다고 끝날 거라 생각하면 그건 경기도 오산이시고—"

"술이 들어간다— 쭉쭉쭉쭉쭉— 쭉쭉쭉쭉쭉— 언제까지 어깨춤을 추게 할 거야—"

민영의 안색이 새하얗게 바랬다. 쌓여 있는 폭탄주 중에서 하나를 집어 건네는 최 대리의 표정이 음흉하기 짝이 없다. 벌써 그녀는 세 잔째 폭탄주를 비우는 중이었다.

영업부의 명물 술자리 게임 '공포의 스무고개'.

누가 만들었는지는 알려져 있지 않으나 꽤 높은 확률로 회식 자리에 등장해 순발력 없는 직원들의 멘탈을 초토화시키는 무시무시한 게임이다.

방법은 간단하다. 스무 개의 질문에 답을 하든가, 답을 못 하겠으면 술을 마시든가.

문제는 그 질문이 무엇이 될지는 아무도 모른다는 것에 있다.

높은 확률로 등장하는 '처음' 관련 질문은 물론, 눈치코치 밥 말아 먹은 직원이 간혹 발설해 버리는 업무적인 내용, 혹은 지극히 사적이고 성(性)스러운 내용까지.

홍신소 찜 쪄 먹는 정보력을 가진 영업부의 내공을 모아 그야말로 먼지 한 톨 안 남을 때까지 대상의 신원을 털어 버리곤 했는데, 그 피해자들은 대체로 면역이 없는 어린 직원들이었다.

"자, 자, 하나 죽었으니 다시 돌리고— 돌리고—"

그렇다고 해서 노련한 3년 차 이상들에게도 만만한 게임은 아니었다. 걸리는 순간 평균 10여 회의 폭탄주 세례가 기다리고 있고, 재수 없으면 술은 술대로 마시고 비밀은 비밀대로 까발려지는 사태가 발생한다.

회식 기피 현상을 부추기는 1등 공신이지만, 수많은 논란과 타박 속에서도 끝내 없어지지 않았다는 게 함정.

"그럼 상무님, 신체 사이즈는요!"

"184cm 조금 넘는 거 같습니다. 몸무게는 비밀이고요."

"어머, 어머! 대박! 딱 좋다, 정말!"

"상무님! 저기 혈액형이랑 아! 별자리 좀 알려 주세요!"

"그건 질문 두 개 아닙니까?"

"에이— 그런 건 그냥 넘겨 주세요."

"알겠습니다. 혈액형은 O형. 잘은 모르겠는데, 천칭자리 같습니다. 10월생이거든요."

"헉! 잠깐만요, 그럼 바로 엊그제가 생신이셨던 거예요?"

"어머, 알았으면 미리 선물이라도 준비했을 텐데……."

준성의 차례가 되자마자 질문을 쏟아 내던 여직원들에게서 동시에 탄식이 흘러나왔다. 점수를 딸 절호의 기회를 놓쳤음을 개탄하는 소리였다.

그러나 정작 그 사심 가득한 관심의 대상자는 '아무것도 몰라요.'

라는 얼굴로 빙그레 미소를 지어 보일 뿐이었다.

"괜찮습니다. 이런 멋진 분들과 함께 일할 수 있다는 것만으로도 영광인데요. 선물은 이미 다 받은 것 같습니다."

"……어머!"

나직한 감탄사와 함께 감동으로 가득한 눈동자들이 준성을 향했다.

아마 이 순간 그녀들의 머릿속엔 이 남자를 위해 불구덩이에라도 뛰어들 각오가 새겨졌으리라.

하여간 고단수지, 이 남자.

힐끗 준성을 훔쳐본 수진이 맥주잔을 집어 들었다. 벌써 2차로 옮겨 온 유흥 주점이었다.

오자마자 기다란 테이블의 구석으로 숨어들어 시간이 가기만을 기다렸다. 잘만 구겨져 있으면 눈에 띄지 않고 이 순간을 벗어날 수 있을 것 같다.

그렇게 사심 가득한 질문들로 낭비된 덕분에 남은 술잔은 어느덧 여섯 개뿐. 아직 한 잔도 먹이지 못했다는 걸 깨달은 남자 직원들이 서로 옆구리를 찔러 대나 싶더니, 그중 가장 어린 서 대리가 슬그머니 손을 들었다.

"혹시, 애인 있으세요?"

다시 고요해진 룸 안에서 모두의 눈은 준성의 입술을 주시했다.

"없습니다."

표정 하나 바뀌지 않고 하는 대답에 어디선가 환호성이 들려왔다.

"그럼 첫사랑은 언제?"

"대학 1학년 때요. 중간고사 전이었으니 아마 4월 중순쯤 시작했던 거로 기억합니다."

쿨럭.

순간 입안에 든 액체를 뿜어낸 수진이 황급히 티슈를 들어 입을 가렸다.

"어머! 사귀셨어요? 그분이랑?"

"아니요. 그럴 기회가 없었습니다. 자신이 없어서 제가 먼저 친구하자고 해 버렸거든요."

"헉, 상무님씩이나 되는 분이 어떻게……. 그, 그럼 설마 짝사랑?"

"짝사랑……인 줄 알았죠. 얼마 전까진."

"잠깐만요, 그럼 지금 그 여자분이랑 연락을 하고……!"

"잠깐잠깐! 그렇게 마구 물어보면 질문 찬스 다 날아가잖아, 여기서 스톱!"

벌떼같이 일어난 사람들이 와글와글 떠들어 대는 사이 준성은 느긋하게 제 앞에서 네 잔의 폭탄주를 덜어 냈다.

이제 남은 질문은 두 개.

황급히 컵의 개수를 확인한 효은이 잽싸게 선수를 쳤다.

"저기…… 혹시 이상형은 어떤 스타일이에요?"

"웃을 때 여기, 입꼬리에 보조개 들어가는 여자요."

꼿꼿하게 손을 들어 올린 준성이 제 입가를 가리켜 보이곤 미소를 지었다.

"예쁘거든요. 여기 들어가면."

그의 손짓을 따라 몇몇 직원들이 홀린 듯 제 입가를 찔러 댔다. '보조개 들어가는 사람?', '그 첫사랑이 보조개 들어가나 보다.' 등등의 중얼거림이 이어졌다.

그 와중에 미심쩍은 듯 가늘어진 나 과장의 눈이 수진을 향했다. 그 시선에 기겁한 수진은 저도 모르게 볼 안 가득 공기를 불어넣으며 고개를 저었다.

　"마지막 질문, 없습니까? 없으면 다음 순서 지목해도 되겠습니까?"

　"아니, 저 있어요! 저기…… 아직도 그분 생각하고 계신가요?"

　기회만 보고 있던 막내 유리의 질문에 준성은 마지막 남은 잔을 들어 올렸다. 자연스럽게 주변을 훑은 시선이 마지막에 수진의 얼굴에서 멈췄다.

　잠시였지만, 눈을 마주치기엔 충분한 시간.

　당혹스러움으로 떨리는 눈동자를 지그시 바라보던 그가 이내 술잔으로 눈을 돌렸다. 곧 나직한 목소리가 이어졌다.

　"남자의 첫사랑은 무덤까지 간다죠."

　마지막 잔이 깔끔하게 그의 앞을 벗어났다.

　"이제 제가 지목하면 되는 겁니까?"

　10년의 역사를 가진 게임 사상 초유의 완벽한 승리가 기록되는 순간이었다.

　"다음은 김수진 씨로 하겠습니다."

　동시에 그녀에게는 대재앙이 떨어졌다.

　"좋아하는 사람 있습니까?"

　모두가 보는 앞에서 던져진 첫 질문이었다.

뻔히 답을 아는 이가 있기에 없다, 라고 둘러댈 수도 없고 대답을 하지 않으면 긍정이 되는 아주 고약한 상황.

호기심에 눈을 빛내는 직원들 앞에서 수진은 이 술을 다 마셔 버리고 죽어 버리기로 결심했다.

어떤 질문이 나오건 입도 벙긋하지 않고 그냥 마셨다. '오늘은 술이 당겨서요.' 따위의 변명을 늘어놓는 짓도 하지 않았다. 여덟 잔까지는 기억이 나는데 그 후로 몇 잔을 더 마신 건지는 기억나지 않았다.

그리고 어느 순간엔 어떻게 도착한지도 기억나지 않는 화장실에서, 뚜껑을 덮은 변기 위에 멍하니 앉아 있었다.

와. 술독에 빠져 죽는다는 게 이런 기분인가.

영업부 직원으로 살며 웬만큼은 술에 면역이 된 거 같다 생각했는데, 연이은 폭탄주 세례에는 당해 낼 수가 없었다. 사람이 정신을 잃고도 걸을 수 있다는 걸 오늘에야 알았다. 그렇게 한참 숨을 돌리는데 문득 바깥이 소란해졌다.

"과장님. 제 얼굴 이상해요?"

"괜찮은데? 립은 다시 좀 발라야겠다. 내 거 좀 주련?"

"어후…… 그나저나 덥네요. 벌써 10월도 다 갔는데 왜 이리 덥죠?"

"어? 이거 엊그제 공홈에서 직구 하셨던 신상 맞죠? 색 엄청 예쁘다."

"그치? 색은 진짜 잘빠졌는데 너무 잘 지워져서 골치야."

나 과장과 효은. 그리고 유리였다. 왠지 이대로 나가기가 껄끄러워 잠시 망설이는 사이 대화가 이어졌다.

"그보다 과장님. 오늘 상무님 좀 이상하지 않았어요?"

"그치? 그 첫사랑 진짜로 못 잊는 거 같던데."

"아우, 부럽다. 대체 누굴까."

"1학년 때 같은 학교 다녔다고 하셨으니 K대학교 출신인 건 확실하겠죠?"

"경영학과였을까? 왠지 느낌상 무용과 뭐 이런 사람 같기도 하고. 왜, K대학 무용과도 유명하잖아."

"그러고 보니 수진 씨가 같은 학교였잖아요. 오늘 수진 씨한테만 괜히 눈길 한 번 더 주는 것도 그렇고. 설마 수진 씨가……!"

뭔가를 깨달은 걸까. 길게 이어지던 효은의 말이 뚝 끊어졌다.

이상하게 긴장한 수진이 몰래 마른침을 삼켰다.

"맞네. 유리야 기억나지? 그때 수진 씨 불러낸 적 있잖아. 이거, 그 첫사랑이랑 수진 씨랑 아는 사이 아닐까? 그래서 찾아내려고 수진 씨 불러낸 거!"

"세상에! 그런 남자가 그렇게 기를 쓰고 찾는 여자는 어떤 여자일까요?"

"어지간한 연예인보다 예쁘겠지. 아니, 진짜 연예인일 수도 있고."

"진짜 연예인이면 TV에 나올 텐데 진즉에 찾아서 연락하지 않았을까요? 거기다가 상무님 정도 되는 남자를 누가 거절해요? 어지간한 대스타가 아닌 이상 얼씨구나 하고 덤비고도 남았지. 그러고 보면 상무님도 남잔데. 그, 욕구는 어떻게 풀까요?"

"상무님 정도면 완전 자동으로 수급되지 않겠어? 어떻게든 연락만 닿아도 아주 줄을 서서 대기할 텐데. 어우, 나도 한 번만 해 봤으면."

"하긴 뭘 해? 위험한 소릴 하고 있네."

까르르 터져 나오는 웃음소리 틈에서 끌끌 혀를 차던 나 과장의 타박이 이어졌다.

"어차피 너희들한테는 그림의 떡이니까 신경 꺼. 은혜롭게 안구 정화하는 걸로 만족하라고."

"하긴, 회장님 성품만 생각해도 그렇죠. 결혼 상대 같은 건 진즉에 정해졌을걸요? 생각해 봐요. 어설픈 여자랑 연애하다 애라도 생겨서 엉뚱하게 발목 잡히면 큰일이잖아요. 그런 집안은 결혼도 사업이나 다름없을 텐데."

이죽대듯 이어지는 효은의 말을 끝으로 웃음소리가 멀어져 갔지만, 수진은 한참 동안 그 자리에서 움직이지 못했다.

이미 다 알고 있는 사실이다. 새삼 놀라울 것도 없는.

그런데 이 복잡한 기분은 뭘까.

서운함도 아니고, 허탈함도 아닌. 아니, 그 모든 감정에 왠지 모를 분노가 섞인 그런 느낌이었다. 대체 무엇에 그런 감정을 느끼는 걸까. 지금 떠오르는 사람에게라면 애초에 그럴 이유도 없을 텐데.

"어이구, 우리 수진 씨가 너무 많이 취했네."

"그러게요. 오늘 게임에서 타격이 너무 컸나?"

"어쩐 많이 무리한다 했더니 아주 그냥 훅 갔네."

두런두런 이어지는 목소리에 수진은 가만히 실눈을 떴다. 누군가의 손에 이끌려 비척거리며 주점을 나섰고, 살갗을 스치는 칼바람에 간신히 정신이 돌아오려는 참이었다. 그래서 깨달았다.

이 망할 회식이 드디어 끝났구나.

"수진 씨. 정신 들어? 집에는 들어갈 수 있겠나?"

최 대리의 목소리였다. 그제야 제 옆의 누군가가 최 대리란 사실을 깨닫고서 붙잡힌 팔을 잡아 빼려 했지만 술기운 탓인지 쉽지가 않았다.

"어어, 넘어진다. 안 되겠다. 좀 쉬었다 가야겠네."

"아니에요. 전 괜찮……."

"어이구, 혀가 다 꼬였네. 이렇게 취해서 들여보내면 내가 너무 미안하잖아. 일단 나랑 어디 가서 좀 쉬었다 가자."

내가 그쪽이랑 가긴 어딜 가는데!

시꺼면 속이 훤히 들여다보이는 소리에 울컥 짜증이 치밀어 다시 팔을 뿌리치려 했을 때였다.

"김수진 씨. 괜찮습니까?"

"어? 사, 상무님!"

갑작스럽게 끼어든 준성의 목소리에 주변의 소음이 일순 잦아들었다. 뭔가 켕긴 건지 최 대리가 슬쩍 그녀의 팔을 놓았다. 그 틈에 나 과장이 재빨리 입을 열었다.

"우리 김 주임이 많이 취했나 봐요. 혼자는 조금 힘들어 보여서 데려다주려던 참이었는데 혹시 괜찮으시면……."

"알겠습니다. 같은 방향이니까 제가 가는 길에 데려다주도록 하죠."

"네?"

"헛?"

정작 말을 꺼낸 나 과장도, 주변 사람들도, 그녀 자신도 놀랐다. 심지어 주저 없이 다가온 그가 그녀의 허리에 손을 올렸을 때는 월요일 아침 일찍부터 달려들 하이에나 떼들이 눈앞에 선명히 떠올라서 더 놀랐다.

……예지몽인가?

"그럼 이만 조심히 들어가십시오."

"아 네, 그럼."

"월요일 날 뵙겠습니다."

두런두런 이어진 인사말도 멀어지고 어느덧 둘뿐이었다.

하나하나 돌아오기 시작한 감각에 긴 한숨이 새어 나왔다. 반쯤 그의 품에 안겨 밤거리를 걸었다. 비틀거릴 때마다 억센 힘이 그녀의 몸을 당겨 올린다. 등을 가로지른 남자의 팔. 제 손목 따윈 한 줌에 쥐어 버리고도 남는 커다란 손. 좀 더 단단히 밀착된 몸에서 풍겨 오는 남자의 향.

몸이 후끈 달아오른다. 이 열기가 술기운 탓이기를 간절히 바랄 뿐이었다.

"나 괜찮……."

뿌연 안개라도 낀 듯 좁아진 시야 바깥으로 아른아른 불빛이 쏟아졌다. 점점 더 머리가 어지러워 다리에 힘이 풀린 순간, 눈앞으로 남자의 품이 덮쳐 왔다.

"너 지금, 하아……. 그렇게 정신 놓을 때냐? 남자들도 있는 데서 그렇게 될 때까지 마시고 뭐 하자는 거야. 이 멍청이를 진짜."

너른 가슴팍에 뺨을 대자 쿵쿵, 뛰는 심장 소리가 들려온다. 가만히 뒤통수를 누르는 손길에서 떨림이 느껴진다.

"내가 무슨 말 하는지 알아듣겠어? 데려다줄 거니까 정신 좀 차려 봐."

좀 더 가까워진 목소리가 귓전을 스쳤다.

"어떻게 그 술을 다 마시도록 대답도 못 해? 그렇게 말하기 싫었어? 너 바보야?"

이어 나지막이 투덜거리는 말투에 절로 웃음이 난다.

그럼 그걸 어떻게 대답하는데, 이 나쁜 놈아.

모든 것이 가물거리는 회식 자리였지만, 딱 하나. 기억에 남는 건 있었다.

'하긴, 회장님 성품만 생각해도 그렇죠. 결혼 상대 같은 건 진즉에 정해졌을걸요? 생각해 봐요. 어설픈 여자랑 연애하다 애라도 생겨서 엉뚱하게 발목 잡히면 큰일이잖아요. 그런 집안은 결혼도 사업이나 다름없을 텐데.'

난 알고 있었다고, 처음부터.

넌 그것도 모르는 주제에 누구더러 멍청이래.

이미 알고 있으니까. 너무 뼈저리게 차이가 느껴지니까 안 된다고 말했던 건데.

"쳇. 부르주아."

투덜거리듯 작게 뱉은 말에 종이컵을 내밀던 준성이 멈칫했다.

"갑자기 무슨 소린데?"

"……."

"핫초코 괜찮지?"

수진은 대답 대신 고개를 끄덕였다. 기어이 준성은 같은 택시에 올랐고, 그녀의 집으로 가는 길목에 위치한 조그만 동네 마트 앞에서 같이 내렸다. 이제 혼자 갈 수 있다는 말에도 준성은 차 한잔하자는 말로 태연히 그녀를 붙잡았다.

불빛이라곤 침침한 가로등뿐인 외지고 어둑한 길이었다. 이미 문을 닫아 버린 마트 앞에 걸터앉은 그녀가 불편한 듯 몸을 움츠렸다.

"술은 좀 깼어?"

"네. 덕분에요. 소맥 몇 잔 마신 거로는 안 죽거든요."

불퉁한 투로 내뱉자 그의 입가가 조금 치켜 올라갔다.

"그래도 술 냄새 풍기면서 다니기엔 너무 외진 곳이니까. 되도록 밤늦게 다니지 마."

"회사에서 이런 회식 같은 걸 안 해야 일찍 다니죠."

"그런가?"

이번엔 그의 웃음이 좀 더 짙어졌다.

"웃음이 나오세요? 난 지금 월요일 날 어째야 하나, 머리가 터질 거 같은데."

"어째서?"

"몰라서 물어요? 언제부터 그렇게 가까웠다고 데려다주니 마니……."

약간 무게감이 있는 트렌치코트가 그녀의 어깨를 덮었다. 흠칫한 눈을 치켜뜨자 어느새 몸을 숙여 앉은 남자와 시선이 마주쳤다. 딱딱해진 눈빛과는 달리 옷자락을 여며 주는 손길이 부드러워 잠시 할 말을 잃은 사이, 다시 일어난 그가 자판기에서 두 번째 종이컵을 꺼내 쥐었다.

"그런 것도 마실 줄 아세요?"

"겨우 정신 좀 드나 했더니만 한다는 소리하곤. 잊었어? 자판기에서 커피 빼서 마시고 있으면 귀신같이 덤벼들어서 백 원짜리 뺏어 갔던 게 누구더라?"

"그거야…… 뭐."

그와 수업이 겹칠 때면, 평소보다 조금 일찍 경영대 건물로 뛰어갔었다. 언제나 그 자리에 서 있던 남자의 모습이 그렇게 반가웠었다. 소매를 접은 하늘색 옥스퍼드 셔츠에 적당히 실루엣을 드러내던 네이비 색의 치노 팬츠. 특별할 것 없이 무난한 차림이면서도 누구보다 눈에 띄었던 그의 모습이.

"아주 깡패가 따로 없었지. 남의 주머니를 막 뒤지지를 않나, 그래 놓고 갚지도 않고."

"쩨쩨하게 돈도 많으면서……."

왠지 모를 위화감에 입을 다문 수진이 옆에 앉은 남자를 바라봤다. 뭔가 제 입으로 말했으면서도 앞뒤가 안 맞는 기분이다.

빤히 시선을 맞춘 준성이 또 피식 웃음을 터뜨렸다.

설마…….

"하여간 눈치도 더럽게 없다니까. 내가 너 때문에 아침마다 백 원짜리 구해 놓느라 얼마나 성가셨는지 알아?"

"성가…… 허! 누가 일부러 구해 놓으랬나?"

"나한테 없으면 다른 놈들 주머니도 막 뒤질 거 아냐? 아무 남자나 만지는 걸 보고 있으라고?"

만지면 어때서. 왜 그걸 네가 신경 쓰는 건데. 그냥 친구인 네가 왜…….

할 말은 이미 머릿속에 있었지만 입술이 움직이지 않았다.

'짝사랑……인 줄 알았죠. 얼마 전까진.'

그 질문에 대한 답을 이미 들어 버린 후였으니까.

얼마나 마주 보고 있었던 건지도 모르겠다. 은은하게 미소가 깃든 얼굴을 마주 보는데 심장이 터질 것처럼 뛰어 대 자꾸만 숨이 가빠진다. 평소엔 의식조차 하지 않았던 숨쉬기가 이렇게 힘들 줄이야.

"내가 독점욕이 좀 있거든."

뜬금없는 말에 저도 모르게 눈을 부릅뜨자 미소가 깃든 입술이 더 짓궂게 호선을 그렸다.

"내 장난감이 마음대로 다른 놈이랑 놀아나는 꼴은 못 보지."

"자, 장난감? 너 지금 그거 나 말하는 거야?"

"이제 말 막 놓네?"

"에이 씨! 그래! 놓는다, 어쩔래? 너 이제 보니까 나보다 생일도 느리더라? 나 처녀자리거든? 어디서 천칭자리 주제에 누나한테 까불고 있어!"

제가 생각해도 유치한 말에 손발이 오그라들 지경이다. 여전히 벌렁거리는 심장도 도무지 진정이 되질 않는다. 차마 준성의 얼굴을 볼 수가 없어 후다닥 고개를 돌려 버린 수진이 급히 종이컵을 입술에 가져다 댔다.

불행히도 뜨거운 음료라는 걸 깜빡한 채.

"앗 뜨!"

"아!"

동시에 놓친 컵이 정확히 준성의 허벅지로 돌진했다.

"엄맛! 어떡해! 죄송해요!"

"됐어. 괜찮으니까 그냥 둬."

잽싸게 바지 자락을 잡아 올린 준성이 놀란 그녀를 다독였다. 다행히 크게 덴 건 아닌 모양이었지만, 어마어마하게 비싸 보이는 슈트를 제대로 망쳐 놨단 사실만으로도 눈앞이 캄캄했다.

"아니, 그래도 그럼 안 되죠! 일단 우리 집에라도 가서……."

"왜. 네가 빨아 주게?"

"뭐?"

허둥지둥 몸을 일으키던 수진이 그 순간 외마디 신음과 함께 휘청거렸다. 뒤따라 일어난 준성이 제 몸을 붙드는 걸 느끼며 생각했다.

아, 난 썩었구나.

"왜 그렇게 놀라?"

"노, 놀라긴. 이건 그냥 술이 덜 깨서……!"

황급히 얼버무리긴 했지만, 준성은 뭔가 곰곰이 생각하는 얼굴이었다. 그러다 뭔가 생각난 듯 심각한 얼굴로 묻는다.

"그래서 일상생활은 가능해?"

"무슨 소릴 하시는 거예요? 나같이 평범하고 건전한 사람한테!"

애초에 네 목소리가 너무 두근거리는 걸 어쩌라고. 그렇게 낮게 가라앉은 목소리로 그런 단어를 입에 올리면 섹시하게 들리는 게 당연하지!

'……변태 맞네.'

스스로 떠올린 생각에 좌절해 버린 수진이 뿌루퉁한 표정을 지어 보였다. 여전히 미심쩍어하는 준성의 얼굴이 이상하게 얄밉다.

"하여간 그때 문자 내용도 그렇고, 너 좀 그쪽으로 의심을……."

"허, 헐? 그건 그냥 오타라고요, 오타! 상무님 때문에 긴장해서!"

"나 때문에 긴장했다고? 진짜?"

"그게 아니……. 에잇, 됐어요!"

견디다 못한 수진은 놀리듯 미소 짓는 얼굴에 걸치고 있던 코트를 벗어 던져 버리곤 후다닥 걸음을 떼기 시작했다. 어찌나 당황했는지 남은 술기운이 싹 달아나는 기분이었다. 곧 나른한 웃음소리가 뒤따랐다.

"김수진 씨, 빨아 준다면서 왜 그냥 가는데?"

"악! 진짜 변태같이 정말!"

"그러니까 빨아 주는 게 왜 변태냐고. 설명 좀 해 보시죠?"

"악! 으악! 그만! 난 그냥 응급 처치만 해 주려고 했죠! 네가 괜찮다면서요!"

"생각해 보니 별로 안 괜찮은 거 같은데. 내 옷은 괜찮지만 많이 취한 김수진 씨가 집에도 못 들어가고 얼어 죽으면 어떡해? 걱정돼서 갈 수가 없잖아."

"아직 11월도 안 됐는데 얼어 죽긴 누가……! 말도 안 되는 소리 좀 하지 말아요! 집이 코앞인데! 요!"

티격태격 다투다 결국 현관 앞까지 도착했다. 보란 듯 문을 열어 보인 수진이 한 손을 들어 내저었다.

"됐죠? 안 얼어 죽을 거 확인했으면 이제 그만 가세요."

"너무하네. 집까지 바래다줬는데 그냥 보낼 거야? 이 추운 날에?"

"그럼 이 밤중에 내가 미쳤다고 외간 남자를 내 집에 들여보냅니까?"

"매정하네, 김수진."

"제발 좀 가라, 응?"

심장이 벌렁거려 미치겠는데 남자는 꿋꿋이 웃으며 그녀를 내려다본다. 도망치듯 현관에 들어서며 문을 닫으려 했을 때였다. 턱, 소리와 함께 반쯤 닫히던 문이 멈췄다. 순식간에 따라 들어온 남자가 그녀의 손목을 잡아챘다. 놀란 얼굴을 갈무리할 새도 없이 바로 코앞까지 다가온 입술이 묻는다.

"차 한잔 주지, 누나?"

"바, 방금 마셨잖……."

"라면이 해장에 괜찮다던데."

"그런 거 없어! 그리고 넌 술도 안 마셨……!"

"좋아. 이제부터 뒤져서 나오면 한 봉지당 키스 한 번씩."

"뭣!"

그 순간 가볍게 밀쳐진 몸이 툭, 하고 신발장에 부딪쳤다.

철컥. 그의 등 뒤로 문이 잠기고, 그녀의 심장이 발끝까지 떨어졌다.

"박스째로 나오면 어쩌나?"

자연스럽게 그녀를 두 팔에 가둔 준성이 씩 웃어 보였다.

체온이 느껴질 만큼 가까운 거리.

완벽하게 제 몸을 가두고 있던 남자의 단단한 두 팔.

평생을 살아오며 주변의 공기가 이토록 무겁게 느껴졌던 적이 있었을까.

아득하게 멀어졌던 감각이 돌아오기까지 시간이 얼마나 걸린 줄도 모르겠다. 넋을 잃은 채 바로 코앞으로 다가온 남자의 입술을 한참이나 바라봤다.

그 입술이 느릿하게 열렸다.

"그런데 언제까지 이렇게 세워 놓을 겁니까?"

"어…… 으엉?"

뭐야. 이 바보 같은 대꾸는!

"꼭 뭔가 기대한 얼굴입니다?"

"시, 시끄러워!"

달아오른 얼굴을 숨기지도 못했다. 남은 술기운을 몽땅 그러모아 뻔뻔하게도 웃고 있던 남자를 확 밀쳐 내며 도망치듯 그 자리를 벗어 났다. 다리가 후들거려 가방을 내려놓는 척 식탁을 짚고 난 후에야 간신히 뒤를 돌아보는데 그가 넉살 좋게 따라 들어오고 있다.

"뭐, 뭐야! 너 왜, 그, 그냥, 막, 들어오는 건데!"

"그럼 집까지 찾아온 친구를 차 한잔 안 주고 돌려보내려고?"

그건 내가 너를 초대했을 때의 이야기지!

되지도 않는 이유를 들먹이며 밀고 들어온 준성은 당연한 듯 들고 있던 코트까지 내밀고는 너무나 자연스럽게 자리를 차지하고 앉았다. 누추한 원룸과 자체 발광 포스를 뿜는 남자의 지나친 대비에 현기증 이 난다.

아, 이 위화감은 뭐야.

"그럼 일단, 뭐 따뜻한 거라도 좀 내주시죠."

심지어 느긋하게 다리를 꼬더니 대놓고 명령이다. 술 한 모금 안 했으면서 하는 짓은 취객 뺨을 친다.

"뭐 드실……. 커피……는 좀 그런가?"

"아무거나."

"……."

어쩔 수 없이 조그만 티 포트를 꺼내 찻잎을 담았다. 어색함을 못 이겨 싱크대 주변을 서성이는 동안 전기 포트에서 보글보글 물이 끓기 시작했다. 얼른 물을 따라 넣는데 의문이 생겼다.

'난 왜 또 시키는 대로 하고 있는 건데?'

그야말로 뼛속까지 노동자로구나!

좌절할 새도 없이 짝도 맞지 않는 머그컵에다 찻물을 부어 내놓았다. 어쨌거나 지금은 이 사람을 여기서 내보내는 일에 총력을 다할 때였다.

"다른 건 없나?"

"뭐! 녹차 별로 안 좋아하니까 생각해서 홍차 주는 건데요, 뭐!"

"혹시 메이드 인 러시아인가 하고……."

"……설마 그걸 농담이라고 하니?"

저 생각해서 영국에서 비행기 타고 날아온 귀한 홍차까지 내놨더니만 짐짓 심각해 보이는 표정으로 타박이다. 이제 기미 상궁 노릇까지 하라는 건가. 보란 듯이 한 모금 들이켜 준 수진이 뿌루퉁하게 입술을 내밀었다.

"자, 마시는 거 봤죠? 그러니까 그만 안심하고 빨리 마시고 가세요."

"안심 못 해. 김수진은 거짓말쟁이잖아."

"누가 거짓말쟁이인데?"

"좋아하는 사람 있으면서 대답 안 했잖아."

정색을 안 할 수가 없는 대답에 눈을 부릅뜨자 준성은 기다렸다는 듯이 곱게 눈매를 휘며 웃기 시작했다. 장난기로 가득한 표정을 보고 있자니 기가 막힌다. 어느 순간부터 존대와 반말이 뒤죽박죽 섞이고 있었지만 바로잡을 새도 없다.

"그건 거짓말이 아니라 그냥 말을 안 한 거야. 그리고 그 자리에 있는 사람들이 누군데 그걸 어떻게 말해?"

"왜 못 합니까?"

"진짜 몰라서 그래?"

"아, 사내 연애는 싫다고? 말을 하지."

저 천진한 대사에 머리가 울린다. 환장하겠다.

"송준성 씨."

그래, 애초에 피하거나 무시하는 걸로 될 일은 아니었다. 이 사달이 난 것도 어설프게 무마하려다 생긴 일이 아닌가. 남은 건 정면 돌파뿐이다.

그중에서도 가장 먼저 알아야 할 것이 있다.

이 찰거머리, 아니 옛 친구이자 영원히 짝사랑으로 끝났으면 좋았을 상무 이사님의 목적이 정확히 무엇인지. 단지 짐작이 아닌, 그의 입으로 직접 듣고 확인해야 할 사실을.

심호흡을 한 수진이 천천히 입을 열었다.

"이러는 이유가 뭐예요? 혹시 저랑……"

"하고 싶어."

"……."

"연애."

아, 진짜 쫌! 말 순서 자비 쫌!

어찌나 놀랐는지 눈알이 튀어나오는 줄 알았다. 왜 똑같은 말을 해도 이상하게 들리게 하는 재주가 있는 거야!

새파랗게 질린 그녀의 앞에서 담담히 뒷말을 덧붙인 준성이 아무렇지 않은 얼굴로 찻잔을 집어 들었다. 여전히 웃음기가 만연한 입가와 가볍게 휘어 있는 눈매를 보고 있자니…… 이상하게 화가 난다.

"지금 이러는 거 시간 낭비라는 생각 안 드세요?"

"무슨 뜻이야?"

"생각 좀 해 보세요. 우리 이젠 적은 나이 아니라고요. 그쪽이나 저나 이제 좀 더 진지하게 상대를 고를 때라고요. 괜히 되지도 않을 일에 한가하게 시간 투자할……."

"음, 내 어디가 그렇게 한가해 보였을까?"

차분히 돌아온 물음에 움찔하며 입을 다물었다. 부드럽게 웃고는 있지만, 가만히 그녀를 응시하는 눈매와 말투에는 다소 불쾌한 기색마저 어렸다.

왠지 뭔가 잘못 건드렸단 생각이 드는 건 기분 탓?

"그럼 시간 낭비 없이 본론으로 갈래?"

"아니, 사양하고 싶습……."

"난 너랑 같은 침대에서 일어나는 사이가 되고 싶은데. 기왕이면, 지금, 당장."

뭐 이런 미친 돌직구가 다 있어!

경악하며 눈을 크게 뜨자 준성은 당당히 제 시계를 보이며 재촉했다.

"시간 낭비하지 말자며. 빨리 허락 좀 하지?"

"그걸 어떻게 허락……! 아니, 그런 게 문제가 아니라 애초에 너랑 나랑 엮이는 것 자체가……."

"문제가 되는 게 아니면 해도 되는 거 아닌가?"

"무슨 말도 안 되는 소리야! 내 말은 너 이러는 게 시간 낭비란 뜻이라니까! 현실을 생각하란 말이야."

"나 무지 현실적인 사람인데."

빙긋 웃는 남자를 보니 이젠 현기증이 난다.

애초에 넌 태생부터 비현실적이야. 왜 그걸 모르니!

답답하다 못해 화가 날 지경인데 도무지 말이 통하질 않으니 설득할 방법이 없다. 어질어질, 핑 도는 머리를 꾹 누르며 간신히 현기증을 견뎌 내니 이젠 진짜 현실의 문제가 눈앞에 닥쳐왔다.

지금 난 뭘 하고 있는 거야. 하늘 같은 상무님을 앞에 두고서.

"제가 생각보다 그쪽을……. 그러니까 저질러 놓은 짓보다는 좀 많이 그쪽을…… 아, 안 좋아할 수도 있단 생각은 안 하세요, 상무님?"

"나 생각보다 널 많이 좋아했었나 봐. 많이 보고 싶고 궁금했어. 사실은 다시 네 곁에 있고……."

"으, 으악! 됐어! 알았어! 알아들었다고! 그런 건 외우지 마!"

뭐 이런 미친 기억력이 다 있어!

기겁한 수진이 퍼덕퍼덕 손을 내저었다. 그 부끄러움의 결정체를 토씨 하나 안 틀리고 다 읊어 줄 기세다.

"미안, 너무 인상적이라서 도무지 잊혀야 말이지."

그 와중에도 비 갠 초여름 하늘처럼 상큼 청량한 미소를 보고 있으려니 피눈물이 난다.

정녕 여기서 도망칠 길은 없는 거야?

"어쨌거나 먼저 고백한 건 너야. 결론은 정해진 거 같으니까 허락만 하시지?"

이젠 답정너고?

"그래요. 사귈…… 수도 있죠. 네. 사귀고 헤어지고. 사람 인연이 뭐 그렇다고 칩시다."

"왜 사귀기도 전에 헤어질 걸 생각해?"

"앞날은 모르잖아요. 어떤 일이 생길지도 모르는데. 그리고 우린 같은 회사에서 얼굴 마주치고 사는 처지예요. 헤어지고 나서 그 불편함은 누가 감당하는데요? 설마 날 백조로 만들고 싶은 건 아니죠?"

가혹한 현실을 내세우며 대놓고 비굴 모드로 주절거려 봤지만, 팔짱까지 낀 채 바라보는 남자는 무슨 감정이 있기나 한 건지 눈썹 하나 까닥하지 않는다. 이미 겪어 봐서 아는 일이지만 저런 표정일 때의 준성은 조금 위험하다.

"난 지금도 널 충분히 불편하게 해 줄 수 있을 거 같은데."

아니, 매우, 확실하게, 위험하다.

후다닥 일어난 수진은 아직 홍차가 반이 넘게 남은 그의 머그컵으로 손을 뻗었다.

"자, 그럼 협상은 결렬이네요. 나머진 다음 기회에. 나 지금 무지 졸려서 치우고 이만 자야겠거든요? 자리 좀 비켜 주실래요?"

"피곤하면 먼저 자."

"네가 가야 잠을 자든가 말든가 하죠!"

"왜 못 자는데? 아, 이불이라도 주면 고맙고. 난 저기 소파에서 자면 되니까."

"누구 맘대로 남의 소파를……."

"걱정 마. 나 의외로 그런 데서 잘 자니까. 신경 쓰이면 침대 반만 양보하든지."

"미쳤……! 아니, 그게 아니라 넌 그만 그쪽 집에 가시라고요! 너희 집! 지금 외간 여자 집에서 뭐 하는 짓이에요?"

"어디 보자. 뭐 담요 같은 건 없어? 저기 있나?"

"야, 송준성 너 진짜!"

어느새 자리에서 일어난 준성이 태연히 벽장으로 다가가 문을 붙잡았다. 전혀 돌아갈 마음이 없어 보이는 것도 모자라 아예 자리를 잡고 누워 버릴 기세다.

아니, 더 중요한 건 지금 그가 열려는 게 벽장이란 점이다!

거기에 뭐가 있는지는 나도 모른다고!

"아, 안 돼! 거긴 열지…… 악!"

튀어나오던 수진이 그만 테이블 다리를 걷어차며 풀썩 주저앉았다. 뒷골까지 짜르르해지는 고통에 정신이 다 혼미하다. 한참을 끙끙거리다 간신히 테이블을 붙들고 일어나자 어느새 다가온 준성이 그녀의 팔을 잡아 일으키며 물어 왔다.

"괜찮아?"

"너…… 너, 이 씨……."

뒤늦게 억울함이 밀려들어 눈물이 핑 돌았다.

"너 뭐야 진짜! 너 이런 놈이었어? 뭐 이렇게 다 네 맘대론데!"

"미안. 그런데 나 원래 이런 놈이었어. 네 앞에서만 자제한 거지."

빙그레 웃으며 하는 말에 이젠 정말 혼란스러워 헛웃음만 났다.

정말 미안하긴 해? 그 젠틀하고 예의 바른 송준성은 온데간데없고 다른 사람이 아닐까 의심스러울 만큼 제멋대로인 남자가 있었다. 도무지 믿기지 않아 꿈을 꾸나 싶을 정도다.

글썽한 눈에 힘을 주자 다시 웃던 그가 다른 손으로 그녀의 눈가를 슬쩍 문질렀다.

"하지 마."

움찔한 수진이 달아오른 얼굴에 손등을 대며 고개를 돌리자 손을 거둔 그가 이번엔 몸을 숙이며 묻는다.

"어디 괜찮은가 좀 봐."

"괘, 괜찮아. 안 봐도 되니까 하지 마."

"발톱이라도 깨진 거면 한동안 고생할 텐데……."

"내가 할 거니까 그냥 둬. 괜찮으니까 이, 이것도 좀."

허리를 감은 팔에 더 힘을 줘 당기는 통에 흠칫하며 그의 손을 잡았다. 어느새 자연스럽게 제 눈높이까지 낮아진 남자의 옆얼굴에 시선이 간다.

모난 곳 없이 단정한 얼굴선과 고운 피부가 눈부시다. 그에 반해 우아하게 각이 진 턱선과 툭 불거져 나온 목울대가 확실한 수컷임을 주장한다. 뒤이어 선명히 자리 잡은 콧대며 적당히 도톰한 입술까지……. 넋을 잃고 헤매던 시선이 천천히 남자의 그린 듯 반듯한 눈매와 그 안의 깊게 가라앉은 눈동자에 닿았다.

그렇게 얼마나 바라보고 있었던 걸까.

아니, 언제부터 눈이 마주쳤던 걸까.

어느 틈에 그의 눈동자를 마주 보고 있었지만, 그것조차 의식하지 못했다. 정신을 차렸을 때는 이미 꽤 위험한 상태였다.

조금의 웃음기도 없이 그녀를 응시하는 눈빛이 굶주린 육식 동물 같다. 온몸이 위험 경고를 보내는데도 눈을 돌리기는커녕 눈꺼풀조차 깜빡일 수가 없었다.

눈이라도 감았다간 당장 잡아먹힐 것만 같아서.

"처음 본다. 너 그런 얼굴."

그의 입가가 가볍게 치켜 올라간 순간 소스라치며 숨을 들이켰다. 숨을 쉬는 것마저 잊고 있었다. 만족한 듯 웃던 그가 슬쩍 몸을 세우더니 어딘가로 시선을 던지며 속삭였다.

"박스로 있더라?"

처음엔 무슨 말인가 했다.

"한 박스에…… 스무 개였던가?"

그 시선을 따라가니 훤히 열려 있는 벽장이 보인다. 그리고 무수히 많은 짐 속에 자리한 새하얀 박스 하나.

떡하니 써진 두 글자. 라면. 싱글녀의 비상식량 라면!

아니, 메뚜기표 참라면 너 이 자식! 네가 왜 거기 있어!

태어나서 이토록 민첩해 본 기억은 없었다. 고통조차 잊고 뛰어나간 수진이 황급히 벽장의 문을 닫고 그 앞을 막아섰다. 느긋하게 뒤따라온 준성이 그녀를 내려다보며 웃는다. 의심의 여지도 없는 승리자의 미소!

수진은 절망하며 외쳤다.

"저, 저거 컵라면이거든? 열여섯 개야, 열여섯 개!"

"그럼 열여섯 번은 한다, 이 말이지?"

아, 지대로 낚였다. 수진은 제 몸을 감아 오는 팔과 얼굴 위로 드리워지는 그늘을 느끼며 필사적으로 목소리를 쥐어짰다.

"대체 왜 네 멋대로 그런 걸 정하는 거야? 난 동의한 적 없는데……."

"괜찮아. 이제 하게 될 거니까."

"아니, 그게…… 하지…… 마."

"뭘?"

그거 말이다, 그거.

차마 말을 못 잇는 그녀의 앞에서 작게 웃어 버린 준성이 더 가까이 얼굴을 댔다.

"뭘 하지 말까?"

"……."

"응?"

좀 더 낮아진 목소리. 은근한 물음 끝에 어린 미소.

코끝이 스치고 숨결이 고스란히 느껴지는 순간, 그가 슬쩍 고개를 기울였다. 입술이 닿기 직전에야 더 견디지 못한 수진은 눈을 감아 버렸다.

끝내 피하지도, 밀어 내지도 않고.

"……."

하지만 시간이 지나도 각오했던 일은 벌어지지 않았다. 잔뜩 얼어붙어 있던 수진이 슬그머니 실눈을 떴다. 아까보다는 조금 멀어진 곳에서, 그러나 여전히 가까운 자리에 머물러 있던 그가 미소를 짓는다.

"오늘은 여기까지만."

난데없는 말에 그녀의 눈이 휘둥그레졌다.

"한 번만 더 인사불성 될 정도로 취하면 그땐 정말 가만 안 돼."

장난기를 걷어 낸 말투는 더없이 진지했다.

멀뚱히 바라보며 눈만 깜빡이자 다시금 웃음 짓던 그가 시선을 맞춘다.

"김수진."

나직한 부름에 숨이 멎는다.

"수진아."

이어 조금 장난기를 섞은 부름에 슬쩍 눈을 치떴다.

새삼스럽게 심장이 달음질치기 시작했다. 한결 애틋해진 눈빛과 녹아내릴 듯 부드러운 미소가 도무지 감당이 되지 않아 다시 눈을 내리깐 순간,

"많이 좋아했다."

무심히 지나듯 내뱉는다.

"나도 생각한 거 이상으로 널 정말 많이 좋아했나 봐."

철렁한 심장을 가눌 새도 없이 기어이 흑역사를 꺼내 인용까지 하고.

아주 들었다 놨다, 정신이 없다. 새빨개진 얼굴로 눈을 흘기자 그가 나직하게 웃음을 터뜨렸다.

"이제야 말해 보네. 속 시원하다."

"너 진짜…… 그, 그런 말을 이렇게 갑자기 하는 게…….."

"기회가 없었잖아. 어쨌거나 이번엔 네가 확실하게 기회를 줬고."

"내가 언제……!"

"자꾸 딴청 부리면 또 읊어 준다?"

또다시 흑역사를 들먹여 입을 다물게 만든 그가 손을 뻗어 그녀의 머리를 쓰다듬었다.

"더 긴장하고 있으라고. 선전 포고니까."

슬그머니 뺨을 꼬집는 손길이 더없이 다정하다. 심장이 덜컥거려 자꾸만 숨이 차오르고 머리가 어지러웠다. 고르게 숨을 내쉬는 게 이렇게 힘든 일인 줄은 꿈에도 몰랐다.

"잘 자고. 회사에서 보자."

미련 없이 돌아선 그가 현관을 나섰다.

그렇게 문이 닫힐 때까지 아무 말도 할 수 없었다.

한참 만에야 비틀거리며 침대로 쓰러졌다. 눈을 감아 보지만 커피 열 잔을 한 방에 들이켠 것처럼 심장이 뛰고 머릿속이 시큰거려 미칠 것 같았다. 결국 멀뚱멀뚱 천장을 바라보는 그녀의 입에서 긴 한숨이 새어 나왔다.

"나 어떡해, 진짜……."

잠은 다 잤다.

7. 보고 싶어서 왔어

여느 때와 다름없는 아침이었다. 평소보다 일찍 출근해 굳게 닫혀 있던 부속실의 문을 열던 정 비서 역시 그렇게 생각했다.

"좋은 아침……. 어머, 상무님! 그건 제가……!"

무심코 인사말을 건네던 그녀가 화들짝 놀라며 뛰어들었다. 저만 치 앞에 근사하게 슈트를 빼입은 남자가 꽤 익숙한 태도로 커피 한 잔 이 놓인 작은 쟁반을 들고 있었다.

잽싸게 확인한 시간은 이제 7시 14분. 너무 이른 때인데, 왜 벌써 커피 향이 진하게 풍기고 있나 했다. 심지어 그의 어깨 너머로 제자리 에 선 채 안절부절못하는 박 비서의 모습도 눈에 띈다.

"이 정돈 제가 해도 괜찮습니다. 신경 쓰지 말아요."

"아니, 그, 그래도……."

"그럼. 오늘도 잘 부탁드리겠습니다."

상큼하게 깔리는 목소리에 잠시 넋을 잃었던 정 비서는 집무실의 문이 닫히고서야 가슴에 손을 얹으며 숨을 몰아쉬었다.

"세상에, 이게 무슨 일이야. 지원 씨. 상무님 오늘 왜 이러셔? 무슨 좋은 일이라도 있으신 건가?"

"모르겠어요. 무슨 바람이 부셨는지. 저도 이제 막 왔는데 벌써 와 계시더라고요. 머신을 또 기막히게 잘 쓰시는데 한두 번 해 보신 솜씨가 아니던데요? 완전 바리스타예요. 정 대리님이 그걸 직접 보셨어야 해요. 진심 그림이 따로 없었어요."

"하……. 나 요즘 상무님 때문에 너무 힘들다, 진심으로."

"저도요. 저분이 내 남자가 아니라서 괴로운데, 내 남자라고 생각하면 더 무서운 거, 어떤 느낌인지 아시죠?"

"알지, 알지. 그 맘 내가 알아."

그렇게 때아닌 고충을 겪게 된 비서들의 마음을 아는지 모르는지.

자리로 돌아온 준성은 책상 위를 가득 메운 경제지와 온갖 소식지로 눈을 돌렸다. 아침 운동의 흔적으로 아직 물기가 조금 남은 머리카락을 가볍게 쓸어 올리곤 그중의 하나를 집어 들어 보지만 곧 흥미를 잃었다.

대신에 커피 잔을 집어 들었다. 서늘한 공기 중으로 갓 내린 커피 향이 스며들자 그의 입가에도 느긋한 웃음이 떠올랐다.

사람의 기억 속에 가장 오랫동안 남아 있는 게 냄새라 했던가.

어디서든 쉽게 접할 수 있는 커피처럼, 기억은 불시에 덮쳐 오곤 했다. 추억이라는 이름으로 그녀를 제 마음속에 고이 묻어 두었을 때도, 짙은 커피 향에 문득문득 그 시절의 감정을 되뇌곤 했다. 그날의 풍경을 그리곤 했다.

반쯤 창을 가린 블라인드 사이로 스며드는 햇살. 곧게 꽂혀 드는 빛을 타고 부유하는 작은 먼지. 살며시 불어오는 바람에 흔들리던 창가의 드림캐처 하나와 느릿하게 돌아가던 천장의 실링 팬.

그것은 아직도 그의 기억에 생생한, 초여름 어느 날의 풍경이었다.

그날의 그녀는 길게 구불거리는 머리카락을 적당히 묶고, 목둘레를 훤히 드러내는 디자인의 얇은 니트 차림이었다. 맑게 빛나는 깨끗한 뺨. 도톰하게 모인 입술과 가느다랗게 선을 드러낸 목덜미에서 어깨로 점점 시선이 옮겨 갔지만, 그 순간조차 깨닫지 못했다.

자신이 넋을 놓고 누군가를 빤히 바라보는 이상한 짓을 하고 있다는 걸.

조막만 한 얼굴에 깃든 홍조도. 놀란 듯 둥글게 치켜뜬 눈과 짙게 그늘을 그리는 풍성한 속눈썹도. 느릿하게 벌어지는 붉은 입술 옆의 선명한 보조개도…….

"……예쁘다."

"어맛! 깜짝이야!"

"아, 저기, 방금 그 말은 그냥……."

"뭐, 뭐야? 왔으면 말을 걸 것이지. 놀랬잖아. 갑자기……."

동시에 내뱉어 놓은 말이 마구 뒤엉키고 놀란 두 사람은 서로를 마주 보며 입을 다물었다. 찰나의 어색함이 주변을 뒤덮었다.

무슨 말을 해야 할지 몰라 굳어 버린 그 대신에 먼저 웃음을 터뜨린 그녀가 다시 눈앞의 꽃다발로 시선을 옮겼다.

"네가 봐도 예쁘지? 사장님이 놓고 가셨는데 어, 잠깐 이게 이름이 뭐라고 했는데……."

'예쁘다.' 의 주어는 분명 다른 것이었음에도 준성은 군이 정정하지 않았다. 친구라는 이름으로 함께한 지도 어느덧 두 달이 다 되어갔다. 그동안 늘 마음에 담고 있던 생각이긴 했는데, 그 말을 입 밖으로 내놓긴 처음이었다. 새삼스레 그 말을 되뇌는 것만으로도 얼굴이 뜨거워지는 것 같아 재빨리 말을 받았다.

"미스티 블루?"

"어! 맞다. 그런 이름이었던 거 같아. 이야, 역시 꽃미남이라 그런지 같은 꽃 계열은 또 잘 알아보는구나?"

"그럴 리가 있냐."

"하하, 너 정색하는 거 웃겨."

줄곧 저를 따라다니는 낯간지러운 찬사들에는 익숙할 만큼 익숙했는데도, 묘하게 그녀의 말에는 심장이 두근거렸다. 어떤 사심도 없이 하는 말이라는 걸 알면서도 마음이 들뜨곤 했다.

알기나 할까. 아까부터 이상하게 끓고 있는 열기를 애써 억누르고 있는 자신의 머릿속을. 유난히 붉어 보이는 입술과 허술하게 드러난 목덜미를 정처 없이 맴도는 시선을 힘겹게 되돌리려는 제 노력을.

이런 자신을 안다면, 절대 저렇게 웃으며 바라보지 않겠지.

"그나저나 이 시간에 여기까진 무슨 일이야?"

"그냥. 커피나 한잔할까 하고."

이상하게 네가 보고 싶었어, 라는 말은 머릿속에서만 울렸다. 사실 커피는 그렇게 좋아하지 않았다. 특유의 쓴맛과 속을 긁어내리는 듯한 느낌 탓에 오히려 싫어하는 편이었다. 하지만 그는 그녀를 만나기 시작한 그 순간부터 이미 커피 마니아가 되기로 결심한 상태다.

"참 내, 그럼 그렇지. 난 또 무슨 용건이라고. 뭐 마실래? 라테? 아메리카노? 아니다, 아메리카노가 좋겠어. 마침 오늘 원두 바꿔 봤는데 반응이 엄청 좋았거든. 시원하게 마시면 너도 맘에 들 거야."

"거기다 같이 수다 떨 시간도 좀 추가해 주시죠."

"어머, 고객님. 전 시급이 짜서 그런 서비스까진 안 되는데 어떡하죠?"

"와, 무슨 가게가 이래. 손님은 왕인 거 몰라요?"

"그런 말 하시면 또 확 때려치우고 왕중왕전 가 버리는 수가 있어요, 진짜. 3천 원입니다."

키득거리며 역할을 맞춰 주던 그녀가 손을 내밀었다. 작고, 하얗고, 가느다란 손. 몸 안 어딘가 바짝 죄여 드는 듯한 느낌을 억누르며 카드를 내밀었다가 손끝이 스친 곳에서부터 찌릿하게 전류가 흘러 저도 모르게 흠칫해 버렸다.

"혹시 입맛에 안 맞아도 환불은 없습니다, 고객님. 낙장불입이에요."

기막힌 넉살을 부리며 카드를 돌려준 그녀가 생긋 웃어 보인 순간, 심장이 일렁였다. 그날따라, 유독.

그 시절의 그는 각인된 오리 새끼 같았다. 그녀가 커피를 내리는 그 잠깐도 기다리지 못하고 슬그머니 곁에 다가섰다. 방해된다는 구박 속에서도 꿋꿋이 버티다 결국 한 잔 만들어 보는 걸 허락받았다. 엉성한 손길로 처음 내려 본 커피는 맛을 모르는 제 입에도 회생 불능이었다. 어쩔 수 없다는 듯 웃던 그녀가 그 커피를 집어 들었다.

그리고 손님도 없는 조그만 카페에서, 서로가 만든 커피를 하나씩 앞에 놓은 채로 마주 앉아 한참 동안 이야기를 했다.

막상 친구가 되어 알게 된 건 그녀가 꽤나 유머러스하고 말이 많은 사람이라는 점이었다. 그런 본모습을 볼 수 있는 사람은 그녀의 가장 가까운 친구인 이연희와 저 자신. 그리고 수혁이 전부였다.

그 사실에 묘한 성취감과 더불어 약간의 불쾌감을 느꼈다. 특히나 수혁과 허물없이 대화를 나누는 걸 보면 더 강한 거부감이 들었는데, 당시엔 그게 질투심이었다는 걸 몰랐었다.

다만 그런 불편한 감정을 느낄 때마다, 한 번이라도 더 그녀를 만나며 참으로 하찮은 자기 위안을 하곤 했었다.

바로 오늘처럼.

"그럼 그걸 너 혼자 다 했단 말이야?"

"어쩔 수 없잖아. 하나라도 평가 떨어지면 바로 아웃인데, 그러다 장학금도 날아가면 끝장이라고. 더럽고 치사해도 아쉬운 사람이 참아야지, 뭐."

자연스럽게 이어진 수다는 어느덧 학업에 관한 주제로 옮겨 갔다. 학과의 특성상 조별 과제는 빼놓을 수 없는 일이었고, 역시나 그 악명 높은 미루기에 그녀도 어지간히 시달린 눈치였다.

"넌 참 대단하다. 아르바이트까지 병행하면서 성적 유지하기 쉽지 않은데."

"대단할 일도 많다. 하면 되는 거지. 그리고 난 이거 말고 할 줄 아는 게 없어서 어쩔 수 없이 하는 거야. 일단 졸업까지 최대한 부모님께 손 벌리지 않고 버티는 게 내 목표기도 하고."

"목표?"

"응. 난 항상 그렇게 목표를 정해 놓고 달리는 편이야. 안 그러면 한도 끝도 없이 게을러지거든. 어쨌든 지금까진 계획대로 잘되고 있었는데, 졸업한 다음이 문제야. 요샌 취업도 힘든 시기잖아."

이제 1학년의 절반도 지나지 않았는데, 그녀는 벌써부터 졸업 이후의 일을 언급하고 있었다. 이미 지금도 충분히 바쁜 머릿속에 또 무슨 고민을 넣어 둔 건지. 투덜거리며 커피를 머금는 여자를 물끄러미 바라보다 저도 모르게 입을 열었다.

"왜 그렇게 열심히야?"

"음?"

조금 빈정거리는 것처럼 들렸던 걸까. 동그랗게 뜬 눈을 본 순간 얼른 말을 바꿨다.

"아, 미안. 다른 뜻이 있어서 한 말이 아니라. 그냥 보기에 정말 열심히 사는 거 같아서 좀 힘들지 않을까 생각했거든. 그래서……."

"아아, 뭔지 알아. 그렇게 설명 안 해도 돼. 전혀 나쁘게 안 들렸어, 걱정하지 마."

하하, 웃던 그녀가 이번엔 조금 멋쩍은 얼굴을 했다.

"글쎄. 생각해 보니 그러네. 아까 말한 대로 나중에 먹고살 일 걱정돼서 그렇기도 하고, 다들 열심히 공부하고 스펙 쌓으니까 나도 덩달아 하게 되는 것도 있고. 이유야 뭐, 여러 가지가 있지 않을까?"

그러고는 그를 향해 호기심 어린 눈을 빛냈다.

"그러고 보니 넌 어쩌다 경영학과를 선택한 거야? 혹시 가고 싶은 회사라도 있었어?"

"아니. 아직…… 정확한 진로는 생각해 본 적이 없어서."

어째선지 순간 머뭇거리는 대답이 나왔다.

"난 딱히 꿈이 없어. 미래에 대한 생각도 구체적으로 해 본 적이 없고."

태어날 때부터 너무도 완벽하게 짜여 있던 삶이었다. 끝이 정해진 미래. 저는 그저 묵묵히 정해진 길을 걷는 게 전부였다. 나 자신의 삶을 살아가는 게 아니라, 거대하게 굴러가는 기계 속 작은 부품이 된 느낌으로 살아왔고 그걸 당연히 생각했다.

그런데 이 순간 단 한 번도 의심하지 않았던 현실에 의문이 생겼다.

"그렇게 사는 건 좀 이상한가?"

정확히는 이런 자신이 조금 부끄러웠다. 착실하게 자신만의 삶을 계획하고, 그 목표를 이루기 위해 누구보다 열심히 사는 여자를 보니 더더욱.

"흠."

그녀는 뭔가 곰곰이 생각하는 얼굴이었다. 그러다 이내 싱긋 웃음을 머금고는 운을 뗐다.

"이상하다는 것의 기준을 모르겠어. 그건 내가 판단해 줄 수 있는 것도 아닌 거 같고."

잠시 뜸을 들이던 그녀에게서 이내 좀 더 진지해진 목소리가 이어졌다.

"다만 내 생각은 그래. 꿈이나 목표 그 자체로 삶을 재단하면 안 된다고 봐."

"⋯⋯."

"그런 거 없으면 좀 어때? 세상엔 별사람이 다 있는데 모두 다 똑같은 생각을 하면서 살 필요는 없잖아."

그럼 세상이 무슨 재미야. 농담처럼 뒷말을 곁들이며 부러 짓궂게 말을 마친 그녀가 어깨를 으쓱하더니 자리에서 일어났다.

"험한 세상 살면서 힘들지 않은 사람이 어디 있겠어. 많이 힘들건 적게 힘들건 힘든 건 똑같은 거잖아. 크든 작든 누구나 맡은 자리에서 자기 역할을 다 하고 있잖아. 그것도 다 노력이야. 그래서 그냥, 오늘 하루 무사히 보낸 누군가에게 '넌 충분히 잘 살고 있다.'고 칭찬해 주고 싶어."

그렇게 말하고 나직하게 웃어 보인 그녀가 '한 잔 더?'라고 묻고는 머신을 향했다. 멍하니 돌아서는 그녀의 뒷모습을 바라봤다. 새삼스럽게 뛰는 심장도. 뭉근히 피어오르는 감각도. 하나같이 적응이 되질 않았다.

그저 그녀의 가녀린 어깨부터 바쁘게 움직이던 작고 하얀 손. 곧이어 풍겨 나는 짙은 커피 향기까지. 그 모든 걸 가만히 눈에 담으며 생각했었다.

이러니 내가 널 좋아할 수밖에 없었던 것 같다고.

그렇게 스스로 빛을 내고 있는 너라서, 당연히 내 눈에 들어올 수밖에 없었다고.

의식하지 못한 미소가 입가에 떠오른 순간, 때마침 집무실로 들어선 문홍이 미묘한 표정으로 물었다.

"기분이 아주 좋아 보이십니다."

"그래 보입니까?"

저 자신이 듣기에도 들뜬 목소리였다. 준성은 아무렇지 않게 커피를 머금었다. 그녀를 다시 만나기 전까진 얄궂기만 했던 기억이었는데, 지금은 눈앞까지 다가온 희망에 취해선지 고통으로 흘려보냈던 순간조차 달콤하게 느껴진다.

사람의 마음이 이토록 간사할 줄이야. 그래선지 빤히 느껴지는 시선에 얼굴이 따갑다.

"왜 그런 눈으로 보십니까?"

"아니, 뭔가…… 낯선 느낌이라서요. 그렇게 웃으시는 모습 처음 봅니다."

적어도 제가 모신 동안은요, 라고 중얼거리듯 덧붙인 문홍은 이어 의미심장한 미소를 지어 보이곤 한 손으로 제 턱을 쓸었다.

"덧붙이자면 금요일 날 예정됐던 출국도 미루시고 갑자기 회식을 한다고 하셨을 때도 딱 이런 느낌이었죠."

준성은 나직하게 웃을 뿐 긍정도 부정도 하지 않았다. 그런 준성의 태도에 자신을 얻은 건지 문홍의 미소가 더 진해졌다.

"그리고 토요일 새벽에나 돌아오셨고요. 들리는 말에 의하면 마지막 술자리에서 한 여자분이랑 동행하셨다고. 혹, 그분이……."

"제 행적으로 추리해 보는 놀이인가요? 당하는 입장에선 별로 재미없군요."

"아, 죄송합니다."

서늘한 말투에 그제야 너무 깊게 발을 들였음을 안 문홍이 서둘러 사과했다. 평소와 달리 어딘지 말랑말랑해 보이는 태도를 접하고 그만 너무 마음을 놓았나 보다.

"어쨌거나 현장에 없었던 김 비서님이 그 정도로 알아챌 정도면, 제 행동이 그렇게 자연스럽진 못했다는 뜻이겠군요. 같이 있던 사람들에겐 더 눈에 띄었을 수도 있고……. 괜히 이상한 오해나 받느니 차라리 공개 연애가 나을 텐데."

"……상무님?"

그래서 이어지는 말에 문홍은 진심으로 당황해 버렸다.

공개 연애라니요? 대체 언제 그 이야기가 그렇게까지 진행이 된 겁니까?

"압니다. 한쪽이 원한다고 되는 일이 아니라는 거. 그래서 좀 생각이 많아지네요."

확실한 건 사생활을 너무 캐 대서 불쾌해한 게 아니라는 것뿐.

문홍은 점점 더 일그러지려는 표정을 애써 가다듬었다. 혼잣말을 중얼거리며 싱글거리는 모습을 보고 있자니 진지하게 정신 상태가 걱정되는데, 차마 내색할 수가 없었다. 그렇지 않아도 지나치게 일을 많이 하는 상사가 조만간 미치지나 않을까 걱정하던 참이다.

토요일 오전 중에 출국했던 준성은 일을 마치자마자 귀국을 서둘러 화요일 새벽 4시쯤에야 간신히 그의 아파트에 도착했다. 하루 정돈 쉴 거라는 예상과 달리 정확히 2시간 후에 전화가 걸려 왔다. 출근할 테니 준비하라는 준성의 선언에 문홍은 깊이 좌절했다.

자고로 윗사람이 너무 부지런하면 아랫사람이 피곤해지는 법.

심지어 똑같이 시차와 수면 부족에 시달리는 상황임에도 초췌해진 자신과는 달리 묘하게 싱그러운 준성의 모습에 문홍은 또 다른 의미로 좌절감을 느꼈다.

고작 다섯 살 차이도 안 나는데 이러기 있냐.

제길. 이게 다 나이 때문이야.

"그만 잠 깨셨으면 바로 일과 시작하죠. 오전 일정은 어떻게 됩니까?"

물론 그의 걱정이 무색하도록 준성은 순식간에 평소의 모습으로 돌아왔다. 재빨리 정신을 차린 문홍이 스케줄러를 꺼내 들었다.

"잠시 후 7시 30분부터 팀장 회의가 있으십니다. 그리고 10시부터는 면세사업부와 면세점 시찰, 11시 30분부터 임원 회의가 이어질 예정입니다. 시간대로 보아 오찬을 겸하실 것 같아 예정된 차 의원님과의 점심 약속은 모레 이후로 미뤘으면 한다고 말씀드려 놓았고, 오후 일정 또한 2시 이후로 잡았습니다."

갑작스러운 출장으로 피곤할 상사의 몸을 생각해 알아서 모든 일정을 잘 조율해 두었다는 유능한 비서가 뿌듯한 미소를 머금었을 때였다.

"글쎄요. 굳이 오찬을 함께할 일이 있을까 싶은데……."

"네? 아, 그, 그럼 차 의원님께 다시 연락을 드려야 할까요?"

멋대로 스케줄을 바꾼 게 영 탐탁지 않아 보이는 기색이 역력하다. 당황한 문홍은 서둘러 휴대폰을 꺼내 들었다.

"아니요. 일단은 그대로 가죠. 다른 약속이 생길지도 모르니까."

그대로 멈칫한 문홍이 준성을 빤히 바라봤다. 눈빛만으로도 그렇게나 많은 질문이 가능한 줄은 몰랐다.

"아, 그리고 오늘 점심은 직원 식당을 이용할 예정입니다."

"……."

"업무 현장 분위기가 어떤지 제대로 알아보고 싶어서요. 직원분들이랑 같이 식사도 하면서 자연스럽게 파악해 볼 생각입니다. 아무래도 더 진솔한 이야기를 듣는 데엔 도움이 될 것 같아서요."

"아…… 네. 알겠습니다."

저 자신이 생각해도 꽤 그럴듯한 핑계였다. 그래서 김 비서 또한 이 난데없는 상황에 침착함을 잃지 않고 행동할 수 있었으리라.

"차 의원님과의 약속을 미루신 건 잘하셨습니다. 날짜 확정되는 대로 다시 알려 주세요."

그러나 그 표정에 어린 혼란까진 숨기지 못하고 돌아서는 모습을 보니 조금은 미안하단 생각이 들었다. 혼자 남은 준성이 뒤늦게 웃음을 머금었다.

"다행이네요. 나만 어이없는 게 아니라."

당혹스럽긴 그 역시 마찬가지였다. 이렇게 즉흥적으로 번쩍 떠오른 생각을 그대로 내뱉은 적은 처음이었다.

단지 조금이라도 보고 싶어서. 잠시 잠깐도 기다릴 수가 없어서.

그저 어떻게든 그녀를 보고 싶다는 일념으로 떠올린 생각이었다. 지난 몇 년간 자신을 괴롭혔던 독한 갈증을 채우기엔 이것도 턱없이 부족했다. 모든 일과가 끝나길 기다리기엔 너무도 숨이 막혔다. 여전히 야속한 그녀는 먼저 연락을 해 주는 법이라곤 없다.

지난 며칠 동안의 그녀가 얼마나 바뀌었는지. 어떤 마음으로 지난 주말을 보낸 건지. 이렇게 갑자기 나타난 저를 발견한 순간의 표정은 어떨지, 궁금해 죽겠는 걸 어쩌느냐 말이다.

"진짜 미친 거 같네. 이러니까."

가벼운 조소가 떠올랐다 사라졌다. 이어 시간을 확인하는 그의 표정엔 들뜬 기색이 여실했다. 기대감으로 뛰기 시작한 심장이 기분 좋은 박동을 유지했다.

겉으로는 평소와 다를 바 없는 화요일 아침이었다. 서류로 가득한 책상 앞에 바짝 붙어 앉은 수진은 모니터를 가득 메운 자료들을 훑어보며 한쪽 귀에 휴대폰을 댄 채, 남은 한쪽 귀로는 사무실에 떠도는 말들을 열심히 주워듣고 있었다. 사회생활 5년 차의 멀티태스킹 능력이 빛을 발하는 중이다.

"유리야, 쿠폰 북 자료 받아 왔니? 오늘 내로 확인해서 보내야 하는데."

"네, 과장님. 출근하자마자 받아다 책상 위에 올려 뒀어요."

"민 주임. 나 지금 나가 봐야 하니까 연간 계획서 작성 끝나는 대로 내 거랑 같이 프린트해서 부장님 책상에 가져다 놔 줘."

"아니, 그걸 왜 또 절 시켜요! 저 지금 회의 자료 정리하느라 바빠 죽겠는데!"

회의를 앞둔 탓인지 오가는 목소리들이 다소 날카롭다. 회의만 시작하면 평균 세 시간이 넘도록 영양가 없는 소리를 늘어놓느라 팀원들을 놓아주질 않는 신 부장 덕에 오전엔 항상 일이 밀리고 촉박했다. 덩달아 다들 마음도 급했고.

원래도 주초엔 일이 많은 편이지만, 연말 시즌을 앞둔 지금은 유독 바빴다. 현재까지의 매출액 달성 상황을 점검하고, DM 발송을 위한 고객 명단을 정리하는 와중에 판촉팀의 행사인 '부커스 파티'의 준비 상황을 살펴야 했고, 그 와중에 연말 행사를 미리 준비하는 기업 고객들과의 연락까지 주고받아야 했다.

"네, 연회팀에 전달해 놓았으니 바로 진행하시면 됩니다. 또 문의하실 일 있으시면 바로 연락 주세요."

귀에 대고 있던 휴대폰이 뜨끈해질 때까지 통화를 하고 나니 그제야 숨이 쉬어졌다. 꼭 한차례의 폭풍이 지나간 것처럼 머릿속이 멍해 잠시 의자에 기대앉은 순간이었다.

'*많이 좋아했다.*'

바로 귓가를 맴도는 목소리에 저도 모르게 눈을 질끈 감아 버렸다.
또 생각나 버렸어!

가뜩이나 그 말이 머릿속을 떠나질 않아서 미칠 지경이었는데!

폭탄을 맞은 직후인 주말 동안엔 완전히 넋이 나가 버려 뭘 했는지
기억조차 나지 않았다. 나중에 보니 뭔가 집어 먹은 흔적은 있어 다행
히 밥은 굶지 않았구나, 했을 뿐.

물론 이후로도 정신은 완전히 돌아오지 않았다. 종일 외근이 기다
리고 있던 월요일엔 길을 다니다 슈트 차림의 남자 실루엣만 봐도 심
장이 펄떡거렸더랬다. 덕분에 거래처 담당자와의 미팅 때도 지레 깜
짝깜짝 놀라며 저답지 않은 자잘한 실수를 저지르기까지 했다.

다행히 평소의 그녀를 잘 아는 담당자가 가볍게 웃어넘겨 줬으니
망정이지. 하마터면 큰 실례가 되었을지도 모를 아찔한 순간이었다.

이런 상황인데…… 내가 일에 집중이 되겠냐고!

'*더 긴장하고 있으라고. 선전 포고니까.*'

으윽!

또다시 떠오르는 목소리에 기겁하며 몸을 떨었다. 그런 말 안 해도
언제 어디서 그가 튀어나올지 몰라 가뜩이나 긴장돼 죽겠는데 대놓고
더 긴장하고 있으라니. 진짜로 날 골로 보내 버릴 생각이 아닌 다음에

야 이럴 순 없는 거다!

"설마 진짜로 오는 건 아니겠지?"

어쩐지 등골이 오싹하져 저도 모르게 사무실 입구를 흘깃거렸을 때였다.

"슬슬 말 좀 해. 어떻게 된 건지."

"엄맛!"

귓가로 불쑥 들려오는 목소리에 수진은 화들짝 놀라며 뒤를 돌아봤다. 언제 온 건지 제 귓가에 바짝 얼굴을 대고 있던 나 과장이 시큰둥한 표정을 지어 보였다. 와, 설마 그 오싹함의 진원지가 여기였던 건가?

"놀라긴 뭘 그렇게 놀라? 자기는 왜 이렇게 눈치가 없니?"

"네? 뭐, 뭐가요?"

"다들 보고 떨어지기 기다리는 거 안 보여? 며칠을 묵혔으면 알아서 척척 내놔야지, 어쩌면 그렇게 입 싹 다물고 있어? 오죽하면 내가 나서야겠냐고."

기가 막혀 입이 떡 벌어졌다. 그러고 보니 주변이 이상하게 조용하다. 슬그머니 살피니 아니나 다를까. 마우스 클릭하는 소리조차 나질 않는다. 설마 모두 제 입이 떨어지기만을 기다리고 있는 건가?

"자기 챙기는 거 보니까 뭔가 무지 자연스럽더라. 몸에 손 올라가는 게 예사롭지 않던데?"

최대한 어색하지 않도록 미소는 지어 보이지만, 속은 벌써 시커멓게 타들었다. 물론 이런 일쯤이야 이미 예상하긴 했다. 어제처럼 외근을 핑계로 피하는 것도 하루 이틀이지. 이건 회사를 그만두지 않는 한 언젠가 한번은 반드시 겪고 넘어갈 일이었다.

몰래 숨을 들이켜며 마음을 다진 수진은 태연히 모니터로 시선을 돌리며 말했다.

"전에도 이미 말씀드렸지만, 그냥 옛날 친구예요. 친구."

"그건 아는데, 10년이 다 돼서 다시 만난 게 포인트지. 그런 고래 심줄 같은 우정이 세상에 얼마나 있다고? 더군다나 남녀 사이에."

"에─이. 아니죠. 그렇게 오랜만에 만나니까 더 반가운 거죠! 그리고 생각해 보세요. 상무님 젠틀하신 거야 다들 인정하잖아요. 너무 취한 여자를, 그것도 친구였던 사람인데 어떻게 그냥 둬요. 솔직히 제가 그날 너무 취하기도 해서……."

"그래그래. 자기가 그렇게 취해 버린 그 과정이 수상하단 말이지. 자기처럼 술이 센 사람이 말이야. 상무님이 바로 자기한테 순서 넘기고 좋아하는 사람 있냐고도 물어보지 않았던가? 내 눈엔 그거 뭔가 의미심장해 보이던데?"

"그거야 아는 사이니까 괜히 장난을……."

"그게 아니지. 그건 호구 조사하겠다는 뜻이잖아. 그동안 혹시 애인이라도 생겼나 걱정하는 딱 그런 뉘앙스였는데, 자긴 못 느꼈어? 하필 타이밍도 딱 본인 첫사랑 이야기까지 내놓았을 때고."

"어우, 무슨 말씀이세요. 솔직히 그런 분이 어디가 모자라서 그냥 평범한 사원을 신경 쓰겠어요. 안 그래요?"

"그러니까 이상하다고. 평범한 사원에게 할 만한 행동이 아니니까."

이분이 간밤에 '명탐정 코난'이라도 정독하고 오셨나!

평소답지 않은 합리적 의심에 소름이 돋는다. 유난히 예리하게 핵심을 찔러 대는 나 과장의 공세에 진땀이 흐른다. 제 기분 탓만은 아

237

닌 게 슬그머니 주변을 살핀 순간 저를 향해 있던 시선들이 휙휙 돌아가는 게 보인다.

와, 이거 완전 세렝게티 초원 한복판에 홀로 떨어진 임팔라 모드 아닌가요?

"거 아니라면 아닌 줄 아시지 뭘 그렇게 캐묻고 그러세요?"

그 위기의 순간, 반갑지 않은 목소리 하나가 불쑥 끼어들었다. 불길한 예감에 고개를 들자 파티션 너머로 최 대리의 기름진 얼굴이 둥실 떠오른다.

"수진 씨는 허황되게 신데렐라나 꿈꾸는 그런 여자 아닙니다. 그렇지?"

"네? 네. 뭐……."

뜬금없게 무슨 소리야. 뭐라 대답을 해야 할지 알 수 없는 질문에 당황해서 말을 얼버무리자 최 대리는 이상하게 뿌듯한 표정을 지어 보였다.

"하여간 요즘 여자들 남자 재산이나 따지고 주제도 안 되면서 명품 가방이나 들고 다니는 거 무지 꼴불견인 거 알아요? 그런데 우리 수진 씨는 봐요, 명품 하나 안 들고 검소한데 어디 가면 꼭꼭 더치페이까지 하거든. 이런 여자가 언감생심 상무님 같은 남자나 노리면서 허황된 꿈이나 꿀 거 같냐고요."

기가 차서 절로 입이 벌어지는데, 어이가 없어 말이 안 나왔다.

아니, 명품 가방을 안 드는 거야 내 마음이고, 더치페이 꼬박꼬박 하는 건 그쪽이랑 엮이기 싫어서인데? 꼭 그걸 말로 해야 알아듣니?

"어머? 최 대리님. 그 말 좀 웃기네요? 그럼 다른 여자들은 다 남자 재산 보고 명품에 환장한 것들이에요? 무슨 말을 그렇게 하세요?"

"웬일이야, 대리님. 대체 언제 적 기준으로 이야기하고 계시는 거예요? 국민 소득 3만 불 시대에 나올 만한 이야기는 아니지 않나요?"

"그러게나 말이에요. 논밭 한가운데서도 폰만 있으면 해외 직구 가능하고요, 심지어 밭일하는 아저씨들도 죄다 아웃도어 브랜드 걸치고 사는 나라예요, 우리나라가."

포문을 연 효은부터 민영과 유리까지, 불쾌한 얼굴로 하나둘 참전을 선언했다. 이러다 자칫 된통 덮어쓰는 수가 있지! 서둘러 고개를 끄덕인 수진이 그녀들의 의견에 동조했다.

"그럼요. 요즘 같은 세상에 그런 거 하나 없는 사람이 어디 있어요? 그냥 취향이죠, 취향. 그리고 저는 잡화보다 화장품 마니아라서요. 다들 아시는 그런 브랜드 엄—청 많이 쓰고 있어요. 그죠, 과장님?"

"그럼, 알다마다. 난 수진이 파우치 뒤져 보는 게 낙인데. 하여간 최 대리는 알지도 못하면서 별소릴 다 한다."

"아니, 다들 뭐 찔리는 거 있어요? 뭘 그렇게 발끈하고 정색들이세요? 난 그냥 수진 씨 칭찬한 거뿐인데. 그리고 수진 씨는 명품 가방 들고 출근한 적 한 번도 없잖아. 내가 매일 체크하는데."

헐!

그야말로 위험한 소리에 경악한 수진이 얼른 손을 내저었다.

"무슨 소릴 하시는 거예요! 전 그냥 전철 타고 다니다 망가질까 봐 안 가지고 오는 거뿐이라고요."

"그래, 그래. 물건 함부로 안 쓰는 거. 그것부터가 제대로 개념을 갖춘 증거라니까."

대체 머릿속에 무슨 필터를 껴야 저렇게 들리지? 사고는 최 대리가 치고 있는데 애꿎은 저만 새우 등 터질 기세다. 점점 차가워지는 사람들의 시선을 받고 있으려니 눈알에서 땀이 날 지경이다.

"저기요, 최 대리님. 뭔가 좀 오해가 있으신 거 같은데……."

"두고 봐요. 수진 씨는 '사내 연애'로 같은 수준의 '평범한 남자' 만나서 성실하게 맞벌이하면서 살 여자니까."

이건 또 뭔 ㅆ…….

진짜로 욕설이 튀어나오려는 걸 꾹 씹어 삼켰다. 심지어 목적이 무엇인지 뻔히 알 만한 단어들에 강세를 두며 말을 마친 최 대리가 그녀를 향해 빙그레 웃어 보인다. 수진은 그 순간 진심으로 헛구역질이 나올 뻔했다.

이쯤 되니 최 대리의 속이 투명한 유리구슬처럼 훤했다. 가장 눈치가 없는 유리조차 알아챌 정도로.

"헐. 웬일이야. 이제 보니 최 대리님. 김 주임님한테 관심 있으셨던 거예요?"

"아니, 뭐 관심이랄 거까지야."

거기서 얼굴은 왜 붉히는 건데.

뒷머리를 긁적이며 쑥스럽게 웃는 최 대리를 모두가 경악스러운 눈으로 바라봤다.

"와, 진짜 상상도 못 한 전개네."

"이거 잘되면 우리 영업부에서는 처음으로 사내 커플 배출하는 거죠? 미리 축하해 드려야 하나?"

"에이, 뭘. 아직 그 정돈 아니라니까. 하하……."

걸핏하면 일이나 떠맡기고 사고나 치기 일쑤인 최용민 대리.

그의 유일한 특기는 바로 이 광역(廣域) 어그로(Aggro)로 욕을 긁어

모으기다. 그 위력은 대단했다. 덕분에 준성에 대한 화제가 쏙 들어가 버린 건 다행인데······. 이 불길함은 뭐지?

'아놔, 제대로 똥 밟았네!'

그것도 코끼리 똥에 버금가는 빅 똥으로!

"뭔 이야기를 그렇게 재밌게들 하셔? 회의 때나 그렇게 하지. 그리고 민 주임. 잠깐 나 좀 보고."

"네, 네. 부장님."

"어머, 내 정신 좀. 메일 확인해야 하는데 깜빡했네."

"아이고, 언제 시간이 이렇게 됐대? 이러고 있을 때가 아니구만."

불쑥 나타난 신 부장의 일갈과 함께 쉰 떡밥에 관심을 거둔 사람들이 뿔뿔이 흩어졌다. 그 틈을 타 최 대리가 은근하게 말을 걸어왔다.

"하여간 수진 씨. 수줍음이 많아서 큰일이네. 칭찬 하나 제대로 못 견디고 말이야."

"괜히 눈에 띄어 봤자 좋을 거 없죠. 그럼 전 일이 바빠서······."

"아, 그보다 말이야. 지난번에 내가 부탁한 일 잘 처리해 준 게 고마워서 말인데, 나 이번 주말엔 특별히 약속도 없고 모처럼 시간이 좀 나거든. 오랜만에 같이 식사라도······."

"어머, 어떡하죠? 저 이번 주말부터 시간 날 때마다 지인분 가게에서 일 돕기로 했거든요."

"그래? 무슨 아르바이트? 서빙인가? 놀러 가도 돼?"

"'바 블루'라는 곳인데 이태원에 있어요."

"이태원?"

"네, 꼭 놀러 오세요. 게이 바인데 분위기도 좋고 음식도 괜찮아요."

상냥하게 대구해 준 수진은 돌덩이처럼 굳어 버린 최 대리를 무시하며 모니터로 눈을 돌렸다. 이따위 뻔한 수작질을 쳐 내는 것쯤이야 어려운 일도 아니고, 무서울 것도 없었다. 진짜 무서운 건, 또 어느 순간 느닷없이 들이닥칠지 모르는 웬 높으신 분이지.

'하긴. 지난주에 그렇게 사람 간 떨어지게 만들어 놨었는데 설마 또 그러겠어?'

정말 사람 말려 죽일 작정을 하지 않고서야.

작게 한숨을 내쉰 수진이 이내 심드렁한 얼굴로 턱을 괴었다. 아까부터 머릿속을 맴돌고 있는 '설마가 사람 잡는다'는 말을 곱씹지 않으려 애쓰면서.

점심시간이 되자 오전 업무를 마무리한 직원들이 우르르 사무실을 빠져나갔다. 외근이나 선약이 있어 나간 이들을 제외하면 대부분 지하 1층에 위치한 직원 식당으로 향하는 걸음들이었다.

"점심 드셔야죠, 과장님!"

가장 먼저 일어난 효은이 나 과장의 팔짱을 끼고 나서자 민영과 유리가 뒤따랐다. 수진은 빠르지도 느리지도 않게 그녀들의 사이에 끼어들었다. 이럴 땐 최대한 눈에 띄지 않는 게 상책이었다. 마음 편히 외부 식당을 이용할까도 생각해 봤지만, 굶주린 채로 이 넓은 호텔 부지를 걷는 걸 상상하는 것만으로도 이미 지쳐서 포기했다. 오전 내내 지나치게 머리를 많이 쓴 탓인지 시장기로 눈이 핑핑 돌 것 같았다.

"오늘은 웬일로 사람이 별로 없네요."

"그러게. 슬슬 연말 다가온다고 다들 바쁘긴 한가 본데. 아, 냄새 좋다. 오늘은 튀김우동인가?"

나 과장의 목소리에 설렘이 묻어났다.

"난 세상에서 점심 약속이 제일 싫더라. 왜냐면 그날의 식단을 알 수가 없잖아."

"어우, 누가 보면 과장님은 우리 호텔에 밥 먹으러 입사하신 줄 알 거예요."

"그게 어때서? 이런 낙이라도 있어야 살지. 다들 먹고 살자고 하는 일인데."

키득거리며 식판을 채운 직원들이 줄지어 빈자리에 앉았다. 그 사이에 끼어 앉은 수진이 젓가락을 집어 들었다. 묘하게 몸이 차고 기름기가 당기던 차에 좋아하는 새우튀김을 얹은 우동이라니. 생각만으로도 마음이 푸근해져 모처럼 표정이 밝아진 참이었다.

"어머, 어머. 저기 좀 봐요. 상무님 오셨어!"

"헐, 웬일이래? 오늘은 식사하러 오셨나 보네. 지금 줄 서 계시는 거 맞지?"

"뭐? 상무님이 여기서 식사를 하신다고?"

호들갑스러운 목소리들이 들려온 건 이제 막 우동 한 젓가락을 입에 넣었을 때였다. 저도 모르게 고개를 돌리다 지난번과는 달리 김 비서만 대동한 채 배식구 앞에 선 남자의 모습을 발견한 순간 등골이 오싹했다.

아니야. 침착해. 단순하게 생각하자.

그냥 식사를 하러 온 것뿐일 테다.

그래. 우리 같은 일반 직원들과 달리 수많은 모임과 회담 일정을 소화하느라 종일 밖에서 활동하는 사람이긴 하지만, 가끔은 직원 식당 밥을 먹는 날도 있을 거고, 그러다 보면 오늘처럼 '우연히' 시간이 겹치는 날도 있지 않겠어?

그렇게 그녀는 필사적으로 정신 승리를 하며 이쪽을 향해 다가오는 두 남자를 애써 외면했다. 그의 걸음이 이 근처에서 멈추지 않기만을 간절히 빌었다.

"아, 여기들 계셨네요. 자리가 마땅치 않아 그런데 같이 앉아도 될까요?"

물론, 무신론자인 그녀의 기도를 받아 주는 신 따윈 없었다.

"오랜만입니다, 김수진 씨."

그는 너무도 자연스럽게 말을 걸어왔다. 차마 무시할 수 없어 어쩔 수 없이 고개를 돌려 바라본 곳엔 쓸데없이 빛나는 남자가 서 있었다. 너무 눈이 부시는데, 차라리 그냥 눈이 멀어 버렸으면 좋겠다.

"아, 네. 상무님. 어서 오세요."

이럴 때 필요한 건 숙련자의 영업용 스마일이지.

영혼이라곤 1g도 없는 미소를 지어 보이며 인사한 수진이 그대로 눈을 돌리다 저만치 떨어진 곳에 엉거주춤 앉을 준비를 하던 김 비서와 눈이 마주쳤다. 초조함과 곤란함으로 얼룩진 얼굴을 마주하니 심히 착잡하다. 분명 저 사람의 눈에도 내가 그렇게 보이겠지.

"어우! 물론 당연히 되지요. 이쪽으로 앉으세요. 여기."

테이블의 중앙을 차지하고 있던 나 과장이 잽싸게 일어나 자리를 권했다. 객실판촉팀원들의 마음을 헤아려야 하는 팀장으로서, 그녀들의 기쁨을 위해서라면 당연히 해야 할 행동이었다.

문제는 그 자리가 바로 수진의 옆자리라는 점이다.

준성의 입가로 짐짓 난처하다는 듯 너털웃음이 떠올랐다.

"아, 고맙습니다. 괜히 식사하시는 자리에 끼어들어 불편하게 해 드리는 건 아닌지 모르겠네요."

"아닙니다, 무슨 말씀이세요! 저만 좀 옆으로 옮겨 앉으면 다 같이 상무님을 가까이서 뵐 수 있게 되는데 이런 눈치도 없으면 영업직 못 하죠."

"그럼요, 그럼요. 상무님이랑 점심 식사를 같이한다는 게 얼마나 중요한 일인데요!"

"어떡해요, 저 오늘 일기 써야 할 거 같아요!"

극도로 흥분한 그녀들의 말이 빨라지고 목소리도 점점 높아졌다. 대답을 하는 건지 비명을 지르는 건지. 언뜻 들어서는 구별이 힘들 정도였지만, 용케 알아들은 건지 준성의 입가로 그린 듯 반듯한 미소가 떠오른다. 동시에 여기저기서 헛숨을 들이켜는 소리가 났다.

"그럼 실례하겠습니다."

나직한 대꾸와 함께 준성이 자리에 앉았다. 또다시 어디선가 숨죽인 비명이 들려왔다. 수진은 그 소리가 제 목구멍에서 난 게 아니기만을 간절히 빌었다.

"지난 주말엔 다들 집에 잘 들어가셨습니까?"

"네네, 물론이죠. 상무님 덕분에 저희들 모두 기분 좋게 놀고 스트레스도 싹 풀렸어요."

"다행이네요. 일일이 다 챙겨 드리지 못해서 걱정 많이 했었는데."

"어휴, 무슨 말씀이세요. 이런 건 일상이라 괜찮습니다."

"그럼요. 당연한 일로도 이렇게 걱정해 주시고. 저는 그냥 완전 너무 감동이에요오!"

아무리 사회생활 만렙 인간들이라지만, 이건 너무 심한 아부성 발언들이 아니신가. 이대로 가다간 '상무님 찬가'라도 지어 부를 기세다. 이어지는 주접들 속에서 내내 분위기를 주도하던 나 과장이 슬그머니 운을 뗐다.

"그렇지 않아도 그날 왜, 우리 김 주임만 데려다준 거 때문에 다들 재밌어하던 참이었어요. 알고 보니 김 주임이랑 상무님이 같은 대학 다니셨다고."

기겁하며 고개를 들자 눈이 마주친 나 과장이 음흉하게 웃는다. 아, 이분이 진짜!

"아아, 네. 같은 학과에다 성격이 잘 맞다 보니 거의 매일 같이 다녔죠."

"어머, 어머. 그럼 진짜로 두 분이 친구 사이였어요?"

"김수진 씨가 거기까지 이야기를 하던가요?"

거기다 이분은 또 왜 이렇게 흐뭇한 반응인 건데?

저도 모르게 옆자리의 남자에게로 눈을 돌렸다가 심장이 철렁했다. 저 해사하게 웃는 얼굴이라니. 뭔가…… 진심으로 기뻐 보이는 건 기분 탓인가.

이 와중에 이놈의 심장은 왜 또 방정맞게 콩닥거리는 건데.

'미치겠네!'

저에게 쏟아진 시선들을 향해 어색하게 웃어 준 수진이 묵묵히 젓가락을 움직였다. 손가락에 감각이 없어 지금 제 눈앞으로 젓가락이 움직이는 건지 면발이 공중 부양을 하는 건지 알 수가 없다.

"저기요, 혹시 찾으신다던 그분은 만나셨어요? 그 왜, 첫사랑이라는!"

그 와중에 들려온 말이라니!

해맑게 질문을 꺼낸 유리를 원망스럽게 바라본 찰나.

"네. 이미 만났습니다."

컥!

면발이 제대로 목에 걸리는 바람에 수진은 황급히 물컵을 집어 들었다. 꺅꺅거리는 소리에 괴상한 기침 소리가 그대로 묻혀서 다행이었다.

"만나셨다고요? 진짜요?"

"헐, 대박! 그래서요? 어떻게 되신 거예요? 다시 만나기로 하신 거예요?"

"어머, 그분도 좋아하셨어요? 기다리셨대요? 웬일이야, 진짜!"

그야말로 그녀들의 머릿속엔 한 편의 로맨스 미니 시리즈가 펼쳐지고 있었다. 절규하다 못해 끙끙 앓을 기세로 내뱉어 대는 질문들 속에서 싱긋 웃어 보인 그가 짐짓 풀 죽은 척 목소리를 낮췄다.

"별로 크게 반갑진 않은 모양이에요. 자꾸 절 피하려고 하더라고요."

"헉! 미친……! 아니, 말도 안 돼!"

"진짜요? 진짜로 현실에 그런 미친, 아니 그런 간땡이 부은 짓을 할 수 있는 사람이 있다고요? 감히 상무님을 피해요?"

장르는 순식간에 주말 드라마로 바뀌었다. 막장 전개에 제대로 분기탱천한 여자들의 입에서 두 번이나 튀어나온 '미친'이란 단어가 등골을 푹푹 찔러 왔다. 더 웅크릴 수도 없을 만큼 몸을 웅크린 수진이 실성한 사람처럼 웃음을 머금었다.

네. 그 미친 여자가 바로 납니다, 여러분. 허허.

"그럼, 그분이랑은 그대로 끝나 버린 거예요? 기대하셨을 텐데 속상해서 어떡해요."

뛰어난 공감 능력의 소유자인 민영이 촉촉해진 목소리로 묻는다. 그 공감 능력 나에게도 좀 발휘해 주면 안 되겠니?

"괜찮습니다. 세월이 많이 지났으니 당연한 일이려니 생각하고 있어요. 얼굴이라도 자주 보자고 이야기는 해 뒀는데, 모르죠. 어떻게 반응할지는."

"그 정도는 해 줘야죠! 얼굴 좀 보여 준다고 닳는 것도 아닌데!"

"그러게요! 와, 진짜 뭐 하는 분인지 얼굴 좀 보고 싶네요! 진심으로!"

유리와 민영은 젊은 만큼 혈기도 왕성했다. 그녀들의 반응을 보니 그 여자가 누구든 머리카락의 안녕을 장담할 수 없을 것 같다. 그야말로 납량 특집이 따로 없다. 지극히 호러블한 상황이 눈앞에 그려지자 점점 더 얼굴이 그릇 위로 처박혔다.

"맛있습니까?"

나직하게 묻는 목소리가 들려온 건 그때였다. 대답이 들려야 할 타이밍인데 이상하게 조용하다. 정신을 놓은 채로 음식을 밀어 넣던 수진이 문득 멈칫하며 주변을 둘러봤다. 모두의 시선이 정확히 제 얼굴을 향해 있다.

그제야 그 질문의 대상이 저였음을 깨달은 수진이 소스라치며 옆자리의 남자를 바라봤다.

"그러고 보니 김수진 씨가 튀김우동을 좋아하긴 했었죠. 제 얼굴도 안 보고 식사에만 집중하는 이유가 있었네요."

애 지금 뭐라는 거니!

기함하며 그를 바라보는데, 지그시 그녀의 얼굴을 마주 보던 준성이 싱긋 웃어 보인다. 어딘지 그 웃음이 삐딱하게 느껴진다고 생각한 순간, 손을 움직인 그가 제 그릇에 있는 새우튀김을 집더니 그녀의 그릇 위에 다소곳이 올렸다.

"······!"

동시에 사람들의 입에서 여러 가지 의미가 뒤섞인 탄성이 튀어나왔다. 저절로 벌어진 그녀의 입술에선 더 이상 신음조차 나오질 않았다.

"천천히 먹어요. 누가 잡으러 오는 것도 아닌데."

아니, 잡으러 온 거 맞잖아.

지금 내 제삿날 잡으러 온 거 맞지?

"괜····· 괜찮습니다, 상무님. 이러지 않으셔도 돼요. 이젠 옛날처럼 편한 사이도 아니고 다른 분들도 계신 자리인데 굳이······."

"아, 미안해요. 수진 씨랑 같이 있으니 자꾸 옛날 생각이 나서 그만."

"좋은 추억이라 생각해 주시니 감사하지만, 앞으론 그냥 마음으로만 받겠습니다."

최대한 침착하고 정중하게 말을 마친 수진이 서둘러 그릇으로 눈을 돌렸다. 맘 같아서는 식사고 뭐고 당장 튀어 나가고 싶은 생각이 굴뚝같은데, 반도 못 비운 그릇을 든 채로 일어나려니 너무 대놓고 도망치는 것처럼 보일 것 같다.

아니, 도망치고 싶은 건 맞는데 여러모로 후환이 두렵다. 자연스럽게 자리를 벗어날 방법은 이 그릇을 비우는 것뿐.

다행히 제게로 쏠린 관심도 잠깐이었다. 다시 준성을 중심으로 대

화가 이어지는 사이 수진은 열심히 우동을 입에 밀어 넣었다. 그렇게
나 쫄깃하던 면발이 마른 당면을 씹는 것처럼 버석거렸다.

결국 목이 메어 물컵을 집어 들려는데 반짝, 하며 테이블에 놓아
둔 휴대폰에 불빛이 들어왔다. 급한 연락이라도 들어온 건가, 생각하
며 무심히 휴대폰을 집어 들었을 때였다.

[안고 싶다.]

저도 모르게 케이스 뚜껑을 탁 소리가 나게 덮고서는 잽싸게 테이
블 아래로 손을 내렸다.

뭔데, 이거!

어찌나 놀랐는지 심장이 식도로 넘어오는 줄 알았다. 기침하는 척
벌렁거리는 가슴을 누르던 수진이 조마조마한 눈을 돌려 옆자리를 바
라보자 아무 일도 없었다는 듯 무심하게 그녀를 바라보던 남자가 차
분히 눈을 내리깔았다. 언제부터인지 그의 손에도 휴대폰이 들려 있
었다.

깜빡.

이어 불빛이 들어온 순간, 그녀의 심장도 깜빡 멈춰 섰다. 뭐가 나
올지 모를 판도라의 상자를 들여다보는 기분에 마른침을 삼키며 굳어
있는 사이, 또 깜빡. 깜빡. 연이어 불빛이 깜빡댄다.

이쯤 되면 일부러 들키라고 고사를 지내는 거다. 이거 맞다.

분명 대낮처럼 밝은 직원 식당인데 이 조그만 휴대폰 화면이 깜빡
이는 건 왜 이리 눈에 콕콕 박히는 건지. 게다가 뭘 하느냐 묻는 듯이
저를 흘깃거리는 나 과장의 시선을 대하려니 다시금 등골을 타고 식

은땀이 흐른다.

"어머, 내 정신 좀 봐. 점심 전에 전달할 내용이 있었는데 깜빡했네요. 연락 늦어서 담당분이 화났나 봐요. 그럼 전 먼저 일어나 볼게요."

때마침 휴대폰을 들여다보고 있었기에 절묘하게 떠오른 핑계였다. 후다닥 식판을 들고 자리를 빠져나왔다. 식당을 벗어나 복도를 뛰듯이 걸으며 화면을 켜자마자 도착해 있는 메시지에 절로 입이 벌어졌다.

[눈빛이 이상한데.]
[또 이상한 뜻으로 알아들었나.]
[말 그대로였는데 내 뜻은.]

"너 미쳤지?"

탄식하듯 내뱉은 그녀가 비척거리며 벽으로 다가갔다. 벽에 기댄 채 주르륵 흘러내리듯 쭈그려 앉자마자 긴 한숨이 터져 나왔다.

이건 진짜 악몽이야. 꿈일 거야.

그래. 그럴 리 없지. 저 인간이 누군데. 냉철함과 신중함의 화신 같았던 송준성이 아닌가. 꿈이 아니고서야 식사 중에, 그것도 사람들이 다 보는 자리에서 이런 메시지를 보낼 리가……!

[밥이라도 다 먹고 가지. 그 귀한 얼굴 좀 보려 어렵게 온 건데.]

"……허허."

이런 와중에도 심장이 뛰어 헛웃음이 났다.

아무래도 그 못지않게 저도 미쳐 버린 모양이다. 갑작스럽게 후끈해지는 목덜미도. 헤실헤실 새어 나오는 웃음도 좀처럼 제어가 되질 않는다. 머리로는 안 된다, 하면서도 마음은 어쩌지 못하고 들뜨고 있는 저 자신을 이해할 수가 없다. 뜨거운 감자를 입에 물고서 삼키지도 뱉지도 못한 채 쩔쩔매는 아이가 된 기분이 이럴까.

'나 정말 어떡하니.'

휴대폰을 쥐고 있는 손에 더욱 힘이 들어갔다. 왜 자꾸 머릿속을 휘저어 대는 거냐고. 속절없이 출렁이는 감정을 담고만 있기에도 버거워 죽겠는데.

잠시 그대로 눈을 감고 있던 수진이 이윽고 긴 한숨과 함께 몸을 일으켰다. 그대로 걸음을 뗀 그녀가 향한 곳은 4층이었다. 엘리베이터에서 임원실로 가는 길목에 자리한 비상계단에 들어가 지끈거리는 이마를 누르며 초조하게 잠복해 있길 20여 분.

복도를 걷는 구둣발 소리와 함께 언뜻 그의 목소리가 들려왔다. 슬그머니 고개를 내밀어 익숙한 남자의 뒷모습을 확인하자마자 살그머니 다가가 재킷의 소맷자락을 잡아챘다. 흠칫하며 돌아보는 눈이 휘둥그레졌다.

약간 당황한 듯 뭔가 말을 걸려는 남자에게 쉿, 표시를 해 보이곤 냅다 비상계단으로 끌고 들어왔다. 위층 계단 중간의 넓은 공간으로 그를 밀어 넣었다. 다소 난폭하게 벽으로 밀쳐 세우자마자 아래층의 문이 열리더니 '상무님?' 하고 그를 찾는 김 비서의 목소리가 들렸다.

저도 모르게 손을 뻗은 수진이 벌어지려는 남자의 입을 틀어막으며 몸으로 눌렀다. 순식간에 훅 가까워진 얼굴이 다시 놀란 듯 눈을 휘둥그레 떴다.

"이상하네. 그새 어딜 가신 거지?"

나직하게 중얼거리던 목소리에 이어 끼이익, 하고 문이 움직이는 소리가 났다. 지극히 상식적인 인간인 김 비서는 비상계단 어딘가에 상무님이 감금되어 있는 일 따윈 꿈에도 생각 못 할 거다.

이윽고 문이 닫히고 그제야 작게 한숨을 내쉰 수진이 준성을 노려 봤다.

"잠깐 나 좀 보자고요, 상무님."

최대한 분노를 가라앉히며 속삭인 말에 잠시 그대로 저를 바라보던 눈매가 슬쩍 휘어진다.

웃어? 남은 이래저래 미치겠는데 지금 웃음이 나와? 순간의 빡침도 잠시.

"헉!"

슬그머니 허리에 닿는 감촉에 비명을 지를 뻔한 걸 간신히 참아 낸 수진이 기겁하며 남자의 팔을 붙잡았다.

아, 미친!

너무 멘탈이 나가 있던 나머지 온몸으로 그의 몸을 덮치고 있었던 것도 모자라 제 손바닥이 정확히 그의 입술을 덮고 있다는 것조차 의식을 못 했다.

"잠깐……!"

뒤늦게 화들짝 놀라며 황급히 손을 떼고 뒤로 물러나려 했지만, 그보다 준성의 행동이 빨랐다. 커다란 남자의 몸이 휙, 움직이나 싶더니 순식간에 자리가 뒤바뀌고 어느새 그녀가 벽에 등을 대고 서 있었다.

"흐억!"

제대로 남자와 벽 사이에 갇혀 버린 그녀가 기함하며 눈을 크게 뜨자 여유롭게 웃는 얼굴이 코앞까지 다가왔다.

"뭐야. 퇴근까지 못 기다리겠어? 왜 이렇게 적극적인데."

"무, 무슨, 아니 그게 잠깐만……. 쉿! 잠깐, 쉿! 밖에 아직 사람이……!"

불쑥 다가오는 남자를 제지하랴, 조용히 시키랴, 정신이 쏙 빠질 지경이었다. 그 와중에 무슨 향수를 쓰는 건지, 정확하게 제 취향을 저격하는 남자의 시원 상큼한 향이 훅 덮쳐 와 눈앞이 아찔했다. 이러다간 이 남자의 정신머리를 돌려놓기 전에 제가 먼저 정신을 놓을 지경이다.

"제발 조용히 좀!"

허겁지겁 손을 뻗어 그의 입을 다시 틀어막고는 질끈 눈을 감아 버렸다. 그사이 밖을 서성이던 걸음이 멀어지고 주변은 고요에 휩싸였다.

그제야 긴 숨을 내쉬며 손을 내린 수진이 눈을 부릅떴다. 빙글거리며 웃는 남자를 보고 있으려니 한 대 쥐어박고 싶은데, 차마 그럴 수 없어 간신히 주먹만을 움켜쥐고는 그의 가슴팍을 홱 밀쳐 냈다.

"이게 지금 무슨 짓이에요?"

"뭐가?"

"몰라서 물어요? 느닷없이 남 밥 먹는 자리엔 왜 끼어드는 거냐고요. 누구 피 말라 죽는 꼴 보고 싶어서 이래요? 아니, 남의 인생을 아주 그냥 말아드실 작정이에요?"

말을 하다 보니 그라데이션으로 분노가 치미는 걸까. 점점 얼굴이

254

새빨개진다 싶더니 숫제 발까지 동동 굴러 댔다. 자그마한 체구로 방방 뛰는 모습이 무섭기는커녕 귀엽기만 해 절로 웃음이 나오려는 걸 꾹 참았다.

이런 반응이 보고 싶었다. 예전처럼 제 앞에서 웃고 떠들고 화를 내고. 이렇게 눈앞에서 살아 숨 쉬고 움직이는 그녀가 미치도록 보고 싶었다. 고작 그 며칠을 못 본 것뿐인데, 그녀가 그리워서 죽는 줄 알았다.

"올 거면 귀띔이라도 해 줬어야지. 갑자기 나타나서는 사람 심장 철렁하게 만들질 않나, 밥도 못 먹게 이상한 소리나 하면서 사람 난처하게 만들질 않나. 어떻게 사람이 진짜, 아무리 그래도 밥은 편히……!"

"보고 싶어서 왔어."

"먹……. 어?"

"보고 싶었다고, 너."

"……."

"넌 나 안 보고 싶었어?"

직구도 이런 돌직구가 없다. 당황한 수진의 눈동자가 심각하게 흔들렸다. 다리가 후들거려 벽에 기대서지 않았더라면 그대로 주저앉았을지도 모르겠다.

"아니, 여기서 이렇게 가, 갑자기 그런 말을 하면……. 그리고 지금 그게 중요한 게 아니잖아. 자꾸 상무님이 이렇게 나오니까 사람들이 뭔가 있는 줄 알고 의심하는데."

"의심하면 어때."

"와, 진짜! 지금 나 죽는 꼴 보려고 이래? 말이 되는 소리를 해. 이렇게 장난칠 일이 아니라니까!"

"장난하는 거 아니야."

딱 잘라 내뱉는 말에 그녀의 입술도 딱 달라붙었다. 웃음기가 싹 사라진 얼굴에선 그의 말대로 장난기라곤 전혀 느껴지지 않았다.

"한 번도 너 장난으로 대한 적 없어."

또다시 직구를 던져 가슴팍을 두드려 놓고.

"난 이미 내 감정 말했어. 너랑 연인이 되고 싶다고도 말했고. 내가 그런 말을 장난으로 할 사람이야?"

그대로 한 걸음 훅 들어서 버린다. 말 그대로 직진이었다. 뒤도 돌아보지 않고 무섭게 다가오는 남자를 수진은 두려운 눈으로 바라볼 수밖에 없었다.

"다 알면서 왜 그러냐고."

한결 다정해진 목소리가 섭섭함을 이야기했다. 달래듯 타이르는 말투에 가슴팍 전체로 기묘한 떨림이 이어졌다. 다른 사람들은 모르는. 오로지 제 앞에서만 내놓던 눈빛과 표정. 이 모든 게 그 말 한마디에 스며들어 있었다.

그러지 말라고.

내가 믿고 있는 너만은 날 오해하지 말라고.

말문이 막혀 버린 수진은 잠시 그를 바라보다 그대로 시선을 내리깔았다. 파르르 떨리는 속눈썹이 길게 그림자를 만들었다.

아, 낭패다. 이렇게 나와 버리는데 여기서 더 무슨 말을 하라고.

"네가 뭘 걱정하는지 알아. 선뜻 마음을 결정하기 힘들다는 것도 알고."

"그게, 난……."

"당장 어떻게 하자는 거 아니야. 그냥 오늘은 정말 네가 보고 싶어서 온 거야. 이렇게라도 네 얼굴 한번 보고 싶어서."

한 걸음 더 파고드는 진심에 수진은 절로 곱아드려는 손을 맞잡았다.

"아니, 사실대로 말하자면 널 압박하고 싶었던 건 맞아. 솔직히 너도 아쉽잖아. 우리가 한 번도 못 가 본 길이니까."

지금까진 몰랐는데, 처음부터 이 남자는 이토록 깊은 감정을 담고서 저를 바라봤었나 보다. 분명 익숙한 말투, 익숙한 눈빛인데도 지금은 심장이 미친 것처럼 뛰고 있다. 그 안에 담긴 감정을 읽어 버리고나니 도저히 모르는 척을 할 수가 없다.

"해 보자, 연애."

그런 눈을 하고 바라보면 어쩌라는 거야.

진짜 반칙이잖아, 이러는 거.

"한번 시도나 해 보고. 이후의 일은 그때 가서 결정하자."

"……."

"정 아니다 싶으면 다시 원위치로 되돌려 놓을게. 진짜로 친구가 되어도 좋고."

"……그게 말처럼 쉽게 되는 일이 아니잖아."

물끄러미 그런 남자를 바라보던 수진이 작게 덧붙였다. 그런 비현실적인 이야기를 이 남자는 너무 아무렇지 않게 하고 있다.

"그거야 모르지. 의외로 한번 사귀고 나면 환상이 깨져서 정리가 더 쉬울지도."

"뭐야, 그게."

역시나 한다는 소리에 절로 볼멘소리가 튀어나왔다. 무책임하기 그지없는 소리나 내뱉고서 피식거리는 얼굴이 얄미워서 슬쩍 눈을 흘겼을 때였다.

"근데 난 그게 안 될 거 같아."

"……."

"그래서 좀 겁나, 사실은."

그냥 하는 소리가 아니었다. 그 긴 시간을 잊고 지워 보려 했어도 끝끝내 남아 있던 감정이었다. 눈앞에 없으면 마음도 멀어질 거라 철석같이 믿었다. 무엇보다 이런 감정을 강요하며 상대를 괴롭히고 싶지 않기에 과감히 떠나는 것을 선택했었다.

그럼에도 질기게 남은 불씨는 그녀를 다시 보자마자 그 긴 세월의 노력이 무색하도록 세찬 불길로 번져 버렸다. 그것도 모자라 이젠 그녀 역시 같은 마음이라는 걸 알아 버렸다.

그런데 어떻게 널 포기해.

태어나 처음으로 신이 있을지도 모른다는 생각을 했는데. 운명을 지배하는 뭔가가 나를 네 앞으로 인도해 준 것 같았는데. 이 기회마저 놓치면, 진짜 평생을 죽도록 후회하며 살 것 같은데.

"나한테 너, 절대 가볍지 않아. 네가 생각하는 거 이상으로 어렵고, 무서운 존재라고. 지금 내가 어떤 각오로 이런 말을 꺼내는 건지 넌 상상도 못 할 거야."

어떤 오해도 파고들 틈이 없을 만큼 진솔한 말투였다. 거짓조차 참으로 만들어 버릴 수 있는 사람이지만, 제가 아는 한 그는 늘 그녀의 앞에서 진실했다. 그것을 알기에 또다시 속절없이 흔들린다.

"더는 바라지도 않을게. 올해만. 딱 그때까지만 아무 생각 없이 감정에 솔직해 보자. 그동안 한번 제대로 사귀어 봐. 그러고도 아니다 싶으면, 내가…… 깔끔하게 물러날게."

어째선지 이 순간 가슴이 철렁했다. 무슨 말을 해야 할지 몰라 마른침만 삼키자 작게 한숨을 내쉰 그가 말을 이어 갔다.

"근데 그게 아니면. 그때 가서도 굳이 나랑 헤어질 마음이 없다는 결론이면, 그땐 정말 각오하고."

의미심장한 말과 함께 그는 조금 섬뜩한 미소를 지어 보였다.

"어. 네가 생각하는 그런 뜻 맞아. 그러니까 못 들은 척 넘어갈 생각 말고."

대놓고 드러낸 섹슈얼한 뉘앙스에 대답 대신 눈을 치뜨며 노려보는데도 그는 전혀 개의치 않는 얼굴이었다. 여전히 진지하고. 어딘지 좀 날카로운. 먹잇감을 가늠하는 맹수처럼 가라앉은 눈으로 그녀를 주시하며 말을 이었다.

"넌 진짜 몰라. 내가 그때 널 그렇게 떠나 버리고 얼마나 후회했는지."

'난 그, 그렇게 너무 눈에 띄는 타입은 좀 별로라서. 내 취향은 좀 무난하거든.'

'수혁이가 어때서? 잘생겼지, 성격……은 좀 못됐지만 그래도 은근 다정한 구석도 있어. 그리고 사실 준성이가 친구긴 하지만 편하게 대할 만한 상대는 아니라서. 뭐랄까, 왠지 속으로는 무슨 생각을 하는지 알 수가 없는…….'

그해 늦여름.

벼락처럼 내리꽂힌 말은 생각 이상으로 그의 마음에 큰 상처를 남겄다.

어떤 호감의 뉘앙스도 느낄 수 없었던 저 자신에 대한 평가. 발밑이 그대로 무너져 내리는 기분이었다. 나름 몇 개월을 친구로 지내며 서로에 대한 호감을 키워 왔다고 생각했던 때였다.

매일같이 나란히 앉아 수업을 듣고, 별다른 약속이 없다면 당연하다는 듯이 서로를 찾았다. 머리를 맞댄 채 같은 컵라면을 먹고, 같은 빨대로 음료를 마시는 것도 예사였다. 친구라기엔 지나치게 가깝고, 연인이라기엔 살짝 거리가 있는 관계.

아슬아슬하게 그 사이를 넘나드는 짜릿함을 즐겼다. 자연스럽게 친구에서 연인이 되어 가는 과정이라 생각했다.

하지만 그건 그저 제 생각일 뿐이었다.

그녀는 제게 전혀 그런 감정이 없다고 했다. 취향이 아니라고. 심지어 전혀 관심도 없어 보이던 수혁을 지목하면서까지 저에 대한 감정을 부정했다. 그저 친구이자, 이쪽에서 손을 놓는 순간 끊어져 버릴 그런 인연임을 못 박아 버렸다.

'*괜찮아, 취향인데 뭐.*'

아무렇지 않게 웃었지만, 속은 이미 엉망진창이었다. 시도조차 해 보지 못하고 잘려 나간 감정의 단면이 쓰라려 견딜 수가 없었다.

정말로 난 아니냐고. 정말로 나와는 아무것도 될 수 없는 거냐고.

붙잡고 따져 보고 싶었지만, 끝내 묻지 못하고 떠나 버린 건 정말 그렇다는 말을 들을까 무서워서였다.

그녀의 입으로 확인 사살을 당해 버리고 나면, 어떤 꿈조차 꿀 수 없게 될까 봐.

"지금도 엄청 긴장되고 무서워. 또 네가 밀어낼까 봐. 죽어도 안 된다고 할까 봐. 하지만 아니잖아."

꿈이 없던 제게 그녀는 처음으로 생긴 꿈이자, 처음 겪어 본 절망이었다.

그리고 한때 꿈을 잃었던 그는 다시 그녀를 만나 새로운 꿈을 꾸기 시작했다.

"너도 같은 마음 맞잖아. 아무 말 못 한 거 계속 후회하고 있었잖아."

"……."

"나 기다린 거 맞잖아."

또다시 정확하게 꽂힌 직구에 수진은 질끈 눈을 감았다가 떴다. 말로 얻어맞는 기분이 이런 걸까. 아니라고 잡아떼고 싶었지만 너무도 올곧게 저를 바라보는 그의 눈앞에서 차마 거짓말은 할 수가 없었다. 이렇게나 간절히 직구밖에 던지지 못하는 사람은 처음이라서.

"다시는 그렇게 바보 같은 짓 안 할 거야."

"……."

"할 수만 있다면 무슨 수를 써서라도 널 붙잡고 싶어. 마음 같아선 널 잡을 수만 있다면 네 앞에서 벗을 수도 있을 것 같아. 아니, 몸이라도 쓸 수 있으면 좋겠어, 정말로."

"……자꾸 그쪽으로 어필하는데, 자신 있어?"

기막힌 소리에 헛웃음을 지으며 말꼬투리를 잡아내자 그가 웃었다. 그 웃음에 괜히 제 얼굴만 달아올라 시선을 피해 버렸다.

"궁금하면 직접 시험해 봐."

덤덤한 말투에서 도리어 자신감이 묻어나는 이유는 뭔지.

"무슨 짓을 해도 다 받아 줄 테니까. 너도 손해는 아닐걸?"

무슨 말이 되는 소릴 해야지. 농담처럼 한다는 말이 어처구니가 없는데도 그가 밉지 않으니 큰일이다. 저도 모르게 그를 흘겨보던 수진이 슬며시 떠오르는 웃음을 감췄다. 곤란한 척 하얀 이로 아랫입술을 물고서 생각했다.

제가 몸담은 회사의 임원인 것도 모자라 오너 일가의 사람. 그런 사람을 만나며 신데렐라를 꿈꿀 만한 나이는 진즉에 지나 버렸다. 그녀에게 그는 주변의 시선부터, 서로의 집안, 지금의 위치까지. 하나같이 만만치 않은 장애물만 즐비한 존재일 뿐이었다.

무엇보다 한순간 뜨거운 감정에 매달려 인생을 내던질 수 있을 만큼, 그녀는 순수하지 않았다. 그런 감정을 온전히 믿을 수가 없었다.

사랑의 유효 기간은 고작 2년이 되지 않는다고 했던가. 끈끈했던 감정이 걷힌 자리에는 뭐가 남아 있을지 알 수가 없었다. 그런 감정이 아니어도, 제게 그를 잡아 둘 만한 다른 장점이 있는지도 모르겠다. 이건 나 자신을 아끼고 존중하는 자존감의 문제가 아니라, 그저 현실의 문제였다.

그렇기에 그의 열렬한 눈빛이 점차 흐려지는 것을 가만히 지켜볼 각오가 필요했다. 그와 함께하는 행복을 택하기 이전에 제 마음부터 다잡아야 했다. 깨끗하게 물러날 각오를 다지고서 시작해야 이미 걷잡을 수 없이 빠져들고 있는 자신을 추스를 수 있겠지.

생각하는 것만으로도 한숨이 났다. 벌써부터 피곤이 몰려드는 기분이었다. 시작부터 이런 생각을 하게 만드는 남자는 정답이 아니라던 어느 가십지의 구절도 떠올랐다.

분명 쉽지 않은 길인데.

마음고생을 하다 못해 숯처럼 새까맣게 타들어 갈 제 미래가 눈에 선한데.

"생각할 시간을 좀 줘."

결국 질러 버렸다.

그녀에게서 나올 수 있는 가장 긍정적이고 과감한 말이었다. 엄청난 양보이자 큰마음 먹고 뗀 일 보 전진.

그럼에도 불구하고 이 남자와 함께해 보고 싶었다. 부질없는 시간 낭비라 해도 이 남자에게라면 한 번쯤 던져 보고도 싶었다.

그래서 시간이 필요했다. 이 남자와의 연애는 끝이 정해진 길을 걷는 것과 같다는 걸 가슴 깊이 새겨 둘 시간이.

"지금 내 머릿속이 너무 복잡해서. 정리 좀 해야 할 거 같아. 그러니까……."

목소리가 떨려 나와 지그시 이를 악물었다. 이미 이렇게 말을 꺼낸 것으로 마음은 정해져 버렸다. 망설이며 생각을 정리하는 시간을 갖는 게 무슨 의미가 있을까 싶기도 하다.

그런데 그는 큰마음 먹고 내놓은 그녀의 결심을 읽어 내지 못한 건지, 대번에 굳은 얼굴로 묻는다.

"내 10년을 허비하게 한 것도 모자라 시간이 더 필요하다고?"

"어? 아니, 그러니까 내 말은."

"이렇게 기다린다고 우리가 잘될 거란 보장도 없잖아. 그런 확답도 없이 기다리라고만 하는 건 고문 아니야?"

"잠깐, 내 말은 그게 아니라……."

"난 지금 당장 너 안고 싶어 미치겠다고. 하루 종일 네 입술만 머릿속에 어른거리는 게 어떤 기분인지 모르지? 지금 눈앞에 있는 널 보면서 손끝 하나 못 대고 있는 게 얼마나 사람 피 말리는 건지 알기나……."

"그게 아니라니까! 아, 정말!"

맹렬하게 불만을 토해 내는 남자를 바라보던 수진이 울컥하여 그의 멱살을 움켜쥐었다. 세게 당기는 힘을 따라 놀란 눈을 한 남자의 얼굴이 가까워진 순간 조금 벌어진 그의 입술에 그대로 제 입술을 가져다 꾹 눌러 버렸다. 슬쩍 고개를 튼 채로 가볍게 그의 입술을 맞무는 버드 키스였다.

기억하던 것보다 좀 더 뜨거운 입술이 그녀의 입술에 지그시 눌렸다. 말랑하고 부드럽지만, 탄력이 느껴지는 감촉은 세상 그 어떤 무엇과도 닮지 않았다. 그 감촉을 만끽하듯 입술을 움직여 그의 아랫입술을 가볍게 물었다가 슬쩍 떼었다. 그리고 다시 쪽, 소리가 나게끔 그의 입술에 도장을 콕 찍고서.

"……!"

천천히 물러나며 꼭 붙들었던 그의 옷깃을 놓았다. 얼이 빠진 듯 멍하니 저를 바라보고만 있던 남자가 입술을 벙긋댔다. 목소리가 나오지 않는 듯했다. 내내 멋대로 사람을 몰아붙이며 곤란하게 굴 땐 언제고, 기습 키스 한 번에 이렇게 고장이 나 버리는 남자다. 저 못지않게 놀랐을 그를 생각하니 조금 속이 시원하기도 했다.

"봐. 너도 당해 보니 알겠지? 내 기분."

물론 그녀 역시 정상은 아니었다. 이미 새빨갛게 달아오른 얼굴은 수습이 불가능했다. 이 망할 새가슴으로 어떻게 이런 용기를 낸 건지. 뛰어 대는 심장이 이러다 가슴팍을 뚫고 나갈 수도 있을 것 같다. 떨려 나오는 숨을 몇 번에 걸쳐 짧게 내뱉은 수진이 다시 말을 이어 갔다.

"나도 너 때문에 미치겠다고."

"……."

"네 앞에선 숨도 못 쉬겠고, 심장이 벌렁거려서 얼굴도 똑바로 못 보겠어. 이런 상태로 너랑 뭘 하라는 건데. 이러다 내 심장 터지면 네가 책임질 거야?"

내내 멍하니 그녀를 바라보고 있던 남자의 얼굴에 미묘한 기색이 어리기 시작했다. 뒤늦게 무언가를 실감한 얼굴. 천천히 움직인 그의 손이 그의 입가로 옮겨 가는 과정을 지켜보려니 자꾸만 온몸이 움츠러들고 가슴속에서는 스파클링이 터져 나간다. 그 간지러운 느낌을 더 견디지 못한 수진이 재빨리 남은 말을 쏟아 냈다.

"암튼 지금 내가 이런 상황이니까. 그러니까, 갑자기 나타나서 사람 간 떨어지게 하지 좀 말라고. 사람 설레게 하는 것도 정도가 있지. 무슨 남자가 이렇게 성질도 급하고 막무가내야, 진짜. 하, 내가 정말 어쩌다가……."

꿋꿋하게 제 할 말을 다 하고 나니 또다시 얼굴로 열기가 치솟는다. 뒤늦게 제가 무슨 짓을 했는지 되뇌려니 이대로 머리가 터져 버릴 것 같다.

"그럼 난 이만 일하러……."

후다닥 그의 옆을 지나치려는데 그가 그녀의 팔을 잡으며 몸을 돌려세웠다. 휘둥그렇게 뜬 눈으로 고개를 치켜든 순간 커다란 손이 그녀의 턱을 감싸더니 얼굴이 훅 가까워졌다.

기겁한 수진이 본능적으로 손을 뻗어 다가온 남자의 얼굴을 붙잡

았다. 아니, 붙잡았다기엔 너무도 또렷하게 짝, 소리가 나도록 양 **뺨**
을 후려쳐 버렸다. 생각보다 큰 소리에 순간 두 사람 사이에 정적이
흘렀다.

"……!"

더 커질 수도 없을 만큼 두 눈을 크게 부릅뜬 채로 굳어 버린 그녀
가 작게 헛숨을 들이켰다. 양손에 쥐고 있는 남자의 얼굴이 빤히 그녀
를 바라본다. 황당함 가득한 시선은 지금 이게 뭐 하는 짓이냐 묻는
것만 같다.

"아…… 그, 그러니까, 이건……."

한참 만에야 밀어 낸 목소리가 도로 뚝 끊어진다. 네 얼굴에 모기
가 앉아 있었어요, 라고 말할 수 있으면 참 좋겠다. 하지만 현실은 너
무도 명백한 거절로도 모자라 감히 상무님의 뺨까지 치고 말았다. 삐
걱거리며 경직된 뇌는 여기서 더 생각하기를 멈췄다.

이대로 공기 중으로 사라져 버릴 수 있다면 얼마나 좋을까.

물론 그럴 리 없는 그녀 대신에 준성이 친히 그녀의 양 손목을 잡
아 내렸다. 그제야 머리로 피가 도는지 뒤늦게 온몸에 소름이 돋아났
다. 뭔가 이 자리에 이대로 머물러선 안 될 것 같다는 촉이 아주 강하
게 밀려온다!

그러니 지금 필요한 건 뭐다? 스피드!

"미…… 미안해! 이건 절대 고의가 아니야!"

두 눈을 질끈 감은 채로 후다닥 뛰쳐나가려던 그녀의 몸이 남자의
몸에 툭, 부딪치고 튕겨 나가더니 도로 벽에 콩, 부딪쳤다.

"각! 엄맛!"

미처 붙잡아 줄 새도 없었다. 분명 아팠을 텐데 오뚝이처럼 벌떡

일어난 그녀가 우당탕탕 굴러 떨어지는 소리를 내며 계단을 뛰어 내려간다. 이어 쾅, 소리와 함께 문이 닫히고 또다시 정적이 찾아왔다.

"……하, 미치겠네, 진짜."

나지막하게 중얼거리던 남자의 입에서 잠시 후, 큰 웃음이 터져 나왔다.

8. 너랑 자고 싶어

"그래서 오늘, 굳이 이 바쁜 날에 클럽 구석방까지 기어 들어와서 우거지 죽상을 하고 있는 이유는?"

찬물이 가득 담긴 컵을 테이블 위에 내려놓은 수혁이 팔짱을 꼈다. 룸 바깥은 화끈했던 주말의 여운을 마저 태워 버릴 것 같은 열기로 가득한데, 저만치 구석진 자리에 잔뜩 웅크린 채 구겨져 앉은 여자의 주변은 그야말로 암울 그 자체다. 기막히게 대비되는 이 광경에서 겁나게 기시감이 느껴지는 건 기분 탓인가.

"땅굴 파 놓은 깊이를 보니까 보통 일은 아닌 거 같고."

웬만한 일로는 눈 하나 깜짝하지 않는 여자였다. 보기엔 이리저리 사람들에게 치이고 살 것 같은데도, 의외로 심지가 굳고 단단해 가장 마지막까지 살아남는 그런 타입. 감정은 터질 것 같아도 겉모습만큼은 완벽하게 태연을 가장하고 사는 저 여자가 이 지경이 된다면 원인은 하나뿐이지.

"이번에도 준성이야?"

어두침침한 조명 아래에서도 여자는 눈에 띄도록 흠칫하더니 이내 한층 우울한 기운을 뿜어 대며 느릿하게 앞에 놓인 술잔을 집어 들었다. 어지간히 큰 사고를 친 기색이 역력했다.

"왜, 결국 못 참고 덮쳐 버렸어?"

"아니거든!"

아니긴 개뿔.

제대로 정답이었다. 더욱 좌절한 수진이 이내 절규하듯 제 얼굴을 붙잡고서 몸부림쳤다. 또다시 제가 저지른 만행이 머릿속을 어지럽히자 딱 죽고 싶어졌다.

지난 며칠을 무슨 정신으로 흘려보낸 건지 모르겠다. 아니, 정확히는 비상계단을 뛰쳐나온 후부터 세상 모든 일이 안개에 뒤덮인 것처럼 몽롱했다. 이런 상태로도 일 처리는 완벽했다는 게 기적이었다.

그렇게 넋을 놓은 채로 주말을 맞이하고, 일요일인 오늘 아침엔 준성에게 미친 듯이 사과하는 꿈을 꾸다가 눈을 떴다.

다른 내용은 전혀 기억나지 않는데 심장만 졸아붙는 느낌이 너무도 생생했다. 벌렁거리는 가슴을 누르며 몸을 일으키곤 물끄러미 제 손을 내려다보는데 이상하게 웃음이 났다. 너무 어처구니가 없으니 웃음밖에 안 나왔다.

세상에. 이 미친 손이 대체 무슨 짓을 해 버린 거니.

그 조용한 공간을 울리던 섬뜩한 소리. 이어 황당함으로 가득했던 남자의 얼굴을 떠올리니 절로 입에서 앓는 소리가 났다. 그런 짓을 해 놓고도 감히 살아서 숨을 쉬고 있냐고 자신에게 따지고 싶은 심정이었다.

게다가 문제는 그것뿐만이 아니었다.

사건이 벌어진 다음 날. 외근을 마치고 돌아온 수진은 한자리에 옹기종기 모여 있는 나 과장과 유리를 발견했다. 한 손에 커피 잔 하나씩을 든 채로 다 같이 모니터를 들여다보는 것이 막간의 티타임에 뭔가 이슈가 생긴 모양새였다.

'헐, 저거 뺨 맞은 거 같다는데요? 세상에. 이게 정말일까요?'

그대로 들어서려던 걸음이 절로 그 자리에서 굳어 버렸다. 주어를 몰라도 알 것 같은 이야기가 흘러나왔다.

'그럴 리가 있냐. 감기 기운이라도 있으셨겠지. 양쪽이 다 벌겋잖아.'
'그렇긴 하죠? 사실 뭐 상상도 안 가잖아요. 감히 누가 우리 별님 얼굴에 손을 대요? 말도 안 돼.'
'농담이 아니라고. 진짜 맞은 거라 생각해 봐. 누가 됐든 피바람이 몰아칠 것 같은데 끔찍하지 않냐?'

꺄르르, 웃음을 터뜨리는 유리의 옆에서 나 과장이 심각한 얼굴로 커피를 홀짝였다.

뭔 놈의 소문이 이렇게 빠르냐고 한탄하기 이전에, 이미 그의 표정 변화 하나까지 낱낱이 실시간으로 중계되며 온갖 궁예질이 판치던 때였다. 하물며 그 용안(龍顔)에 그렇게 티가 나는 흔적이라니. 온 천지에 널린 별님바라기들의 레이더망을 피할 수가 없었을 터.

'그나저나 상무님이 찾았다는 분은 대체 누구였을까요?'

'그야 모르지. 난 의외로 가까운 데에 있지 않을까 싶긴 했는데.'

'이렇게 말해도 될지 모르겠는데, 저는 혹시 김 주임님이 아닌가, 싶었거든요.'

순간 심장이 철렁했다. 그 말투에서 악의가 느껴지진 않았다. 너무도 악의가 없어서, 해맑게 생각하는 바를 다 말해 버린다는 게 유리의 치명적인 단점이었다.

'그동안 상무님이 우리 팀에 자주 나타나셨던 것도 그렇고요. 진짜 친구 사이셨던 것도 맞았잖아요. 거기다 또 주임님은 상무님 나타날 때마다 너무 곤란해하시고.'

'원래 강한 부정은 긍정이랬거든. 수상하긴 했지.'

'그렇죠? 저만 그런 거 아니죠? 전 진짜 김 주임님이 주인공이면 응원하려고요. 두 분 왠지 잘 어울리시지 않아요? 외모 합이 너무 좋잖아요. 완전 드라마 같이 대리 만족 하기도 딱이고.'

'당연히 그럴 리는 없겠지만 말이야.'

딱 잘라 내는 나 과장의 말투에 조금 들뜨려던 유리가 축 가라앉았다.

'그렇긴 하죠. 아무튼 요즘 김 주임님이요. 상무님 이야기 나올 때마다 너무 피하려 하시는 게 눈에 보여서 좀 안타깝더라고요. 따지고 보면 상무님이기 전에 옛 친구인데, 속으로는 얼마나 반가웠겠어요. 근데 쓸데없는 소리 들을까

봐 친한 척도 못 하고.'

'어제 상무님도 그러셨잖아. 한국에 온 지 얼마 안 된 상황인 데다 낯선 환경에 적응하기 힘들었는데 거기서 친했던 사람을 만나니까 되게 반갑고 든든했다고. 그래서 자꾸 찾아오게 된다고. 솔직히 수진이라고 같은 마음 안 들었겠어?'

'외로워서 더 찾아오셨던 거겠죠? 생각하니 제 맘이 다 짠해요.'

'근데 친구고 뭐고 일단은 회사 상사인데 부담스러운 건 당연하지. 이래 저래 김 주임만 맘고생 많았겠다, 싶네. 자, 커피 다 마셨지?'

대화가 마무리될 기미가 보이자 수진은 서둘러 그 자리를 벗어났다. 그대로 화장실을 향해 도망치듯 걸었다.

제가 먼저 사라진 직원 식당에서 그런 이야기가 오갔을 줄은 몰랐다. 저를 가장 곤란하게 만든 사람인 주제에, 정작 제가 다른 사람들 눈치를 보며 불안해하는 건 또 마음이 쓰여 그냥 넘길 수 없었던 건가.

고양이 쥐 생각하고 있네, 싶다가도 이렇게 예상하지 못한 곳에서 훅 다가오는 그의 진심이 애틋했다. 지금껏 그답지 않았던 언행조차, 실은 그의 서툰 간절함을 드러냈던 게 아닌가 싶어 기분이 복잡해졌다.

저 하나 보고 싶다고 무작정 찾아왔던 남자인데. 그러면서도 혹시 문제가 될까 뒷수습까지 했던 남자인데.

"그런데 난 거기서 대체……."

가벼운 입맞춤 한 번에 그렇게나 놀라워하며 기뻐하던 남자를…… 나는…….

"……차라리 덮치기만 했으면 내가……. 크흡."

죽도록 자괴감에 시달리다 도무지 견딜 수 없어 무작정 수혁을 찾아왔다. 차라리 취해 버리고 싶었다. 오늘만큼은 죽도록 독한 술이 간절했다.

그렇게 친구 찬스를 이용해 룸에 퍼질러 앉아 주절거리며 홀짝홀짝 마셔 낸 양주는 두 시간 만에 슬슬 바닥을 보이기 시작했다. 완전히 취기가 오른 그녀의 감정도 바닥까지 내려앉았다.

"뭔 짓을 한 건지 감도 안 잡힌다만. 적당히 마셔. 대체 누굴 믿고 겁도 없이 여기서 퍼지는 건데?"

"누구긴 누구야. 내 십년지기 소중한 친구 차수혁이지. 이렇게 명충한 나도 친구랍시고 거둬 준, 심술궂고 못됐지만 은근 마음만은 따뜻한 남자 차수혁이……."

"……차라리 욕을 해라, 욕을."

한껏 뭉개진 발음으로 낄낄거리는 여자를 한심하다는 듯 바라보던 수혁이 슬쩍 미간을 찌푸렸다.

이건 놀려 먹으려 해도 당최 뭔 사정인지 알 수가 있어야지.

그나마 완전히 맛이 가 버린 여자가 횡설수설 내뱉는 말들을 퍼즐처럼 짜 맞춰 몇 가지 알아낸 건 있었다. 엉뚱한 실수를 저질러 고백을 해 버렸고, 득달같이 달려온 준성에게 한동안 지독히도 시달렸다는 게 그녀가 한 시간 40여 분 동안 주절거린 말의 요지였다.

참으로 버라이어티하게 접근했구나, 생각하며 웃었다.

선해 보이는 인상에, 차분하고 예의 바른 태도 탓인지 대부분의 사람은 준성을 아주 얌전하고 신사적인 남자라고만 생각하는데, 그것은 아주 대단한 착각이다.

제가 아는 준성은 그 어떤 누구보다 무서운 사냥꾼이었다. 사람이니 사냥꾼이지, 동물로 치자면 살육의 본능으로 점철된 맹수다. 먹이 사슬 최상위 포식자.

겉으로는 절대 내색하지 않지만, 그에겐 특유의 오만함이 있었다. 누군가 자신의 영역을 파고들거나, 도전하는 걸 아주 싫어했다. 라이벌이 생기면 선의의 경쟁을 하며 긍정적인 영향을 받기보다, 접근조차 하지 못하도록 짓밟아 놓는 게 그의 방식이었다. 그게 성적이든, 운동이든, 다른 무엇이든 간에.

물론, 이건 그와 적이 되어 보거나, 그의 영역에 들어갈 수 있을 만큼 가까운 사람이 되기 전에는 절대 모르는 것이었다. 저야 이런 친분을 이용해 종종 그의 신경을 건드리며 노는 걸 즐기기도 했지만, 어디까지나 그 경계를 넘지 않았기에 가능한 일이었다. 선을 넘는 순간 제게도 가차 없이 이를 드러내고도 남을 놈이다.

이런 놈이 세상 누구보다 젠틀하고 다정한 남자 취급을 받는다는 게 얼마나 불편하고 답답했게요.

그런데 이렇게 결국 본색을 드러내 버릴 줄이야.

'제대로 물렸구만.'

다른 건 몰라도 수진에게만큼은 극진했던 놈이 맞다. 그녀의 무관심에 좌절하고 떠난 후에도 제 질척이는 마음이 그녀를 불편하게 할까 봐 아예 연을 끊었던 독한 놈.

그런 놈이 이렇게 눈이 뒤집혔다면, 그녀 특유의 철벽이 제대로 흑화(黑化) 스위치를 눌러 버린 건지도 모르겠다. 앞으로 벌어질 일들을 생각하면 당장 팝콘 기계라도 들여놔야 될 판이다.

그나마 수진이 겪은 준성의 본성은 나름 귀엽기라도 하지. 진짜 모습을 봤다면 진즉에 도망치고도 남았다. 제가 보고 겪은 게 '불닭볶음 맛' 버전이라면, 이건 '아주 순한 맛' 버전쯤 될까.

어쨌거나 그리 요란하게 대시를 했으면 뭔가 결과가 있어야 하는 건데……. 지금 이 여자는 왜 또 이러고 있는 건지.

거기서부터 스토리가 이어지질 않으니 꼭 일 덜 보고 화장실을 나와 버린 것처럼 찝찝하고 불편해 죽겠다. 이야기가 끊어진 시점을 짚어 낸 수혁이 다시 질문을 이어 갔다.

"그러니까 결론은 서로 좋아하는 걸 알았단 소리잖아. 그럼 이제 사귀면 될 일 아닌가?"

"그게 말처럼 쉽지가 않아. 아니, 나도 그럴까 했어. 근데……."

"근데?"

말꼬리를 흐리며 입을 다문 그녀의 얼굴이 아주 침울해졌다.

"……좋았다가 식으면 어떡해."

이미 각오를 한다고 하는데도, 아무리 술을 마시며 지워 보려 애를 써도, 마음 한편에 딱 달라붙어 좀처럼 떨어지지 않는 생각이었다.

"그깟 백조 되는 거…… 그래. 다른 일 구하면 돼. 뭘 해도 먹고는 살겠지. 그딴 걸 걱정하는 게 아냐. 난…… 좌절할 내 마음을 걱정하는 거지."

이번엔 정말 너무 아플 거 같아서.

끝까지 헤어나지 못하고 고통받을 거 같아서.

"그래서 자꾸 고민하게 된다? 걔랑 같이하면서 잠깐이나마 행복할지. 아니면…… 그런 거 없이 그냥 내 현생 찾아가며 안전하게 살아갈지."

술잔을 쥔 채 중얼거리듯 말을 이어 가던 수진이 나른하게 웃었다.

"근데 웃긴 게 뭔지 알아? 원래는 당연히 후자 쪽이거든, 내가. 그래야 정상인데 계속 고민을 해. 막…… 그냥 아까워 미치겠는 거야. 그래서 막 여지도 주고, 생각도 해 본다고 막…… 그러고 있더라?"

말을 하면서 점점 취기가 올라오는 게 느껴진다. 폭탄주로도 금세 돌아왔던 정신인데, 이번엔 꽤 오래갈 것 같다. 역시 양주 한 병은 무리였어. 비싼 값을 하는구만.

"이기적인 거 아는데 그래. 그냥 나도 모르게 저울질하게 돼……. 난 겁쟁이니까."

무엇보다 그를 상대로 이런 계산을 하고 있다는 게 좀 환멸스러웠다. 내가 이렇게까지 비겁한 사람일 줄은 몰랐는데.

"그러니까 네 말은 준성이는 좋은데 그 배경이 너무 부담스럽다, 이거잖아."

수진은 묵묵히 남은 술잔을 비웠다. 이미 외모부터 평범함과는 거리가 먼 사람이지만, 그래도 조금만 더 평범한 조건이었으면 좋겠다고 가끔 생각했었다. 아니, 어쩌면 더 자주 그랬다. 왜 하필 그렇게나 잘나서. 왜 하필 그렇게 멋져서, 제 시선까지 잡아끈 건지. 조금은 원망스럽기도 했다.

"왜 그걸 따로 떼어 놓고 생각해? 그 사람이 가진 배경도 어차피 그 사람의 일부야. 아마 네가 좋아하던 송준성의 장점 몇 퍼센트는 분명 그런 배경에서 탄생했을 거고. 그걸 왜 부정하려는 건데."

냉정하게 이어진 말에 수진은 잠시 말문이 막혔다.

"네가 속물이라는 뜻이 아니야. 그 배경을 몰랐을 때도 넌 이미 준성이를 좋아하고 있었잖아. 사람은 전혀 달라진 게 없는데 왜 고민을 하냐고."

틀린 말이 하나도 없어 뼈아팠다.

"……그럼 대체 나더러 어쩌라고."

"어쩌긴. 눈앞에 떡하니 상까지 차려 줬는데 먹어 줘야지."

"머, 먹긴 뭘 먹어! 미쳤나 봐 얘가."

"뭐래. 뭘 그렇게 정색해? 그냥 비유잖아. 너 가만 보면 안 그런 척하면서 이상한 생각 잘하더라?"

"헐, 이건 네가 말을 오해하게 한 거지! 내가 이상한 게 아니고!"

"뭐 어쨌든 말이 나왔으니 하는 말이다만, 너 까놓고 생각해 봐. 지금 그렇게 각 재고 고민할 때 아니야. 기회가 왔는데 왜 망설이냐고. 그 나이 먹도록 모태 솔로인 거 너 자신한테 미안하지도 않냐?"

"지금 누굴 뭐로 보고……! 나 모쏠 아니거든?"

"됐고. 네 첫 남자가 무려 송준성이 될 거란 말이지. 그쯤 되면 뭐가 어찌 되든 결국 남는 장사 아니냐 이 말이다."

이게 진짜 여사친 앞에서 못 하는 소리가 없네. 나처럼 보수적인 유교걸 앞에서 뭔 소리라니.

저 뉘앙스를 알아듣는 거 자체가 이미 틀렸다는 증거지만, 그딴 건 뇌리 저편에 밀어 둔 그녀의 입술이 떡 벌어졌다. 이걸 대체 뭐라고 수습을 해야 할지 모르겠다. 그저 어처구니없다는 얼굴로 한참 동안 수혁을 노려보는 것으로 불만을 표시하던 수진이 이내 다시 시선을 내리깔았다.

그래. 모쏠이면 어떻고, 아니면 어떠리.

"몰라. 그리고 어차피 다 틀렸어, 이제."

그대로 테이블에 엎드린 그녀가 눈을 감아 버렸다. 그래 봤자 현실은 무려 상무님의 뺨을 때린 여자일 뿐. 현실을 되뇌니 모든 게 다 부질없었다.

"난 왜 이 모양 이 꼴일까…… 쪽팔리는 일도 정도껏이어야지."

더더욱 가라앉은 목소리는 그녀의 목 언저리에서만 맴돌았다.

"나도 되게 멋진 사람이고 싶은데, 자꾸 걔 앞에선 실수만 해. 진짜
그러기 싫은데……."

시간을 과거로 돌릴 수만 있다면 얼마나 좋을까. 며칠 전 비상계단
에 있던 때로. 아니, 그에게 문자 실수를 하기 전으로. 아니, 기왕 돌
린다면 아주 오래전, 그를 처음 봤던 때로.

하지만 알고 있다. 어차피 그렇게 시간을 돌려도 제 성격은 변할
리 없으니 또 같은 역사가 반복될 뿐이라는 걸.

그래서 좀 슬퍼졌다. 이런 자신이 못나게만 느껴져서.

그럼에도 이런 자신이 너무 가엾어서 나까지 욕하고 외면할 수가
없다.

그냥 지금은 힐링이 필요했다. 고통받아도 좋아. 상처받아도 좋아.
이런 날 보며 경멸해도 좋을 거 같아, 지금은. 그냥.

"……보고 싶어."

마지막으로 웅얼거린 말은 그녀의 귀에도 잘 들리지 않았다. 결국
잠이 들어 버린 수진을 가만히 내려다보던 수혁이 입가에 웃음을 머
금었다.

"진짜 넌 남자를 모른다."

그러니까 내 앞에서 이토록 무방비하게 잠이나 자 버릴 수 있는 거
겠지.

"준성이 눈엔 이미 네가 뭘 해도 귀엽기만 할걸."

그러니까 내 속이 이렇게 쓰라린 거지.

이게 바로 콩깍지의 위력이라는 거다. 진짜 무서운 거라고.

결국 또 너를 위해 이런 짓까지 하게 되는 걸 보면.

"자, 그럼 오랜만에 최종 보스나 소환해 볼까."

나직하게 중얼거리던 수혁이 휴대폰을 꺼내 들었다. 아무렇지 않게 익숙한 번호를 불러내다 문득 쓴 입맛을 다셨다.

"하소연 들어 주기도 지긋지긋해서. 이젠 니들끼리 알아서 좀 해결해라."

◇ ◆ ◇

외부 일정을 모두 끝마친 시각이 오후 10시쯤이었다. 집으로 돌아가야 할 걸음은 다시 호텔로 향했다. 주차를 마치고 VIP 전용 엘리베이터에 올라 도착한 곳은 본관의 34층. 문이 열리자 늦은 시각임에도 제법 많은 사람이 보인다.

"상무님 오셨습니다."

기다리고 있었다는 듯이 저를 안내한 지배인에 이어, 커다란 문 앞을 지키고 있던 수행원들이 목소리를 낮추며 어디론가 무전으로 연락을 취했다. 삼엄한 경비 속에서 문이 열리고 안으로 들어서자 나이 지긋한 남자가 그를 향해 고개를 숙여 보였다. 30년 가까이 한 회장의 곁을 지켜 온 윤 이사였다.

"어서 오십시오, 상무님."

"오랜만에 뵙네요, 윤 이사님. 그동안 잘 지내셨습니까?"

"저야 늘 무탈했지요. 상무님도 건강해 보이셔서 다행입니다. 일단 안으로 드시지요. 회장님께서 기다리고 계십니다."

윤 이사의 안내를 받으며 안으로 들어서자 드넓은 거실이 먼저 그를 맞이했다. 독일의 유명 디자이너가 제안했다는 감각적이고 모던한 인테리어와 그림처럼 도심지의 밤 풍경이 내려다보이는 커다란 통창이 인상 깊다. 이곳은 주로 한 회장이 휴식을 취할 때 쓰는 스위트룸으로 특별한 일이 있지 않는 한 늘 비워 두는 곳이었다.

"왔니?"

커다란 테이블 앞에 앉아 쌓인 서류를 들춰 보고 있던 여자가 콧등에 걸친 안경 너머로 그를 바라봤다. 얼굴엔 피곤이 가득하지만, 자세는 꼿꼿하고 눈빛은 형형했다. 그가 기억하는 한 한 회장은 단 한 번도 타인의 앞에 흐트러진 모습을 내보인 적이 없었다.

"네. 저녁 식사는 하셨어요?"

"이제 들려고 준비시킨 참이구나. 너는?"

"모임이 있어서 다녀오는 길이에요. 거기서 식사도 때웠고요."

"아무리 바빠도 끼니는 거르지 말거라."

"네, 알겠습니다."

식사를 잘 하고 있다는데도 기어이 잔소리 하나를 더 얹어 주신다. 이것이 한 회장 나름의 모정임을 알기에 준성은 나직하게 웃으며 대화를 이어 갔다.

"왜 집에 들어가시지 않고요."

"일이 좀 많았다."

"오늘은 여기서 주무실 겁니까?"

"그래야 할 거 같구나."

말이 많지 않은 성격을 물려준 건 확실히 한 회장 쪽이 맞는지도 모르겠다. 특별히 전할 내용이 있지 않는 한 한 회장은 길게 말을 끌지 않는 편이었다. 피곤할 때 더욱 뚜렷이 드러나는 특징이었다. 보통 때라면 적당히 대화를 이어 가다 어느 쪽이든 먼저 자리를 뜨는 것으로 마무리하곤 했다.

하지만 오늘 한 회장이 저를 호출한 건 단순히 서로의 안부를 묻기 위해서만은 아닐 것 같았다. 역시나 굳게 입을 다물고 있던 한 회장이 나직하게 한숨을 내쉰다.

"왜 그러세요?"

"네가 한국에 들어온 지도 한참인데. 아직까지 밥 한번을 같이 먹질 못했다는 게 갑자기 생각나는구나."

"어쩔 수 있나요. 이렇게나 바쁘셨는데."

"그래. 어쩔 수 없는 일이긴 하지."

차분한 말끝에 그녀 자신만 감지할 수 있을 만큼의 한숨이 스며들었다. 이젠 체념이라는 말 정도로는 지금의 감정을 설명할 수조차 없다.

"그 한 번이 뭐가 힘들다고 이렇게까지 어긋나는 건지."

기껏 시간을 내서 불러낸 날엔 준성이 오지 않았고, 모처럼 집에서 함께 저녁을 하기로 한 날에는 제가 움직이지 못했다. 둘 중 한 명이라도 좀 덜 번잡해야 시간이라도 맞춰 볼 텐데, 애초에 두 모자는 바빠도 너무 바쁜 게 문제였다.

"어쨌든 건강하게 잘 지내면 된 거지. 아쉽지만 식사는 다음에 하는 거로 하고."

언제 그렇게 감상적이었나 싶게 냉정히 내뱉은 한 회장이 서류를 덮으며 자리에서 일어났다. 재빨리 그 곁으로 다가가 부축하는 준성을 흘깃 바라본 한 회장의 눈매가 미세하게 휘어졌다.

올곧은 인성에서 묻어나는 배려가 제 아들임에도 참 바람직하게 잘 컸구나 싶다. 지금껏 단 한 번도 제 기준에서 벗어나 본 적이 없는 아들이기도 했다.

두말하면 입 아픈 잘난 얼굴만 봐도 마음이 흡족한데, 거기다 남달리 뛰어난 두뇌와 월등한 신체적 조건까지 타고났다. 진즉부터 그룹의 후계 1순위 후보로 꼽히며 그에 합당한 교육을 받고 자란 엘리트였다. 타고난 재능이 그토록 넘치는 것도 모자라 성실함마저 갖췄으니 정재계를 통틀어 이만한 신랑감이 없을 터. 아마 제게 딸이 있었대도 분명 이런 사윗감을 찾으려 애를 썼을 것이다.

다만, 지나치게 완벽한 탓인지, 미묘하게 인간미가 없어 보이는 게 마음에 걸렸다. 어미인 저조차 가끔은 이 다정한 태도가 정말 마음에서 우러난 것인지, 몸에 밴 매너일 뿐인지 헷갈리는데 남들은 오죽할까.

"요즘 네 행적이 아주 화려하더구나."

무심하기 그지없는 아들의 옆얼굴을 바라보다 불쑥 내뱉은 말이었다. 약간 의아한 얼굴을 하던 준성이 이내 너털웃음을 지으며 대꾸했다.

"어머니께서 물려준 외양이 워낙에 눈에 띄다 보니 자꾸 그렇게 되네요."

"넌 연예인이 아니야. 주목은 받는 거야 어쩔 수 없다 치지만, 쓸데없는 가십에 오르내리는 일은 없어야지."

얼마 전 붉어진 뺨으로 남은 일정을 치러야 했던 날의 일을 이야기하는 것이었다. 생각한 것보다 적나라하게 남은 흔적은 본의 아니게 남은 오후 시간 동안 제 뺨을 물들이고 있었고, 덕분에 인트라넷은 평소의 세 배는 넘는 분량의 게시글로 북적거렸다.

그 와중에 정작 그런 사고를 쳐 놓은 여자는 지금껏 저를 달래러 오기는커녕 연락조차 없다. 괘씸하게도.

"여자에게…… 뺨을 맞았다?"

지나는 말투로 되묻듯 중얼거리던 한 회장이 슬쩍 코웃음을 친다. 며칠 동안 사내 게시판을 휩쓴 루머를 전해 주던 윤 이사는 정작 제 입으로 말을 꺼내면서도 송구스러워 어쩔 줄 몰라 했었다. 대체 어쩌다가 그런 소문이 나돌았던 건지. 생각하면 할수록 헛웃음이 났다.

"그래도 뭔가 소스가 있으니 그런 소문도 도는 거겠지."

묵묵히 듣고만 있는 아들을 흘깃 보며 툭하니 내뱉은 말이었다. 다분히 떠보는 말투가 된 건 실은 남편 송 교수에게서 전해 들은 이야기가 있는 탓이다.

'*참, 준성이한테 만나고 싶은 사람이 생긴 모양입니다.*'

본가에 들렀던 준성이 저녁을 먹고도 꽤 오랫동안 머무르다 돌아갔다는 말을 전해 들은 다음이었다. 웬일로 송 교수가 서재에 틀어박혀 있지 않고 절 기다리고 있나 했더니만 이런 소식이 있었을 줄이야. 게다가.

'*만나고 싶. 은 사람이라고요?*'

그 누구도 아닌 준성이 누군가와 연애를 시작했다 해도 놀라울 판국인데, 아직 시작도 하지 못한 사람이라니. 이건 이것 나름대로 충격이었다.

고등학교 시절부터 알게 모르게 여자들을 만나 온 위의 형들과는 달리, 준성은 단 한 번도 그런 일에 오르내린 적이 없었다. 학창 시절 내내 그가 집까지 데려왔던 사람이라곤 수혁이 전부였다. 오죽하면 제 아들이 게이가 아닌가, 생각했을 정도였으니까.

아니, 잠깐이나마 그런 상상을 한 것조차 우스울 정도였지.

사실 지금 이런 말을 꺼내면서도 선뜻 믿기진 않았다. 바닥 깊은 호수처럼 가라앉아 있는 저 눈이 상대를 향한 애정으로 순수하게 빛나던 때가 있긴 했던가. 그녀의 기억으론 유치원 시절부터 쭉 한결같았던 아이다. 이런 점이 걱정스러우면서도, 한편으론 차라리 다행이다 싶기도 했었는데…….

"우리 호텔 사람이니?"

"네."

예상했던 대로 준성은 선선히 그 사실을 시인했다. 이것이 그녀가 굳이 제 아들의 뒷조사를 하지 않은 이유였다.

어떤 일이 생겨도 굳이 숨기거나 변명하지 않았다. 대신에 철저히 그 자신이 책임을 지기 때문에 섣불리 행동하지도 않았다. 그만큼 신중하면서도 신념이 강한 아들이었다. 그런 아들이 이렇게 떳떳하게 입에 올릴 수 있는 일이라면, 그냥 생각해도 보통 감정은 아닐 터.

어느덧 도착한 다이닝룸의 식탁 앞에서 준성의 도움을 받으며 자리에 앉고 난 한 회장이 다시 말을 이어 갔다.

"그래. 지금이면 한창 감정적으로 움직일 수 있을 때지. 다 큰 남자가 연애 한두 번 하는 거야 흠도 아니니까. 그래도 어쨌거나 회사 사람이라고 하니 나중을 위해서라도 가급적 구설수엔 오르지 않게 조심하고."

대수롭지 않은 일을 말하듯 지극히 차분한 어조였다. 언뜻 듣기엔 별문제 없이 해 줄 법한 조언이지만, 결국은 이 감정이 오래가지 않을 거란 전제를 깔고서 내놓는 말이었다.

"가벼운 마음으로 만나는 사람은 아닙니다."

역시나 준성은 바로 그 점을 짚어 냈다. 덤덤한 말투임에도 단호함이 느껴져 저도 모르게 준성의 얼굴을 바라보게 된 한 회장이 이내 고개를 끄덕였다.

"그렇겠지. 네가 선택한 여자인데 어련하겠니. 언제 데려와 인사라도 한번 시켜 주든지."

"그게, 당분간은 힘들 것 같습니다."

또다시 아무렇지 않게 이어진 말에 한 회장이 처음으로 잠시 말문이 막혔다.

"힘들다니?"

"조금 시간을 주기로 해서 기다리고 있는 중이거든요."

"……."

나름대로는 초연한 태도로 불편한 감정 따윈 드러내지 않고 대화를 잘 이어 갔다고 생각했던 한 회장도 이 순간만큼은 어처구니없는 표정을 숨기지 못했다. 조금 커진 눈으로 아들의 수려한 얼굴을 뚫어져라 바라보더니 헛, 하고 짧게 웃음까지 흘렸다.

"그 말은 지금 그 아가씨가 너랑 사귈지 말지를 고민하고 있다는 뜻이니?"

"네."

"헛, 참. 그런 대단한 아가씨가 있었구나. 혹시 미국 대통령이 몰래 한국에 숨겨 뒀던 딸이라도 된다니?"

기막힌 감정을 여과 없이 드러내는 말투에 준성은 낮게 웃음을 터뜨렸다. 지금도 저리 불편해하시는 투인데, 제 얼굴을 그 모양으로 만들었던 용감한 여자라고 덧붙였다간 난리가 나실 테지.

"저도 어디서 이런 친구가 나타난 건지 신기하긴 해요. 아주 재밌고 좋은 사람이에요. 준비되는 대로 곧 소개해 드릴게요."

"그러든지."

툭 내뱉는 말투는 다시 평소의 한 회장이었다. 때마침 윤 이사가 나타나 낮은 헛기침으로 인기척을 냈다. 식사가 도착했다는 말에 준성이 자리에서 일어났다. 이어 트롤리를 끌고 들어선 버틀러와 담당 지배인들이 서빙을 시작했다. 슬슬 자리를 벗어날 타이밍이었다.

"그럼 식사하세요. 전 이만 가 볼게요."

"요즘 송 대표 주변이 좀 어수선하던데. 언제 시간 나는 대로 연락해 봐요."

둘째인 준영의 이야기를 하는 것이었다. 둘만의 공간에 타인이 들어온 것만으로도 어머니는 냉철한 기업가 한 회장이 되었다. 더욱 바르게 자세를 갖춘 준성이 깍듯하게 대꾸했다.

"그렇지 않아도 한번 얼굴 좀 보려던 참입니다. 의논할 일도 있고요."

"그래. 형제끼리 자주 교류하다 보면 서로 보고 느끼는 게 있겠지. 그리고 송 상무도 가급적이면 골치 아픈 일을 자초하진 말아 줬으면 해요."

"네, 알겠습니다."

"이젠 다들 본인 인생에 스스로 책임을 져야 할 나이라는 걸 명심하고. 그럼 가서 쉬어요."

짧은 만남은 그렇게 끝을 맺었다.

그대로 자리를 물러 나온 준성은 묵묵히 엘리베이터를 향해 걸으며 방금까지 나눈 대화를 되짚어 봤다. 다시 생각해도 참으로 어머니다운 반응이었다.

철의 여인이라 불리는 분.

그녀는 누구에게도 섣불리 감정을 드러내거나 약점이 될 만한 소리를 내놓지 않았다. 강한 의지로 생각한 바를 꼭 이루어 내고야 마는 분이셨다. 거대한 그룹을 이끄는 원동력은 바로 그런 한 회장의 철두철미함과 높은 프라이드에서 비롯했다. 그런 한 회장에게 제 연애란 지극히 사소한 것의 일부일지도 모른다.

물론, 그런 가정도 이것이 '연애'로 끝났을 때까지만이다. 방금 전의 대화에서 한 회장은 골치 아픈 일을 자초하지 말라는 권고로 넌지시 그 부분을 경고했다. 어떤 누구를 만나든 딱 연애까지만. 그 조건을 벗어나지 않는다면 본인이 나서서 움직일 일은 없을 거라는 일종의 협상이기도 했다.

"아무래도 한 번쯤은 부딪쳐야겠지."

당연히 그녀와 연애로 끝낼 마음은 없으니까.

그녀를 다시 만나고부터 어렴풋이 떠올리기 시작한 생각이었다. 이번에야말로 그녀와 제대로 연이 얽히게 된다면, 이제 그녀의 인생을 쥐고 싶어질지도 모르겠다고.

정확히 딱 집어 '결혼'이라는 구체적인 발상보다, 조금은 막연하게. 어떤 식으로든 그녀의 곁에 평생 머무르고 싶었다. 그 소망을 가능한 현실로 대입하면 결국 목표는 결혼이 될 수밖에 없는데…….

그의 입가로 설핏 웃음기가 스쳤다. 남자란 동물은 옷깃만 스쳐도 아들딸 셋 낳아 사는 모습을 그리고 있다더니. 시작도 하지 않은 연애를 두고 결혼부터 생각하는 제 꼴이 딱 그 모양새다.

"쉽진 않겠지?"

그녀가 한 회장의 마음에 찰지 부족할지를 걱정하는 건 아니었다. 애초에 그에겐 김수진보다 나은 여자는 세상에 존재하지 않기에 언급할 가치도 없는 일이다. 그의 고민은 좀 더 현실적으로 피부에 와닿는 것이었다.

"문제는 네 쪽이라서."

'우리 엄마는 안 그래.' 라는 말은 차마 양심상 입에 올리진 못하겠고.

최악의 시어머니감이라는 세간의 평가가 아들인 제겐 좀 속상하지만, 세상 모든 사람이 어려워하는 한 회장이니 당연하다고는 생각했다. 거대 그룹의 수장이라는 위치만 생각해도 숨이 막힐 것 같은데, 깐깐하고 철두철미한 성품까지 더해 놨으니 제가 생각해도 절대 쉬운 자리는 아니다.

게다가 수진은 지난 몇 년간, 제가 몸담은 회사의 오너로서 한 회장에 대한 이야기를 귀에 못이 박히도록 들어 왔을 거다. 그녀 안에서 한 회장이 어떤 이미지로 새겨져 있을지는 불을 보듯 뻔했다.

그나마 한 가지 믿을 만한 구석이라면, 그녀가 강자에 약한 사람이 아니라는 점일까.

저보다 강한 상대와 정면으로 맞서야 하는 순간에도 영혼은 다른 곳에 던져 놓았을지언정 절대 도망치지 않았다.―이건 제 앞에서 냅다 도망쳐 버리는 것과는 궤가 다른 일이다.―

저 자신이 꼭 해야 할 일이라는 판단이 끝나면, 우직하게 제 행동을 밀고 나가는 사람이었다. 그게 입바른 소리를 해야 하는 순간이건, 남이 떠맡겨 놓은 짐을 처리해야 하는 순간이건 간에. 그런 성격이 한 회장의 앞에선 장점이 될지, 단점이 될지, 아직은 선뜻 장담하지 못하겠다.

다만, 이 여자가 그런 용기를 낼 수 있을 만큼, 간절하게 나를 원했으면 좋겠다는 생각을 했다. 아직은 그녀의 마음이 저만큼은 아닌 것 같아 조금 한숨이 났다.

"대체 언제까지 기다려야 되는 거야."

습관처럼 휴대폰을 꺼내 들었다. 연락처에서 그녀의 이름을 찾아 놓고도 통화 버튼은 누르지 못하고 손가락만 꼼지락거렸다.

오늘 하루만 해도 이렇게 휴대폰 화면만 멍하니 쳐다본 기억이 열 번은 족히 넘지 않을까 싶다. 저를 이 지경으로 만들어 놓은 게 괘씸해서라도 당장 사무실에 쳐들어가 생포해 오고 싶은데, 시간을 달라는 말이 못내 마음에 걸려 꼼짝을 못 하겠다.

그렇게나 새빨개진 얼굴로, 저 때문에 심장이 터질 거 같다는데 어쩔 수 없잖아. 진짜로 터뜨려 버릴 순 없으니 관대한 내가 참아 줘야지.

"빨리 보고 싶은데."

이 와중에 제 입술에 닿았던 감촉은 왜 떠오르는 건지.

더 정확히는 다시 그 입술을 맛보고 싶었다. 닿는 순간 등골을 찌릿하게 울리던 짜릿한 감각은 오직 그녀의 입술에서만 느낄 수 있는 것이었다.

세상 그 어떤 무엇이 이보다 제게 자극적일 수 있을까.

푸딩처럼 부드럽고 말랑말랑했던 입술과 가늘게 토해 내던 숨결. 기습 키스에 놀란 듯 휘둥그렇게 뜨던 눈도, 제가 덮쳐 놓고서 점차 빨갛게 달아오르던 얼굴도 지나치게 예뻐서 곤란했다.

짧은 입맞춤만으로도 이 지경인데, 그보다 더한 짓을 하면 어쩌려고.

그 순간을 떠올리는 것만으로도 아랫도리로 열기가 몰려들었다. 금세 고개를 들어 버린 것이 바지 앞섶을 묵직하게 채우는 게 느껴져 절로 한숨이 났다.

차라리 아무것도 몰랐을 때는 이러지 않았다. 어설프게 아는 것이 더 무섭다고, 겨우 두 번 닿아 봤던 그 감촉이 자꾸만 난잡한 상상을 불러일으킨다.

빨갛게 벌어진 입술 사이로 마음껏 혀를 밀어 넣고 그 타액을 빨면 어떤 맛이 날까. 소담하게 부푼 젖가슴을 움켜쥐고 도드라진 유두를 입에 머금으면 그녀는 어떤 얼굴을 할까.

뽀얗고 깨끗한 살갗을 어루만지며 굴곡이 드러난 허리선에 입을 맞추고, 다시 그 아래 도톰한 허벅지를 벌리면…….

"후우……."

절로 긴 숨이 새어 나왔다. 대체 제 어디에 이런 음욕(淫慾)이 숨어 있었던 건지.

한창 혈기가 끓는다는 중, 고등학교 시절에도 이렇게까지 노골적이고 음란한 상상을 해 본 적이 없었기에 내심 당황스러웠다. 그것도 제 곁에 현존하는 인물을 상대로 떠올리는 생각이라 배덕감마저 들 지경이었다.

드높은 도덕심을 자랑했던 송준성이 여기서 이렇게 무너지네.

묘한 갈증에 그새 바짝 말라 버린 입술을 혀로 축이며 허탈하게 웃어 버렸을 때였다. 휴대폰 화면이 검게 바뀌더니 바로 전화가 걸려 왔다.

발신자는 차수혁.

밤 11시가 넘었으니 지금은 클럽이 한창 바쁠 타이밍이다. 이런 시간에 전화라니. 고개를 갸웃거리다 준영과 연락을 해 보라던 한 회장의 말을 떠올렸다. 혹시 무슨 일이라도 생긴 건가.

"어, 무슨 일……."

― 지금 수진이 룸에서 죽어 가니까 빨리 클럽으로 와라. 입구에 오면 직원이 안내해 줄 거야.

"……뭐?"

제 할 말만 냅다 뱉어 놓은 수혁이 그대로 전화를 뚝 끊었다. 황당하기 그지없는 상황에 얼떨떨하면서도 딱 하나 머릿속에 콕 박히는 이름이 있었다.

"수진이가?"

나직하게 되뇌는 남자의 눈빛이 차갑게 굳어 갔다.

언제 잠이 들어 버린 걸까.

설핏 눈을 떴는데, 주변이 어두컴컴했다. 게다가 어딘지 모를 곳에 누워 있는 상태.

여기가 어디인지. 시간은 얼마나 지난 건지. 지금의 상태를 파악해야겠다는 생각조차 떠오르지 않았다. 여전히 멍한 머리로 그저 본능이 시키는 대로 끄응, 힘을 주며 몸을 일으키는데, 동시에 두통이 밀려들어 다시 눈을 감아 버렸다.

아, 슬슬 정신이 돌아오고 있는 모양이다. 갈증으로 목구멍이 찢어질 거 같은 와중에 뒤집힐 것처럼 속이 역한 걸 보니.

"욱, 으…… 물이……."

저도 모르게 한 손으로 입을 틀어막고서 더듬더듬 주변으로 다른 손을 뻗었다. 몸을 움직인 보람이 있었던 건지 마지막 장소가 클럽의 룸이었다는 게 번뜩 떠오른 참이다.

그런데 이상하게도 손을 뻗는 곳마다 허허벌판이었다. 제가 누운 곳이 소파라면 당연히 바로 근처에 테이블에 있어야 하는데……. 의아하게 생각한 순간, 갑자기 제 손에 물기가 맺힌 컵이 닿았다.

"아, 고마워."

"천만에."

컵을 받아 들자마자 무심결에 말을 걸었는데, 불쑥 대꾸하는 남자의 목소리가 위험한 느낌으로 낯이 익었다. 그러고 보니 제가 앉아 있던 소파도 이상하리만큼 탄성이 느껴졌다. 뭔가 소파 특유의 폭신한 쿠션감이 아닌, 탄탄하게 받쳐 주는 것 같은 느낌 말이다. 예를 들자면, 침대의 매트리스 같은.

아니, 잠깐……. 침대?

술 먹고 정신을 잃은 다음에 침대라니. 섬뜩한 생각 하나가 머릿속을 스치는 바람에 기겁한 수진이 잘 떠지지 않는 눈을 억지로 뜨며 제 옆을 바라봤다.

핏 좋은 운동복 바지부터 깔끔하게 골반 위로 떨어지는 티셔츠가 눈에 들어왔다. 한눈에도 남자임이 분명한 실루엣을 확인한 순간 다시 한번 온몸의 피가 촤르륵, 얼어붙는다.

설마.

"……수, 수혁이니?"

"그랬으면 좋겠어?"

다시 들려온 대꾸에 본능적으로 고개를 들었다가, 생각지도 못한 준성의 얼굴을 발견한 그녀의 눈이 한껏 커졌다.

"헉!"

저도 모르게 벌떡 일어나려다 체중이 실린 자리가 푹 꺼지는 바람에 크게 기우뚱한 몸이 그대로 침대 바깥을 향해 휘청했다.

"꺄, 엄맛!"

떨어질 뻔한 찰나, 순식간에 곁으로 다가온 그가 재빨리 그녀의 몸을 받치며 잡아 냈다. 동시에 컵까지 낚아챈 이 남자의 민첩함에 감탄할 새도 없었다.

"괜찮아?"

"어, 어. 괜찮아."

저도 모르게 뻗은 손이 이미 이 남자의 옷자락을 움켜쥐고 있었다. 이 쓸데없이 깔끔한 코튼 계열 향기를 풍기는 남자의 얇은 천 하나로만 가려진 가슴팍에다 얼굴을 처박지 않은 게 천만다행이었다.

"위험하게 뭐 하는 거야, 너."

"미, 미안!"

황급히 몸을 추스르며 그의 품을 벗어났다. 가뜩이나 놀란 심장이 이번엔 다른 의미를 실은 채로 맹렬하게 뛰어 댔다. 아, 정말 이 남자심장에 안 좋다고!

그의 몸과 맞닿았던 자리가 불에 덴 것처럼 화끈했다. 몸 안이 꾹 죄여 들고, 아랫배 깊은 곳이 움찔거렸다. 순간 뭔가 훅 당기는 듯한 이 느낌이 굉장히 낯설었다. 이게 뜻밖의 성욕이었음을 모를 만큼 무지하진 않았기에 더욱 당황스러웠다.

아무리 술기운이 남아 있다 해도 그렇지, 이 상황에 느닷없이 이러는 게 어디 있어! 그것도 저 남자를 상대로!

"일단 이것부터 마셔."

다시 눈앞으로 다가온 물컵을 쭈뼛거리며 받아 들었다. 쩍쩍 마르다 못해 갈라질 것 같은 목구멍에 수분을 보충하니 이제야 마음이 좀 진정되는 것 같았다. 아무래도 수분이 부족해 뇌까지 피가 돌지 않고 있었나 보다.

"고마워."

아까보다는 좀 더 침착해진 머리가 그제야 눈으로 보이는 풍경으로 정보를 습득하기 시작했다. 분명 마지막 기억엔 수혁과 함께 클럽의 룸에 있었는데, 잠깐 잠이 든 사이에 무슨 천지개벽이 일어나 버린 건지 모르겠다.

일단 커다란 침대가 있는 걸 보니 침실 같긴 한데, 삭막하게 느껴질 만큼 심플하기 그지없는 인테리어는 흡사 사무실을 방불케 해서 오묘한 느낌이었다. 별다른 가구 한 채 보이지 않아 뭔가 더 불길한 건 기분 탓인가.

"여, 여긴 어디야?"

"우리 집."

"뭐? 집이라니! 설마……!"

"아, 정확히 말하자면 내 집이야."

"……!"

그녀의 놀람 포인트를 제대로 짚으며 정정해 준 건 고마웠으나, 그의 집이라 해서 놀랍지 않은 건 아니었다. 분명 그녀가 알기로 그는 현재 독립을 한 상태. 고로 이 밤중에, 집에, 무려 침대 위에 이 남자와 단둘이란 뜻이었다.

"어, 그렇구나. 내가 실례를 좀 한 거…… 어맛!"

침착하게 몸을 일으키려 했지만 이번엔 손을 짚어야 할 거리를 잘못 계산했다. 그대로 허공을 짚게 된 그녀의 몸이 크게 기우뚱하다 간신히 제자리로 돌아왔다. 다시 붙잡아 주려는 그에게 재빨리 손을 내저은 수진이 애써 덧붙였다.

"아니, 아니, 괜찮아. 나 이제 완전 멀쩡해. 술도 다 깼고. 그런데 지금 몇 시지?"

준성은 대답 대신에 침대 머리맡의 협탁을 가리켰다. 기다란 스탠드의 조명이 비치는 곳에 다소곳이 놓인 전자시계에 떠오른 숫자는 정확히 01:15. 차마 입 밖으론 꺼내지 못할 욕설이 잇새에 머물렀다. 마지막으로 확인한 시간이 11시가 되기 좀 전이었는데, 언제 이렇게 된 거냐고!

"저기 혹시 내 휴대폰이랑 작은 가방 하나 있었을 텐데 못 봤……. 아, 여기 있네. 챙겨 준 거구나. 고마워."

조심조심 침대를 내려와 옆에 놓여 있던 제 소지품을 집어 들었다. 어딘가에 제 겉옷도 있을 것 같은데, 묘하게 긴장하며 몸이 굳어 버린 탓에 고개를 돌리는 것도 쉽지가 않다.

굳이 확인하지 않아도 저를 향해 있을 그의 시선. 그 미묘한 열기를 못 느낄 만큼 둔하지 않았다. 지금 자신은 굶주린 뱀 앞에 던져 놓은 개구리 한 마리 모드였다.

"저, 도와줘서 고마워. 그럼 난 이만 가 볼⋯⋯."

"이 시간에 어딜 가려고."

"그, 그야 집에⋯⋯."

"지금 그 꼴로 밖에 나돌아 다닐 생각이야?"

"그 꼴이라니?"

"네가 직접 확인해 봐."

낮게 잠긴 목소리에선 묘하게 까칠한 느낌이 묻어났다. 그러고 보니 눈을 뜬 시점부터 쭉 굳은 얼굴로 저조한 기분을 숨기지 않던 남자였다. 뭔가 기분 나쁜 일이라도 있었나⋯⋯라고 생각하기엔 그 사달을 내고 도망친 게 바로 엊그제고, 그 일이 있고서 처음 얼굴을 본 날이다. 별로 좋은 타이밍이 아니란 건 동네 유치원생도 알겠다.

뭔가 대답하는 대신 눈치껏 그의 시선이 향했던 방향으로 다가가 문을 열었다. 드넓은 파우더룸과 욕실이 있는 공간이었다. 불을 켜고 조심스럽게 그 안으로 들어서자 바로 보이는 화장대의 커다란 거울이 반갑게 그녀를 맞이했다.

"헉!"

모처럼의 클럽 나들이라고 나름 차려입었던 원피스의 치마 부분이 토사물인지 음식의 잔해인지 모를 흔적으로 엉망이었다. 게다가 검은색 스타킹은 왼쪽 허벅지 중앙이 완전히 찢겨 맨살이 드러난 채로 길게 올이 나가 있는 상태.

잔뜩 헝클어지며 산발한 머리카락은 그렇다 치자. 거울 속, 떡지고 번져 버린 화장으로 번들거리는 피부의 여자가 저를 마주한 순간엔 말문이 턱 막혀 버리는 기분이었다. 누구냐고 묻고 싶은데 너무나도 제 얼굴이었다.

설마 내내 이 몰골을 저 남자에게 보이고 있었다는 건가? 아니지?

그래. 조명이 어두워서 제대로 보진 못했을 거야.

그러니까 제발 아니라고 해 주라!

"씻고 싶으면 씻고 나와. 앞에다 갈아입을 옷 준비해 놓을 테니까."

경악으로 굳은 그녀가 소리 없는 비명을 지르는 사이, 문 너머에서 그의 목소리가 들려왔다. 더는 대꾸할 기운도 없어진 수진은 고분고분 몸을 돌려 욕실로 향하며 결심했다.

내가 다시 술을 마시면 개씨로 성을 갈아 버릴 거다.

개수진으로 개명해 버릴 거라고.

꽤 긴 시간 동안 샤워를 했다. 이열치열이라 했던가. 복잡하게 얽힌 생각과 감정으로 타들어 가던 몸과 머리에 한참 동안 뜨거운 물을 붓고 나니 이제야 좀 정신이 돌아오는 것 같았다.

"후⋯⋯. 내 신세야."

욕실에 들어오자마자 가장 먼저 한 건 세면대 근처에서 폼 클렌징을 찾아내 열심히 얼굴의 화장기를 지우는 일이었다. 이놈의 아이라인은 번질 때는 잘도 번지면서 지울 땐 또 왜 죽어라 안 지워지는 건지.

대체 그 정신에 누구한테 잘 보이겠다고 이런 화장까지 한 거냐고. 후회만 골백번은 한 것 같았다. 혹시나 메이크업 전용 세안제가 있을까 주변을 더 뒤져 보긴 했지만 당연히 그런 건 나오지 않았다.

아니, 나왔다면 더 충격이었겠지. 욕실 안의 모든 것이 너무도 완벽하게 혼자 사는 남자의 정석을 보여 주는 것만 같아 내심 흐뭇했던 건 비밀이다.

그 와중에 얌전히 홀로 꽂혀 있는 칫솔 한 개가 왜 그렇게 예뻐 보이던지.

제 변태력에 살짝 멘탈이 흔들릴 뻔했지만, 굳건히 마음을 다잡은 수진은 수납장을 뒤져 새 칫솔 하나를 꺼내 들었다.

"하나만 빌리자."

빌린다고 돌려줄 수 있을 것 같진 않지만 어쨌든.

그렇게 세안과 양치를 마친 후에야 샤워기 아래로 진입했고, 20분이 넘도록 뜨거운 물을 맞으며 조심스럽게 몸을 씻었다. 절대 그럴 리 없다는 걸 알면서도 옷을 벗을 때부터 꼭 누군가 곁에서 저를 지켜보는 것만 같은 느낌에 자꾸만 몸이 굳었다. 아무래도 여기가 준성의 집이라는 걸 엄청나게 의식하고 있음에 분명했다.

"이제 어떡하지?"

샤워를 끝내고 욕실을 나선 수진은 커다란 수건을 몸에 감은 채로 또다시 망설이고 있었다. 욕실과 파우더룸 사이는 반투명한 유리 벽과 문으로 가로막혀 있을 뿐이라, 사실상 파우더룸의 문을 잠가야 안전(?)한 문단속이 가능했다. 아마 옷을 가져다 놓았다면 문밖에 있을 터.

그런데 좀처럼 그 문을 열 용기가 나지 않는다. 꽤 한참을 앞에서 서성이고 심호흡을 하다 조심스럽게 문을 열자 조금 열린 틈새 바로 앞에 곱게 개켜 놓은 옷가지가 보인다. 잡아채듯 집어 들고서 다시 후다닥 문을 닫았다. 심장이 쿵쾅거리며 뛰어 댔지만, 어쨌거나 한 차례 고비는 넘긴 것 같다.

안이 비치지 않도록 짙은 먹색의 티셔츠와 검은색 트레이닝 반바지를 준비한 그의 센스에 새삼 감격한 것도 잠시.

"되게 크네."

티셔츠를 집어 들자마자 튀어나온 말이었다. 워낙 키 차이가 있기에 대강 예상은 했는데 이건 커도 너무 크잖아. 제가 입으니 티셔츠가 아니라 무슨 원피스를 입은 느낌이다. 바로 현실로 와닿는 체격 차에 괜히 어깨만 더 움츠러들었다.

"냄새도 좋고."

그 와중에 옷을 걸치자마자 몸을 감싸 오는 향기에 그녀 자신도 알 수 없는 미소가 떠올랐다. 슬며시 앞자락을 쥐어 얼굴에 대며 눈을 감았다. 그대로 크게 숨을 들이켜자 포근한 섬유 유연제의 향기 사이로 희미하게 그 남자의 향기가 묻어나는 것만 같았다.

제멋대로 불쑥 다가올 때마다 훅 하니 저를 덮쳐 오던 그 향기가.

"하, 뭐 하는 거야. 정신 차려."

여기서 더 하면 진심으로 변태 모드지. 잽싸게 정신을 챙기며 다음으로 집어 든 건 조그맣게 포장이 된 여자 속옷이었다.

"그새 편의점까지 다녀온 거야?"

다른 사람이라면 모를까, 이 남자라면 충분히 가능한 일이지. 참으로 고마운 일이긴 한데, 그가 골라 온 속옷을 입어야 하는 이 상황이 썩 내키지 않았다. 정확히 말하면, 그가 제 속옷이 뭔지 알고 있다는 사실이 부끄러웠다.

그래도 어쩌겠니.

어쨌거나 입었던 속옷을 도로 입을 수는 없는 노릇이니 입긴 입어야겠고. 주섬주섬 반바지까지 끼워 입고 난 수진이 다시 문을 연 건

10여 분의 시간이 흐른 뒤였다.

달칵.

쭈뼛거리며 파우더룸을 나섰지만, 방은 텅 비어 있었다. 더욱 긴장한 수진이 품 안의 옷가지를 끌어안으며 걸음을 옮겼다. 방문을 열자 탁 트인 거실이 먼저 눈에 들어왔다. 방 안의 풍경만큼이나 심플한 거실을 둘러보다 커다란 소파에 앉은 남자를 발견하자마자 저도 모르게 움찔하며 눈을 내리깔았다.

"끝났어?"

"어, 어. 다 씻었어. 고마워."

성큼성큼 다가오는 남자를 차마 똑바로 바라보진 못하고 흘깃거렸다. 티셔츠 안쪽엔 아무것도 입지 않은 상태라는 게 신경 쓰였다. 아주 얇은 소재도 아닌 데다 워낙에 사이즈가 커서 크게 티는 나지 않겠지만, 빤히 저를 보는 시선이 그걸 다 꿰뚫어 보는 것만 같아 절로 몸이 움츠러들었다.

꼭 사자 앞에 선 토끼가 된 기분.

그의 시선을 의식한 수진이 품에 안은 옷가지를 더 추켜올리며 입을 열었다.

"저기, 옷 좀 빨아야 할 거 같은데 혹시 세탁기 좀 빌릴 수 있을까?"

"이리 줘. 내가 할게."

"아니야, 아니야. 내가 할 수 있어. 위치만 가르쳐 줘."

제발 부탁이니 이건 날 시켜 주지 않으련?

간절한 목소리로 반쯤 빌다시피 하는 말에 잠시 그대로 서 있던 남자가 말없이 몸을 돌리더니 어디론가 이동했다. 따라오라는 뜻임을 알아챈 수진이 조금 거리를 두고 걸음을 떼었다.

정말 휑하니 넓은 집이었다. 별다른 가구가 없어 더 넓어 보였다. 가는 길이 꽤나 멀게 느껴져 더더욱 불안했다. 아무 말이라도 하고 싶은 심정이었다.

"와, 집 되게 좋다. 여기서 호, 혼자 사는 거야?"

"어."

"부럽네. 완전 운동장이야. 거실에선 축구해도 되겠다. 우리 집은 너무 좁아서 뭐 하나 하려고 해도 자꾸 여기저기 부딪치는데. 아, 그때 봤었지, 참. 하하……. 아무튼 나도 나중에 돈 많이 모아서 이런 집에."

"줄까?"

"어?"

불쑥 튀어나오는 말에 멈칫했다. 어느새 걸음을 멈춘 그가 다시 자신을 바라보고 있었다.

"갖고 싶으면 너 줄게."

얘가 미쳤나.

"그게 무슨……. 아니, 야. 무슨 그런 말도 안 되는 소리가 어디 있어? 장난도 참 요상하게 치고 있어, 정말."

"장난 같으면 달라고 해 보든지."

"……."

이건 농담이 아니다.

어처구니가 없어서 잠시 말문이 막힌 사이 싱긋 웃어 보인 그가 슬쩍 옆으로 돌아서더니 문을 열고는 안쪽을 가리켰다. 그제야 제 용건을 떠올린 수진이 후다닥 그의 앞을 지나쳤다.

"일단 늦었으니 오늘은 여기서 자고 가."

빨래를 돌려 놓고 다시 처음의 방으로 돌아오자마자 들려온 말이었다. 그냥 아주 담백하게 잠만 자고 가라는 뜻임에 분명한데 순간 몸 안이 오그라드는 느낌이었다. 어색함을 못 이긴 입이 제멋대로 열렸다.

"어, 고마워. 그런데 저기, 여기가 손님용 방 같지는 않아서. 혹시 다른 방은 없어?"

언뜻 지나치며 가늠해 본 바로는 남자 혼자 살기엔 상당히 큰 평수의 주상 복합으로 추정되는 곳이었다. 당연히 다른 방이 더 있을 거라 생각했다.

"괜찮으니 그냥 편하게 써."

"그건 아니지. 집주인 내쫓고 어떻게 그래. 나 다른 방에서 잘게. 침대 없어도 그냥 바닥에 이불 하나만 깔고도 잘 수 있으니까."

"그렇게 재워 줄 만한 공간이 없어. 아직 짐 정리도 다 안 되어 있는 상태라 죄다 어수선해서 그래. 남은 데라곤 소파뿐이야."

"그, 그럼 내가 소파에서 잘게."

말이 끝나기 무섭게 후다닥 몸을 돌리려던 찰나였다. 덥석 팔이 붙들리고 흠칫한 그녀가 저도 모르게 바짝 움츠린 어깨를 뒤로 빼며 그를 바라봤다. 어찌나 놀랐는지 온몸으로 튀어 오르는 게 느껴질 정도였다.

"왜……."

이렇게 놀란 저와는 달리 남자는 지독히도 차분한 얼굴이었다. 찌르는 듯한 시선에 수진은 마른침을 삼키며 숨을 죽였다. 겉으로는 차분해 보여도 누구보다 무섭게 타오를 수 있는 남자라는 걸 이제는 안다. 이건 폭풍 전야의 긴장감이었다.

천천히 아래로 움직인 시선이 그녀의 입술에 잠시 머물렀다가 헐렁한 티셔츠 위로 드러난 목덜미 언저리를 응시했다. 그 뜨거운 눈빛이 품은 의미 역시 충분히 알고도 남았다. 제가 씻고 나온 후부터 이 남자는 쭉 그런 눈을 하고 있었다.

"안 된다고 했지?"

위협적으로 들릴 만큼 낮은 목소리에 전율이 일었다. 또다시 움찔해 버린 수진이 황급히 시선을 내리깔았다. 도저히 저 눈길을 똑바로 받을 자신이 없었다. 아무렇지 않게 대꾸하고 싶은데, 튀어나오는 목소리는 떨리다 못해 점점 기어들어 갔다.

"그럼 어떡하라고. 이러면 내가 너무 염치없잖아. 난 이런 거 싫단 말이야. 집주인 내쫓고 어떻게."

"소파에서 재워 주는 것도 싫다고 매정하게 내쫓을 땐 언제고."

"그, 그거야 네가……!"

그땐 네 의도가 너무 투명해서였잖아. 그런 위험한 눈을 하고 따라 들어온 남자를 어떻게 재워 주냐고. 항변하려는 순간, 다시 그와 눈이 마주쳤고 끝맺지 못한 말은 입안에 머물렀다.

"넌 주인 침대를 차마 혼자는 못 쓰겠고, 난 너를 거실에 못 재우겠고."

"……."

"그럼 방법이 딱히 없는 것 같은데."

한층 진해진 시선이 닿는다. 더욱 뚜렷해진 의도가 단숨에 덮쳐 오는 것만 같아 말문이 막혔다. 천천히 몸을 숙인 그가 눈높이를 맞췄다.

"어떡할래?"

유혹하듯 슬쩍 고개를 기울이며 묻는 말이 더욱 은근해졌다. 심장이 터질 것처럼 뛰어 대기 시작했다. 순식간에 농밀해진 공기가 버겁다.

그의 의도대로 넘어가면 어떤 일이 벌어질지 불을 보듯 훤했다. 아직도 제 마음을 확정 짓지 못한 지금 상황에선 절대 있어서는 안 될 일이 벌어질지도 모른다. 다른 방법을 생각해야 했다.

"……좋아."

그럼에도 어째선지 제 입은 머리로 생각한 것과 다른 말을 꺼냈다.

이건 취해서다. 아직 술이 덜 깨서 하는 소리임에 틀림없다. 그러지 않고서야.

"둘 다 침대에서 자면 되겠네, 그러면."

이런 미친 소리가 가능하다니.

부러 강하게 내뱉은 수진이 똑바로 남자를 바라봤다. 후들거리는 다리에 악착같이 힘을 주며 꼿꼿이 섰다. 오기라면 오기였다. 어차피 닥쳐올 결말은 하나뿐이고, 더 도망칠 곳도 없는 상황에서 놀리듯 천천히 올가미를 죄여 오는 사냥꾼을 향한 소심한 반항이었다.

아니, 어쩌면 이건 도발일지도 모르겠다. 표정 하나 변하지 않고 그녀를 지그시 내려다보던 남자는 여전히 그녀에게 시선을 고정한 채로 천천히 몸을 세웠다. 그 눈에 이채가 서린다. 깊은 호수처럼 잔잔하던 눈동자가 짙은 욕정으로 물들어 가는 순간이었다. 그의 입가로 설핏 매혹적인 웃음이 떠올랐다.

"너 사람 미치게 하는 재주 있다."

"왜. 그래서 싫어? 정떨어질 거 같아? 그럼 말고. 나 혼자 쓰지 뭐."

더욱 되바라지게 대꾸한 수진이 휙 하니 몸을 돌려 침대를 향해 갔을 때였다. 곧장 등 뒤로 따라붙은 그가 그녀의 허리를 감으며 돌려세웠다. 동시에 훅 끌려간 몸이 그의 몸에 바짝 밀착되었다.

"나, 돌려 말하는 거 못해."

이마를 스치는 목소리에서 열감이 느껴진다. 단단한 남자의 팔. 코앞에서 그의 선명한 쇄골과 목울대가 어른거려 눈을 감아 버린 순간.

"너랑 자고 싶어."

나지막한 목소리가 벼락같이 꽂혀 들었다.

9. 첫눈에 반했는데

호랑이 굴에 끌려 들어가도 정신만 차리면 산다는 건 다 거짓말이다.

하찮은 먹이의 생사고락 따위야 그날 호랑이의 상태에 따라 달라지는 법. 호랑이님이 배가 부르고 만사 귀찮은 상황이라면 관대함을 기대해 볼 수도 있을지 모르겠지만 대개의 경우는 글쎄. 먹히는 과정만 더욱 리얼하게 겪지 않을까.

"섹스하고 싶다고."

바로 지금처럼.

"……어?"

순간 멍해진 시선이 남자의 얼굴을 향했다. 뭘 잘못 들었나 했다. 귀를 의심할 소리를 잘도 지껄여 놓은 남자는 방금 그런 말을 했다는 게 믿기지 않을 만큼 단정한 얼굴이었다.

"근데 오늘은 힘들 거 알아."

"······."

"그러니까. 키스만 할게."

뭐라 반응할 새도 없이 불쑥 다가온 입술이 그녀의 입술을 지그시 눌러 왔다. 순간 들이켠 숨이 그대로 멈췄다. 여전히 이 남자의 얼굴에 적응하지 못한 심장이 벌컥거리며 피를 토해 냈다.

"눈 감고."

바로 입술 위로 느껴지는 속삭임에 오소소 소름이 돋아났다. 그제야 제가 남자의 속눈썹만 뚫어져라 보고 있었다는 걸 깨달은 수진이 질끈 눈을 감았다. 동시에 잔뜩 달뜬 숨을 내뱉은 그가 한 번에 그녀의 입술을 삼켰다.

작게 내뱉은 신음이 그의 입안으로 빨려 들었다. 급격히 거칠어진 태도에 당황한 그녀가 그의 어깨를 움켜쥐며 고개를 돌려 보려 했지만, 그 시도는 뒷목을 움켜쥐는 손길에 가볍게 제압당해 버렸다. 게다가 이건 제대로 악수(惡手)였다. 작은 반항에 더욱 흥분해 버린 호랑이 놈은 숫제 물어뜯을 기세로 그녀의 입술을 빨아들이고 깨물어 억지로 입을 벌리게 하더니 무자비하게 혀를 쑤셔 넣었다.

"흐읍!"

완전히 입안을 점령당한 그녀의 목구멍에서 신음인지 비명인지 모를 기묘한 소리가 새어 나왔다. 이미 그와 혀를 나누는 키스를 해 본 적은 있지만, 그때는 말 그대로 가볍게 놀다 나간 수준이었지. 지금 이건 말 그대로 침범. 아니, 침략 그 자체였다.

저도 모르게 뒤로 빠지려는 몸이 거센 힘에 가로막혔다. 커다란 손이 뒷목을 더욱 강하게 움켜쥔 순간 더욱 깊이 맞물린 입술 사이로 힘 없는 비명이 새었다. 거친 숨소리 사이로 타액이 진득하게 얽히는 소리가 섞여 든다. 무섭도록 뜨겁고 격렬한 침범에 수진은 정신없이 휘둘리며 헐떡였다.

"읏, 하아……."

"수진아."

딱 숨이 넘어가기 직전에야 입술을 놓아준 그가 가만히 그녀를 불렀다. 미처 흥분을 감추지 못한 열띤 음성이 지나치게 섹시했다. 더욱 야릇한 상황을 상상하게 만드는 목소리였다. 이 망할 놈의 호랑이는 목소리조차 잘생겨서 문제다.

그의 섬세한 손가락이 그녀의 턱을 슬쩍 잡아 올리고는 천천히 젖은 입술을 쓸었다. 그 손길이 너무 부드러워서 신음을 토할 뻔했다. 차마 그 얼굴을 바라볼 수가 없어 하염없이 그의 가슴팍에 시선을 고정한 채 숨을 가다듬으려 애썼다. 심장이 너무 뛰는 게 이러다 과부하로 돌연 터져 버린대도 이해할 수 있을 것 같았다.

"괜찮아?"

그렇게나 무자비하게 파고들 땐 언제고 이제야 제 상태가 염려된 건지. 걱정이 깃든 목소리에 수진은 뻣뻣한 고개를 끄덕였다.

"그럼 더 해도 되겠다."

"뭐?"

기막혀 되묻는 말과 함께 입술이 다시 그의 입안으로 빨려 들어갔다. 어르듯 입술을 물고 다시 빨아들이는 것을 시작으로 한결 달콤하고 농밀하게 움직이는 혀가 입안 곳곳을 찌르고 휘젓는다. 연신 솟아나는 타액을 빨아 마시는 소리가 야릇했다. 좀 더 확실해진 흥분. 사타구니 부근이 찌릿하게 울리고 허벅지 사이를 조이게 만드는 감각이 아랫배로 고여 든다.

"하아……."

그녀의 입에서 뜨거운 숨이 터져 나왔다. 순간 다리에 힘이 들어가 질 않아 주저앉을 뻔했다. 저도 모르게 그의 팔을 움켜쥔 순간 기다렸다는 듯이 그녀의 허리를 감아 올린 그가 다시 입을 맞췄다.

그때부터는 제가 뭘 했는지 잘 기억이 나지 않았다. 생각을 할 수 없게 만드는 키스가 이어지고 몸이 붕 떠오르는가 싶더니 폭신한 이불이 등에 닿았다. 눈을 깜빡이며 그의 얼굴이 잘 보이지 않는다 생각했지만 그것도 잠시뿐. 열기 가득한 숨결과 함께 묵직한 남자의 체중이 제 몸에 겹쳐지고 다시 눈을 감아 버렸다.

지그시 몸을 눌러 오는 무게감. 완전히 온몸을 덮어 버린 체온이 아찔하다. 그리고 이상했다. 언제부터 젖어 있었는지 모를 속옷도. 뜨겁게 곤두선 채 그의 가슴팍에 짓눌리는 조그만 유두도. 모두가 저 자신이 제어할 수 있는 게 아니었다. 온몸의 감각까지 몽땅 그에게 휘둘리는 듯한 이 느낌이 너무도 생경해서 견디기가 힘들었다.

사실은 좀 무서웠다. 결국 그의 가슴팍을 밀쳐 내며 버둥거렸다. 꽉 잠겨 버린 목구멍에서 울 것처럼 흔들린 목소리가 새어 나왔다.

"주, 준성아……."

"알아."

툭하니 대꾸한 준성이 가슴팍에 올라온 손을 붙잡으며 발갛게 젖은 그녀의 눈가에 입을 맞췄다. 낯선 흥분에 어쩔 줄 몰라 하면서도 힘겹게 정신을 추스르려 하는 그녀가 가련했다. 그 가련함이 참기 힘들 정도로 욕정을 불러일으켰다.

"그런 눈으로 보니까 꼭 내가 널 납치라도 한 것 같아."

"……."

"근데 기분은 괜찮네."

무슨 소리를 하는 거야. 기함하며 바라보자 유유히 웃던 준성이 몸을 숙여 이마를 마주 댔다. 얄밉게 웃음 가득한 목소리가 이어졌다.

"더 못된 짓 해 보고 싶어."

경악으로 휘둥그레진 눈이 그를 향했다. 실컷 빨아들여 더더욱 붉게 부풀어 버린 입술이 병아리처럼 뾰족하게 튀어나왔다. 늘 뽀얗기만 했던 얼굴에는 어느새 홍조가 붉게 자리를 잡고 있었다. 작은 탄식이 입안에 머물렀다.

대체 왜 이렇게 예쁘게 태어나서 사람을 미치게 만드는 건지.

불안하게 떨리는 눈동자도. 숱이 가지런한 눈썹과 동그란 이마도. 샤워의 흔적인지 땀인지 모를 물기에 젖어 있는 잔머리카락부터 난처한 듯 부푼 입술을 짓씹는 하얀 이까지 예쁘지 않은 곳이 없었다. 그대로 한입에 삼켜 버리고 싶을 정도로 먹음직스러웠다.

이렇게 보니 포획한 사냥감을 어떻게 먹어 치울지 고민하는 짐승이 된 기분이었다. 물론 진짜 짐승들은 음식을 앞에 두고 저처럼 성기를 발딱 세우고 있진 않을 테지만.

"네가 날 그렇게 만들어."

기막힌 듯 헛웃음을 짓는 여자의 입가로 그가 늘 애타게 그려 온 보조개가 살포시 떠올랐다. 처음 본 그날부터 그의 시선을 붙들고 놓지 않았던 그 흔적이.

이러니 내가 어떻게 참아.

기다렸다는 듯이 움푹 팬 볼우물에다 입을 맞추고 난 그가 다시 그녀의 도톰한 입술을 삼켰다. 이젠 멈춰야 하는데. 지금도 충분히 위험 수위를 넘었다는 걸 알면서도 도저히 멈출 수가 없었다.

이제 그만. 아니, 조금만 더.

아득히 먼 곳으로 밀려난 이성의 외침을 외면하며 나긋한 여자의 몸을 쓸어내렸다. 인내심은 이미 제 체취로 가득한 옷을 걸치고 나온 여자와 마주한 순간 바닥을 드러냈다.

그녀를 위해 편의점에 들렀을 때도 콘돔을 발견하고서 잠시 고민했었다. 혹시나 싶은 생각이 들었지만, 이내 그 생각을 지우고 필요한 것만 사고 돌아와야 했다. 그건 나름의 제어 장치였다. 콘돔이 손에 있다면, 그걸 쓸 일이 생겼을 때 참지 못할 가능성이 아주 높아질 테니까.

관계를 확실히 하기 전에 몸부터 나눠 버리는 건 그녀에겐 큰 상처가 될지도 모르는 일이다. 절대로 그런 일은 없어야 했다.

그런데 정작 꿈에 그리던 여자를 품에 안고 나니 그 결심이 바스라진다. 솟구치는 욕정을 주체할 수가 없다. 등허리를 쓸고 매만지던 커다란 손이 가쁘게 오르내리는 여자의 가슴팍으로 이동했다.

"흐윽! 자, 잠깐만!"

수진은 서슴없이 제 가슴을 움켜쥐는 손길에 기함하며 그 손을 붙잡았다. 열기 가득한 숨을 내쉬던 그가 멈칫한 것과 동시였다.

"너, 이거…… 손 이거."

"뭐가?"

나직한 되물음에 심장이 꾹 죄어든다. 잠기다 못해 갈라진 목소리가 느긋한 식사를 방해당한 맹수의 그르렁 소리 같아 등골이 다 오싹했다. 아무리 그래도 할 말은 하자. 아직도 가슴에 철썩 붙어 떨어지지 않는 손을 꽉 움켜쥔 수진이 침착하게 입을 열었다.

"키, 키스만 하는 거 아니었어?"

"내 키스엔 이것도 포함이라."

"저기, 우리 사이에 다소의 의견 차이가 발생한 것 같은데……!"

짐짓 심각하게 말을 꺼내 봤지만 귀에 들어가기나 한 건지. 준성은 아주 무덤덤한 얼굴이었다. 그런 얼굴로 한참 동안 그녀의 눈을 응시하던 그가 쿡쿡거리며 웃음을 터뜨렸다. 순간 간신히 제자리에 붙들어 놓은 심장이 미친 듯이 요동쳤다.

와, 너…… 그렇게 웃으면…….

반칙이라니까.

아찔하다 못해 주마등이 아른거리는 순간이었다. 저 잘생긴 얼굴이 보여 주는 효과는 엄청났다. 여기서 살아남으면 당장 심장 검진부터 받아야 하는 건가. 그런 황당한 생각은 바로 티셔츠 아래로 들어온 손이 맨살을 쓰다듬는 것과 동시에 싹 사라졌다. 순식간에 올라온 손이 파르르 떨리는 젖가슴을 꽉 움켜쥐었다.

"아훗!"

비명에 가까운 신음이 새어 나왔다. 그의 손바닥을 다 채우고도 남는 살덩이가 부드럽게 뭉개지고 더욱 꼿꼿해진 유두가 쓸릴 때마다 기묘한 감각에 절로 온몸이 비틀렸다.

"잠깐 준성아……. 송준성……!"

"그래. 나 준성이야."

뭐라 말을 꺼내려고 한 건지조차 잊었다. 나른한 대답에 몸이 더 달아오르고 말았다. 열감이 느껴지는 목소리가 지나치게 섹시했다. 절로 다리 사이가 젖어 드는 목소리. 아득해진 정신을 붙들며 흐느끼자 준성은 다시 진하게 입을 맞춰 왔다.

이렇게 쓸려 가는구나.

어느 틈에 깨달았으면서도 수진은 그의 행동을 막을 수가 없었다. 헐렁한 반바지 밑단으로 스며든 손이 허벅지를 지나 골반뼈까지 어루만져도. 무릎이 벌어지고 이미 축축한 다리 사이로 그의 허벅지가 끼어들어도. 얄궂은 손길이 단단히 뭉친 유두를 비비고 긁어내려도 그녀가 내놓을 수 있는 건 억눌린 신음뿐이었다.

견디지 못해 바르작거리며 몸부림을 치자, 가만가만 달래듯 등을 토닥이던 준성이 속삭였다.

"쉬, 괜찮아."

"흐윽, 난 그게 아니…… 훗!"

반쯤은 코를 통해 흘러나온 목소리가 쾌락에 흠뻑 젖어 있었다. 그런 그녀가 귀여워 못 견디겠다는 얼굴로 입을 맞춰 대는 남자의 공세에 수진은 현실을 부정하듯 도리질을 치며 울먹이기 시작했다.

"너 이러다 후회한다고."

"안 해."

"바, 바보야! 생각은 좀 하고 대답을……. 아, 아파!"

남의 속도 모르고 목덜미를 깨무는 통에 비명을 지른 수진이 그의 어깨를 토닥토닥 두드려 댔다. 제 딴엔 정말 세게 때렸는데도 아픈 기색조차 없이 천연덕스럽게 웃기만 하는 남자를 보고 있으려니 기가 막힌다.

"어우 씨! 이러다 진짜 내가 들러붙어서 안 떨어지면 어쩌려고 이래! 내가 얼마나 집요한 사람인지 알기나 해? 진짜 스토킹도 할 거야!"

"좋은데?"

"뭐?"

생각지도 못한 말에 눈을 휘둥그렇게 뜬 순간 그녀의 이마를 쓸어 넘기던 준성이 씩 웃으며 덧붙였다.

"생각만 해도 짜릿하다."

너 설마 변……태였니?

의심스러운 눈초리를 보내자 다시 웃음을 터뜨린 준성이 은근하게 속삭였다.

"그럼 허락하는 거다."

그래서 결론은 왜 그쪽이고!

순식간에 훌렁 올라간 티셔츠가 위로 벗겨졌다. 꺅! 작게 비명을 지르며 두 팔로 가슴을 가려 봤지만 그보다 그의 손이 빨랐다. 양 손목이 붙들린 채 시트에 눌리고 새하얗게 드러난 가슴 위로 남자의 뜨거운 시선이 닿았다.

"예쁘다."

그의 입에서 나직한 탄성이 새어 나왔다.

"진짜 예뻐, 수진아. 미칠 거 같아."

"하, 하지 마. 읏! 잠깐……!"

부끄러움을 견디지 못한 수진이 그 시선을 피하듯 모로 누운 채 웅크려 봤지만 남자는 아랑곳 않고 붉거진 날개 뼈 위에 키스를 퍼부으며 나긋한 허리를 끌어안았다.

순식간에 되돌려진 몸이 그의 체중에 눌리는 사이 점차 흘러내려가던 반바지가 결국 발끝에서 사라지고, 거침없이 허리선을 배회하던 남자의 손길이 남아 있는 속옷 틈을 매만졌다. 그녀의 호흡도 점점 더 거칠어졌다.

이상해.

도무지 일이 어떻게 돌아가는지 알 수가 없다. 처음으로 누군가에게 몸을 보이는 지금이 부끄러워 죽을 것 같은데, 그런 생각조차 할 여유가 없다. 숨을 쉰다는 게 이토록 버거운 일인 줄은 몰랐다.

더 알 수 없는 건 그런 준성의 움직임에 호응하는 저 자신이었다.

제 입술을 멋대로 헤집어 놓는 그의 뜨거운 입술이 달콤하고, 온몸을 매만지며 주무르는 커다란 손에 가슴이 설레고, 더운 숨결과 함께 새어 나오는 그의 나른한 부름에 온몸이 떨려 왔다.

솔직히 말하면 너무 좋았다. 끊임없이 전율이 일며 열이 훅훅 차올랐다. 입술이 빨리고 혀를 농락당하는 동안 등골을 훑어 내리던 짜릿함은 말도 못 했다. 지금까지 왜 그를 피하고 밀어냈던 건지 그 이유마저 다 잊을 정도였으니까.

씨근거리는 숨소리. 참다못해 내놓는 신음. 몸 안 깊은 곳에서부터 치미기 시작한 열기가 점점 그에게서 뭔가를 기대하게 만들었다.

멈출 수가 없다. 아니, 멈추지 않았으면 좋겠다.

그런 한편, 어쩔 수 없는 합리적 의심이 떠올랐다. 그 송준성이 저를 이런 상황까지 끌고 와 버릴 줄이야.

얘가 이렇게 손이 빨랐던가? 원래가 남을 이끄는 데에 능숙했고 원체 못하는 게 없기도 했지만 그래도 이건 의심을 안 할 수가 없다고. 이렇게 사람을 홀리고, 녹여내고……

대체 이렇게 몇 명이나 그를 안아 봤을까.

"지금 딴생각하는 거 다 보여. 집중해."

꽤 단호한 말에 흠칫, 숨을 들이켜자 준성은 발갛게 상기된 그녀의 얼굴에 토독토독 입을 맞췄다. 새처럼 가쁘게 오르내리는 가슴이 그의 손에서 형태를 잃을 때마다 그녀의 입에선 나른한 신음이 새어 나왔다.

천천히 몸을 타고 내려온 더운 입김이 가슴에 닿았다. 아, 하고 신음을 내뱉고서 그의 어깨를 휘어잡은 순간 꼿꼿하게 선 유두가 그의 입안으로 빨려 들었다.

"으흑……."

그의 혀와 입술이 더 질척하게 유두를 감아 올리자 거침없이 빨고 핥아 대는 소리와 함께 생소한 감각이 퍼져 간다. 찌릿한 전율에 이어 온몸의 피가 끓기 시작했다.

그 사이에도 남은 한쪽 가슴을 실컷 주무르던 손길이 천천히 배를 쓸고 내려가 허리로, 다시 얇은 속옷 하나로만 가려진 엉덩이에 닿았다. 움찔하며 그 손을 붙잡자 고개를 든 준성이 그녀의 입술에 입을 맞추며 속삭였다.

"아직도 버틸 정신이 남았어?"

"아니, 그게 아니라……. 나, 나 사실 첨이라……!"

조금 놀란 듯 멈칫한 준성이 굳은 얼굴로 그녀를 바라봤다. 의미를 알 수 없는 표정에 더 당황한 수진이 애꿎은 입술만 깨물었을 때였다.

"아, 그래서…… 그랬구나."

"어, 응?"

중얼거리듯 내놓은 말을 왜 전혀 이해할 수 없는 걸까. 게다가 저 난처해 보이는 표정은 뭐고. 혹시 처음이라 실망한 건가. 요즘엔 처녀를 도리어 부담스러워하는 사람도 있다던데, 설마 그래서?

아니면, 처음인 주제에 너무…… 쉬워서?

"미안."

그가 사과했다. 어리둥절해하며 바라본 얼굴엔 뜻 모를 미소가 어려 있었다. 왠지 아까보다 더 흥분한 것도 같고, 기쁜 것도 같은 그런 눈빛으로 바라보던 준성이 다시 손을 움직였다.

"나도 마찬가지니까 불만 없지?"

"뭐어?"

처음이라고?

"말도 안 돼!"

"지금 그걸 신경 쓸 때가 아닐 텐데?"

몸을 일으킨 준성이 티셔츠를 위로 벗어 던졌다. 동시에 그녀의 눈이 휘둥그레 커졌다.

이럴 것이다, 라고 상상만 했을 때와 눈앞에 닥친 현실은 차원이 달랐다.

떡하니 벌어진 반듯한 어깨와 바짝 올라붙은 가슴팍. 군살이라곤 1g도 보이지 않는 날렵한 허리와 형태가 완벽한 팔뚝까지. 이건 말 그대로 조각이었다. 그야말로 미켈란젤로가 환생해 심혈을 들여 깎아 놓았다면 딱 이런 그림이 나올 것 같은 몸매였다.

그냥 예쁘기만 한 몸매가 아니라 타고난 골격 자체가 남자였다. 그렇다고 우람하거나 둔해 보이는 것도 아니고 쭉쭉 빠져야 할 부분들은 또 라인이 완벽해서 상당히 날렵해 보이는 게 인상적이었다.

정말이지 더 이상 손을 댈 곳이 없는데, 거기다 딱 보기 좋을 만큼의 야성미를 추가한 건 그야말로 화룡점정. 요즘 말하는 착한 얼굴에 그러지 못한 몸매가 뭔지 여기서 제대로 알아 버렸다.

시간이 멈춘 건지, 아니면 눈을 뜬 채 꿈을 꾸는 건지.

얼마나 그렇게 보고 있었던 건지도 모르겠다. 잠시 넋이 나가 있던 그녀의 귓가로 한층 낮아진 남자의 목소리가 들려왔다.

"그렇게 쳐다보는 거 엄청 흥분되는 거 알아?"

"아……!"

그런 적 없다고 잡아뗄 기회조차 없었다. 가뿐히 그녀의 몸을 덮쳐 누른 남자가 다리 사이로 허리를 들이밀었다. 동시에 뭔가 엄청나게 크고 단단한 나무토막 같은 게 사타구니를 지그시 누르는 바람에 식겁한 수진이 숨을 들이켰다.

아니, 잠깐만. 이거 뭐지? 위치상 그거 말곤 생각할 수가 없는데, 설마 그게 이렇게…….

"왜 그런 얼굴인데?"

"뭐, 뭐가 이렇게 커……가 아니라! 그, 그게 지금은 잠깐…… 헉!"

하지만 이제 와서 하는 말 따위가 무슨 소용이랴. 유유히 몸을 쓸고 내려간 손이 어느새 덜렁 혼자 남게 된 속옷 틈으로 밀려 들어와 엉덩이를 움켜쥐었다. 자연스럽게 흘러 내려간 팬티가 간신히 허벅지에 걸린 순간 수진은 소스라치며 그 손을 붙잡았다.

정말 이렇게 해 버리는 거야? 진짜로?

그 순간 찬물이라도 끼얹은 것처럼 정신이 번쩍 돌아왔다.

"수진아. 너……."

나직한 목소리가 들려온 것도 그때였다. 그 뉘앙스와 마주친 눈동자에서 느껴진 왠지 모를 당혹스러움. 왜 그런 얼굴을 하고 저를 보는 걸까, 의아한 것도 잠시.

주르륵.

눈가에서 떨어진 물기가 관자놀이를 타고 흘렀다.

모든 게 너무나 순식간이었다. 이유를 알 수 없는 눈물에 당황한 그녀가 고개를 돌렸다. 걷잡을 수 없이 새어 나오는 흐느낌을 참으려 안간힘을 썼지만 이미 흘려 버린 눈물은 주워 담을 수가 없었다.

"미안. 놀랐지?"

가볍게 눈가를 훑은 남자가 물었다. 어딘지 가라앉은 음성에 더 울컥한 수진은 재빨리 눈가를 비벼 내고 고개를 저었다. 그 모습에 한숨처럼 웃음을 터뜨린 준성이 가볍게 그녀의 이마를 튕겨 냈다.

"아야!"

"하여간 김수진 너는……."

"아니야, 이건 그런 게 아니라 그냥 놀라서 나도 모르게……."

"그런 말은 콧물이나 좀 닦고 해."

"악!"

콧물이라니! 재빨리 이불을 끌어당긴 수진이 벌겋게 달아오른 얼굴을 가렸다. 얇은 이불 너머로 키득거리는 웃음소리가 들려온다. 놀리는 건가? 대충 이불에다 얼굴을 문지르며 묻어나는 물기를 확인하던 수진이 버럭 소리쳤다.

"콧물 없잖아! 왜 거짓말이야!"

"알았으니까, 얼굴이나 보여 줘."

"잠깐만……. 잠깐, 나 지금……!"

어느새 옆으로 내려온 남자가 그녀를 훌쩍 당겨 안았다. 커다란 손이 이불을 끌어 내리고 잔뜩 열이 올라 붉어진 얼굴이 고스란히 드러나자 그의 미소가 더욱 진해졌다.

"울긴 왜 울어. 그렇게 놀랐으면 차라리 뺨을 때리지."

달래듯 하는 말에 수진은 또 눈물이 터질 것 같아 이를 악물었다. 가만가만 그녀의 얼굴과 눈가를 훔쳐 내며 웃는 얼굴에서 말로 다 형언하지 못할 감정이 묻어나고 있었다.

이렇게 조바심을 내며 애달픈 심정을 감추지도 않고. 겁내고 움츠러들기만 하는 상대가 미울지도 모르는데 전혀 그런 내색도 없이. 그저 귀엽다는 듯 등을 쓸어내리고 뺨을 꼬집는 손길에서, 머리카락을 스치는 입술에서 생생한 감정이 밀려든다.

"미안. 내가 너무 급했어. 네가 너무 예뻐서 잠깐 정신을 놨나 봐."

아직도 흥분으로 가득한 눈을 하고서. 진심으로 미안한 표정을 짓는 그의 모습에 도리어 가슴이 아파 수진은 다시 고개를 저었다.

싫은 게 아니야.

처음으로 누군가를 안게 된다면 그게 송준성이길 바랐다. 그날이 오늘이어도 상관없다고 생각했었다. 그의 손길도 입맞춤도, 너무나 황홀해서 괜찮을 것 같았다. 아니, 하룻밤이라도 좋으니 그를 품에 안아 볼 수만 있다면 이 인생에 후회는 없을 거라 생각했다.

하지만 현실은 그렇게 간단하지 않을 걸 안다.

이렇게 몸을 나누고 나면 저는 분명 그의 마음까지 바라게 될 테니까.

아니, 이미 너무나도 간절히 그를 바라고 있으니까.

그래서 순간 겁이 났다. 지금도 간신히 이성을 다잡고 있는데, 그에게 안기고 나면 더는 주체하지 못할까 봐. 벌써 철철 넘쳐흐르고 있는 제 마음의 흔적이 어디까지 번져 버릴지 알 수가 없어서.

"나도 남잔데 여기서 멈추는 게 얼마나 힘든지 알아? 더 기다려 주겠다는데 이럴 땐 감동도 좀 받고 그래야 하는 거 아니야?"

슬쩍 이맛살을 찡그렸지만 헛웃음이 나오는 것까진 참을 수가 없었다. 입가에 맺힌 미소를 본 건지 그녀의 입술 언저리를 톡톡 건드리던 그가 그녀를 마주 안고서 몸을 돌렸다. 훌렁 그의 몸에 올라타게 된 수진이 움찔하며 양팔로 가슴을 가리자 또 웃음을 터뜨린 준성이 그녀의 콧등을 슬쩍 쥐었다. 괜스레 불퉁해진 목소리가 튀어나왔다.

"……뭐야. 막 몰아붙인 건 너잖아."

홀랑 정신을 다 빼놓고. 난 아직 마음의 준비도 안 된 상태였는데.

민망한 몸을 최대한 가려 보며 투덜투덜, 중얼거리자 준성이 해맑게 물었다.

"그래? 그렇게 넘어올 만큼 좋았다는 거지?"

"그런 거 아니라니까!"

"하하……."

발끈하며 달아오른 얼굴을 본 준성이 소리 내어 웃고는 슬쩍 몸을 일으키더니 그녀의 머리를 쓰다듬었다.

"그래, 그 얼굴. 되게 보고 싶었어."

그러고는 천천히 그녀의 뺨을 쓸며 시선을 맞춰 왔다. 한결 다정해진 눈빛. 그리고 부드러운 미소가 그의 입술 위로 떠올랐다.

"계속 좋아했어. 첫눈에 반한 주제에 네 옆에서 친구인 척하느라 얼마나 힘들었는지 넌 진짜 몰라. 말로 다 못 한다고."

미치는 줄 알았다, 라며 한숨처럼 덧붙인 말에 가슴이 죄어 온다.

"그런데 간신히 잊고 사나 했더니 눈앞에 떡하니 나타나질 않나. 이상한 문자로 도발이나 한 주제에 도망치질 않나. 하도 얄미워서 놀리다 보니 또 네 반응이 재밌더라. 그러다 보니 정작 해 줄 말은 못 해 주고……. 진짜 바보가 따로 없네."

게다가 타박이라고 하는 말은 왜 이렇게 다정한 건데. 그의 진심 어린 고백이 너무 기뻐서 또 눈물이 날 것 같다. 다시금 흐려지는 눈에 힘을 주며 물었다.

"왜 그때 말 안 했어?"

궁금했다. 그땐 왜 아무 말도 하지 않았던 건지. 왜 그렇게 냉정한 얼굴로 제 곁을 떠나 버렸던 건지.

그런데 그는 입술을 삐죽이더니 눈살을 찌푸리며 말했다. 어딘지 불만스러운 투로.

"너도 안 했잖아."

"그야 난 그럴 처지가 아니니까. 솔직히 그때 너 좋아했던 사람이…… 한둘이었어야지."

가장 큰 이유였던 연희의 얼굴이 머릿속을 맴돌아 잠시 멈칫해 버렸다. 만약 그때 연희가 좀 더 적극적이었다면 어떤 결과가 이어졌을까.

'*나도 현성이 좋아했는데……. 너랑 현성이랑 사귀어 버리면 내가 끼어들 틈이 없잖아.*'

왠지 이 순간 기억 저 멀리 밀어 둔 옛 친구 미연의 마음을 이해할 수 있을 것 같기도 했다. 아니, 아니다. 털어 내듯 고개를 저었다. 저는 절대 미연이와 같을 수 없었다. 그런 상황에서도 절대 연희를 미워하지 못했을 테니까.

그래서 더 큰 고통이었겠지.

"수진아."

조금 어두워진 얼굴을 본 걸까. 조용히 그녀를 부른 그가 그녀의 얼굴로 손을 뻗었다. 가볍게 접힌 손가락이 그녀의 뺨과 입가를 매만졌다. 그게 조금 간지러워 목을 움츠리자 더욱 진지해진 그의 물음이 이어졌다.

"나 기다리고 있던 거 맞지?"

"……."

"나 만나고 싶어서 우리 호텔에서 일하려고 마음먹은 거 맞지?"

'난 네가 여기서 일하고 있을 줄은 정말 상상도 못 했거든. 진즉 알았으면…….'

'……그런가? 그럼 원래부터 우리 호텔에 지망하려던 건 아니란 뜻이고?'

그녀의 입가에서 보조개가 수줍게 피어났다. 그날의 질문과 미묘했던 표정의 의미를 이제야 이해한 순간이었다.

지금껏 아니라고 우겨 왔고, 나중엔 스스로도 정말 아니라 믿었다. 그러나 정작 당사자의 입에서 그 질문을 들으니 처음의 감정이 돌아오는 것만 같았다. 취업 원서를 넣으며, 언젠가는 다시 그를 보고 싶다는 소망을 담았던 그때의 설렘이.

선선히 고개를 끄덕이자 그의 얼굴에도 꽃처럼 미소가 피어났다. 뿌듯함과 벅찬 감정에 들뜬 얼굴로 바라보던 남자가 그녀를 훌쩍 당겨 안았다.

"아!"

"너무 좋다. 왠지 실감이 안 나. 너랑 이러고 있는 게 꿈 같아."

단단히 저를 끌어안은 남자의 품은 아주 넓었다. 이대로 푹 빠져들 수 있을 만큼.

다만 둘 다 상의는 아무것도 입고 있지 않은 상태라는 게 마음에 걸렸을 뿐이다. 서둘러 그와의 사이에 손 하나를 끼워 넣긴 했지만 크게 효과는 없어 보였다.

뭉근하게 눌린 젖가슴의 감촉이 너무도 적나라하게 느껴질 거라 생각하니 도로 등골이 바짝 긴장했다. 기껏 가라앉은 제 숨소리도 빠르게 거칠어지고 있다.

"저기, 나 잠깐……."

"쉿, 가만있어. 그냥 이렇게 안고 자자."

"여, 여기서? 이대로?"

상식적으로 잠이 오겠니? 쭈뼛거리며 그의 품을 빠져나온 수진이 제 몸을 가리며 뒤로 물러나려 했다.

"그건 좀……. 저기, 나 옷도 입어야 하고……."

말이 끝나기 무섭게 손을 뻗은 그가 어딘가에 널려 있던 티셔츠를 집어 와 그녀의 머리부터 쑥 집어넣었다. 그러고는 황당하다는 듯 눈만 깜빡이는 그녀 앞에서 당당히 말했다.

"옷은 입었으니 괜찮지?"

아니, 너랑 침대에 같이 누워 있는 게 이상하다니까.

정확히는 아직 날 못 믿겠다고!

또 언제 홀라당 넘어가 버릴지 어떻게 알아.

속으로 탄식하는 사이, 그는 아무렇지 않게 그녀를 훌쩍 당겨 안더니 벌렁 드러누웠다. 얼결에 그의 팔을 베고 가슴팍에 얼굴을 묻게 된 수진이 눈만 깜빡이는 동안 준성은 엷게 웃으며 그녀의 이마에 손을 올렸다. 걷혀 나간 머리카락이 귓바퀴에 감기고 그의 손길이 스쳐 갔다.

"너랑 자고 싶다는 말, 꼭 그 뜻만은 아니었어."

"……"

"그러니까 안심하고 자. 도망가지 말고."

졸린 듯 느른해진 미소를 지어 보인 그가 이불을 덮어 주고는 그녀의 얼굴에 가볍게 입을 맞췄다.

"네가 하자고 했어도 어차피 못 했을 거야. 콘돔이 없었거든."

"뭐? 누가 하자고……! 아니, 잠깐. 그럼 속옷은 어디서 난 거야? 편의점 다녀온 거 아니었어? 거기서 안 사고 그냥 나온 거……. 아니, 그게 아니라."

저도 모르게 떠오른 의문을 마구마구 내뱉다 뭔가 이상하다는 사실을 깨닫고 황급히 입을 닫았지만 이미 때는 늦었다. 놀리듯 입꼬리를 끌어 올린 그가 은근하게 묻는다.

"왜, 섭섭해? 지금이라도 사 올까?"

"무슨 소릴 하는 거야, 내가 언제……"

"하긴, 어차피 지금 사 와 봐야 분위기 다 깨져서 되겠어? 그러니까 오늘은 넘어가."

"그게 아니라니까!"

"좀 아깝긴 하지? 홀려 있는 사이에 그냥 해 버릴 걸 그랬나."

"허! 홀리긴 누가 홀렸다고. 그 정돈 아니었거든?"

품 안에서 뻗대는 새끼 고양이처럼, 덧없고 사랑스럽기만 한 반항에 준성은 웃음을 터뜨렸다. 속이 뻔해서는 여우짓을 하려 드는데, 그 어설픔이 자꾸만 가슴에 불을 질러 버리니 큰일이었다. 정말 제대로 송준성 맞춤형 미끼가 따로 없었다. 아, 그래서 자꾸만 저 입술이 먹고 싶어지는 건가?

"알았으니까 그만 자자."

종알종알 움직이는 입술에서 눈을 떼지 못한 채로 한숨을 내쉬고는 다시 그녀의 몸을 끌어안았다. 움찔거리며 도망가려는 여자의 머리맡에 코를 박고서 한껏 숨을 들이켰다.

"내가 진짜 너 때문에 힘들어 죽겠다. 그러니까 기운 좀 줘."

그건 바쁜 네 탓이지 내 탓이 아닌데.

그런데 그 불만은 입 밖으로 꺼내지 못했다. 새삼 깨닫게 된 현실이 좀 더 강하게 와닿은 탓이었다.

조심스럽게 손을 뻗은 그녀가 그를 끌어안으며 등을 살살 토닥였다. 생각하는 것만으로도 가슴이 아릿했던 그 사람이 지금 이 품 안에서 위안을 받고 있다. 언제나 그리웠던 그 사람이 그녀를 안고서 숨을 쉬고 기뻐한다.

모든 게 기억했던 그대로의 모습이고, 한순간도 잊은 적 없었던 그 미소인데……. 성격은 전혀 달라진 내 첫사랑이.

소리 없는 웃음이 새어 나왔다. 이런 녀석이었나 싶을 만큼 어이가 없다가도 이런 막무가내에 더 설레는 건 왜일까.

아니, 아니다. 표현하는 방식은 조금 달라졌어도 그는 여전히 그녀가 알던 송준성이었다. 가장 가까이에서 우정이란 이름으로 아껴 주었던 그때처럼, 그녀를 존중하고 지켜 주겠다는 의미임을 모르지 않는다. 누구보다 가까운 곳에서 그를 지켜봐 온 그녀이기에.

그러니 이제 어떡해. 이젠 밀어낼 수도 없는걸.

"너 진짜 못됐어."

더 도망칠 수도 없게, 그녀의 템포에 맞춰 함께하겠다는 이 남자를 어떻게 거절할까.

"그래도 나만 한 남자 없잖아."

너무도 당당히 내뱉는 말에 허탈하게 웃어 버린 수진이 가만히 그 얼굴을 바라보다 눈을 감았다.

그래. 아무렴 어떠랴.

그의 품이 너무나 포근해서. 따뜻해서.

왠지 나중 일은 아무래도 좋단 생각이 들었다.

언제 다시 잠이 들었던 건지 모르겠다. 제 어깨를 슬며시 건드리는 손길에 깨어난 수진이 느릿하게 눈을 깜빡였다. 먹물을 탄 듯 짙은 푸른빛으로 가득한 방이 눈에 들어온다. 부스스한 몸을 일으킨 수진이 주변을 두리번거렸다. 다시 봐도 낯선 이 느낌은⋯⋯.

"잘 잤어?"

"아!"

깜짝이야.

느닷없이 들려온 목소리의 주인공은 당연히 준성이었다. 침대 머리맡에 걸터앉은 그가 그녀를 바라보고 있었다.

"어, 어. 나는 잘 잤지. 너는?"

"글쎄. 내가 잘 잤을까?"

짐짓 퉁명스러워진 말투에 살짝 당황할 뻔했다가 웃음기를 머금은 입술을 발견하고 보란 듯 눈을 흘겨 줬다. 이젠 제 앞에서만 묘하게 짓궂어지는 저 말투에도 익숙해질 때가 됐는데.

더군다나 이렇게 상큼한 웃음은 더더욱 좋지 않다. 아침부터 또 누구 혼을 빼놓으려고 이러는 거야.

당연히 어젯밤 일을 잊어버리는 둥의 유치한 사건 따윈 벌어지지 않았다. 그냥 눈을 뜨자마자 보게 되는 이 남자의 얼굴도. 절로 웃음이 새어 나오는 듯한 설렘도. 갑작스럽게 달라진 세상에 대한 기대감도. 하나같이 모두가 그녀에겐 너무도 낯설었을 뿐이다.

저도 모르게 배시시 새어 나오려는 웃음을 사리물던 그녀가 문득 손을 뻗어 남자의 뺨을 살짝 꼬집어 봤다. 그가 어이없다는 얼굴로 웃는다.

"뭐 하는 거야?"

"그냥."

왠지 얄미워서.

다시 한번 느끼지만, 자고 일어났는데도 이 남자는 어찌 이렇게 멀끔한 건지 모르겠다. 잠이 들기 전에 마지막으로 확인한 시간은 거의 4시에 가까웠다. 이제 6시가 조금 넘은 시각이니 길어야 두 시간이나 잤을까. 타임라인으로 따지면 최소 두 시간 넘게 물고 빨고 시시덕거리다 간신히 잠들었다는 뜻이다.

심지어 제 다리 사이에 닿았던 그 엄청난…… 아니, 크기는 둘째 치고 어쨌거나 그런 상태로 편히 잠을 잤을 리가 없었다. 잘은 몰라도 남자는 그런 상태를 굉장히 견디기 힘들어한다는 것 정도는 알고 있다.

그래선지 잠결에 어렴풋이 그가 방을 나서는 걸 본 것 같기도 하고……. 아무튼, 이래저래 어쨌거나 저보다 늦게 잔 건 확실한데, 정작 이 남자의 얼굴엔 전혀 그런 기미가 보이지 않는 게 이상했다. 하다못해 눈 밑에 다크서클 하나 보이지 않는다는 건 살짝 충격이었다. 게다가 말끔한 피부의 감촉이며 도톰하게 혈색이 깃든 입술은 또 어떻고.

"아침부터 시동 거는 거야?"

"응?"

"지금 엄청 참고 있으니까 괜히 불붙이지 말라고."

그르렁. 나지막하게 경고하는 목소리에 저도 모르게 움찔해서 손을 거둬 냈다. 아니, 이놈의 손가락이 언제 저 입술에 붙어 있었던 거야!

"어, 미, 미안. 고의는 아니었어."

순식간에 주변의 공기가 밀도를 올린다. 팽팽히 당겨지는 듯한 긴장감에 절로 몸이 움츠러들었다.

지그시 그녀를 응시하던 남자가 몸을 일으켰다. 그새 익숙해진 티셔츠와 트레이닝 바지가 눈에 들어오자 괜히 얼굴이 달아오른다. 저 차림 그대로 제게 이런저런 짓을 했던 간밤의 기억이 바로 눈앞에서 재생되는 것 같아 잽싸게 머리를 털어 냈다.

게다가 저건…….

문득 저만치 선 남자의 하체를 훑어보던 그녀가 황급히 시선을 거둬 냈다. 뭐지? 저 부피감은 대체. 어젯밤에도 뭔가 굉장하다고 느끼긴 했는데, 눈으로 직접 보니 더더욱 말이 안 되는 실루엣이 그려지고 있었다.

저게 정말 가능한 크기인가? 이게 말이 되나?

그보다 뭔가 엄청난 기회를 놓쳐 버린 것 같은 느낌은 기분 탓인가?

"……아깝다."

저도 모르게 작게 중얼거린 수진이 제 입술을 툭 때렸다. 요놈의 입술이 지금 뭐라고 했니. 이런 변태 같은. 아니 변태난 같으니라고.

"왜 그래?"

"아, 아니. 아무것도 아니야. 아무것도. 그냥 좀 피곤하긴 했나 봐."

저도 모르게 숨소리가 거칠어지긴 했나 보다. 잠시 의아한 듯 서 있던 준성의 얼굴에 뒤늦게 미안한 기색이 스쳤다.

"미안. 오늘만 고생하자. 다음엔 꼭 일찍 재워 줄게."

"……."

"씻고 있어. 옷 가져다줄게."

싱긋 웃으며 돌아선 남자가 방을 나서자 수진은 작게 신음하며 침 대 시트에 머리를 콩콩, 부딪쳤다. 기회를 놓친 제가 밉고, 다음이라 는 말에 또 기대감을 부풀리는 제가 너무 변태 같아서 괴롭다.

이렇게 살아서 뭐 하니. 차라리 죽자, 죽어.

함께 집을 나선 건 그로부터 30분 정도 시간이 흐른 후였다. 원래 는 가까운 전철역에서 혼자 출근하겠다는 의사를 밝혔지만, 준성이 허락하지 않았다.

어차피 곧장 주차장으로 들어갈 테니 주차 요원만 조심하면 된다 는 말에 설득을 당하기도 했지만, 무엇보다 준성의 고집을 이길 자신 이 없었다. 그의 말대로 따르지 않으면 제대로 된 갑질이 뭔지 보여 줄 기세였으니까.

도로를 달리기 시작한 차 안에서 수진은 거리의 표지판을 보며 현 재 신사역 부근 어딘가를 지나고 있음을 짐작했다. 목적지인 청담까지 그리 멀지 않은 곳이라 다행이라 생각한 순간, 엉뚱한 골목으로 진입한 차량은 얼마 지나지 않아 콩나물해장국집 앞에 멈춰 섰다.

"어? 여기는 왜?"

"어제 술 많이 마셨잖아."

당연하다는 듯이 말한 준성이 문을 열고 나섰다. 얼결에 따라 내린 수진이 앞장서는 남자의 뒤로 따라붙었다. 원래 아침은 아주 간단히 시리얼로 때우거나 그도 아니면 거의 잘 챙겨 먹지 않는 편이었지만, 굳이 여기서 그 말을 하고 싶진 않았다. 제 상태를 생각해 챙겨 주려는 그의 마음을 모르지 않아 절로 미소가 떠올랐다.

"그나저나 여긴 어떻게 알고 온 거야? 와 본 적 있는 곳이야?"

평범한 외관에 비해 내부는 상당히 아늑하고 깔끔한 분위기였다. 오래된 해장국집 특유의 찌든 느낌은 없어도 꽤나 맛집의 포스를 풍겼다. 준성이 이런 가게도 찾아다녔던가? 고개를 갸웃거리며 묻자 맞은편 자리에 앉던 그가 너털웃음을 지었다.

"아침에 검색해 봤지. 내 여자 속 좀 풀어 주려고."

"어?"

"속은 어때? 새벽엔 좀 힘들어 보이는 거 같던데."

"어어, 괜찮아. 이 정도로 막 탈 나고 그러진 않아서."

"다행이네."

방금 묘한 말을 들은 것 같은데, 미처 물을 새도 없이 화제가 흘러 버렸다. 툭하니 대꾸한 그가 언제 준비한 건지 숙취 음료를 꺼내 그녀의 앞에 내려놓았다.

"그래도 마셔 둬."

"어, 어…… 고마워."

대체 이건 또 언제 사 둔 걸까. 연이어 어, 라고밖에 대꾸를 못 한 것에 신경이 쓰인 것도 잠시. 심장이 간질거리는 듯한 기분에 푸스스 터져 나오는 웃음을 그대로 내보인 채 그를 바라봤다. 그 순간 잠시 멈칫하던 그가 이내 쑥스러운 듯 헛기침을 했다.

"그렇게 웃지 마."

"왜? 이상해?"

"설레서 심장 터질 거 같으니까, 나도."

순간 얼굴로 훅 하니 열이 오른다. 아니 진짜, 무슨 돌직구를 이렇게 막 던지고 갑자기. 게다가 그 말은 그녀 자신이 먼저 했던 말이었다. 남의 말을 허락도 없이 인용해 놓고 저리 뻔뻔하게 제 얼굴을 바라보고 있을 건 또 뭐람.

당황한 기색을 숨기려 재빨리 고맙다는 말과 함께 음료를 깠다. 괜히 귀가 뜨거워서 슬그머니 귓가를 붙든 채로 황급히 음료를 원샷 해 버린 수진이 눈살을 찌푸렸다.

"으, 근데 이거 맛 이상해."

그가 낮게 웃는 사이 때마침 주문한 음식이 나왔다. 작은 뚝배기 안에서 뜨끈하게 끓고 있는 콩나물국을 보며 작게 감탄사를 내뱉은 수진이 숟가락을 집어 들었다.

"잘 먹을게."

씩 웃으며 감사를 표한 수진은 뜨끈한 국물에 냉큼 밥을 덜어 넣었다. 곁들여 나온 수란에도 야무지게 국물을 부어 넣어 준비를 마치고는 바로 식사에 집중했다. 이상하게 쑥스럽고 등골이 간질거려 혼났는데 때맞춰 나와 준 음식이 고마울 정도였다. 그나마도 두어 숟갈 입에 넣자마자 들려온 말에 도로 흠칫해 버렸지만.

"너무 어색해하지 마. 나름 사귀기 시작한 첫날인데."

"흡!"

아이고야, 입천장을 홀랑 데어 버렸다. 두 눈을 부릅뜬 채 남자를 바라보며 간신히 뜨거운 덩어리를 삼켜 냈다. 아니, 정말 이 남자가. 그 와중에 잘생긴 웃음을 마주하고 제 얼굴만 빨개지고 말았다.

"그렇게 불편해하지 말라고. 난 네가 내 앞에서 좀 더 편하게 있었으면 좋겠어. 쉽지 않다는 건 알지만, 그렇게 어색해하고 거리 두는 게 싫어서 그래."

"어, 해장국 먹으면서 할 이야긴 아닌 거 같은데……."

또다시 쑥스러움을 못 이긴 수진이 농담처럼 대꾸했다. 아무렇지 않은 척 물컵을 집어 드는 손끝이 조금 떨려 왔다.

"생각할 시간 못 줘서 미안해."

그러나 바로 이어지는 말에 그녀의 입가에 떠올랐던 어색한 웃음도 다시 가라앉았다.

"그래도 내 행동 난 후회 안 해. 앞으로도 후회 안 할 거고. 그러니까 너도 후회하지 마. 그럴 일 없도록 내가 더 잘할게."

미안하다는 뉘앙스의 말치고는 내용이 그야말로 안하무인이다. 상대방의 의견은 들을 것도 없다는 투. '거절은 거절한다'는 말도 이거보단 덜 단호박이겠다.

어쩌면 이런 남자가 다 있을까.

"뭐야, 정말……. 내가 뭘 할 수가 없잖아. 네가 이래 버리면."

이렇게까지 하는데 더 무슨 말을 해. 무슨 남자가 정말 **빠져나갈 틈**이라곤 주질 않는다니까. 멸치잡이 어망도 이거보단 덜 촘촘하겠어.

중얼중얼 투덜대는 여자의 귓불도 어느덧 붉게 물들었다. 그 모습을 빤히 바라보는 준성의 눈빛에는 은근한 열망이 깃들었다.

"아주 천천히 와도 되니까, 방향만 바뀌지 마."

오로지 나만 보고 나를 향해 오면 돼.

내가 너만 바라보듯이. 너 역시 나만 바라보고 나를 원했으면 좋겠다고. 그날이 언제가 되든 기다릴 거라고.

무려 10년이란 시간을 가슴에 품고만 살았다. 어떤 꿈도 희망도 없이, 그저 잊지 못할 첫사랑으로 영원히 제 가슴만 미어지게 했을지도 모를 사람이었다. 그때의 절망과 고통에 비하면 이 정도의 기다림은 아무것도 아니었다.

적어도 지금 넌 내 눈앞에 있고, 이렇게 손을 뻗으면 만질 수도 있으니까.

"다만, 그렇게 날 기다리게 한 만큼 너한테 바라는 게 늘어날지도 몰라."

조심스럽게 뻗어 나간 손이 그녀의 입가를 문질렀다. 의아함을 품은 눈이 그를 향했다. 겁먹은 토끼처럼 불안함과 설렘이 공존하는 그 눈동자가 이른 아침부터 제 음심(淫心)을 더욱 자극하고 있다는 걸 이 여자는 죽어도 모를 테지.

"내가 뭘 더 바라게 될지, 한번 기대해 봐."

딱 한 순간 용기를 내지 못했던 것뿐인데, 너무 먼 길을 돌아와 버렸다. 아깝고 아까운 세월을 그냥 흘려보내야 했다. 그렇게 잊고 싶어도 잊지 못했던 고통의 시간을 견디는 것으로 그 모든 대가를 치렀으니 이젠 상을 받고 싶다. 네게서.

"아주 짜릿할 거야."

바라는 건 오직 너뿐이니까.

◇ ◆ ◇

"경기도 ○○시에서 태어나서 고등학교 시절까지 보냈고, 대학에 진학하면서 서울로 오게 되어 독립을 했다고 합니다. 아버지는 교직에 몸담으신 분으로 현재는 ○○시 ○○초등학교에서 교장직을 역임 중이고, 어머니는 평범한 가정주부입니다. 슬하에 다른 형제는 없이 외동이고요."

차분히 말을 마친 윤 이사가 잠시 입을 다물었다. 은은한 국화차 향이 가득한 한 회장의 집무실은 그가 말을 멈춘 순간 고요에 휩싸였다. 조금 긴장한 시선이 투명한 찻잔을 집어 든 채 그 향을 음미하는 한 회장에게로 향했다.

워낙에 표정과 행동에 감정을 드러내지 않는 사람이었다. 그러나 긴 세월 묵묵히 그 곁을 지켜 온 윤 이사는 불편하고 못마땅한 한 회장의 심사를 눈치챈 지 오래다. 몰래 한숨을 삼킨 윤 이사가 다시 말을 이어 갔다.

"대학 생활에서도 상당히 두각을 보여 수석으로 입학해 졸업까지 수석으로 마쳤다고 합니다. 실제로 우리 호텔에 입사했을 때의 성적도 가장 높았고요. 3년간 오퍼레이션 업무를 하다 현재는 객실판촉팀에서 기업 담당으로 일하고 있는데, 근무 태도가 아주 성실하고, 용모도 단정해서 거래처나 주변 동료들 사이에서도 평판은 꽤나 좋은 편입니다."

이미 한 회장의 앞에 놓인 서류에도 같은 내용이 정리되어 있을 것이다. 그럼에도 군이 제가 설명을 더하는 건, 더 정확히 사실을 확인

시켜 드리고자 하는 목적 이외에도 차분히 뭔가를 되뇌기 시작한 그녀에게 생각할 여유를 주기 위함이었다.

"송 상무와 함께 대학을 다닌 사이라고요?"

"네. 상무님께서 K대학 경영학과로 진학하신 그해에 함께 수학하며 알게 된 사이라고 합니다. 유학을 떠나기 전까지도 꽤나 친밀하셨던 것 같고요. 또 같은 대학에 다녔던 차수혁 부사장과도 현재까지 허물없이 지내는 사이로 알고 있습니다."

"흠."

찻잔을 내려놓은 한 회장은 입을 다문 채 눈앞의 서류로 시선을 던졌다. 조그만 증명사진 속에서도 꽤나 반반한 얼굴이다. 어딘지 좀 낯이 익은 느낌인 걸 보면 몇 번 마주치기도 했을 거다. 사진으로만 봐도 이렇게 고우니 실제로는 더 눈에 들어왔을 터.

그게 꼭 제 아들이라고 다르진 않았겠지.

빤히 사진 속 얼굴을 바라보던 한 회장의 미간이 슬며시 좁혀 들었을 때였다.

"외람된 말씀입니다만, 너무 심려치 않으셔도 될 것 같습니다. 진지한 관계였다면 상무님께서 유학을 떠나기 전에 이미 겉으로 드러내시지 않았을까요? 게다가 다시 인연이 닿은 것도 아주 최근인 것 같고요. 서로 옛정을 되뇌기에도 짧은 시간입니다. 신중하신 상무님이니 섣불리 관계를 이어 나가는 일도 없으셨을 거로 사료됩니다."

나름 그럴듯한 이야기였다. 별다른 정보가 없다면 그녀 역시 비슷하게 생각했을 것이다. 하지만 이미 준성에게서 심상치 않은 이야기들을 들은 이후였기에 그렇게 간단하게 생각할 수만은 없는 일이 되었다.

무엇보다 그녀는 저 자신이 고작 자식의 결혼 문제에 연연하고 있는 것도 모자라, 여느 철없는 부모들처럼 남의 뒤나 캐고 다니는 저열한 짓을 했다는 것만으로 이미 매우 불쾌한 상태였다.

"어쩌다 이런 관계가 되었는지, 얼마나 깊은 관계가 되었는지, 얼마나 지속될 것 같은지 따위의 저속한 이야기가 궁금한 게 아니에요."

"죄송합니다."

차갑게 떨어지는 말에 앞서 나간 충성심이 그녀의 심기를 건드렸음을 깨달은 윤 이사가 정중히 사과했다. 두통이 일 때처럼 이마를 짚은 채 미간을 찌푸리던 한 회장이 이내 낮게 한숨을 내쉬었다.

"……차라리 그런 저속한 이야기라면 더 해결이 쉬웠을 텐데."

나지막하게 곁들이는 말에 윤 이사가 의아한 얼굴을 했다. 그러나 한 회장의 입에서 더 이상의 설명이 나올 일은 없을 것이다. 더군다나 이 발칙한 계집애가 제 아들을 성공을 위한 발판으로 삼아 이용하고 있을지도 모른다는 추측 따윈 절대로.

'어찌 보면 인재로군.'

대학 시절엔 친구로 접근을 한 것도 모자라, 굳이 이 호텔에 입사를 했다. 그리고 착실하게 프런트 오피스를 돌며 일을 배우고 백 오피스로 전향하는 아주 전형적인 승진 과정을 밟고 있었다. 이 모든 게 꼭 우연만은 아닌 것 같아 보이는 건 지나친 억측일까.

지나치게 뛰어난 성적도. 그에 따르는 주변의 호의적인 평가도.

'*조금 시간을 주기로 해서 기다리고 있는 중이거든요.*'

제 아들을 애태우는 솜씨까지도.

절대 보통은 아니었다. 어지간한 야망으로 그렇게 움직일 수는 없었다. 그 야망을 이룰 만큼의 능력도 있어 보였다.

한 회장은 지금껏 인재를 평가할 때 단 한 가지 조건만을 봐 왔다. 바로 얼마만큼의 그릇을 갖추고 있느냐. 그리고 그 그릇의 크기는 보통 야망과 비례하는 편이었다.

어떤 자리에 올려놓아도 그 역량을 다할 수 있는 사람이라면 타고난 배경이든 학벌이든 논외로 뒀다. 받아들일 그릇만 된다면, 나머진 그 자리가 인재를 완성한다는 게 그녀의 지론이었다. 실제로 그녀의 곁에서 살아남은 인재들은 그렇게 대부분 밑바닥에서부터 건져 올린 사람들이다.

그런데 정작 제 아들의 배필이 될 사람이라 생각하니 생각지도 못한 조건들을 떠올리게 된다. 그 기준도 엄청 높아지고 있다. 저 자신도 몰랐던 제 적나라한 민낯을 이렇게 깨닫게 될 줄이야.

단순히 직원으로만 생각하면 꽤나 탐나는 인재긴 한데…….

문득 떠오른 생각에 잠시 멈칫한 한 회장이 다시 냉정하게 표정을 수습했다. 이윽고 그녀의 손에서 서류가 밀려 나왔다.

"당분간 예의 주시하세요."

"네. 알겠습니다."

서류를 집어 든 윤 이사가 그대로 물러났다. 다시 굳게 문이 닫힌 회장실에서 한 회장은 이후로도 꽤 한참을 생각에 잠겨 있었다.

10. 치밀한 남자

12월이 되자 계절은 빠르게 겨울로 접어들었다. 1년 중 가장 화려한 연말 시즌이 본격적으로 시작되는 때다. 크리스마스와 연말, 그리고 새해가 연이은 시기로 보통의 사람들에겐 가장 설레고 즐거운 때지만, 호텔 부지 한쪽의 작은 빌딩을 들락거리는 인간들에겐 다 남 얘기일 뿐이다.

"어우, 춥다. 추워! 이놈의 나라는 어떻게 된 게 중간이 없냐고, 중간이. 여름엔 쩌 죽고 겨울엔 얼어 죽고."

퇴근을 앞둔 시각. 사무실의 문을 벌컥 열고 들어온 나 과장이 죽는 소리를 해 댔다. 마침 유리에게 찻잔을 건네고 있던 수진이 오셨어요, 묻고는 웃음을 터뜨렸다.

"마침 잘 오셨어요. 유자차 좀 얻어 왔거든요. 바로 가져다드릴게요."

"이야, 이게 웬 횡재야. 고마워. 부탁할게."

이어 털썩 자리에 앉은 나 과장이 투덜투덜 말을 이어 갔다.

"올해는 늦더위까지 아주 극성이었잖아. 이제야 숨 좀 쉬어지나 했더니만, 어떻게 된 게 한 달을 못 버티고 바로 겨울이냐고."

"그러게요. 살 만한 날이 1년에 한 달도 안 되는 거 같죠?"

"진짜 딱 10월이랑 그나마 5월 정도나 살 만한 것 같지? 봄엔 황사에 미세 먼지. 여름엔 지옥 불. 겨울엔 시베리아 특송 한파까지, 아주 그냥 골고루 경험 가능하다니까."

"아, 10월 하니까 하는 말인데, 개천절이 왜 10월 3일인 줄 아세요? 단군 할아버지가 나라 세우러 왔다가 10월 날씨만 보고 덥석 계약해 버린 거래요. 완전 이건 부동산 사기 아니에요? 최소 1년은 살아 보셨어야지."

"뭐? 푸하학……. 야, 그거 말 된다."

나 과장이 크게 웃음을 터뜨렸다. 때마침 작은 찻잔 하나를 가지고 들어서던 수진의 입가에서도 피식, 웃음이 새어 나왔다.

"그게 뭐야. 그런 이야긴 또 어디서 들었어?"

"인터넷 서핑하다 봤어요. 주임님도 웃기죠? 이거 어디서 본 건지 알려 드릴까요? 웃긴 사람 많아서 우울할 때 들어가서 보면 딱이에요. 함 봐 보실래요?"

유리의 얼굴에 뿌듯함이 차올랐다. 당장에라도 인터넷 창부터 켜 보일 기세다. 그런 유리의 폭주를 막는 건 사수인 제 역할이었다. 일거리를 꺼내 드는 나 과장에게 유자차를 건네고 자리로 돌아온 수진은 옆자리의 유리를 향해 의뭉스러운 시선을 보냈다.

"설마 유리 씨. 업무 시간에 그런 거 보면서 월급 루팡 하는 건 아니지?"

"아잉, 주임님. 너무해요. 제가 그럴 사람으로 보이세요?"

"어, 솔직히 말하면 조금?"

"아이이잉, 진짜."

"알았어, 아니라고 해 줄게. 얼른 일이나 하자. 아까 구매부에 연락해 놓으라는 건 어떻게 됐니?"

장난기 가득한 앙탈을 가볍게 받아 주고서 바로 일에 집중했다. 빠르게 자료를 확인해 작업 중이던 서류와 대조해 가며 후다닥 정리를 끝내고, 프린트까지 일사천리로 마무리해 깔끔히 철해 놓기까지. 막힘없이 이어지는 움직임을 존경 어린 눈으로 지켜보던 유리가 슬그머니 말을 건네 왔다.

"주임님. 요즘 무슨 일 있으세요?"

"아니. 크게 별일은 없는데. 왜?"

"되게 활기차 보여서. 꼭 무슨 좋은 일 있는 사람처럼 행복이 뿜뿜 하는 느낌? 꼭 연애라도 하는 것처럼요."

생각 외로 예리한 지적에 지레 놀란 심장이 살짝 졸아붙었다.

연애하는 게 벌써 티가 나는 건가. 제가 생각해 놓고도 연애라는 말이 그렇게 간지러울 수가 없었다. 거기다 이 와중에 남자의 얼굴과 완벽했던 슈트 속의 사정이 불쑥 떠오를 건 뭔지.

갑자기 목덜미가 후끈거리고 얼굴에 열이 오르는 것 같아 당황한 수진은 열심히 머릿속으로 애국가를 부르며 최대한 아무렇지 않게 미소를 지어 보였다. 효과가 있는 건지는 의문이지만, 어쨌거나 표정에서 티가 나진 않은 모양이다. 슬쩍 주변을 둘러본 유리가 은근하게 목소리를 낮췄다.

"실은 아까 점심때 일이요. 혹시 마음 상하셨을까 봐 계속 조마조마했거든요."

어쩐 유독 제 웃음에 크게 반응을 한다 싶더라니.

자연스럽게 점심때 있었던 민효은 주임과의 트러블을 떠올린 수진이 쓴 입맛을 다셨다.

같은 해에 주임을 달았지만, 입사는 효은이 무려 2년이나 빨랐다. 한마디로 효은에게는 빠르게 제 자리까지 치고 올라온 수진은 사사건건 눈엣가시란 뜻이었다. 그녀도 그 사실을 잘 알기에 가급적 일로는, 특히 고객 관련한 일로는 절대 부딪치지 않으려 노력해 왔지만, 오늘은 피치 못할 사정이 있었다.

점심을 먹고 돌아오자마자 외국인 손님 몇이 공항에서 아주 불쾌한 상태로 호텔의 조치를 기다린다는 연락을 받았다. 그들은 효은이 담당한 고객사의 임원들로, 바뀐 일정을 서로 체크하지 못해 벌어진 일이었다.

사정이야 어떻든 호텔 측에서 고객을 나 몰라라 할 순 없는 일.

다른 고객사와의 회동으로 연락이 닿지 않는 효은 대신에 급히 룸을 준비시키고, 부랴부랴 공항으로 사람을 보내 그들을 모셨다. 정중한 사과도 제 몫이었다. 재계약 건까지 들먹이며 피를 마르게 하던 그들은 그제야 화가 풀렸는지 다음 스케줄을 위해 자리를 떠났고, 수진은 뒤늦게 안도의 한숨을 내쉬었다.

그런데 정작 문제는 그다음이었다. 뒤늦게 사실을 알고 황급히 돌아온 효은이 갑자기 화를 내며 펄펄 뛰기 시작한 것이다. 그것도 모자라 자기를 우습게 봤다며, 이 일은 월권이라며 몰아붙여 댔다. 물론이 모든 과정을 지켜본 사람들에겐 씨알도 안 먹히는 소리였다.

'알겠어요. 이번 일은 제가 잘못 대처한 것 같네요. 주임님이 저보다 더 오래 일하셨으니 아는 것도 더 많으시겠죠. 그럼 제가 거기서 어떻게 행동했어야 했을지 조언 좀 주세요. 제가 고쳐 볼게요.'

수진은 그에 맞서지 않았다. 조용히 효은의 흥분이 가라앉길 기다렸다가 진지하게 의견을 제시한 것이 반응의 전부였다. 하지만 그대로 입을 다문 효은은 외근을 핑계로 사무실을 나가 버렸다. 그게 대략 두 시간 전의 일이었다.

"솔직히 저라면 그런 모함까지 받으면 진짜 온몸이 벌벌 떨리고 눈이 뒤집혔을 거 같은데, 주임님은 너무 초연하고 당당하시더라고요. 좀 멋있었어요."

"별소릴 다 한다. 그리고 그렇게 뒷말하는 거 아니야. 네 마음은 알겠는데."

두 눈 가득 존경의 의미를 담아 하는 말이 낯간지러워 얼른 손을 내저었다. 고개를 끄덕이며 제 입을 털어 내는 시늉을 하던 유리가 생긋 웃는다.

"근데 솔직히 요즘 민 주임님 상황 안 좋은 건 사실이잖아요. 컴플레인이 벌써 몇 번째예요?"

또 뭔 소리를 하려는 건지. 갑자기 튀어나오는 말을 말릴 새도 없었다.

"아무튼 다들 이번에 김 주임님이 대리로 승진할 가능성이 높아서 더 그런 거 같다고 하세요. 솔직히 제 생각도 그렇고요. 실적이 엄청 차이 나는 건 사실인데 그걸 못 받아들이시면 어쩌자는 건지."

비슷한 이유로 최 대리도 요즘 제게 한창 까칠하게 굴곤 했다. 사실 저도 딱 그 이유 같아서 선뜻 아니란 말은 안 나왔다. 씁쓸해진 표정을 숨기려 모니터로 눈을 돌린 수진은 최대한 아무렇지 않게 지나는 투로 대꾸했다.

"실적이야 뭐, 내가 운이 좋았던 거고. 알잖아. 거래처 좋은 곳 만나는 것도 운인 거."

"에이, 그런 거면 영업 잘하는 사람이 왜 따로 있겠어요? 그거 다 실력이에요."

새침하게 대꾸한 유리가 의미심장하게 웃는다. 하여간 눈치는 빨라 가지고 정말 노빠꾸 직진이로구나. 정말 어린것들 무서워.

"이제 그만 떠들고 마저 일 마무리해야지?"

"네. 아, 맞다. 아까 주임님 잠시 자리 비운 사이에 영진그룹에서 연락 왔었어요. 오시는 대로 바로 연락 달라시던데요."

"아니, 이 사람아. 그걸 왜 이제 말해."

"헤헤. 그럼 저 홍보실에 좀 다녀올게요."

샐쭉 웃어 버린 유리가 총총 사무실을 나섰다. 그 뒷모습을 바라보다 고개를 젓고는 바로 휴대폰을 꺼내 들었다. 아무래도 30여 분 전쯤, 한창 부장실에서 헛소리를 듣고 있던 그 시간에 연락이 온 모양이다.

"안녕하세요, 서 과장님. 김수진 지배인입니다."

2년째 저와 거래 중인 담당자 서 과장은 이제 사십 대 중반에 접어드는 나이의 여자였다. 다행히 꽤 늦은 연락에도 불쾌한 기색은 없었다. 대신에 좀 놀라운 소식이 기다리고 있었다.

"네? 그만두신다고요? 아, 혹시 지난달에 고민하시던 거 결국 하기로 하신 거예요?"

— 네, 맞아요. 역시 기억하시네요. 더 이상 미루면 안 되겠더라고요. 벌써 의사 선생님한테도 엄청 혼났어요. 바로 입원부터 하라고.

"어우, 저런. 어떡해요."

잦은 두통에 시달리다 검진을 받았는데, 뜻밖에 뇌에서 작은 종양이 발견되었다고 했다. 다행히 악성은 아니었지만, 위치가 좋지 못해 수술이 불가피한 상황이었다. 거기다 지나치게 과도한 업무량에 몸과 마음이 많이 지쳐 언제까지 직장 생활을 할 수 있을지 걱정이라는 하소연을 들어 준 기억도 있었다.

담당이 바뀌는 일이야 흔했다. 문제는 당장에 영진그룹과 관련해 큰 행사가 목전이라는 점이었다.

영진그룹은 매해 연말이면 호텔에 전 직원을 초대해 큰 행사를 치르곤 했다. 그룹 회장님의 특별 지시하에 만들어진 중요한 연례행사로 2박 3일간 약 300여 명의 사원들이 함께하는 아주 통 큰 자리다.

당연히 준비할 것이 너무도 많았다. 300명분의 숙소를 준비하는 것은 물론, 특별 세미나와 단체 체육 대회부터 중간중간 식사와 레크리에이션 등의 자잘한 프로그램을 진행해야 하고, 마지막으로 특별 초대 가수의 디너쇼까지.

필요한 인력을 찾아내 조율하고 미리 계약해 두는 데만도 꼬박 몇 주는 걸리는 일이었다. 그것을 알기에 그녀도 중간에 손을 떼지 못하고 부득이하게 수술을 미뤄 왔으나, 더는 힘들어진 모양이다.

— 미안해요. 내가 다 처리하고 나가야 하는 건데…….

"아니에요, 무슨 말씀이세요. 당연히 건강을 먼저 생각하셔야죠. 워낙에 준비를 철저히 잘해 놓으셔서 새로 오신 분께서도 금방 적응하실 거예요."

── 그렇지 않아도, 그 후임 건으로도 할 말이 좀 있어서 따로 연락해 주십사 한 거예요.

잠시 뜸을 들이던 그녀가 말을 이었다.

── 실은 급하게 일을 그만두다 보니 완벽하게 인수인계를 하지 못했거든요. 이쪽 업무야 나중에라도 주변 사람한테 배우면 된다 쳐도, 당장에 이번 행사 관련한 일에는 많이 서투를 거예요. 연회팀에도 따로 말씀은 드릴 테지만…… 김 지배인님께서도 각별히 신경 써 주셨으면 해요. 제가 믿을 만한 분이 김 지배인님뿐이라서. 어려운 부탁해서 미안해요.

"어우, 그거야 당연히 제가 도와드려야 할 일이죠. 저희가 어떤 인연인데요. 그런 걱정 마시고 쾌차하세요. 빨리 건강해지셔야죠."

흔쾌히 웃으며 하는 말에 서 과장은 거듭 고맙다는 인사를 건네고 전화를 끊었다. 어찌 보면 크게 문제가 생길 일은 아닌 것 같은데, 왠지 후임을 언급하면서 살짝 머뭇거리는 느낌이었던 건 기분 탓인가?

"에휴. 나도 연말이라 예민한가 보다."

갑자기 일을 그만두게 되었는데 어느 누가 마음이 편하겠냐고. 괜한 생각을 지우며 휴대폰을 집어넣은 수진이 마저 남은 일거리를 집어 들었다.

이후 퇴근 시간까지 집중해서 일정을 다 마무리한 수진이 주섬주섬 짐을 챙겨 들었다. 모처럼 일찍 퇴근하는 날이었다.

사무실 건물을 나서자마자 수진은 다시 휴대폰을 꺼내 들었다. 가장 먼저 확인한 건 메시지 창이었다.

[잘 잤어? 늦지 말고 출근 잘 해. 오늘은 많이 춥다. 옷 단단히 챙겨 입고.

난 지금 호텔이야.]

　[점심 거르지 말고 꼭 챙겨 먹어. 시간 나면 전화할게.]

　마지막 메시지가 도착한 시간은 오전 11시. 혹시나 하고 봤더니 역시나, 오늘 날짜로는 더 이상 도착한 메시지가 없었다. 두 눈으로 확인하고 나니 갑자기 어깨에 힘이 쭉 빠졌다.

　참, 사람 마음이 이렇게 간사할 데가 있나.

　그와 진짜 연애를 시작한 지도 어언 3주.

　이제 시작하는 연인에게 3주란 매일같이 얼굴을 봐도 돌아서면 또 보고 싶은 그런 시기가 아닌가.

　더군다나 10년을 묵힌 인연이었다. 그토록 긴 시간 동안 쌓인 감정이 또 얼마나 애틋할까. 당연히 하루가 멀다 하고 서로를 찾을 줄 알았다. 그렇게 만나면 헤어지기 싫어 안달을 하고, 어쩌다 함께하면 금세 야릇해진 눈빛을 교환하다 누가 먼저라 할 새도 없이 입맞춤을 나누고.

　스치듯 눈만 마주쳐도 불꽃 튀기는 격렬함이 함께해야 할 때인데⋯⋯.

　"왜 나는 이러고 있는 걸까요?"

　조용한 읊조림이 차디찬 허공 속으로 흩날렸다.

　안타깝게도 그런 진전을 바라기는커녕, 그의 얼굴을 보는 것조차 여의치 않은 상황이었다. 타이밍도 좋게 그룹 내에 큰 문제가 발생한 탓이었다.

　11월 초, HJ건설의 회계팀 직원 하나가 회삿돈 30억 원가량을 빼돌려 마카오에서 도박을 하다 적발되는 사건이 발생했다. 단순 횡령

건으로 시작된 수사는 자금의 출처를 파악하다 정확히 2주 전, 뜻밖의 비자금 정황을 발견하며 파장을 불러일으켰다. HJ건설의 주요 인사 몇몇이 합심해 비자금을 조성했다는 의혹이 제기된 것이다.

사실 저 같은 평범한 사원에겐 남의 일이나 다름없는 사안이지만, 준성에겐 조금 다른 문제였다. 사건 자체야 당연히 그와 상관없더라도, 이미 그런 사건이 벌어진 것 자체로 그가 추진 중인 시내 면세점 특허 취득 과정에 문제를 야기할 수 있기 때문이었다.

현재까지 호텔 라비타의 면세사업부 측에선 '면세점 사업 계획서' 이행 내역을 거의 100% 가까이 이행하며 무난히 심사를 통과할 것으로 예상해 왔다. 특히나 배점이 높아진 상생 협력 항목을 완벽하게 달성했다는 건 가장 큰 이점이었다.

그런 타이밍에 터진 비자금 건이라니.

업체를 선정하는 과정은 오로지 심사자들의 판단으로만 이뤄진다. 그것은 곧 어느 정도 주관이 개입할 수밖에 없다는 뜻이다. 사회적으로 지탄을 받을 만한 사건이 터진 이상, 심사자로서는 당연히 여론을 의식할 수밖에 없을 것이다. 자칫 평가 점수를 낮게 줄 수도 있다는 우려의 목소리가 나올 수밖에 없는 상황이었다.

덕분에 발등에 불이 떨어진 건 면세사업부, 특히나 새로이 꾸린 시내점 오픈 TF팀의 책임자인 준성이었다. 수사가 진행될수록 시시각각 변해 가는 상황을 발 빠르게 수습하느라 밤늦도록 회의를 하고 출장을 다녀오곤 했다.

가뜩이나 바쁜 사람이었는데, 이젠 매일 만나기는커녕, 일주일에 두어 번 스치듯 얼굴이라도 볼 수 있으면 다행일 지경이었다. 호텔이나 사무실에서 우연히 그를 보기라도 하면 그날은 로또를 사야 하는 날이었다.

"하아, 내 팔자가 어쩌다."

하늘의 별 같았던 남자를 품에 넣어 놓고도 그놈의 타이밍 때문에 제대로 활용을 못 한다는 게 말이 되냐고요.

슈트 속의 완벽했던 그 어깨 라인이며, 돌처럼 단단했던 허벅지며…… 제 다리 사이를 지그시 눌러 오던 우람한 것의 자태는 대체 언제 제대로 볼 수 있는 걸까요?

"……이렇게 점점 변태력만 늘어 가고."

님을 봐야 뽕도 따는 거지.

얼굴 보기조차 이리 귀한 남자랑 연애를 하려니 쌓이는 거라곤 욕구 불만뿐이로구나.

점점 어두운색으로 물들어 가는 하늘을 향해 긴 한숨을 내뱉은 수진이 다시 휴대폰으로 눈을 돌렸다. 어쨌거나 마지막 메시지의 상태를 보아 하니 당장은 그의 목소리를 듣는 일조차 요원해 보이고.

"그럼 오늘도 출석 도장이나 찍어 볼까."

사무실에서 전철역까지는 대략 10여 분쯤. 이 정도면 지금 전화를 걸 상대와의 통화 시간은 충분했다.

—아 또 왜.

정확히 세 음절뿐인 대사에 많은 감정이 함축되어 있었다.

"왜긴 왜야. 마이 프렌드가 잘 있는지, 목소리라도 듣고 싶어서 전화했지."

—말은 똑바로 해라. 내 목소리를 듣고 싶은 게 아니라 대나무 숲이 필요했겠지. 왜. 혹시 준성이한테 섭섭한 일이라도 생겼냐?

"아니. 그럴 리가."

섭섭할 일이라도 생겨 봤으면 좋겠네.

그렇게 생각하니 괜히 더 우울해지는 것 같아 애써 쾌활하게 물었다.

"저녁은 먹었어? 음악 소리 나는 거 보니 출근은 잘 한 거 같네."

— 그런 건 나한테 물을 게 아니라 네 애인한테 물어야 할 소리 같은데.

"그렇지 않아도 바쁘다고 문자 왔었어."

— 난 안 바쁘냐?

"에이. 친구 사이에 이러기야?"

— 이젠 그냥 친구라고 하긴 힘들지. 넌 애인 있는 여자고. 나는 네 애인의 둘도 없는 불알친구고.

아, 이건 진짜 좀 섭섭한 말이네. 제대로 마음의 상처를 입은 수진이 조금 시무룩해졌다.

준성과 연애를 시작하고 가장 먼저 수혁에게 이 소식을 전했었다. 술에 취한 저를 준성에게 던져 버린 일에 대한 약간의 복수심을 섞어 일부러 닭살 돋는 소리를 늘어놓기도 했지만, 사실은 두 사람을 떠밀어 준 그에게 고마운 마음이 더 컸다.

그래서 이렇게 대놓고 밀어내는 뉘앙스가 더 섭섭한 건지도.

"그래서 뭐. 이제 전화하지 말라고?"

— 꼭 그런 건 아니고. 상황이 달라졌으니 우리 사이에도 약간의 거리감이 필요할 거 같아서 하는 말이지.

"아니, 야. 그래도 그렇지 이렇게 갑자기 손절해 버리려고 들면 내가 섭섭하지. 너까지 없으면 난 누구랑 수다 떨라는 건데."

— 왜, 요즘 자주 못 봐서 힘들어?

준성의 상황을 수혁이라고 모를 리 없었다. 정확히 제 마음을 짚어 낸 말에 수진은 다시 시무룩해졌다.

"아니, 뭐. 그런 거까진 아니고."

— 그런 건 솔직해도 돼. 보고 싶으면 보고 싶다, 불만이 있으면 이런 게 싫다. 확실히 말을 해야 준성이도 알지.

말로는 기대지 말라더니, 알아서 제 고민을 척척 파헤쳐 주고 있다. 그러고 보면 워낙에 오지랖이 넓어 여기저기 참견하길 좋아하던 녀석이긴 했다. 지금 수혁에겐 저와 준성의 관계만큼 재미있는 구경거리가 없을 거다.

이럴 거면서 뭘 연락을 줄이래.

"그런 소릴 어떻게 해. 지금 본인 일도 충분히 바쁜 사람한테."

— 왜 못 해? 이젠 네 애인인데.

그게 말처럼 쉽지 않다니까.

절로 치솟는 한숨을 삼켰다.

사실 다른 것보다 미묘하게 위축되는 저 자신이 문제라는 건 알고 있었다. 애초에 사람을 사귀는 재능이 없었다. 적당히 허물없이, 크게 눈치 보지 않고도 마음 편히 만날 수 있는 사람이라곤 지금은 수혁이 전부였다. 하다못해 부모님께도 속엣말을 다 터놓은 적이 없었으니까.

더군다나 이렇게 누군가와 진지하게 연애를 시작한 건 준성이 처음이었다. 한때는 친구였다지만, 지금의 수혁만큼 편한 사이도 아니었고, 정식으로 누군가와 연애를 하는 거라 의식하고 나니 마음에 걸리는 것만 늘어 갔다.

메시지 한번, 전화 한번을 걸어 보려 해도 혹시 그를 귀찮게 하는 건 아닌지, 불편한 상황은 아닌지. 이런 걱정이 먼저 튀어나와 선뜻 손이 움직이질 않았다. 아무 사이도 아닌 사람이라면 미움받을까 두려울 일도 없겠지만, 이미 이보다 더 좋을 수가 없는 사람과의 관계에선 잃을 게 너무나도 많았다. 언젠가는 지금 쥐고 있는 이 감정도 놓아야 할 때가 올 거라는 걸 알면서도 지금은 좀 겁이 났다.

하. 정말 내가 어쩌다 이렇게까지 소심해진 거냐고.

"그래도…… 준성이가 먼저 연락은 자주 해 주는 편이야."

잠시간 말이 없던 그녀가 뒤늦게 덧붙였다. 보지 않아도 수혁이 어떤 표정을 짓고 있을지 눈에 그려지는 것만 같다. 분명 한심하다는 얼굴로 고개나 젓고 있겠지.

— 그놈이 먼저 연락해 준다고 안심할 게 아니야. 남자는 제대로 단속을 해 줘야 한다고. 너무 풀어 주면 안 돼.

"무슨 소리야. 남자들이 다 너 같은 줄 알아? 준성이 절대 그런 사람 아니거든?"

— 맞는지 아닌지는 두고 보면 알 거고. 그러니까 내 말은, 언제든 네가 먼저 연락하고 찾아가도 된다는 소리야. 너 그럴 자격 있다고.

"……."

— 어려운 일 아니잖아. 지금 바로 전화 끊고 손가락만 움직이면 되는 건데.

딱 잘라 말한 수혁이 '츄라이, 츄라이.'라고 덧붙이고는 전화를 끊었다. 끊어진 휴대폰을 바라보며 잠시 어이없는 표정을 짓던 그녀가 이내 피식 웃음을 머금었다.

"그래. 그래도 너라도 응원해 주니 고맙다, 야."

몰래 하는 연애라서일까. 아무에게도 하지 못하는 말들이 많았다.

가끔은 같은 여자들끼리 허심탄회하게 속내를 드러내며 연애 상담도 하고, 소소하게 기쁜 일에 축하도 받고 싶은데 그러지 못한다는 게 좀 서글펐다. 이건 아쉽게도 남자인 친구 수혁에게선 절대로 충족할 수 없는 것이었다.

상처받는 게 두려워 누구에게도 본심을 다 털어놓진 못했다. 그렇게 모든 것을 혼자 감당해 온 세월이 길었다. 괜찮다고 믿고 살다 보니, 정말 괜찮은 것 같았다. 점점 짙어지는 외로움을 애써 외면하며, 그래도 상처받는 것보단 낫다고 생각하며 살아왔다.

하지만 진짜 좋아하는 사람을 만나고, 진심으로 축하받고 싶은 일이 생기니 잘 막아 둔 댐이 훅 터져 버린 것처럼 쌓여 있던 외로움이 쏟아져 내리는 기분이었다.

이럴 때에 제대로 마음을 나눌 사람이 곁에 있다면 얼마나 좋을까.

"그러고 보니 연희는 지금 뭐 하고 있으려나……."

무심코 중얼거린 이름에 더욱 가슴이 시렸다.

왠지 어떤 아쉬움과 미안함. 그리고 약간의 두려움이 머릿속을 복잡하게 메웠다. 이미 연희에겐 그날의 고백 사건 따윈 기억에도 남지 않은 일이 되었을 것이다. 수진의 망설임은 '그럼에도 불구하고' 끝까지 제 솔직한 마음을 털어놓지 못한 데에서 비롯됐다.

몇 번 기회는 있었지만, 선뜻 입이 떨어지지 않았다. 그 오래전 일을 언급하며 '사실은 나도 그때 준성이를 좋아했어.' 라고 정정하는 게 약간 낯간지러웠다. 어차피 가망 없는 짝사랑인데 굳이 그 감정을 말할 필요가 있나, 싶기도 했고.

설마하니 자신이 진짜 그 송준성과 사귀게 될 줄 누가 알았겠냐고.

당장 저부터 실감이 나지 않는데.

피식 헛웃음을 지으며 잠시 그 자리에 선 채 휴대폰을 만지작거리던 수진이 이내 고개를 저었다. 어차피 당장에 전화로 할 수 있을 만한 이야기는 아닌 것 같았다. 멀리 있는 친구를 붙잡고 징징거리는 것도 못 할 짓이라 지금껏 해 본 적 없는 일이기도 했다.

곧 한국에 돌아올 예정이라 했으니 한번 날 잡고 밤새 술이라도 마시며 길게 썰을 풀어 줘야지.

연희라면 그 어떤 누구보다 기뻐해 줄 것이다. 왜 지금까지 말하지 않았냐며 서운해하다가도 긴 솔로 인생을 벗어난 소감이 어떠냐고 장난스럽게 캐물어 댈 테지. 그렇게 웃는 얼굴이 벌써부터 눈에 선해서 절로 미소가 떠올랐다.

집에 돌아왔을 때는 8시가 다 되어 갈 무렵이었다. 모처럼 칼퇴근을 했는데도 현관문을 여는 순간부터 눕고 싶어진다. 그러고 보면 요즘 꽤나 바쁘긴 했지. 그나마 남아 있던 기력조차 만원 전철에 시달리다 보면 바닥을 보이기 일쑤였다.

"으으, 일단 씻자."

잠깐이라도 쉬었다간 만사 귀찮아질 게 뻔했기에 곧장 욕실부터 찾았다.

한참 동안 뜨거운 물을 맞으며 샤워를 마치고 난 후엔 습관처럼 냉장고로 다가갔다. 때마침 딱 하나 남아 있던 캔 맥주가 눈에 들어온다. 주저 없이 그것을 꺼내 시원하게 한 모금 들이켜자 그제야 조금 기운이 돌아오는 것 같았다.

"안주. 안주가 있나."

술을 끊을 거라는 결심 따윈 진즉에 갖다 버린 지 오래였다. 애초에 유전자부터 금주는 불가능한 몸이었다. 되지도 않을 금주에 기운을 빼느니 빠르게 주제를 파악하고 자신을 합리화하는 쪽이 정신 건강을 지키는 지름길이다.

키득거리며 과자 하나를 찾아낸 수진이 침대 옆에 털썩 주저앉았다. 오후 늦게 먹은 간식 때문에 배가 고프지 않아 저녁은 이걸로 대신할 생각이었다. 다시 맥주를 입에 머금으며 휴대폰을 꺼내 화면을 켜자 그새 도착한 메시지 몇 개가 눈에 띈다. 거래처에서 온 문의가 셋. 광고 문자가 둘.

먼저 문의 메시지에 일일이 답신을 넣어 준 수진이 과자 하나를 입에 넣었다.

"많이 바쁜 건가?"

아직까지도 수신함에 그의 이름은 보이지 않았다. 가만히 휴대폰을 바라보는데 방금 전 수혁과의 통화 내용이 귓가에 아른거렸다.

— *그러니까 내 말은, 언제든 네가 먼저 연락하고 찾아가도 된다는 소리야.*

잠시 고민하던 수진이 그의 이름을 눌러 메시지 창을 열었다.

[나 퇴근했어. 오늘도 많이 바쁜가 보네. 많이 힘들겠다. 저녁 잊지 말고 꼭 챙겨 먹어.]

몇 번이나 썼다, 지웠다를 반복하며 최대한 부담 주지 않을 단어들만 골라 작성을 마친 그녀가 전송 버튼을 눌렀다. 바쁘다면 굳이 답장을 보내지 않아도 된다는 뉘앙스를 가득 담은 메시지였다. 미련을 버리고 맥주만 다 마시면 일찍 잠자리에 들 생각이었다.

그러나 한 시간이 넘도록 그녀는 그 자리 그대로였다. 어느새 바닥을 드러낸 맥주 캔에 몇 방울 안 남은 액체를 홀짝거려 보고, 볼 것도 없는 TV 채널을 이리저리 돌려도 보고, 부스러기뿐인 과자 봉지를 입에 털어 보면서도 시선은 어느 순간 휴대폰을 향했다.

"무슨 일 있는 건 아니겠지?"

각오는 했는데도 정말로 연락이 없으니 섭섭함 한편으론 슬슬 걱정이 되었다. 좋지 않은 일이라도 생긴 건가? 혹시 무슨 사고라도 난 건 아닐까? 갑자기 오한이 밀려오는 것 같아 휴대폰을 집어 들었을 때였다.

갑자기 화면이 검게 바뀌더니 준성의 이름이 둥실 떠올랐다. 반가운 이름을 확인한 수진이 바로 통화 버튼을 눌렀다.

"여보세요?"

─ 어, 바로 받네. 어떻게 이렇게 빨리 받아?

낮게 잠긴 남자의 음성에 설렐 새도 없이 질문이 가슴에 콕 박혀 온다. 오매불망 기다린 걸 너무 티를 내 버렸나 보다. 괜히 민망해진 수진이 보이지도 않는 그를 의식하며 손부채질을 했다.

"어, 그게. 이제 막 집에 들어온 참이라서. 그, 뭐 좀 확인하려는데 갑자기 전화가 오더라고."

─ 아. 내 전화 기다린 건 아니고?

"그, 그건 아니지. 당연히. 너 바쁜 거 다 아는데."

뜨끔한 속을 감추며 잽싸게 둘러댔다. 하여간 이 남자는 닥치고 돌진밖에 모르는구나. 하도 직구만 맞아서 그런지 이젠 가슴팍이 다 너덜너덜해질 지경이다.

"회사야?"

― 아니. 약속이 있어서 밖이야.

"이 시간까지? 설마 일 때문이야? 저녁은?"

― ⋯⋯먹었던가?

조금 자신 없다는 듯 느려진 대꾸에 그녀의 말이 많아졌다.

"뭐? 설마 아직도 안 먹은 거야? 아니, 그건 아니지. 이런 말단 직원도 밥은 안 굶고 사는데 하늘 같은 상무님이 밥을 굶고 일하는 게 어디 있어?"

― 하하⋯⋯.

"웃을 일이 아니잖아. 가뜩이나 일도 바쁘면서 밥도 제대로 안 먹고 다니면 몸 축나는 거 순식간이란 말이야. 나이 들어 고생한다고."

― 걱정 마. 흔한 일 아니니까. 너랑 통화하고 나서 바로 먹으러 가려던 참이었어.

"그럼 지금 이럴 게 아니라 끊어야지. 빨리 가서 밥부터 먹고."

― 잔소리는.

"잔소리라니. 너 내가 진짜 심각하게 잔소리하는 걸 못 들어 봤구나? 내가 맘먹고 우리 팀원들 닦달하는 모습이라도 한번 봐야 아, 이건 완전 유치원 선생님처럼 다정한 말투였구나⋯⋯. 흠. 뭐, 암튼 그렇다고."

쑥스러움을 이겨 내려 이 말 저 말 주워섬긴다는 게 조금 오버였나, 싶었을 때였다. 수화기 너머로 들려오는 웃음소리가 기분 좋게 귓가를 간질였다. 한결 가라앉은 음성에 묘하게 가슴속이 일렁여 잠시 숨을 멈췄다. 서로의 안부를 묻고 건강을 걱정하는 게 이렇게 간질거릴 수도 있는 건가.

— 알았어. 얼른 가서 먹고 자기 전에 다시 연락할게.

"꼭 챙겨 먹어야 해. 잊지 말고."

— 뭐 먹을지 골라 줘.

"뭐? 진짜 별걸 다 시키려 그래. 오늘 고생 많았으니까 고기 먹어, 고기. 됐지?"

— 무슨 고기인지도 골라 줘야지.

"아잇, 진짜!"

— 하하하, 알았어. 오늘은 불고기전골 먹어야겠다. 기억나지? 예전에 너랑 자주 먹었잖아.

"아, 기억나. 나 알바하던 카페 옆 블록에 있던 할매백반 말하는 거지? 거기 진짜 싸고 맛있었는데. 그때도 좀만 늦으면 자리 없어서 강의 끝나자마자 달려야 했잖아."

— 맞아, 거기. 아직도 장사하시려나.

"할머님 아프셔서 집에 계시고 이젠 아드님이 대신 하신대. 다행히 맛은 크게 안 변했더라고. 얼마 전에도 가 봤거든. 아, 우리 언제 시간 나면 오랜만에 학교나……. 아니, 참. 이럴 때가 아닌데."

정작 끊으라며 닦달하던 그녀가 더 신나서 이야기하다 뒤늦게 정신을 차렸다.

"어우, 이러다 식당 문 다 닫겠어. 빨리 밥부터 챙겨 먹어. 나도 이제 자야 하니까 그만 끊고……."

— 보고 싶다.

연방 잔소리를 내뱉던 그녀의 입술이 곱게 맞붙었다. 불쑥 튀어나온 진심에 심장이 세차게 반응한다.

잠시 말문을 잃었던 그녀가 슬며시 웃음이 번져 가는 입술을 말아물었다. 전화 한 통에 기분이 들뜨고, 보고 싶다는 말 한마디에 이렇게 설레서 어쩔 줄 몰라 하는 제 모습이 너무 낯설다.

이 남자와 밀당을 하는 건 애초에 불가능이라 쳐도 조금은 튕길 줄도 알아야 할 텐데. 이 마음은 그저 그가 당기는 대로 속절없이 끌려가고만 있으니 큰일이었다.

하, 내가 이렇게 쉬운 여자였다니.

두근거리는 가슴팍을 부여잡은 그녀가 수줍게 대꾸했다.

"왜 갑자기 그런 말이야."

— 모르겠어. 그냥 갑자기 미치게 보고 싶어.

"……."

— 키스하고 싶고. 안고 싶고.

"……."

— 실은 하루 종일 그 생각밖에 안 했어.

"일하는 사람이 직장에서 그러면 어떡해. 변태도 아니고."

— 그러게. 어떤 예쁜 변태랑 사귀다 보니 나도 변태 다 됐나 봐.

분명 농담으로 하는 말일 텐데, 저질러 놓은 업보가 많은 그녀로서는 참 뭐라 할 말이 없어지는 순간이다. 괜히 뜨끈해지려는 뒷목을 긁적이며 웃었다. 수화기 너머에서 나직하게 웃던 남자가 한층 은근한 투로 묻는다.

— 지금 거기로 갈까?

"지금? 안 돼, 지금은. 너무 늦었잖아."

― 진짜 늦었어?

"당연하지. 우리 집에서 너희 집까지 거리가 얼만데. 이 시간에 어떻게 그래. 너 피곤해서 안 돼."

― ……거기까지 가는 시간이 안 들어도 된다면?

이게 무슨 소리야.

잠시 그게 무슨 뜻인지 이해를 못 했다가, 저도 모르게 자리에서 벌떡 일어났다. 후다닥 창가로 다가가 문을 여는 손길이 급했다.

"지금 어디야?"

그렇게 물은 순간, 저만치 골목 어귀의 가로등 아래 어딘지 익숙한 차량 한 대가 눈에 들어왔다. 그리고 그 옆에 선 남자를 발견한 수진의 눈이 휘둥그레졌다.

설마.

"잠깐만, 설마 저기, 저 사람. 아니, 지금 우리 집 앞이야?"

― 응. 그냥 너 잘 자는지만 보고 가려고 했는데.

"미쳤어! 자, 잠깐만 기다려! 5분만! 아니, 아니 지금 바로 나갈게!"

한쪽 어깨와 귀 사이에 휴대폰을 끼워 놓은 채로 후다닥 옷장을 뒤지며 외쳤다. 이미 파자마를 입고 있었기에 그 위로 도톰한 후드 티셔츠만 냅다 껴입고, 거울을 들여다보며 헝클어진 머리카락을 적당히 매만졌다. 이어 희멀건 입술에 살짝 생기만 돌도록 컬러 립밤까지 바르고 난 그녀가 허둥지둥 문밖으로 나섰다.

엘리베이터를 기다릴 시간도 없어 무작정 계단을 뛰어 내려갔다. 제집이 고작 3층이라는 게 이럴 때는 천만다행이었다.

더욱 쌀쌀해진 바람이 옷 틈으로 파고드는 줄도 모르고 골목까지 달려 나간 그녀가 이윽고 차체에 기대선 남자를 발견하고 그 자리에 멈춰 섰다.

정신없이 달려온 그녀를 발견한 남자가 웃는다. 서로를 향한 두 사람의 눈에는 똑같은 감정이 스며들어 있었다.

"넘어지면 어쩌려고 그렇게 뛰어와?"

너무도 다정히 묻는 말. 새삼 미친 듯이 심장이 뛰어서 또 깨닫게 된다.

내가 정말 이 남자를 이렇게나 좋아하는구나, 하고.

"미쳤나 봐. 이 시간에 여길 오면 어떡해."

이상하게 눈물이 날 것 같아 괜히 더 퉁명스럽게 타박을 내놓았다. 그새 살이 내린 건지 조금 수척해진 얼굴이 안쓰러웠다. 상황이 힘들다는 건 충분히 짐작하고도 남았지만, 생각했던 것보다 그는 더 힘든 시간을 보내고 있었나 보다.

"그리고 이 밤중에 예고도 없이 여자 집 앞까지 오는 거 아니라고."

대뜸 내놓는 타박에도 그는 나른하게 웃기만 한다. 더욱 날카로워진 턱선과 한결 뚜렷하게 솟은 콧대. 베일 것처럼 예리해진 눈빛에 반응하는 제 심장이 참 철없다. 몇 시간 전만 해도 괜한 섭섭함으로 가득했던 마음이 언제 그랬냐는 듯 몽글거리는 감정에 녹아내리고 있다.

"오자마자 잔소리는."

"내가 지금 잔소리 안 하게 생겼어? 얼굴이 그렇게 상해서는……."

무턱대고 튀어나오려던 말을 꾹 눌러 삼켰다. 힘든 거 뻔히 아는데 왜 이렇게 무리를 하느냐고. 나 때문에 네가 더 피곤해질까 속상하다고. 연이어 튀어나올 뻔했던 말들이 가슴속에서 조용히 고동쳤다.

"수진아."

"……."

"고개 들어 봐, 김수진."

이끌리듯 고개를 들어 그를 바라봤다. 부드러운 미소가 걸린 입가를 보자 또 눈가가 뜨거워지는 것 같아 슬쩍 시선을 내리깔며 눈을 깜빡인다.

"네 얼굴 보고 싶어서 온 건데. 자꾸 그렇게 눈 피할 거야?"

"봐서 뭐 하게. 어차피 아는 얼굴 본다고 뭐 달라지나."

마음은 애틋한데 튀어나오는 말이 제 의도완 다르게 자꾸만 불퉁해진다. 제 입을 딱 한 대만 때려 주고 싶은 기분이었다.

그런 제 태도에도 가만히 웃던 남자가 불쑥 다가섰다. 찬 바람과 섞인 남자의 향이 코끝을 스친다. 가슴이 시큰해지는 향을 의식하며 그를 바라본 순간 그의 품이 눈앞을 덮쳐 왔다. 어, 하는 외마디 소리와 함께 자그마한 여자의 몸이 커다란 남자의 품 안에 쑥 빨려 들었다.

그렇게 그녀를 꼭 껴안은 채 남자는 한동안 말이 없었다. 목덜미를 스치는 뜨거운 숨결. 맞닿은 가슴에서 느껴지는 심장의 고동만이 순간의 전부였다.

조심스럽게 손을 뻗은 수진이 남자의 등을 가만가만 토닥였다. 평소엔 누구보다 굳건해 보이고 다소 위압적이기까지 했던 남자인데, 오늘은 상처 입은 들짐승을 보는 것 같아 마음이 쓰였다.

기꺼이 품을 내주려는 그녀의 제스처에 그는 더욱 힘을 줘 그녀를 껴안으며 목덜미에 얼굴을 묻어 왔다.

"하아……. 좋다. 김수진 냄새."

등골이 오싹하도록 깊은숨이 귓불에 닿은 순간 오금이 훅 당겨 왔다. 현기증이 나려는 걸 간신히 두 다리에 힘을 줘 버텼다. 이 담백해 보이는 남자를 상대로 혼자 야릇한 반응을 보이는 게 부끄러워 황급히 그 품을 빠져나왔다.

"뭐, 뭐야. 갑자기 거기다 대고 말하면 간지럽잖아."

"왜. 뭔가 느꼈어?"

"뭐? 허, 얘가 점점……."

갈수록 가관인 남자를 기막혀하며 바라보자 남자는 묘하게 짓궂은 얼굴로 소리를 낮춰 웃는다. 아까부터 이상하게 그 웃음이 신경 쓰였다. 분명 눈앞에서 웃고 있는데도 썩 밝지 않아 보여서 더더욱 지쳐 보이는 그런 느낌.

"무슨 일 있었어?"

조심스럽게 묻는 말투에 걱정이 깃들었다.

"무슨 일 있으면 네가 달려와 주려고?"

"마음이야 그러고는 싶은데 도움이 될지는 모르겠어."

"흠, 정말 그럴까?"

그가 다시 그녀의 허리를 끌어당겼다. 이번엔 지그시 얼굴을 마주 본 채로 조금은 음험하게.

"도움 줄 방법이 분명 있을걸. 잘 생각해 봐."

저 매혹적인 미소를 머금은 입술로 내놓는 말이 의미심장하게 들리는 건 절대 내 탓이 아닐 거다.

샐쭉 눈을 흘기는 것으로 못된 수작질을 차단한 수진이 그의 소맷자락을 붙들었다.

"저녁 먹어야지, 이제. 아까 아직 안 먹었다며."

"어, 네 얼굴도 봤으니 이제 진짜 가서 먹으려고."

"이 시간에 혼자 먹는 거네. 그럼 별로 맛도 없을 텐데."

"어쩔 수 없지, 뭐. 정 그러면 퇴근하신 김 비서님이라도 불러내 볼까?"

"어우, 어우! 제발 그러지 마. 완전 악덕 상사라고, 어? 막 가명으로 각색했는데 다 알아보게 써서 인터넷에 올리실라."

농담처럼 말했지만 진심이 가득 실린 충고였다. 그의 웃음이 이제야 좀 더 밝아진 것 같았다.

그리고 어느 순간부터 이유를 알 수 없는 침묵이 이어졌다. 물끄러미 와 닿는 시선을 의식하며 제 손가락을 만지작거리던 수진이 헛기침을 하곤 그를 마주 봤다.

아쉽고 아쉬워서 선뜻 무슨 말을 해야 할지 모르는 두 사람의 침묵이 이 순간 조금 더 길어졌다. 그렇게 가고 싶지 않은 남자와 보내고 싶지 않은 여자의 시선이 한동안 서로에게 머물렀다가 느릿하게 떨어졌다. 이젠 진짜로 돌아가야 할 시간임을 알고 있는 남자가 긴 숨과 함께 말했다.

"그럼 이만 가 볼게."

"저기, 잠깐만."

작별의 말을 건네려다 멈칫한 준성이 조금 의아한 얼굴을 했다. 그 얼굴에 약간의 기대감이 떠오르는 걸 감지해 낸 수진이 곱아드는 손끝을 매만지며 남은 용건을 꺼내 들었다.

"별건 아닌데, 저……. 괜찮으면 내 방에서 밥 먹고 갈래?"

순간 그의 눈빛에 이채가 돌았다. 왠지 '라면 먹고 갈래?' 같은 뉘앙스였나 싶어 수진은 서둘러 설명을 덧붙였다.

"막 그런 이상한 뜻 절대 아니니까 오해 말고. 사실 이 근처엔 변변한 식당도 없고, 좀 더 멀리 가기엔 시간도 너무 늦었잖아. 배 많이 고플 텐데."

"그래도 괜찮겠어?"

이미 결정을 내린 듯 성큼 다가오며 묻는 남자의 입가에 걸린 미소가 그 어느 때보다 밝다. 조금 불안해지는 건 기분 탓인가? 슬그머니 몸을 뒤로 뺀 수진이 제 딴엔 아주 단호하게 덧붙였다.

"그냥 진짜로 밥만 주는 거라고. 이상한 기대 할 거면 지금 다시 가고."

"안 해. 나도 밥만 먹고 싶어."

그게 가능하다면.

슬그머니 피어오르는 흑심을 덮으며 대꾸하자 그녀의 미간이 미심쩍은 듯 모여들었다. 하지만 그는 한번 결심한 일은 절대 포기하지 않는 사람이다. 이젠 무를 수도 없게끔 자연스럽게 그녀의 어깨를 감싸며 재촉하듯 걸음을 떼는 남자의 등 뒤로 철컥, 차 문 잠기는 소리가 났다.

"일단, 들어와."

이 남자를 데리고 집에 들어선 게 벌써 두 번째였다. 처음에야 제 뜻이라곤 조금도 없었다지만, 이번엔 제가 나서서 그를 초대한 상황이었다. 늦은 시간임에도 단정하기 그지없는 슈트 차림의 남자가 현관에 들어선 순간 아주 익숙한 위화감이 밀려들었다. 더 정확히는, 아까보다 더욱 짙어진 후회였다.

'내가 뭔 짓을 한 거야.'

이 좁은 집 구석에서 가뜩이나 심장이 불편해지는 남자랑 단둘이라니요.

하지만 이미 저지른 일을 어쩔까. 벌써 저 남자는 당당히 내 집에 개선장군처럼 입성한 다음인데.

"잠깐 저쪽 침대에 가 앉아 있어. 준비하다 튈 수도 있으니까 이쪽엔 오지 말고. 금방 준비할게."

일단은 저 남자를 최대한 눈에 보이지 않는 곳에 수납하는 게 먼저였다. 침대가 있는 자리까지 들어선 그가 슈트 재킷을 벗는 걸 잠시 바라보다 얼른 냉장고로 다가갔다. 어쨌거나 지금은 한 끼라도 든든히 먹여야 했다.

열심히 처음의 목적을 상기하며 냉동실을 열어 보았다. 평소에도 제 먹거리는 잘 챙겨 놓고 사는 편이라 가벼운 한 상 정도는 어렵지 않게 차려 낼 수 있었다. 기특하게도 어젯밤, 졸린 와중에도 열심히 끓여 소분해 얼려 놓은 소고기뭇국과 지난 주말에 잔뜩 만들어 둔 떡갈비가 보인다.

그것들을 재빨리 꺼내 데우며, 냉장고 한쪽에서 잘 익은 김치를 꺼냈다. 늘 떨어지지 않게 준비해 두는 밑반찬 두어 가지도 예쁘게 담아 냈다. 거창한 건 준비할 시간이 없기에 간단히 계란말이도 만들어 봤다.

준성은 그런 그녀를 가만히 지켜보고 있었다. 좁은 주방인데도 그녀는 어디 한 군데 부딪치는 일도 없이 척척 움직이며 뭔가를 만들어 냈다. 그 모습이 나무옹이 주변을 분주히 헤매는 작은 다람쥐 같다는 생각에 설핏 웃어 버렸다.

그에겐 낯선 듯 익숙한 모습이었다. 한때는 매일같이 지켜봤던 카페에서의 그녀가 장소만 바뀐 채로 그의 눈앞을 맴돌고 있었다. 지그시 여자를 바라보는 남자의 눈동자가 수채화처럼 아련한 그리움에 물들어 갔다.

정말 신기할 정도로 뭐든 척척 잘해 내던 여자였다. 그녀의 능력은 오로지 그녀 스스로 잠을 줄여 가며 만들어 낸 노력의 산물이기에 더욱 값진 것이었다.

그래서 더욱 지켜 주고 싶고, 감싸 주고 싶은 한편, 그런 도움조차 바라지 않을 그녀임을 알아서 초조함을 느끼곤 했다.

며칠째 얼굴조차 볼 수 없는 상황에서도 그녀는 불만 한마디 내뱉지 않았다. 바쁜 일과에 짬을 내어 휴대폰을 들여다봐도 도착해 있는 메시지라곤 안부를 묻거나, 제가 묻는 말에 대답을 한 게 전부였다.

바빠진 저를 향해 보고 싶다, 연락이라도 자주 해라, 뭐 이런 불만이라도 내놓을까 봐 지레 미안했었는데, 그런 걱정이 무색할 정도였다.

물론 이것이 일에 몰두하고 있을 저를 배려하기 위함이란 건 알고 있다. 그녀 역시 자신의 삶이 있으니 온전히 제게만 모든 관심을 쏟고 살 수 없다는 것도 충분히 이해했다.

그러니 이것은 그저 스스로 만들어 낸 불안감이어야 하는데…….

'그렇지 않아도 언제쯤 연락 오나 했다. 한 사장이 그 꼴 났으니 이제야 본게임 시작인데. 대비는 해 놔야지, 안 그래?'

한 시간 전까지 본가에서 함께 이야기를 나눴던 형, 준영의 목소리가 툭 떠올랐다.

◇ ◆ ◇

"어쨌거나 본론만 말하자면, 정황이 너무 완벽해서 빠져나갈 구석이 없나 봐. 이젠 죄의 유무보다는 수사 끝나고 형(刑)이 얼마나 떨어지느냐가 문제지."

한 살 위의 형 준영은 언뜻 그와 닮은 얼굴이었지만, 전체적으로 단정하고 수려한 분위기의 준성과는 달리 좀 더 키가 크고 건강하게 그을린 피부 때문에 좀 더 야성적인 느낌을 풍겼다. 그리고 외모만큼이나 성격도 과격한 편이었다.

"당분간 여러모로 복잡할 거야. 우리 회장님께서 수사 결과 나오는 대로 한 사장 패거리를 다 찍어 낼 생각이신 거 같거든."

어느 정도는 예상한 바였다. 제 손으로 무덤을 파 놨으니 등을 떠밀어 묻어 버리는 것 정도야 어렵지 않은 일이다. 모든 책임을 지우고 잘라 내는 것으로 실추된 그룹의 이미지도 어느 정도 회복할 수 있을 것이다.

결과야 정해졌으나 문제는 그 과정에서 벌어질 일들이었다.

"당연히 순순히 물러나 줄 위인이 아니지. 조짐이 심상치 않아. 이번 일 터진 것도 회장님이 뒤에서 수를 쓴 거라 떠들고 있던데."

그 순간 준성은 저도 모르게 눈살을 찌푸렸다. 설마하니 한 회장을 상대로 감히 그런 얼토당토않은 의심을 할 줄이야.

"뭐 눈엔 뭐만 보인다고. 꼭 저 같은 생각만 하는 거지."

준영의 말대로 한정균 사장은 썩 훌륭한 어른이 아니었다. 가진 능력에 비해 욕심이 많고 실책이 잦아 이런저런 구설이 많았기에 한 회장은 오래전부터 한 사장을 그 자리에서 밀어내고 싶어 했지만, 동기 간의 의리가 있고, 그녀가 현재의 자리에 오기까지 기여한 공로가 있어 망설이던 참이었다.

게다가 한 사장은 세 형제들에게도 상당한 열등감을 품고 있었다. 특히 완벽하게 경영 수업을 받고 자란 준성을 언젠가 자신을 위협할 존재로 진즉부터 의식하고 경계해 왔었다.

그런 준성이 대뜸 요직에 등장했으니 얼마나 속이 꼬여 들었을까.

"맞아. 딱 네가 등장하고부터 틀어진 거야. 네가 변변찮으면 어떻게든 찍어 누를 텐데, 누가 한 회장 아들 아니랄까 봐 싹이 남달랐거든. 거기다 회장님은 아직 현역으로 팔팔하시고. 이렇게 한 20년, 아니 10년만 버텨도 세대교체는 무리 없지. 그냥 낙동강 오리알 꼴이 된 거야."

어차피 탐욕으로 뭉친 인간들이었다. 목적을 이루지 못하면, 손해가 없도록 빠르게 손을 떼자는 게 그들의 생각이었을 것이다.

"아마 3월 정기주총 때 해임 이야기가 본격적으로 나올 것 같은데, 호락호락 물러나진 않을 거라 개싸움이 될 거야. 그러니 당분간은 흠 잡히지 않게 잘 처신하라는 어명이시다. 특히 너는 더 몸조심하고. 제일 비싸게 팔려 나갈 놈이니까."

불쾌한 뉘앙스에 저도 모르게 눈매를 찌푸렸다. 그런 동생의 반응이 재미있다는 듯 준영은 킬킬거리며 웃어 댔다.

"어차피 이 바닥 결혼은 다 장사잖아. 마침 우리 형제들 셋 다 딱 결혼하기 좋은 때라, 결국 나도 피하긴 힘들 것 같긴 하다. 뭐, 그래 봤자 너만 하겠냐만."

정략혼을 말하는 것이었다. 언젠가 한 번쯤은 헤쳐 나가야 할 일이라 생각은 했지만, 그게 이런 중대한 상황과 맞물려서 찾아오게 될 줄이야.

"우리 쪽에 힘을 실어 줄 만한 세력이랑 혼맥으로 묶이는 게 현실적으로 가장 안전하고 확실한 방법이긴 하지. 대강 후보군도 추려지는데 일단 혼기 찬 따님이 있는 집안만 꼽아 보면······."

별로 알고 싶지 않은 정보가 귓전에서 흩어졌다. 이후로도 많은 이야기가 오갔지만, 딱히 머릿속에 남진 않았다. 그저 어떻게든 이 일을 제 선에서 해결하고, 그녀와의 관계에 영향을 미치지 않게 하는 방법만 생각하고 있었다.

술이라도 하자는 권유를 다음으로 미루고 곧장 본가를 빠져나온 후엔 무의식적으로 그녀의 집을 향해 차를 몰았다.

이상하게 그녀가 보고 싶었다. 그녀의 온기가 너무도 간절했다. 그럼에도 선뜻 불러내진 못하고 한참 동안 불이 켜진 창문만 바라보고 있다가 뒤늦게 휴대폰에서 그녀의 메시지를 발견했다.

[나 퇴근했어. 오늘도 많이 바쁜가 보네. 많이 힘들겠다. 저녁 잊지 말고 꼭 챙겨 먹어.]

고작 이런 메시지 하나에 이렇게 기뻐도 되는 걸까.

잔뜩 흐려 있던 감정이 그녀의 이름을 발견한 것만으로 화창하게 개었다. 당장에라도 불러내 보고 싶은 마음을 누르며 전화를 걸었다. 얼굴을 보면 돌아서기 힘들 것 같아 통화만 끝내고 가려고 했었다.

그런데 마음이 마음 같지 않았다. 쓸데없는 말을 덧대 가며 어떻게든 시간을 질질 끌어 보다 결국 넘쳐 버린 감정을 입 밖에 토해 버렸다. 보고 싶다 말해 버리고 나니 더욱 보고 싶어서 견딜 수가 없었다.

— 지금 어디야?

창밖을 향해 빼꼼히 드러낸 하얀 얼굴.

이어 뭔가 우당탕거리더니 전화가 끊어지고, 계단을 뛰어 내려오는 소리가 났다. 저만치 귀여운 옷차림을 한 자그마한 여자가 볼을 빨갛게 물들이며 달려왔다. 상기된 얼굴로 눈앞에 선 그녀가 가쁘게 어깨를 오르내릴 때마다 연한 숨이 하얗게 부서졌다.

이 순간 가슴이 뻐근하도록 벅차올랐다.

고작 한 가지 감정만으로 가슴이 가득 차다 못해 이대로 터져 버릴 수도 있을 것 같았다.

이제…… 이런 너를 볼 수 없는 날이 오면 내가 죽을 수도 있겠구나, 생각했다.

안개가 걷히듯 현실로 돌아온 그의 눈앞에 여전히 분주히 움직이는 여자가 있었다. 어느새 상을 다 차린 수진이 마지막으로 따끈한 밥을 한 그릇 떠서 올려놓고는 힐끗 그를 본다. 다 됐다는 의미임을 눈치챈 준성이 성큼 식탁으로 다가섰다. 그녀의 얼굴에 약간 멋쩍은 미소가 떠올랐다.

"어, 차린다고 차리긴 했는데 반찬이 너무 없다."

"무슨 소리야, 엄청 진수성찬인데?"

그냥 입 발린 소리가 아니라 진심으로 감탄이 나왔다. 원룸의 작은 부엌에서 만들어 낸 걸 차치하더라도 꽤 정갈한 식단이었다. 단순히 음식을 덜어 담아 둔 느낌이 아니라 담긴 모양까지 신경을 썼다는 게 느껴졌다. 적절하게 배치된 아기자기한 식기까지 그녀의 센스가 돋보였다.

"에이, 진수성찬은 무슨. 뭐, 사실 자취하는 사람치곤 나쁘지 않긴 하지만."

진심 어린 칭찬이 기분 좋은지 그녀의 어깨가 으쓱했다. 많이 먹으라며 슬그머니 접시 하나를 밀어 주는 손길에 기쁨이 묻어나 그도 덩달아 즐거워졌다.

"그렇지 않아도 어떤 맛인지 되게 궁금했었는데, 어쩌다 보니 오늘 맛보게 됐네."

"그래! 그러고 보니 언젠가 느닷없이 나타나선 도시락 싸 달라고 한 적 있었잖아. 그때 그거 뭐였어?"

"느닷없다니. 난 되게 진지했는데 그날."

"내 입장에선 충분히 그랬거든요? 지나가는 사람 아무나 잡고 물어봐. 시간 있냐고 물어봐 놓고 도시락 싸 오라는데 안 황당할 사람 있냐고. 데이트 신청은 못 할망정."

"아, 그래서 그날 바로 그런 문자가……."

"에잇! 그건 좀 잊고! 암튼 되게 뜬금없다고 생각했었단 말이야. 거기다 반찬 통은 왜 너한테서 나와? 그때 그거 수혁이한테 준 거였는데."

쇼핑백의 내용물을 확인하고 황당해했을 표정이 눈에 아른거리는 것 같아 웃어 버렸다. 사실 그땐 저도 왜 그랬는지 모르겠다. 질투에 눈에 뒤집힌 상태였으니, 뭐.

"훔쳤어. 수혁이 놈이 네가 해 준 거라고 자랑하는데 꼴 보기 싫어서."

"허, 진짜?"

어처구니없는 진실을 접한 그녀의 입이 떡 벌어졌다.

"웬일이야. 정말 네가 그런 짓을 다 했다고? 세상에, 이걸 누가 믿어."

"그러니까 다신 수혁이한테 반찬 해 줄 생각 하지 마. 또 훔쳐 올지 모르니까."

"와, 이 남자 좀 봐. 무슨 그런 소릴 그렇게……."

"내 친구이자 네 '친구'라서 이 정도로 참는 거야."

말투는 차분했지만, 어딘지 무시무시한 느낌이 드는 건 기분 탓일까.

"그러니 너무 가까워지진 말라고. 아예 널 훔쳐다가 내 집에 가둬 놓기 전에."

그녀의 커다란 눈이 당혹스럽다는 듯 두어 번 깜빡였다. 지금 내 앞에 이 남자 누구니?

저렇게 예쁘게 웃는 얼굴로 내놓는다는 소리가 점점 살벌해지는데, 난 왜 그게 더 설레는 거죠?

슬그머니 일어난 수진은 나쁜 놈이 되고 싶다더니 정말 악당으로 진화해 버릴 작정인 남자를 달래듯 차가운 물 한 잔을 떠다 놓았다. 그녀의 의도를 읽어 낸 건지 싱긋 웃어 보인 그가 얌전히 식사를 시작했다.

'어쩜 먹는 것도 저렇게 예뻐.'

바른 자세는 물론, 깔끔한 젓가락질에서조차 확실히 곱게 자란 태가 나는 남자였다. 절로 흐뭇한 미소가 떠올랐다. 먹는 걸 빤히 쳐다보고 있으면 불편할 거란 걸 알면서도 시선이 자꾸만 그에게로 향했다.

그러고 보니 이 남자가 식사하는 모습을 보는 게 얼마 만의 일인지 모르겠다. 직원 식당에서야 보는 눈이 많아 그쪽으론 눈조차 돌리지 못했으니 대학 시절 이후론 오늘이 처음인 건가.

저녁은 거른 데다 기껏해야 과자 몇 조각 입에 넣은 게 전부였지만, 전혀 배가 고프지 않았다. 도리어 제가 준비한 음식이 그의 입에 들어가는 걸 보는 것만으로도 포만감이 들 정도였다. 내 새끼 먹는 것만 봐도 배부르다는 말이 이렇게 실감이 날 줄이야.

　"맛은 어때?"

　"엄청 맛있어."

　"다행이다. 실은 어떤 게 입맛에 맞을지 몰라서 이것저것 꺼내 보긴 했거든……."

　그중에 네 취향이 하나는 있겠지, 생각하며.

　신경을 쓴 보람이 있다고 해야 할지, 없다고 해야 할지. 대부분의 그릇을 깨끗하게 비워 낸 그에게 수진은 미리 준비해 둔 차 한 잔을 내놓았다. 받아 든 컵을 입술에 대며 미소 짓는 얼굴을 보고 있으려니 행복한 기분이 든다. 누군가가 내 음식을 먹어 준다는 게 이렇게나 기분 좋은 일인지 처음 알았다.

　이럴 줄 알았으면 진즉에 도시락이라도 한번 챙겨 주는 건데.

　"저기, 나 뭐 하나만 부탁해도 괜찮을까?"

　식사가 끝나고 난 후, 설거지를 해 주겠다며 나서는 남자를 붙잡아 도로 자리에 앉히며 슬쩍 운을 뗐다. 사실 언제 말할 수 있을지 기약도 없던 일이었는데, 마침 좋은 기회가 온 듯했다.

　"무슨 부탁?"

　"실은 나한테 굉장히 중요한 숙제가 하나 있거든."

　씩 웃어 보인 수진이 쪼르르 책상으로 달려가 서류 봉투 하나를 꺼내 들었다. 그러고는 의아한 눈을 한 남자의 앞에 다소곳이 내려놓았다. 이게 뭐냐고 묻는 듯 빤히 저를 보는 남자를 향해 다시 멋쩍게 웃어 보였다.

"내가 상무님이랑 친하다고 소문이 나는 바람에, 아니, 내가 소문 내려고 한 게 아니라 이게 그 망할 신 부······. 흠, 아무튼 홍보실까지 소식이 들어가 버려서. 거기서 꼭 좀 부탁한다더라고."

느긋한 태도로 봉투를 열어 내용물을 꺼내던 준성이 문득 흥미롭다는 눈으로 그녀를 봤다.

"그러고 보니 지난번에 사진 찍어 간 건 뭐였어? 홍보실에서 필요하다 그러지 않았었나?"

"그게, 후."

잠시 말을 멈춘 수진이 난처한 얼굴로 목덜미를 긁적였다.

"솔직히 그때 그건 내 사심으로 찍은 건데 너한테 들키는 바람에······ 그냥 막 둘러대느라 한 말이었거든. 제대로 천벌받았지, 뭐. 그게 이거고."

"아, 그러니까 그땐 진짜로 내 몰카를 찍어 가려고 하신 거다?"

"아니이─ 이 사람이. 꼭 그렇게 막 대놓고 말할 거까진 없잖아."

제 입에서 나온 단어가 영 불만인 듯 뿌루퉁하게 입술을 내민 그녀가 눈을 흘겼다. 그 시선을 피해 절로 웃음이 나오려는 입가를 서류로 가렸다. 아, 이젠 저런 앙탈까지 귀여워서 큰일이다.

"난 나름대로, 어? 그냥 반갑고 그래서 얼굴 좀 자주 보고 싶어서 그랬던 건데. 거기서 그렇게 말하면 어떡해. 알아도 좀, 어? 모르는 척, 아닌 척해 주면 좀 좋냐고."

"그래, 알았어. 알았어. 내가 잘못했어."

투덜투덜, 삐친 척 종알거리는 게 귀여워서 더 놀리고 싶지만, 저러다 울까 봐 무서워서 안 되겠다. 아니, 정말 울리고 싶어질까 봐 더는 안 되겠다.

너털웃음과 함께 그녀를 달래 준 그가 꺼내 든 종이 뭉치로 눈을 돌렸다. 뭐가 그리도 궁금했던 건지, 서너 장쯤 되어 보이는 A4 용지에 잘 정리된 질문들이 적혀 있었다.

준성이 종이들을 끼우고 있던 펜을 빼 들며 말했다.

"그러니까, 이게 오늘 밥값이라는 거네."

"헤헤, 뭐 꼭 그런 건 아니지만."

히죽, 웃으며 식탁 위에 두 팔을 올려 겹친 수진이 뭔가 써 내리기 시작한 그를 향해 몸을 기울였다. 막힘없이 질문에 대한 답을 써 내리는 손끝에 시선을 둔 채 그의 외모만큼이나 수려한 필체를 홀린 듯 구경하다 마침 그가 작성하던 문항을 발견하곤 슬그머니 말을 꺼냈다.

"아, 유학 관련 질문이 좀 많지? 생각하는 게 다들 비슷한가 봐. 사실 나도 좀 궁금했었거든. 그쪽 학교생활은 어땠어? 재밌……다고 하긴 좀 그런가?"

"글쎄. 크게 특별한 건 없었던 거 같아. 그냥 공부하는 건 똑같지. 여기 대학보다 치열해서 따라가기만도 벅찼거든."

"공부를 벅차했다고? 네가?"

K대학은 서울 내에서도 세 손가락 안에 꼽힌다는 명문 대학이었다. 성적은 제가 더 높았지만, 함께 공부를 해 본 수진은 그 성적만으로 그를 판단하지 않았다.

고등학교 시절부터 수많은 멘토를 사사하며 경영 공부를 해 온 그다. 그 때문인지, 내내 1등급을 유지하고 전국 석차로 평가받던 저와 성적 자체는 거의 차이가 없었지만, 출결 점수에서 약간 불리했었다는 이야길 들은 적이 있다. 아마 그가 유학을 떠나지 않았더라면 제가 유지해 온 수석의 자리도 분명 위험했을 것이다.

"일단 언어부터 장벽이니까. 막연히 알아듣는 거랑 학문적으로 접근하는 건 많이 다르더라. 그거 때문에 좀 애먹었어, 처음엔. 그래도 제때 졸업해서 학위 따는 게 목표였으니 그럭저럭 성공은 한 셈이지."

세상에. 아이비리그 편입에다 심지어 조기 졸업까지 샤삭 해치우신 분이 그렇게 말하는 거 아니다.

"아, 그렇구나. 하하……. 아무튼 뭐, 이번에 MBA까지 땄으니 이제 더 나갈 일은 없는 거지?"

"아마도."

모호하게 대꾸한 그가 느릿하게 손을 움직였다.

"일단은 여기서도 공부할 게 많으니까. 난 아직 부족한 게 많거든."

약간 가라앉은 목소리는 한없이 진지했다. 이렇게나 완벽해 보이는데, 얼마나 더 자신을 채찍질하려는 걸까. 타인에게도 엄격한 편이지만, 그 자신에게는 지나치리만큼 기준이 높은 사람이었다. 이런 점이 그 자신을 너무 몰아붙이지 않았으면 좋겠는데.

"유학은 처음부터, 그러니까, 그때 한창 학교 다닐 때 이미 정해져 있었던 거야?"

"응."

역시 그랬구나.

짐작은 했지만 새삼 서운해지는 감정은 어쩔 도리가 없었다. 그런 중대한 일을 앞두고도 언질조차 해 주지 않은 이유는 뭐였을까.

만약 내가 네게 좀 더 특별한 사람이었다면…… 그때도 넌 그렇게 갑자기 떠났을까?

"너랑 사귀는 중이었더라도 유학은 갔을 거야."

마치 제 생각을 읽어 낸 것처럼 튀어나온 말이었다. 흠칫한 수진이 눈을 들었다. 여전히 질문지에 눈을 두고 있는 남자의 반듯한 얼굴에 잠시 넋을 잃은 사이 차분한 목소리가 이어졌다.

"아마 기다려 달란 말은 못 했겠지."

"……."

"대신에 돌아와서 다시 네 곁을 맴돌았을 거야. 네가 나한테 다시 반하도록 무슨 짓이든 했을 거고."

"……."

"서로 마음을 알고 있었든, 몰랐든 상관없어. 분명 다른 상황에서도 난 지금이랑 똑같이 행동했을 테니까. 결과적으로 지금이랑 다를 바가 없을 거란 이야기지."

단호하게 말을 마친 그가 펜을 놓고는 그녀에게 서류를 내밀었다. 어느새 모든 항목에 답변이 끝난 상태였다. 멍하니 그를 바라보며 눈만 깜빡이는 그녀에게 싱긋 웃어 보인 준성이 태연히 물었다.

"나만 이렇게 파헤쳐지는 거 좀 억울한데. 나도 궁금한 거 물어도 돼?"

"어? 어, 어. 물어봐."

뒤늦게 반응한 심장이 쿵쿵거리며 달음질쳤다. 저런 말을 저렇게 아무렇지 않게 다 해 버리는 것도 정말 재주인 것 같다. 숨 쉬는 것조차 잊고 있었던 건지 뒤늦게 숨이 차올라 더 당황했다. 작성한 문항을 살피는 척 고개를 숙인 수진이 아직도 벌렁거리는 심장을 달래는 사이 그의 질문이 이어졌다.

"넌 늘 목표가 있다고 했잖아. 지금의 목표는 뭐야?"

"아."

생각보다 굉장히 진지한 질문이었다. 잠시 멈칫했던 수진이 이내 멋쩍게 웃었다.

"좀 쑥스러운데. 내가 이런 말 한다고 웃으면 안 돼."

"절대 안 웃어. 말해 봐."

달래듯 한층 다정해진 목소리에 수진은 다시 머뭇거리다 결심한 듯 그를 바라봤다.

"실은 나 총지배인이 되고 싶어."

역시나 예상 못 했다는 듯 그가 조금 놀란 표정을 짓는다. 그게 조금 쑥스러워 다시 웃어 버렸다.

"사실 널 만나기 전부터 계속 같은 생각을 했었어. 여기서 총지배인이 된 다음에 널 만나면 좋겠다고."

이건 지금까지의 자신을 지탱해 준 소중한 꿈이었다.

"힘든 일인 거 알아. 사실 이루기 힘든 꿈인 것도 알고. 그래서 더 많이 노력할 거고, 더 오랫동안 여기서 일하고 싶고, 그랬어. 물론, 널 만난 지금도 그 꿈은 변함없고."

그리고 앞으로는 그의 앞에서 더욱 당당해지고 싶은 자신을 위한 꿈이 될 것이다.

"그런 생각을 하게 된 계기가 있어?"

"음……."

잠시 생각하던 그녀가 조금 긴 이야긴데, 하고 중얼거리듯 말하고는 생긋 웃었다.

처음은 아버지의 오래된 차에 관한 이야기였다. 그녀가 태어난 해에 처음 장만했던 중고차 한 대. 연식을 헤아리기도 힘든 그 차량은 그녀가 대학을 졸업하는 날까지 아버지의 곁을 든든히 지켜 줬다.

"졸업식 날에 아버지가 모처럼 기분 내시겠다고 엄청 유명하고 비싼 식당에 데리고 갔었거든. 그런데 거기 주차장에도 못 들어가 보고 돌아 나왔었다? 드레스 코드에 맞지 않아서 받을 수가 없다나, 뭐라나. 근데 말이 그렇지 뭐, 행색이 너무 초라해 보이니까 그냥 쫓겨난 거였어."

이런 법이 어디 있냐고, 내려가 싸우려던 그녀를 말리며 너털웃음을 짓던 아버지의 표정이 아직도 기억에 생생하다. 속이 상했지만, 아버지도 어머니도 그것에 대한 불만을 토로하기보다 그녀의 졸업을 축하하는 걸 더 우선했다. 그런 부모님의 마음을 이해했기에 그녀도 애써 웃어넘겨야만 했었다.

그리고 얼마 후, 아버지는 갑작스럽게 차를 바꾸셨다. 너무 오랫동안 같은 차만 탔더니 이제 질리신다고. 번듯한 새 차도 타 보고 싶다는 핑계를 대셨지만, 그게 전부가 아니라는 것쯤은 그녀도 알았다.

"그때 좀 깨달은 게 컸어. 겉으로 드러나는 걸로 사람을 판단해 버리고 뭔가 해 볼 기회조차 안 주는 사람이 생각보다 아주 많다는 걸 말이야. 그게 누군가의 소중한 순간을 완전히 망쳐 버릴 수도 있는 건데, 그건 좀 아니잖아."

평생 타인에게 폐를 끼친 적이 없는 소박한 가족도. 늘 깨끗하게 관리되어 있던 소중한 자동차도. 누군가에겐 그저 거부해야 할 것으로 치부되었다는 사실이 그녀에겐 너무도 큰 상처로 남았다.

"진짜 뭔가 이게 내 운명이구나 생각했던 게, 그때 이미 취업 목표를 호텔 라비타로 잡고 있었거든. 하필 그렇게 결심한 직후에 내가 이런 경험을 했다는 게 아주 우연만은 아닌 거 같아. 좀 웃기지만."

그래서 지금껏 누구에게도 말하지 않고 고이 가슴속으로만 간직해

왔던 꿈이었다. 시간이 흘러 좀 더 현실을 깨닫게 되어 처음의 포부는 좀 희석되었지만, 여전히 그 꿈은 그녀 삶의 이정표로서 그 자리를 굳건히 지키고 있었다.

"이런 경험이 없었더라면, 나도 아마 이런 생각까진 못 했을 거야. 약자의 입장은 약자가 되어 본 사람만이 아는 거니까."

적어도 저는 남에게 상처 주지 않는 사람이 되고 싶다고.

그런 마음만은 잊지 않고 살자고.

"어떤 사람에겐 별것 아닌 배려인데, 그게 어떤 사람에겐 평생의 좋은 기억으로 남을 수 있잖아. 난 우리 호텔이 그런 곳이 되었으면 좋겠다고 생각했어. 그래서 총지배인이 되고 싶었던 거고. 너무 꿈같은 얘긴가?"

준성은 가만히 웃으며 고개를 저었다.

하지만 말 그대로 너무나 꿈같은 이야기였다. 한 집단의 대표가 될 사람의 마인드로는 적합하지 않은 이야기일지도 모르겠다. 더군다나 이익을 추구해야 할 경영인으로서는 최하의 점수를 줄 수밖에 없는 이야기다.

그럼에도 불구하고 준성은 그 꿈을 응원해 주고 싶었다. 왠지 그녀라면 정말 그 꿈을 이룰 수도 있을 것 같았다.

조금 먼 일이 되겠지만, 반드시.

네가 내 곁에 있는 한, 언젠가는 꼭.

"그 꿈. 꼭 이뤘으면 좋겠다."

많은 뜻을 담은 대답에 수진이 얼굴을 붉히며 웃었다. 이 순간 그가 어떤 결심을 했는지도 모르고 해맑기만 한 웃음이었다. 그러면서도 마주한 시선을 피하진 않았다. 그렇게 잠시간 그녀를 바라보던 준성이 이내 긴 숨을 내쉬며 몸을 일으켰다.

"이제 슬슬 가 봐야겠다."

"어, 그러네. 이야기하다 보니 너무 늦었다. 가는 길 괜찮겠어?"

"응. 여기서 자고 가기엔 오늘은 내가 너무 힘들어서 안 될 거 같아."

"……음?"

살짝 늦게 말뜻을 알아챈 수진이 허, 하고 헛웃음을 지었다.

"뭐래? 재워 줄 생각도 없었거든? 누구 맘대로."

부러 과장된 걸음으로 그 자리를 벗어난 수진이 보란 듯 슈트 재킷을 집어 장난스럽게 키득거리는 남자를 향해 던지듯 건넸다. 그러고는 짐짓 엄하게 말했다.

"괜히 이상한 수작 부리지 마세요, 상무님."

"수작이라……. 내가 무슨 수작을 부렸을까?"

그냥 존재 자체가 수작이야, 당신은.

더 뭐라 따질 기운도 없어진 수진이 그를 외면하며 손을 내젓자 하하, 하고 웃어 버린 남자가 그 손을 붙잡고 끌어당겼다. 그대로 품 안에 끌려들어 온 여자의 귓가로 입술을 가져다 댄 남자가 나른하게 속삭였다.

"고마워, 오늘. 내 인생 최고로 맛있는 식사였어."

그리고 새빨갛게 익어 버린 여자를 아쉬운 손길로 품에서 밀어 냈다. 이런 그녀를 두고 돌아서는 게 정말 쉽지 않지만, 더 있다간 정말 제가 무슨 짓을 할지 몰라서 안 되겠다. 무거운 걸음을 떼는 그의 입술 사이로 몰래 깊은 탄식이 새었다.

"추우니까 더 나오지 말고, 문 꼭 잠그고 있어. 위험하니까."

"응, 너 엘리베이터까지만 데려다주고."

남의 속도 모르고 천진하게 내놓는 말에 한숨이 난다. 아무래도 위험하다는 말의 뜻을 잘못 이해하고 있는 것 같다. 신발까지 신으려 하는 그녀를 제지하듯 손을 뻗은 그가 경고하듯 목소리를 낮췄다.

"나 요즘 콘돔 들고 다녀."

난데없는 소리에 그 자리에서 멈칫한 수진이 눈을 휘둥그레 떴다.

"그러니까 너무 예쁜 짓 하지 말라고. 진짜 위험하니까."

"……."

"이번엔 울어도 안 멈출 거거든."

완전히 굳어 버린 그녀를 향해 싱긋 웃어 보인 그가 문을 열며 복도로 나섰다.

"보고 싶을 때마다 전화할 거야. 꼭 받아."

무슨 말을 해야 할지 알 수가 없어 멀뚱히 바라보고만 있었다. 쿵, 소리와 함께 문이 닫히고도 한참을 굳어 있다가 간신히 후들거리는 다리로 침대에 다가가 드러누웠다. 절로 탄식이 새어 나왔다.

"엄마. 나 이 남자 너무 버거워…… 어떡해."

문이 닫히는 틈으로 지그시 저를 응시하던 눈빛이. 입가에 머물러 있던 근사한 미소가 밤새 그녀의 머릿속을 뒤덮어 결국 잠을 설치고 말았다.

〈2권에서 계속〉

상무님,
방 잡을까요?

1판 1쇄 찍음 2020년 3월 6일
1판 1쇄 펴냄 2020년 3월 13일

지은이 | 장민하
펴낸이 | 정 필
펴낸곳 | (주)뿔미디어

기획·편집 | 이영은
표지·디자인 | 우 물

출판등록 | 2002년 9월 11일 (제1081-1-132호)
주소 | 경기도 부천시 소향로17, 303(두성프라자)
전화 | (032)651-6513 팩스 | (032)651-6094
E-mail | dahyangs@naver.com
블로그 | http://blog.naver.com/dahyangs
비북스 | http://b-books.co.kr

값 9,000원

ISBN 979-11-6565-049-0 04810
ISBN 979-11-6565-048-3 04810 (세트)

www.b-books.co.kr

www.b-books.co.kr